Bajo la capa roja

FLOR NÚÑEZ GRAIÑO

BAJO LA CAPA ROJA

Núñez Graiño, Flor
   Bajo la capa roja / Flor Núñez Graiño ; editado por Florencia Giralda ; Ilustrado por Marcia Fernández. -
   1a ed. - Córdoba : Fey, 2024.
   474 p. : il. ; 21 x 15 cm.

   ISBN 978-631-90192-9-2

   1. Narrativa Fantástica. 2. Cuentos de Hadas. 3. Magia. I. Giralda, Florencia, ed. II. Fernández, Marcia, ilus. III. Título.

   CDD A863.9283

© 2024 Flor Ñúñez Graiño
© 2024 Ediciones Fey SAS
www.edicionesfey.com

Primera edición: Abril de 2024
ISBN: 978-631-90192-9-2

Ilustraciones: Marcia Fernández
Diseño y maquetación: Ramiro Reyna

Realizado el depósito previsto en la Ley 11723

A mi abuela, que tantas veces me contó la historia de la nena, el lobo y el bosque. Ahora la cuento yo. (Por favor, salteá el capítulo 40).

PRÓLOGO

Si hay algo que les gusta hacer a las hadas, es contar historias. Como bruja, escuché varios cuentos sobre ellas cuando era niña. La mayoría comenzaban con «había una vez» y tenían finales felices, pero me niego a aceptar que lo que sucedió en el bosque de Alcabrava haya sido el final.

A mí me lo han contado siempre desde el principio, comenzando con una bruja y un bosque.

Para ese entonces, el bosque brillaba. Era tocado por la luz del sol durante todo el día e iluminado por rayos de luna en la noche. Cuentan que en él las flores se acumulaban como estrellas en el cielo, que los árboles estaban colmados de hojas, que el hielo y la nieve se reducían solo a unos pocos meses en el año y que la mayoría del tiempo el césped verde alfombraba el suelo. Las brujas nos habíamos movido entonces con seguridad entre los árboles, con la confianza que solo un hogar podía darnos.

En esa época, yo era demasiado joven, incluso en años mágicos, pero las historias de la guerra entre las brujas y los cambiaformas las conocemos todas nosotras.

Elna, la reina de las brujas, era la más fuerte de todas, y guio la batalla con fiereza en nombre del Dios de la Oscuridad. Ellas lo convocaban, lo llamaban, y él respondía el llamado. Llenaba sus cuerpos de negrura, y esta emanaba de ellas y podía aprisionar a todo al que alcanzara, ser todo lo que quisiera ser, pero la oscuridad de Elna llegaba más lejos que la de cualquiera. Ella era —y es— la más poderosa y fuerte de todas nosotras.

Los humanos, cambiaformas, ogros y elfos le temían a lo tenebroso. Se declararon enemigos de las brujas. Iban a las batallas con sus cadenas de hierro, incendiaban sus hogares y las mataban mientras dormían. Y como si sus muertes no fuesen suficiente, como si temiesen que, de todas formas, por su fortaleza encontrasen la forma de regresar a la vida, las quemaban en el nombre de sus propios dioses, los del agua y los de la luz.

Las brujas los resistieron, pero los cambiaformas estaban por todo el bosque y podían adoptar la apariencia física de cualquier ser vivo. Así, se camuflaban como si fueran parte de la vegetación y las rodeaban con cadenas de hierro cuando las brujas menos lo esperaban. Ellas peleaban con bravura y violencia física. Ellos lo hacían con astucia y deslealtad, como unos cobardes.

Elna era caótica, el desorden personificado y, cuando la guerra comenzó, combatió como un cataclismo. Los ejércitos de brujas la siguieron como el sol al horizonte. Sus enemigos debían exterminarlas con artimañas cuando se descuidaban fuera del campo de batalla, pues sabían que en los combates no tenían oportunidad contra las brujas, que no solo usaban la oscuridad para pelear, sino también sus armas.

En algún momento, ellas tuvieron tantas bajas que el bosque que habían habitado les fue arrebatado. La guerra en Alcabrava fue cruda y despiadada, y la única opción que les quedó fue huir y entregar las tierras.

Abandonamos el palacio desde el que habíamos reinado el bosque, a las criaturas que se nos aliaban y nuestra fuente de magia: la tierra que nos hacía dueñas de sus elementos, la naturaleza que nos proveía los ingredientes para nuestras pociones y la noche que nos cantaba nuestro destino con tan solo una mirada a las estrellas. Huimos desesperanzadas.

Desde aquel día vivimos afligidas, soñando con lo que alguna vez fuimos. Anhelamos lo que algún día recuperaremos, con el dolor por lo perdido y el temor a lo incierto.

Las tierras del otro lado del mar eran desconocidas para nosotras y solo hubo un lugar para refugiarnos en un continente en el que cada especie tenía su propia ciudad y casi ni convivía con las otras. Los prejuicios que los hombres tenían respecto de nosotras hicieron imposible nuestra vida en otra parte. Así que hace años que Ciudad de los Muertos, un sitio de cementerios y lápidas del otro lado del puente, es tierra de brujas. Exactamente los mismos años desde que los hombres dejaron de pisar las tumbas de sus caídos y de enterrarlos, espantados por nuestra presencia.

Yo no los culpo. Nuestros dioses, los de la oscuridad, son tenebrosos, y quienes no han pasado su vida venerándolos, quienes no los conocen, les temen. Es por eso que a nadie le gustan las brujas e iniciaron una guerra contra nosotras.

El bosque pasó a manos de los reyes mimetistas, los cambiaformas, criaturas que pueden adaptar su apariencia. No puede llamársele *magia* a lo que hacen. Simplemente modifican su aspecto y a eso lo denominan hechicería. No hay cambio en el mundo exterior más que su aspecto. A diferencia de lo que fueron las grandes habilidades de las brujas, ellos no curan enfermedades, ni profetizan el futuro, ni despliegan habilidades, pero se regocijan en su vanidad y se adoran a ellos mismos. Se creen dignos y capaces. Juran que son reyes justos y gobernantes, y así justifican sus dominios sobre los hombres y los elfos y, sobre todo, sobre el bosque que alguna vez fue la fuente de la magia de nosotras, las brujas. Por eso, de todas las criaturas que nos hicieron la guerra, los cambiaformas son los más peligrosos.

Tanto elfos como humanos les pagan tributos para que les permitan acceder al bosque y así obtener leña, madera y frutos. Pero como si la tierra hubiese sentido nuestra caída, como si se hubiese tratado del duelo de un amigo por la pérdida del otro, el clima no ha vuelto a ser el mismo. Poco a poco, los días se han vuelto más cortos, las temperaturas más frías, las nieves más frecuentes.

Ahora, lo único que queda de los tiempos en que el invierno no era eterno son las leyendas que las mías cuentan. Y, por cierto, son muchas, pues el bosque alguna vez fue para las brujas lo que las estrellas para el cielo. Él fue parte de nosotras, como nosotras de él. Ambos unidos en el mismo destino. Nuestra cultura ha sido excluida, prejuzgada, acusada y demonizada.

Hicimos miles de juramentos desde los confines de la Tierra, siempre con la mirada puesta en el bosque. Añoramos nuestro regreso, y la promesa de «algún día volveremos» se ha vuelto tan implícita entre nosotras que no es necesario pronunciarla.

Yo era apenas un bebé cuando terminó la guerra. Han pasado más de cuarenta años desde el exilio y quién sabe cuántos antes de nuestro regreso.

Me acomodo la caperuza roja, que me llega hasta la sien, mientras pienso en lo que ha sido nuestra historia, pero también en lo que los aullidos lejanos provenientes del bosque significan para mí. Se oyen como algo helado y solitario para otros, pero en mis oídos suenan como una promesa seductora. Me abrazan como un viento soplado especialmente para mí. La brisa acompaña su vibración y baila con él de tal forma que parece el reencuentro entre dos amantes separados por el tiempo y el espacio.

No importa que los lobos aúllen todas las noches ni que se los oiga desde cualquier lugar. Todos en el pueblo pretenden ignorar a esos animales, así como procuran ignorar que algún día regresaremos al bosque. No quieren dejarse intimidar, pero están en todos lados y, a su vez, en ninguno. Sus cantos recuerdan lo que nunca debe ser.

En este mercado, rodeada de humanos, mi presencia es delicada como un susurro, pero tan cierta como el invierno. Y mortífera. Sobre todas las cosas, soy mortífera. Otra cosa en común que tengo con los lobos, aunque yo jamás haya pisado el bosque.

Todo lo que yo conozco de él se reduce a lo que he visto las pocas veces que me he arrimado a los límites de la arboleda. Alguien como yo no tiene permitido entrar; sin embargo, siempre me ha causado curiosidad. El invierno vapulea el bosque de forma constante. La nieve lo envuelve en una pena solitaria. Los lagos congelados no amagan siquiera con resquebrajarse.

Queramos o no, desde aquellos tiempos el bosque de Alcabrava está en manos de los cambiaformas, como también todas las criaturas mágicas que lo habitan. El rey Varnal vive en el palacio que alguna vez fue nuestro, se sienta en un trono de brujas y ensucia la corona que el bosque creó para nosotras.

Desde entonces, el bosque está hambriento. Yo lo siento en mis vísceras. Mi sangre palpita en mis venas con las pesadillas famélicas de las raíces de los árboles, congeladas bajo la brutalidad del invierno eterno.

Y desde aquel sitio se oyen los aullidos. Un llamado. Una invitación.

Las brujas no olvidamos lo ocurrido. Todavía sangramos lo que podría haber sido, las posibilidades que se nos arrebataron. Todos los días nos mordisquean los sueños de recuperar lo que ha sido nuestro.

Soy la que más sueña de todas, la que más se plantea la posibilidad de una vida mejor para nosotras, la que todavía cree que podemos recuperar Alcabrava, es por eso que me llaman Alika, la visionaria. Alika, la ilusa.

Pero, sobre todas las cosas, yo soy Alika la invisible, la sombra. Me deslizo entre la gente sin que siquiera adviertan mi presencia. Así que me aferro a mi capa roja como la última esperanza de honrar mi linaje, como si pudiese camuflarme entre la infamia que todos los días toca la puerta de las brujas.

Si todavía no puedo hacer justicia por las mías, lo haré por todos los desahuciados, los necesitados. Es lo que hacen las sombras. Refugian a todos los que lo desean en su oscuridad. Pero también es lo que hacen las reinas, lo que se espera que algún día haga yo.

Los lobos a lo lejos suplican una vez más con el apetito sonando en su timbre. Una invitación a un juego. El juego de comernos el mundo.

«Alabado sea el Dios de la Oscuridad, creador de brujas y fantasmas.

Él, que los forjó lleno de tinieblas y carentes de luz.

El Dios de la Oscuridad no le teme a nada. No porta cadenas ni necesita antorchas para guiar su camino lleno de noches.

El Dios de la Oscuridad nunca llega tarde. Siempre está donde debe.

A quienes lo idolatran pregúntales: «¿A quién pertenecen las penumbras y lo tenebroso?». Te dirán: «El señor no tiene siervos ni sometidos. La noche no tiene cadenas, solo estrellas y deseos. Solo serán desventurados quienes hayan decidido no creer».

La peor cadena para arrastrar es la mirada del otro. Y en la oscuridad nadie puede ver».

Libro de la vida, muerte y trascendencia
de las criaturas mágicas del este.

CAPÍTULO 1

Según los humanos, hay dos cosas capaces de detener a una bruja. Una es el hierro, como el material de las cadenas que esposan mis muñecas desde hace varias horas. La otra es el fuego; la hoguera a la que me llevarán y encadenarán al anochecer, cuando los mortales que me aprisionaron hayan terminado sus tareas del día.

Las cadenas pueden quitarse. Las esposas pueden abrirse, así que son temporales, aunque cuando el hierro está en contacto con mi cuerpo, no puedo utilizar mi magia ni convocar a la oscuridad. En cambio, el fuego que me espera si no salgo de esa prisión es permanente. Una vez que consume a la bruja, no hay vuelta atrás. Eso es lo que quieren hacerme. Así quieren terminar con mi vida.

Los humanos lo cuentan como si fuesen nuestras únicas dos debilidades, pero lo cierto es que, si bien las brujas somos más fuertes y resistentes que ellos, sangramos igual que los humanos si una espada nos atraviesa. También nos quedamos sin aire si el agua nos sobrepasa y morimos si nuestro corazón deja de latir. Que el fuego sea la única forma de acabar con nosotras no es verdad, es solo una leyenda, alimentada por tantos años de guerra en los que nuestros enemigos nos atrapaban desprevenidas al quemar nuestros hogares.

Echo una mirada a la celda en la que me han encerrado los humanos luego de atraparme con cadenas de hierro. Solo lo hago para pasar el rato, porque la verdad es que no es un sitio que merezca la pena observar. Junto a la puerta, hay unas cadenas enroscadas en el suelo, sobre los adoquines. No están paralelas, sino que se enredan entre sí. Un calor trepa por mi cuerpo y me obligo a apartar la mirada.

Al menos la celda tiene una ventana y el sector en el que me han encadenado está tan cerca de ella que he podido asomarme varias veces desde que me han traído aquí hace un par de horas. Miro por la ventana cada vez que las imperfecciones del espacio me frustran.

Las nubes rojas, naranjas y rosadas están a mi altura, como si se tratara de una prisión del firmamento. Algunas estrellas perezosas empiezan a ser visibles, pero se resisten, y el sol se aferra al horizonte como si fuera su última oportunidad de extender sus rayos sobre la tierra. En otras circunstancias, si el anochecer no implicara que van a atarme en una plaza y a encender una hoguera a mi alrededor mientras mis gritos agonizantes los hacen vitorear, el crepúsculo sería mi momento del día preferido: el préstamo de la noche al día.

La oscuridad no tardará en cubrir el cielo, y si para entonces Elna no ha llegado, si por algún motivo ha demorado en descubrir mi paradero, será muy tarde para mí. Pienso en la posibilidad de que los mortales me lleven al fuego ese mismo día y casi puedo sentir el calor de las llamas abrazándome el cuerpo. Un abrazo que ata a las brujas a la muerte para no soltarlas jamás.

No me preocupa. Ella llegará. Siempre llega.

Desde la torre alcanzo a ver la nieve que cubre el suelo. Que lo cubre todo. El invierno es la estación permanente desde hace muchos años. Incluso para lo que significan nuestros tiempos, esa estación se siente como algo eterno. Algo inmortal e infinito. El invierno me hace pensar en que hay cosas que son para siempre y cosas que no. Tal vez yo no lo sea. Tal vez este sea mi fin.

«Ni que hubiese sido para tanto», pienso. Como si se hubiera tratado de un vulgar robo. Como si los humanos a los que quité de mi camino no se lo hubiesen merecido.

Las cadenas están enredadas; los cortes de la mirilla en la puerta, torcidos, pero además acabo de percatarme de que se escucha un goteo dentro de la celda. No sigue ningún ritmo ni patrón. Es desparejo, caprichoso. El tiempo entre cada gota no es idéntico al anterior. Suena cuando el destino lo considera conveniente.

Por todos los dioses oscuros. Ahí está otra vez la tensión en mis extremidades, el estremecimiento que me recorre, la presión que me cae sobre la frente. Y esta vez no puedo ignorarlo. Cuando oyes algo tan impertinente como una asimetría, es imposible dejar de escuchar. Por el contrario, es como si el goteo incrementara el volumen a cada segundo. Como si se regodeara en la impuntualidad. En la imprecisión.

Como acto reflejo, miro mis manos esposadas, con la intención de relajarme. Pero están sucias. La mugre brilla en ellas como el sol en el cielo. La tierra sobre las arrugas de mis dedos reclama mi atención. Me llaman, me obsesionan.

«Alika, Alika», clama la suciedad y sé que me tiene. Que mi cabeza y mi alma le pertenecen en ese momento. Tal vez, para siempre.

El adoquín sobre el que estoy sentada no es simétrico. La línea que lo separa del de al lado deja unos milímetros en la punta sin cubrir, desparejo. El pánico de lo impredecible me acaricia la mente. Las cadenas sobre mis muñecas comienzan a apretarme. Podría jurar que mis brazos se han ensanchado o que las esposas se han encogido.

Los defectos de lo cotidiano me representan una tortura silenciosa e implícita. Una contra la que no puedo blandir ninguna espada. Una de la que no puedo desaparecer. La verdadera prisión es mi mente.

Sin magia, sin escapatoria, presa de aquellas esposas de hierro, hago lo único que puedo hacer: inhalo. Retengo el aire. Uno. Dos. Tres. Cuatro. Cinco. Exhalo, y es como si emanara tensión. Mi cuerpo se siente menos rígido; mi corazón, menos frío.

Inhalo una vez más. Retengo. Uno. Dos. Tres. Cuatro. Cinco. Exhalo. Y la celda no es tan incómoda. Las esposas se han aflojado.

Inhalo una tercera vez. Uno. Dos. Tres. Cuatro. Cinco. Exhalo, y el aire se siente menos denso. El techo adoquinado sobre mí, menos pesado. El goteo ha desaparecido.

Es el mejor truco que he aprendido alguna vez. Ninguna poción jamás me ha conectado conmigo misma de esta manera. Ninguna podría haberlo hecho. Ni siquiera cuando emano oscuridad me relajo de esa forma.

He tardado en aprenderlo. Los primeros años de mi vida sufría mucho cada vez que la imperfección de mi entorno me abofeteaba. Yo me dejaba golpear por ella como una víctima más. Creía que no había forma de escapar de la tensión a la que me llevaba.

Ella fue quien me enseñó la magia de la respiración. Una que no necesita conjuros ni pociones. Una a la que le alcanza con mi fe y mi paciencia. Una que me desenreda los pulmones y que vuelve todo a mi alrededor más brillante y feliz, aunque nada haya cambiado afuera.

«Habitar el presente», así le llama Elna, mi abuela, cuando yo respiro así, cuando me concentro en el momento, cuando me dejo atraer por la respiración a la coherencia del cuerpo y la mente. Cuando las líneas dejan de ser carceleras y pasan a ser solo líneas. Cuando los puntos se vuelven invisibles. Cuando contar los ruidos o lo que fuese se torna innecesario. Así fue que comencé a verme no como víctima, sino como sobreviviente.

«Que los dioses oscuros te guarden, abuela», le agradezco internamente una vez más por el truco que compartió conmigo hace tanto tiempo. Quién sabe a qué estado desesperante me hubiesen llevado las obsesiones en aquella celda de no haber contado con una herramienta como esa.

¿Qué pensará cuando llegue y me vea en esta situación? Porque llegará. Mi abuela siempre me encuentra y sabe qué hacer. Ciudad de los Muertos no está lejos de Crepuscilia, la ciudad de los hombres, solo hay que cruzar un puente. Hace unas horas lo hice y me enfrenté a un grupo de humanos. Elna tal vez me diga que alardeé más de lo necesario, pero luego lo olvidará y me llevará a casa. Después de todo, nadie que hubiese visto la mirada desesperada de la niña me habría culpado. Nadie que hubiese advertido lo esquelético que estaba su pequeño cuerpo se habría interpuesto en mi camino. Nadie que se hubiese percatado de la manera en la que miraba a sus hermanitos menores, suplicándoles con la expresión que se quedaran escondidos mientras ella buscaba comida, se habría atrevido a detenerme.

Las leyendas mortales advierten a los niños sobre las brujas. Dicen que nos alimentamos de ellos, que los chupamos hasta dejarlos morir. Que los engordamos para cocerlos y comerlos. Que se los entregamos al Dios de la Oscuridad como tributo para fortalecer nuestros poderes.

Pero los pequeños hambrientos son parte del sistema de los mortales. Que un niño abandonado vague por las calles todos los días sin ningún cuidado, sin que nadie se detenga a cuestionar las normas humanas que lo llevan a esa situación, es incluso peor que todo lo que las leyendas cuentan sobre las brujas.

Yo he quebrado las normas humanas hoy. ¿Quién soy yo para pretender ser ciega ante las personas que están llenas de necesidades y que muchos podrían satisfacer, pero que todos deciden no hacerlo? No toleré verlos sufrir sin ningún lugar a donde refugiarse del frío invernal, sin nada que poner en sus estómagos. Robé esas manzanas y se las entregué a la niña. Por eso me han encarcelado.

Sé que mi abuela me reprenderá por no haber utilizado la caperuza de la capa del color de la sangre que es herencia de nuestra familia. La he tenido desde mi nacimiento y desde muy pequeña aprendí que la capa no es mágica, su caperuza lo es.

Aquella vestimenta es mi legado, mi refugio contra el mundo, mi escudo frente a los enemigos. Mientras use la caperuza no soy invisible, pero sí me camuflo con el ambiente gracias a la magia con la que mis ancestros la han encantado. Puedo golpear el aire como un eco, puedo desplazarme por donde quiera, puedo gritar en medio de una multitud y, de todas formas, pasaré desapercibida. Al menos para los humanos.

«Los humanos son tontos —pienso—, y ciegos. Tan ciegos».

Ven solo lo que quieren ver. Y a mí me desprecian al tenerme enfrente. No querrán verme nunca, por eso la capa no es solo un regalo para mí, sino también para ellos.

A los humanos los engaña siempre, pero también lo hace la mayoría de las veces que me cruzo con otras criaturas mágicas, no importa cuántos ojos tengan. La única excepción son aquellos que tienen sangre de bruja. Alcanza con una sola gota de magia de bruja en la sangre y el ser del que se trate podrá verme bajo la capucha.

Más allá de la caperuza, pienso en la habilidad de pasar desapercibida como algo natural para mí. Después de todo, soy tenue, como un *déjà vu*. La gente se acuerda de que pasé solo cuando vuelve a verme.

Soy una insinuación que se mueve por pasadizos, siempre al borde, siempre al margen. Aquella a quien se ve desenfocada. La desmemoria reencarnada. Un suspiro de ausencia.

Así lo prefiero casi siempre. Después de todo, si brillo demasiado opaco las pequeñas maravillas que transcurren a mi alrededor. No quiero perdérmelas. Pero, además, las sombras son las que lo ven todo. Nadie se divierte más que las sombras.

Pero hoy he querido que me vean. Hoy he querido que los mortales sean testigos de que soy yo quien puede infundirles terror. Que los haré pagar por las arbitrariedades hacia los débiles. Quise que vieran el brillo triunfal en mis ojos mientras hacía justicia por mano propia. Y por eso dejé la capa a un lado. Hoy no quise ser invisible. No usé la caperuza, y eso me ha costado caro. Perdí mi capa en el mercado y ya no la llevo conmigo.

El aullido del lobo a lo lejos, desde el bosque, es lo que me trae al presente una vez más. Y sé que el anochecer ha llegado. Es cuestión de segundos para que los humanos vengan a buscarme, para que me arrastren al poste en el que me atarán y que enciendan la hoguera que me llevará a una oscuridad de la que no podré regresar jamás.

El aullido se repite en mis oídos como la música eterna de un llamado infinito. Pero esta vez los lobos no anuncian un horario ni un momento del día, como el anterior, sino que, como mi respiración, me piden que tenga calma, que sea paciente. Me aseguran que todo estará bien.

La explosión desde afuera de la celda me confirma que tienen razón.

Voces alarmadas. Pasos apurados. Espadas entrechocando.

Gritos de terror.

Por todos los dioses oscuros, cómo amo los gritos humanos.

Por instinto, levanto ambos brazos esposados sobre la cabeza para cubrirme cuando la puerta con la mirilla de la celda vuela por los aires.

Hay humo por doquier. Los pasos, los gritos y los choques de espadas llenan el ambiente.

El humo se atenúa poco a poco, hasta que distingo una silueta delante de mí. Aquella que llevo esperando desde que me colocaron las esposas.

Mi abuela me observa con una sonrisa de ira contenida. Su cuerpo alto y esbelto, sus pómulos marcados, su boca roja y carnosa, y su largo y brillante cabello platinado y ondulado son inconfundibles. El rostro de pasiones y pesadillas.

—Alika, mi querida maldición, creí que habíamos estado de acuerdo en que las esposas de hierro se te ven fatal.

CAPÍTULO 2

Si yo soy una sombra, mi abuela Elna es una maldita tormenta.
Ella no permitirá que nadie la olvide. Y a quien lo intente… No quiero estar en los zapatos de quien sea que lo haga.
—Sé cuánto te gusta ser la damisela en apuros, Alika querida —dice mi abuela con su melodiosa voz. Es la con la que cualquier criatura desearía escuchar que pronuncian su nombre. El problema es que Elna nunca ha aprendido el nombre de ninguna criatura con la que se ha acostado—, pero mi paciencia con mortales ha llegado a su límite esta noche y, por más encantadores que hayan resultado ser, han sido más de lo que puedo tolerar por hoy.
—¿Qué pasa, abuela? —le pregunto mientras me pongo de pie y extiendo los brazos para que me corte las esposas—. Te esperaba hacía horas. Llegué a pensar que no vendrías. ¿Sabes lo que sucede cuando llegas tarde a un compromiso?
—¿El compromiso termina antes? —bromea mientras saca un frasquito de entre sus ropas y lo vacía sobre mis cadenas. Las cerraduras se abren instantáneamente, aquello que me ataba cae sobre el suelo y recupero mi libertad—. La próxima, espero que me digas a dónde vas, mi pequeña víbora. El mundo es un lugar peligroso. Quiero saber dónde está mi nieta. Sobre todo si tiene puesto un vestido mío. No puedo permitirme perderlo.

Con mi abuela tan cerca, alcanzo a ver que tiene no una, sino dos espadas en la cintura, y podría apostar mi cabeza a que al menos una de ellas debe estar cubierta de sangre humana.

También me percato de que tiene puesta su armadura plateada, en la que me veo reflejada con mis almendrados ojos azules, también aparecen mi cabello rubio oscuro atado en una trenza larga y despeinada y mis labios voluptuosos. Tengo el rostro sucio y ojeras.

—¿Te dejo sola con tu reflejo, mi dulce murciélago? —bromea Elna—. Tal vez podrás conseguir un cuarto para ti y ti misma cuando regresemos a Ciudad de los Muertos.

Ciudad de los Muertos. El lugar en el que las brujas convivimos con fantasmas y espectros, el sitio en el que los humanos enterraban a los caídos durante años antes de que se volviera la tierra habitada por las brujas, mi hogar desde que tengo memoria.

El continente en el que vivimos es muy pequeño. Apenas está conformado por las ciudades de las distintas criaturas: en el sur se encuentran las Tierras Bajas, donde habitan los gigantes; yendo desde allí hacia el norte comienza la ciudad de los hombres, Crepuscilia. Del otro lado del río, cruzando el puente, está mi hogar, Ciudad de los Muertos, y del otro lado de los acantilados de Yhelm, que señalan sus límites, tierras no habitadas, desconocidas y salvajes. En la parte más al norte del continente está el bosque de Alcabrava y, junto a él, las minas de Platarroyo y el reino de las hadas, Luminia.

—Seguro, abuelita querida.

Lo digo como si fuésemos mortales, una abuela anciana y sabia y su nieta dulce e inocente. La risotada salvaje que lanza sonaría perversa en otros oídos, pero es algo cálido para los míos, algo capaz de liberarme de todas mis obsesiones sin siquiera detenerme a inhalar o exhalar. Es lo más maravilloso que tiene mi abuela: su capacidad de reír, no importa lo que suceda.

Físicamente, Elna y yo no nos parecemos en nada. Ella es alta y esbelta y yo apenas llego al metro cincuenta. Sus pómulos son más afilados, su nariz más pequeña, sus ojos grises y su boca más fina, aunque siempre está pintada con su labial preferido color rojo sangre. Es macabra y funesta. Cuando sea mayor, quiero ser como ella. Algunos mortales me han dicho que parece que yo tuviera veinte años, aunque en verdad tengo poco más de cuarenta. Elna se acerca a los ciento treinta y luce como una mortal de cincuenta.

—¡Ahí está! ¡La reina de las brujas entró en aquella celda! —grita una voz desde afuera.

—Pensé que ya te habrías librado de los mortales de la prisión —le digo a mi abuela.

—Es el efecto que tengo en los hombres, mi pequeña telaraña. Se resisten a dejarme ir.

Cuatro hombres se detienen en el sitio en el que estuvo la puerta hace tan solo unos instantes, antes de que Elna la volara por los aires. Ella se da vuelta lentamente y queda entre ellos y yo.

—¡En el nombre del rey Varnal, quietas, brujas, u ordenaré que disparen! —El hombre que va adelante pronuncia el nombre del rey cambiaformas con fervor, pero a mí me suena nauseabundo. La confirmación de que los humanos le lamen el culo a su proxeneta. El hombre es alto y corpulento y el sudor le cae por la frente. Por el uniforme que lleva puesto, yo diría que se trata de un general. Sostiene una espada en sus manos, pero los tres que se encuentran detrás de él cargan arcos. Cada uno tiene una flecha y nos apuntan a nosotras—. Te lo advierto, bruja, las flechas tienen puntas de hierro.

—A ti creo que no te había visto aquí antes, encanto —comenta Elna, observando al general de arriba abajo—, aunque definitivamente me gustaría ver todo de ti en cualquier parte. ¿Qué hace un bocadito como tú siguiendo a una criatura como yo? Otro consideraría que es peligroso, ¿sabes? Pero si no tienes problema, yo tampoco. —Y con un tono dulce y arrastrado y una sonrisa perversa agrega—: Yo haría lo que fuese por un bocadito como tú.

El hombre, si ya parecía nervioso, luego de aquellas palabras se ve aterrorizado. Levanta su espada todavía más y sube el tono de su voz. Sonrío. Como si eso fuese a servirle de algo para enfrentar a Elna.

—T-te lo advierto. —El tartamudeo que acaricia la voz aterrada del general me resulta delicioso.

—Por un segundo creí que no serías como los otros, dulzura. Pensé que podríamos ahorrarnos todo el drama, pero parece que no —responde Elna y, todavía dándome la espalda, gira apenas su rostro hacia mí—. ¿Ves algo con lo que te interese jugar esta noche, mi pequeña maldición?

Yo examino a los otros tres hombres que se encuentran en el espacio donde estuvo la puerta hasta hace unos instantes.

—He tenido suficientes humanos por un tiempo —respondo segura.

—Bien, entonces, lo lamento, muchachos, es todo por hoy.

Elna toma otro frasquito de su cinturón, uno casi idéntico al que vació sobre mis cadenas hace tan solo un rato, y lo lanza hacia la ventana. Una explosión, muy similar a la que arrancó la puerta de lugar, retumba en la habitación y, cuando miro, veo que los barrotes que cubrían aquel espacio han volado por los aires. Los hombres se encogen en el lugar para resguardarse de la detonación, aunque es innecesario. Mi abuela solo lo ha hecho para abrirnos una vía de escape.

Elna me apura con un gesto y yo no protesto. Me acerco a la ventana y salto, sin esperar. Un espectro me atrapa en el aire y caigo sobre su lomo translúcido. Su piel tiene apariencia de escamas, como si fuese algo membranoso, pero se siente como humo. El espectro solía ser un dragón cuando vivía, hace quizás doscientos o trescientos años, apenas más grande que un caballo. Ahora, muerto, es transparente y ruge con un bramido bestial al sentirme sobre su fantasmal piel. Percibo sus alas, que se agitan debajo de mis piernas y nos suspenden a ambos en el aire. Me doy cuenta de que hay una gran bolsa de tela sobre su lomo, justo detrás de donde me he sentado.

—¿Contento de verme, Katzen? —le pregunto, y el espectro gruñe otra vez.

Katzen continúa agitando las alas transparentes, pero se mantiene junto a la ventana de la torre. Está esperando a su jinete. La está esperando a Elna.

—¡Que no escape! —escucho que dice uno de los hombres desde adentro de la celda.

—Esto fue divertido, pero tenemos cosas importantes que hacer —responde la mujer a la que tanto admiro mientras se aproxima a la ventana y amaga con seguirme. Por un instante, pienso en la advertencia del general en relación a que las flechas son de hierro y temo que disparen; no obstante, recuerdo que Elna tiene puesto su escudo y estoy segura de que debe haber bebido una poción protectora antes de entrar en la celda. Las pociones protectoras no duran más que unos minutos, pero alcanzará, así que me relajo—. Sin su madre, tener una nieta me da bastante trabajo. Sobre todo cuando mi nieta es una criatura de la oscuridad con una especial afición por robar y aterrorizar mortales. Espero que sepan comprender. Pero por ti, encanto —agrega dirigiéndose al general que todavía se encuentra delante de sus hombres—, por ti podría hacerme el tiempo. Escríbeme cuando quieras, ¿sí?

Ella le lanza un beso al general y oigo que las flechas vuelan por los aires justo en el momento en que Elna monta a Katzen detrás de mí. No me he equivocado, las flechas caen al vacío, repelidas por la poción protectora que ha bebido mi abuela.

Otras se clavan en la bolsa de tela que tiene Katzen en el lomo. Elna se sujeta a mi espalda.

—¡La atraparemos! —grita el general.

—Es una cita entonces, dulzura —concluye Elna y, cuando me giro a mirarla, la atrapo guiñándole un ojo.

Entonces empieza a salir un humo oscuro, denso y vasto de su cuerpo. Yo me sumo a ella. Convoco al Dios de la Oscuridad, le pido que ponga la noche y las sombras a mi disposición. La humareda negra emana de nuestras manos y la dirigimos hacia la celda, la hacemos rodear la prisión. Eso encerrará a los guardias allí durante un buen rato. Los perderá dentro.

Katzen agita sus alas con más ímpetu, aún debajo de mis piernas. Antes de que se lance a los cielos y se aleje de la torre, oigo a los guardias correr, posiblemente para intentar darnos alcance de alguna forma. Los humanos son patéticos, pero debo reconocer que es admirable su insistencia. Nunca se dan por vencidos y se creen insuperables. Mantienen la esperanza de ganar hasta el último instante. Demasiado para criaturas tan frágiles.

—¿Crees que le gusto? —me pregunta Elna. Entiendo que se refiere al guardia y me río.

—Creo que atormentarás sus pesadillas por un buen tiempo.

Katzen se desplaza por los aires, elegante y ligero. Se mueve en el cielo, que ya ha entrado de lleno en la noche. Profiere un bramido de victoria, pero no alcanza a tapar el aullido de los lobos que han comenzado a llenar el ambiente. Los aullidos son implícitos al anochecer. No se detendrán hasta que amanezca.

Detrás de mí siento que Elna se mueve. Saca algo de entre sus cosas. Extiende la capa color carmesí, la capa de mi familia que creí haber perdido en Crepuscilia y la coloca sobre mis hombros, en mi espalda.

—Encontré esto en el mercado cuando fui a buscarte. La próxima vez que te sientas con ánimos de jugar con mortales, mi querido susto, no dejes tus cosas tiradas por ahí.

CAPÍTULO 3

—D<small>IME, POR FAVOR, QUE NO FUISTE TÚ QUIEN LO EMPEZÓ.</small>
Hemos regresado a Ciudad de los Muertos y Elna y yo estamos en la Casa del Río.
Me gusta pensar en las brujas como criaturas fuertes. Como los mortales, tal vez nosotras también deseamos considerar fuerte a nuestra propia especie, pero es verdad que tengo pocas debilidades. La vista que tenemos desde este sitio definitivamente es una de ellas.
La casa está justo al lado del Puente de los Suspiros. Es llamado así en referencia a los últimos suspiros que exhalaban los moribundos antes de ser llevados desde Crepuscilia hacia el cementerio para ser enterrados cuando murieran. Eso era cuando los humanos aún sepultaban a sus muertos aquí. Por eso nuestra ciudad está llena de tumbas. Por eso los fantasmas están por todas partes. El río separa Ciudad de los Muertos de las Tierras Altas, de Crepuscilia y, al fondo, a lo lejos, se alcanza a vislumbrar el bosque de Alcabrava.
Si comparo el bosque con Ciudad de los Muertos, son las dos caras de la misma moneda: lo muerto y lo vivo. Ambas están separadas por el río y Crepuscilia: de un lado, las lápidas pedregosas y los palacios fantasmales que resguardaban a los que ya no están en el mundo. Las tumbas cubren Ciudad de los Muertos en su totalidad, como piel vistiendo un esqueleto. Del otro lado, el verde,

alto e imparable que es el bosque, cubierto por la nieve, pero no por eso menos infinito y vital.

Allí tengo yo aquel retrato que tanto me gusta, casi poético: la vida del bosque y la muerte de los sepulcros, separada por aguas.

Son los tres mundos que conocemos: el bosque de los cambiaformas y las criaturas mágicas que allí viven y que han aceptado su reinado; Crepuscilia, en la que aquellos seres mortales y desagradables pasan sus vidas ignorando los aspectos importantes del mundo, transitando su existencia de forma banal, y Ciudad de los Muertos, en la que las brujas vivimos nuestro exilio junto a los fantasmas.

Por dentro, la Casa del Río, la que compartimos con Elna, es sencilla. Está hecha de piedra, pintada de un hermoso color tumba. Creo que estaba destinada a ser un mausoleo de una familia humana prestigiosa. Cuando las brujas llegamos a Ciudad de los Muertos, Elna la tomó para ella. La habitación en la que nos encontramos es amplia y lúgubre. Tiene una mesa de comedor y algunas sillas, algunos sillones con el tapizado gastado, y en las esquinas de las paredes hay unas cuantas telarañas. Los huesos están por todos lados. Nos gusta mantenerlos ahí, nos dan la sensación de hogar. Los frasquitos, calderos y cucharones se acumulan sobre una mesada y otros alcanzan a verse desde el gigantesco armario, tan desbordado de elementos para nuestras pociones que es imposible cerrarlo por completo. Las puertas del armario permanecen ligeramente abiertas por la presión que ejerce la gran cantidad de objetos que se encuentran en su interior. Todo tiene un perfume a algo silvestre y siniestro. Es embriagador y críptico. Justo como una familia debe serlo.

Solo Elna y yo vivimos aquí. Ella tomó esta tumba como su casa la primera vez que llegó con las brujas a Ciudad de los Muertos, cuando decidieron vivir aquí luego de abandonar el bosque, para que fuese el lugar desde el que gobernaría. Con sus dos habitaciones es más que suficiente para nosotras dos. Digo dos habitaciones, pero hay una tercera: una que mi abuela reserva para túnicas y vestidos espectacularmente macabros que han sido confeccionados por ella misma a lo largo de los años. Tenemos la misma talla, así que, por lo general, yo también me sirvo del gran talento de mi abuela para la costura. Elna suele vestir de negro, como la noche, como la más poderosa tempestad, pero yo, por lo general, elijo el blanco. Los huesos son blancos; las telarañas y los espectros, también. Muchas cosas que dan miedo pueden ser blancas.

Hay un ataúd en cada una de nuestras habitaciones. A veces me gusta recostarme adentro y cerrar la tapa, aunque sea por un rato. Solo para saber cómo se siente, solo para sentir que algo puede abrazarme, aunque ese algo sea la muerte.

—¿Cómo te atraparon? —pregunta Elna. Se refiere a los humanos.

—Tenían cadenas de hierro —respondo—. Me enfrenté a ellos. Comencé a convocar al Dios de la Oscuridad. La negrura brotó de mí. No vi que tenían las cadenas.

—¿Te lanzaron las cadenas mientras estabas distraída? —Su tono es duro pero comprensivo. No soy la primera bruja a la que capturan de esta forma. Durante la guerra, era clásico que los humanos nos debilitaran así. Atraparnos entre hierro era la forma más efectiva para detenernos e impedir que convocáramos la oscuridad.

—Así fue. Cuando quise darme cuenta, ya estaba débil por el hierro y no pude zafarme.

Los aullidos de los lobos, desde el bosque, no dan descanso. No se detuvieron ni un segundo durante todo nuestro viaje sobre Katzen.

Nunca he estado en el bosque, pero he visto lobos en las imágenes de los libros y dicen que son despiadados y sutiles, y que cazan con precisión y eficacia. Gozan tanto del crepúsculo como de la carne misma. Sus enormes fauces se cierran sobre la sangre con una radiante crueldad y sus garras arañan los cuerpos con intimidad de muerte. Cuando las bestias descubren a viajeros solitarios en los pasillos de pinos, se ciñen sobre ellos sigilosamente. A veces, ni siquiera necesitan matarlos. A veces, los corazones de sus presas se detienen para siempre del puro miedo que les genera verlos.

Pese a no haber visto nunca un lobo más allá de mis libros, siempre he pensado en ellos como aliados. Sus aullidos son inmortales y constantes, como las constelaciones, y sus cantos rozan las montañas, las piedras y el suelo, y se suspenden en el aire como si fueran a durar para siempre, como el tiempo mismo. Jamás salen del bosque, pero sus voces desde lo lejos son la mayor compañía que jamás he tenido. Es el recuerdo de algo que algún día tendré. El recuerdo lejano de que algún día recuperaremos el bosque.

Les presté atención a sus aullidos porque Elna y yo no hablamos hasta que llegamos a Ciudad de los Muertos. Ni siquiera cuando se detuvo antes de llegar a la Casa del Río y vació la bolsa de tela que transportó Katzen detrás de nosotras. Estaba llena de comida que seguro mi abuela había robado de Crepuscilia. Siempre debemos robar comida si queremos sobrevivir. No tenemos cultivos o granos y nuestra cultura nos impide alimentarnos con carne como lo hacen otras criaturas.

Elna repartió la comida robada entre las brujas desde las alturas para que todas pudieran comer. Es así como debemos comer siempre. Robar es la única forma que tenemos de sobrevivir.

Imaginé que mi abuela querría interrogarme sobre lo que había sucedido. Sobre el motivo por el cual me encarcelaron. Después de todo, ella debe explicarles a las otras brujas por qué tuvieron que ir a rescatarme.

Lo pienso y la idea me da nauseas. Rescatarme. A mí. De humanos.

—¿Qué fue esta vez, Alika? —me pregunta—. ¿Qué pudieron hacer los humanos que te contrariara para que los enfrentaras? ¿Despellejaron un conejo? ¿Golpearon a un perro?

—Fue una niña esta vez, abuela —interrumpo.

—Oh, me preocupaba que fuese algo que no hubiésemos visto antes —responde sarcástica—. ¿La golpearon? ¿Se aprovecharon de ella?

—Tenía hambre.

Silencio.

—¿Y tú te hiciste encarcelar y permitiste que casi te llevaran a la hoguera porque una niña tenía hambre?

En su boca lo sucedido suena ridículo, pese a la calma de su voz. Mi abuela nunca me reprendería por meterme en problemas. Con ella puedo hablar de todo. Sabe lo que pienso, sabe que repruebo la forma en la que se hacen las cosas porque ella también lo hace. Solo quiere saber qué decir ante las otras brujas. Quiere que la defensa que hará de mí ante las demás no suene ridícula.

—El puesto del mercado estaba cubierto de manzanas —explico—. El vendedor podría haberle dado una a cada persona de esa maldita ciudad y le habrían sobrado. La niña llevaba al menos una hora mirándolas desde la ventana. Estaba con sus hermanos pequeños y le tenía pánico al comerciante. He pasado por allí otras veces y lo he visto arrojarles piedras a los niños.

Digo todo tan rápido que es como si vomitara excusas. Elna me mira, evaluadora.

—Creí que odiabas a los humanos.

Todos dicen que las brujas somos diabólicas, sádicas y malvadas. Somos duras, es verdad. ¿Cómo sobreviviríamos de otra forma cuando todos nos cierran las puertas?

En un mundo en el que se considera *buenas* a las criaturas que pasan junto a uno de los suyos que lo necesita y ni siquiera se detiene a ayudarla, me alegro de que me consideren mala.

—Sé que son humanos, abuela. Sé que es posible que esa niña hambrienta crecerá para convertirse en otro ser egoísta, asesino y destructor como toda su calaña. Repetirá con otros lo que le han hecho a ella. Pero hoy era débil y tenía hambre, y ella no merece sufrir porque ha nacido parte de una especie que descuida a los suyos. No lo toleré.

—¿Y tuviste que quitarte la capa para darles las manzanas a los niños? Podrías haberte camuflado con ella. Les habrías dejado las manzanas y te habrías marchado de ahí y nadie te habría visto.

—Quería que me vieran a los ojos cuando les demostrara lo que podrían hacer ellos mismos con sus propias manos si tuviesen corazón.

—Destruiste el mercado, Alika. Y quién sabe a cuántos heriste. Fue violencia innecesaria. Fue un acto de soberbia.

—No fueron pérdidas que lamente —respondo.

—Estabas presumiendo. Lastimar y matar es un privilegio, no un derecho. Debes ganártelo, deben merecérselo.

Elna acaba de sacarse su armadura y tiene una arruga en el vestido. Me molesta. No debería estar ahí. Ardo en deseos de acercarme a ella y alisar la tela. Me molesta como las cadenas enredadas de la prisión. Me molesta como los cortes torcidos en la mirilla de la puerta. Me molesta como el goteo desprolijo. Intento aliviarlo y, para eso, convoco al Dios de la Oscuridad. Pequeñas nubes negras de oscuridad se asoman por las yemas de mis dedos. La magia es tan pequeña que Elna ni siquiera se da cuenta. No quiero que lo haga, solo pretendo aliviar la tensión.

—Oh, lo siento, Alika, ¿debo ponerme un traje de guardia real y colocarte esposas de hierro para ser digna de tu atención? —dice Elna, y me doy cuenta de que he estado observando la arruga más tiempo del necesario—. No puedes hacerte encerrar de esta forma cada vez que los seres humanos deciden cometer injusticias. Es la tercera vez que te metes en problemas esta semana. Eres una princesa, Alika.

Si, soy una princesa, pero la tercera dinastía de brujas a la que pertenecemos Elna y yo, y a la que también ha pertenecido mi madre, no reina para gobernar como los cambiaformas. Lo hace para guiar, para mantener un orden y unidad. Para inspirar a todas las criaturas que nos siguen, para hacer que se escuchen entre sí y escucharlas nosotros también. Lo que quiere decir Elna es que debo mostrarme digna ante mis compañeras, hacerme respetar por ellas.

Como los cambiaformas son los más poderosos enemigos de las brujas, los que nos declararon la guerra, tomaron el bosque de Alcabrava y nuestro castillo, y las otras criaturas mágicas prometieron servirles. Los cambiaformas les dieron su palabra a los humanos de que conservarían su amada ciudad si los reconocían como los reyes legítimos y les pagaban los impuestos.

Mala suerte que fuese Elna quien estaba en el trono de las brujas del castillo del bosque en aquel entonces. Mala suerte que mi madre, Vanira, peleara en la guerra junto a mi abuela para defenderlo. Mala suerte que el gobernante de los elfos matara a mi madre. Mala suerte que Varnal usurpara el trono. Mala suerte que nos exiliaran a todas. Mala suerte que el invierno se volviera eterno cuando las brujas caímos. Mala suerte que Varnal gobierne el reino desde el otro lado del Puente de los Suspiros, con humanos, gigantes, elfos y otras criaturas a su servicio. Criaturas que se pusieron de su lado cuando intentó tomar el trono. Sucias traidoras repugnantes.

Nunca conocí a mi madre, pero todo el mundo dice que mis ojos azules tienen el mismo brillo y la misma forma almendrada y que los de ella también se completaban con largas pestañas negras. Me dicen que la piel de mi madre era tan blanca como la nieve, como la mía, y que incluso hay veces que mis expresiones son casi iguales a las suyas. Me pregunto si mi madre también se sentía como la sombra en la oscuridad. Si lo disfrutaba tanto como yo.

Sé que a Elna le duele su ausencia. Ella nunca lo dice, pero yo lo sé. Una vez la oí decirle a Mayah, otra de las brujas, cuando creía que yo no escuchaba, que no podía vivir lamentando la muerte de mi madre. Que yo necesitaba que me cuidaran. Que tenía otra vida por la cual velar.

Eso es lo que representa Elna para mí: la que me crio luego de que mi madre muriera en la batalla contra el rey cambiaformas Varnal, el usurpador.

¿Cómo le explico que hace tiempo el canto de los lobos me seduce y me invita a regresar a nuestro antiguo hogar, al que será, por ley natural, siempre la herencia de mi familia? A mí, Alika, princesa de las brujas, heredera de la dinastía tercera de altas hechiceras. La «sintrono» me llaman algunas, aludiendo al hecho de que Vanira la Feroz, mi madre, quien se suponía que sería reina, «la que jamás fue», murió en manos del ejército de cambiaformas.

—Habla, horripilante susto —me dice Elna—. Las conversaciones necesitan palabras.

Pero la arruga está ahí, en su vestido. No debería seguir en ese lugar. Creerá que estoy mal si la aliso. Debe hacerlo ella. Por favor, que se emprolije el vestido. No puedo suplicarle que lo haga, pero, por favor, que lo haga. Más oscuridad sale de mis manos y, esta vez la magia no es tan pequeña. La humareda negra comienza a brotar de mi pecho también y se extiende.

—Ey, Alika —me llama—. Respira.

La oscuridad ha comenzado a inundar la habitación. Es lo que habría sucedido en la prisión de no haber tenido las esposas. Con las cadenas puestas y mi magia limitada, podría haberme vuelto loca. Sin ellas, al menos lo oscuro de mis pensamientos puede ser expulsado.

La humareda de oscuridad que ha salido de mi cuerpo es lo que me delata. Elna se ha dado cuenta de que mi cabeza está rumiando ideas. Ella inhala, abriendo muy grande los ojos, como si me suplicara que la imitara. Yo lo hago. Ambas cerramos la boca. Sé que ella está contando hasta cinco porque también lo estoy haciendo yo. Luego la abrimos y exhalamos.

Es el ejercicio que hice en la celda y el que hago siempre cuando me siento abrumada por la suciedad de mis manos, por los números impares, por las telas deshilachadas, por las líneas torcidas. Cuando sucede, necesito lavarme varias veces. Necesito agregar o quitar un número. Necesito cortar la tela y enderezar lo que sea que esté chueco.

O, tal como lo estoy haciendo, lanzar mi oscuridad al mundo.

De lo contrario, me llega esa incomodidad. Siento que algo va a pasar. Algo malo. Los espacios se vuelven más pequeños. El cuerpo se me tensa. El sudor me resbala por la frente. Pero lo peor es mi cabeza. Lo peor siempre es mi cabeza.

Es habitual que la oscuridad escape del cuerpo de las brujas cuando estamos tensas. Nos sentimos cómodas en la oscuridad, convocarla a través del Dios de la Oscuridad es una forma natural que tenemos de lidiar con los nervios. Después de todo, la peor cadena para cargar es la mirada del otro y, en la oscuridad, nadie puede mirar.

La sensación constante de que ocurrirá algo malo si no recupero el control. Algo que no tenga solución. Un fantasma muy distinto a Katzen o a cualquiera de nuestros aliados que residen en Ciudad de los Muertos. Uno que no deja pasar el aire, que se me atora en el pecho.

Respirar de la forma en que Elna me enseñó, habitando el presente, es lo único que me relaja. Lo que me hace darme cuenta de que no necesito hacer nada de todo eso. Que es solo un pensamiento. Que si lo transito, se irá, pero que si obedezco las compulsiones, detrás de ellas vendrán muchas más. El truco es nunca actuar ante lo que me pide la mente, ante lo que me hace creer que es primordial.

Elna respira conmigo y mi necesidad de contar, de alinear, de limpiar, todo se aliviana. No porque deje de sentirla, sino porque me vuelvo consciente de ella y comprendo de dónde viene. Luego la hago salir de mi mente con mis exhalaciones. Registro que son emociones pasajeras, que no son la realidad. Simplemente algo que deseo hacer en un momento determinado. Es el truco. «Habitar el mundo con presencia», como ella le llama a esa magia.

—Sabes cuánto te quiero, pequeña tarántula, ¿verdad? —Se acerca para decirlo y, en ese instante, yo dejo de ser una bruja de cuarenta y siete años con un dominio avasallante de varios tipos de armas para convertirme en una niña que se aferra al consuelo de su abuela—. Siempre llegaré a rescatarte, Alika, sea de humanos o cambiaformas o de tu propia cabeza. Somos tú y yo contra el mundo.

Asiento, pero luego me doy cuenta de que eso no es suficiente para agradecerle todo lo que hace por mí todos los días, lo que ha hecho desde que quedé a su cuidado siendo aún un bebé, y le echo los brazos al cuello.

—¿Me perdonas? —le pregunto.

—La paso de maravilla peleando con humanos, Alika. Y ese terroncito de verdad fue algo que mereció la pena hoy. No tengo nada que perdonarte.

—Si vuelven a atraparme, ¿creerás que soy patética?

—Depende de qué estés usando cuando lo hagan. No hay forma de que crea que eres patética si tienes puesto uno de mis vestidos, mi adorada pesadilla.

Me río contra su hombro ante su respuesta.

—Gracias por recuperar mi capa —le digo finalmente cuando me separo de ella, y prometo—: No volverá a suceder.

—Eso suena más falso que una moneda de lata —replica, pero no parece decepcionada en absoluto. Por el contrario, es como si la idea de que repita mis actos en busca de justicia la divirtiera. Ella solo no quiere que me atrapen. Se acerca a mí y me acomoda el cabello rubio ceniza detrás de las orejas. Intenta alisarlo desde la coronilla hasta la punta de la larga trenza—. En cuanto a tu capa, la próxima vez que la encuentre en el suelo, tal vez lo piense dos veces antes de devolvértela.

CAPÍTULO 4

La puerta de la Casa del Río se abre de un golpe y entran tres personas. Adelante van dos mujeres; la primera, de la edad de mi abuela, de cabello corto al ras y tan platinado como el de ella, pero un poco más baja en altura. Les toma tres zancadas llegar al sitio donde nos encontramos Elna y yo. Son seguras y dicen «por el próximo rato me convertiré en la maldita dueña de esta habitación a menos que me detengas. Y si lo haces, deberás ser firme, porque no pienso permitir que me intimides». La otra mujer tiene unos años menos, pero su forma de caminar dice «seré tan dura como deba ser y demonios que desearás que no logre intimidarte». Tiene contextura robusta y cabello rojo como el fuego. Sus ojos verdes son capaces de robar suspiros, de detener huracanes. Cualquier cosa puede perderse dentro de esas pupilas, incluso las almas.

La tercera persona que entra es un muchacho. Un humano, aunque no mortal. Uno que conozco bien y que me mira con curiosidad y con mil palabras en su expresión. Palabras que no podemos pronunciar delante de mi abuela y de las otras dos mujeres. Warmer cumplió treinta años hace un par de meses, pero ha envejecido a la par de las brujas desde que yo le di de beber mi sangre, desde que se convirtió en mi cazador hace ya siete años, por lo que luce casi igual que la primera vez que lo vi y lo seguirá haciendo mientras beba mi sangre habitualmente.

—Johari, Nadela, ¿a qué le debemos el placer? —pregunta Elna a las dos brujas.

—No estoy de humor para estos jueguitos, Elna —espeta Johari. El cabello platinado al ras le da un aire de guerrera imparable y en su expresión veo indignación. Luego se vuelve a mí—. Tienes algo que me pertenece, Alika, y lo quiero de vuelta.

—Tanto drama… ¿Es necesario este escándalo, Johari? —Los ojos verdes de Nadela brillan al pronunciar las palabras y me mira con complicidad, una mirada que yo devuelvo para indicarle que todo ha ido bien. Que el plan está en marcha.

Sé que a Warmer no se le ha escapado esa comunicación silenciosa que he tenido con Nadela, por más fugaz que haya sido. A él no se le escapa nada en relación a mí. Por eso es mi mejor amigo.

Todas las brujas somos iguales en Ciudad de los Muertos. Lo éramos también cuando vivíamos en el castillo de Alcabrava. Nuestra jerarquía es pacífica, solo existe para organizarnos y mantener el órden. Cada cierto tiempo un consejo formado por nuestra reina, la capitana del ejército y una representante de cada aquelarre se reúne para tratar cuestiones importantes. Es mi obligación como princesa asistir también.

Johari era capitana del ejército de mi madre cuando las brujas fuimos expulsadas del bosque. Me atrevería a decir que en algún momento también fue su amante, pero no me consta. Las relaciones de brujas entre sí, y con mortales y otras criaturas también, suelen ser erráticas e impredecibles.

Las brujas no tenemos padres. Por supuesto que nuestras madres deben haber tenido relaciones con algún hombre para concebir, pero ninguno participa en nuestra crianza o rara vez lo hacen. No se lo permiten, y tampoco quieren hacerlo. Antes de la guerra hubo casos de brujas y humanos que se enamoraban, pero, poco a poco, todas las criaturas comenzaron a temernos Nadie se atrevería en estos tiempos a enamorarse de una bruja.

Los hijos varones de brujas y humanos tendrán para siempre sangre de bruja en las venas. Aunque no puedan hacer magia o preparar pociones, perciben la magia de una forma distinta. Contra ellos no funcionaría la magia de mi capa roja, por ejemplo. El hijo de una bruja podría verme tan bien debajo de mi capa como lo haría una de las mías.

En cambio, si tan solo uno de sus hijos resulta ser mujer, esta siempre es bruja. Abandona la familia para ser criada con su comunidad. Su madre bruja la lleva con nosotras para que se le enseñe a utilizar la magia, a convocar la oscuridad y a preparar pociones. La vida separada de una hija pequeña no es algo que nadie ansíe. Sin mencionar que es desagradable para la bruja, que suele vivir unos trescientos años aproximadamente, cuando su esposo o incluso sus hijos mueren por edad avanzada, por eso tendemos a mantener todo muy casual cuando nos relacionamos con hombres a menos que pretendamos convertirlos en cazadores. Son tan endebles los humanos.

Creo que lo que hubo entre Johari y mi madre fue serio. Johari es exigente con todos. Nunca sonríe, ni siquiera cuando hacemos dibujos con sangre sobre las tumbas o cuando nos lanzamos cuchillos entre nosotras.

Su ceño suele estar fruncido casi todo el tiempo, pero las comisuras de sus labios tienen unas discretas arrugas de expresión, como si alguna vez hubiese sido tan feliz que la alegría se le hubiese marcado en el rostro para siempre. Son sus cicatrices: tanta alegría no es gratis. Nadie puede estar tan completo en esta vida. El destino viene a cobrarse tarde o temprano. Te arranca lo que tienes. El problema es que una vez que lo has tenido, sabes lo que te estás perdiendo y nunca más puedes volver atrás. Nadie vuelve a ser el mismo luego de haber gozado de tanta felicidad.

Sé que lo que tuvieron con mi madre significó algo grande y que las arrugas de su boca tienen que ver con ella, porque Johari reserva miradas especiales para mí cuando cree que no la veo. Todos mis rasgos, que son idénticos a los de mi madre, son capturados por Johari en breves miradas que me dirige casi todos los días. Como si anhelara que la conciencia de mi madre también estuviese en mi cuerpo además de sus ojos, su piel y sus expresiones.

«Capitana del ejército» sigue siendo la forma más exacta que tengo de describir la función que Johari tiene en la comunidad de las brujas, incluso ahora que carecemos de tierras y que lo más parecido que tenemos a un ejército es un grupo de brujas que sabrían pelear si debieran hacerlo. Solían ser varios ejércitos antes de la guerra, pero muchas brujas murieron. Toda nuestra organización se ha mantenido tal como era cuando caímos en desgracia: Elna es nuestra reina. Nos protege, nos cuida, gobierna para nosotras, para darnos una vida mejor. Johari es la capitana del ejército. Y nos sanamos a nosotras mismas con las pociones que fabricamos. Nos aferramos a eso, como si el tiempo se hubiese detenido cuando mi madre fue asesinada. Como si deseáramos el masoquismo de revivir nuestra tragedia una y otra vez. Pero también lo hacemos porque es todo lo que nos queda, todo lo que sabemos hacer.

Las brujas más sabias, las que transmitían los conocimientos a las más jóvenes, las que educaban, la mayoría murió en la guerra, y es ese el motivo de que nuestra cultura muera poco a poco.

Nuestros roles no son asignados al azar. Debemos tener la personalidad adecuada para mantenerlos.

Elna es reina porque su madre, mi bisabuela, lo fue, como mi madre también lo habría sido si no hubiese muerto. Desde niñas, las brujas que serán reinas son educadas para tener el carácter y las habilidades que se necesitan. Es por eso que Elna es impetuosa como una tormenta y todo el mundo dice que mi madre lo era también. A mí me enseñaron a pelear, fuí entrenada por la misma Elna y Johari para usar armas y para resistir torturas. Y sin embargo, no entiendo qué pasó con mi carácter. Nunca soy una tormenta, solo una sombra.

Johari es disciplinada y severa, pero Elna es extraordinaria y feroz. Mantiene a las brujas alineadas bajo su mando. Yo soy sutil, nunca podría llevar a cabo lo que mi abuela hace. Ella es la mejor para el trabajo, la única apta para el rol.

—Lo digo en serio, Alika —repite Johari.

—No tengo idea de qué hablas —respondo.

—Te lo está diciendo, Johari —dice Nadela—. La princesa no ha tomado tu espejo de plata élfica, así que ve a buscar tus cosas perdidas a otro lado. No la molestes.

—Eres la única que sabía dónde lo guardaba —replica Johari.

—¿Para qué lo quieres, de todas formas? —pregunta Nadela.

—Eso no te incumbe. ¡Sabes que ese espejo es importante, Alika! —exclama Johari, mirándome. No ha comprado las palabras de Nadela ni tampoco mis mentiras—. Lo he tenido durante años. Lo guardaba en mi habitación. Me visitaste ayer antes de ir a la ciudad humana y de pronto ya no está. ¿Coincidencia? No lo creo.

—No tengo la culpa de que seas tan despistada con tus cosas.

—¡Elna, no hay caso! No hay señales de la princes...

Detrás de Johari entra otra mujer, cuyo rostro es negro como la noche, que enmudece al percatarse de que estoy en la sala junto a mi abuela. Se peina el cabello negro colmado de trenzas pequeñas entremezcladas con rastas en un gesto nervioso, y entiendo que Mayah es a quien mi abuela puso a cargo de mi búsqueda.

—Parece que ya la encontraste —comenta Mayah, mirándome con reprobación, y se vuelve hacia la capitana—. ¿Encontraste tu espejo, Johari?

—No, pero pronto lo haré —contesta.

—Te lo dije, Johari, debe haber una confusión —interrumpe Warmer.

—Si vas a participar de conversaciones entre brujas, mantente en silencio, cazador. Lo que guía a los tuyos es la obediencia. —La voz de Johari es firme al dirigirse a mi amigo—. Deshonras a tu apoderada. Ese espejo es importante para mí, Alika. Exijo su devolución.

—Johari, querida —dice mi abuela, y una sola palabra suya alcanza para que las cuatro brujas aparte de ella en la habitación, incluyéndome, y el cazador, guardemos silencio—, traje a Alika de la prisión humana y no me he separado de ella desde entonces. Le han quitado todas sus posesiones ahí y ha estado usando esposas de hierro. No podría haber ocultado nada con ella. ¿Por qué no revisas su habitación? Si lo que buscas no está ahí, dudo que lo encuentres en otro lado.

—Ya lo creo que lo haré —responde Johari. A mí no me gusta nada que revise mi habitación. Entiendo que Elna quiere serenarla y que cuando Johari se pone así no hay mucha alternativa.

Estoy por protestar, pero Mayah me interrumpe.

—¿Otra vez en las prisiones humanas? La verdad es que no lo entiendo, Alika. Disfrutas pasar desapercibida. Te mueves mejor que cualquiera de nosotras por los mundos mortales. Podrías desfilar por el medio de una multitud de hombres, pero al ver una pequeña injusticia, en lugar de actuar en forma inteligente, haces estallar la ciudad completa. Debes ponerle algún límite a la niña, Elna. No puede ir por ahí haciendo lo que quiere. Sus actos tienen consecuencias para todas. A veces puede ser tan…

—Espantosa, irresistible, macabra, despiadada —enumera Elna—. Mi nieta tiene de quién aprender, ¿no crees, Mayah?

—Seguro que sí —comenta Nadela, y me guiña un ojo antes de acomodarse el cabello rojo como el infierno detrás de la oreja.

Ella es la siguiente en el mando luego de Johari, y Mayah, la tercera. Nadela es la más joven de las tres, aunque tiene unos cuantos años más que yo, los suficientes como para haber participado por un corto tiempo en la guerra. Su talento para las peleas y su agresividad le han ganado el puesto.

Elna sabe que Mayah la está advirtiendo sobre algo, y yo temo que descubra lo que estoy planeando. Nadela y yo llevamos armando todo desde hace un tiempo. El robo del espejo ha tenido que ver un poco con eso, pero no tuve alternativa. Los elfos no iban a confiar en mí si no les llevaba un presente.

—Los humanos serán injustos hasta que el mundo se termine, Alika —concluye Johari—. Mientras las cosas no cambien aquí, mientras los cambiaformas no les pongan límites a los hombres, continuarán siendo inequitativos. Habrá criaturas que morirán de hambre y otras que rebosarán de riquezas.

—¿Alguna revolución que estés planeando de la que no esté enterada, Johari? —pregunto.

—¿Revolución? —Johari lo pronuncia como si fuese una mala palabra, como si yo estuviera loca solo por sugerir que ella podría pensar en algo así—. Te estoy advirtiendo que si cuarenta años no han alcanzado para que te acostumbres a que los cambiaformas no le pongan límites a los humanos y su maldad desbordada, ya es hora de que lo hagas. Siempre será así, Alika.

—A menos de que estés considerando hacer un verdadero cambio en el mundo, llevar una vez más a las nuestras al trono, abstente de decirme qué hacer —replico furiosa por el conformismo de la capitana.

—Alika... —dice mi abuela, pero Johari la interrumpe:

—Las criaturas mágicas del bosque reconocen a los cambiaformas como sus señores. Y nuestros números son bajos. Nos pasamos los días y las noches viviendo entre estas tumbas, muertas de hambre. ¿Cambio en el mundo? Robar a plena luz del día en Crepuscilia no es cambiar el mundo. Al menos no los mataste esta vez. Nos habríamos enterado si lo hubieses hecho, ¿cómo te hace sentir eso?

Avergonzada por mi fracaso, así es como me hace sentir no haberlos matado, pero no lo digo. Johari habla como si la injusticia del mundo fuese algo inmodificable. Como si se hubiese rendido y las cosas fuesen a ser así para siempre, y sus palabras me presionan el pecho. De pronto es como si tuviera un gigante sentado encima.

—No es solo robar...

—¿Qué es, entonces?

—El modo de las brujas —respondo—. Igual que lo hacemos en Ciudad de los Muertos. Elna es nuestra reina. Ella es quien debería estar sentada en el trono del bosque. Tendríamos el reconocimiento de autoridad por parte de las criaturas mágicas.

—Eso nunca sucederá otra vez. Palabras de una soñadora —comenta Johari—. Alika, la ilusa, después de todo.

—Alika, la visionaria —corrige Nadela con fervor, pero Johari no le hace caso.

No giro a ver a Mayah ni a Warmer, pero siento su expectación mientras oyen la discusión. Elna no dice nada, aunque tampoco me atrevo a mirarla.

—Tu lugar entre nosotras no parece resultarte suficiente, Alika —dice la capitana—. ¿Por qué no ser felices con lo que tenemos? ¿Acaso no hemos perdido suficiente?

—Quiero que los débiles puedan alzar su voz, aquellos que el actual sistema parece haber acallado para siempre. Quiero poder comprar todo el maldito puesto de manzanas para entregar a los hambrientos si lo deseo. Por el contrario, nos recluimos entre muertos y espectros. No me malentiendas, me gustan mucho los espectros. Solo que puedo sentir que los espíritus de las nuestras se desploman día a día. Viven, pero poco a poco perdemos nuestras costumbres, tradiciones y cultura. Nosotras, que conocimos el bosque como nadie, que supimos aprovechar todo cuanto este supo darnos, todos sus recursos y sus frutos, ahora estamos reducidas a vivir entre piedras.

—Pero ¿tú qué sabes de cómo eran las cosas antes de la guerra, Alika? —pregunta Johari—. Eras apenas un bebé...

—Sé las historias que se cuentan.

—Entonces una guerra a la que ninguna sobrevivirá porque tú escuchaste historias... —responde Johari—. Muy lógico.

—Suficiente —ordena Elna. Su voz es el látigo de un rayo. La miro y veo la furia contenida en su rostro—. ¿No les da vergüenza? No quedamos vivas más de un centenar de brujas y ustedes están peleando como mortales, con la arrogancia emanándoles de los poros. Patético.

Dejo de discutir con Johari y, pese a que ninguna de las dos se disculpa con la otra, siento su tensión cuando nos quedamos enfrentadas a mi abuela, a su servicio.

Miro apenas por el rabillo del ojo y advierto que Warmer también se ha quedado quieto, a la espera de las órdenes de mi abuela.

—Ahora, Alika, mi adorada pesadilla, sé una buena niña y permítele a Johari el acceso a tu habitación para que pueda buscar su maldito espejo élfico. Y, luego, les suplico que salgan todos de aquí. Tengo cosas que hacer.

CAPÍTULO 5

No DUERMO ESA NOCHE. Cuando Johari termina de revolver mi minúsculo cuarto, con Mayah y Nadela como testigos, y concluye que de alguna forma me he desecho de su espejo de plata élfica, me ofrezco a acompañarla afuera con una sonrisa de suficiencia plasmada en la cara.

Ella sabe que fui yo quien lo tomó de su habitación, pero no puede acusarme otra vez sin pruebas. Sé que ella lo sabe; sin embargo, no voy a reconocerme como autora del robo. No cuando el espejo puede servir a un propósito más noble que para que Johari admire su propio reflejo todos los días. Se lo entregué a los elfos. Esa fue mi parte del trato que hice con ellos. Ahora les toca a ellos cumplir con su parte.

Sigo a la capitana y a sus dos siguientes en rango durante todo el camino hacia la puerta de la Casa del Río que da al exterior y salgo con ellas. Johari, Mayah y Nadela toman el camino hacia el mausoleo que utilizan como vivienda. Nadela me guiña un ojo y yo le devuelvo una sonrisa discreta antes de irme.

Warmer se marchó incluso antes de que la capitana comenzara la búsqueda en mi cuarto y mi abuela se encerró en el suyo a hacer quién sabe qué.

No vuelvo a entrar en la casa, sino que, al ver a Katzen afuera junto a las tumbas, le silbo. El espectro viene enseguida hacia mí.

Me alza en su lomo traslúcido y me eleva por los aires. Me sujeto de su cuello fantasmal y lo guío a través del cielo estrellado, con la única melodía del aullido de los lobos deleitándome desde el paisaje nevado que es el bosque que se alza a lo lejos.

Llegamos a la lápida más alta de Ciudad de los Muertos. Es casi tan alta como una torre de vigilancia. Me pregunto a quién planeaban enterrar allí los hombres, porque la lápida nunca ha tenido nombre ni dueño. Seguramente se habrá tratado de una familia poderosa, igual que la Casa del Río. Es probable que planearan enterrar a todos sus miembros allí bajo esas piedras suntuosas para ser alimento de los gusanos más ostentosos del mundo.

Ciudad de los Muertos en su parte norte está delimitada por los imponentes acantilados de Yhelm. En el este, el río. En el sur, las Tierras Bajas.

Antes de la guerra, solían llamar a Ciudad de los Muertos «El Gran Lugar». Era un sitio de eternidad para acceder a un lugar junto a los dioses, para tocar su gloria. Ahora solo se trata de restos.

La única tumba que podría interesarme visitar no se encuentra en Ciudad de los Muertos. Por lo que me ha contado mi abuela, mi madre fue enterrada muy lejos de aquí, en el límite con Luminia, el reino de las hadas. Durante la guerra no había tiempo para elegir dónde descansarían los muertos.

Me siento en lo alto de la torre y Katzen se aleja volando. Permanezco allí toda la noche, observando las tierras de las brujas. El suelo está seco; el ambiente, frío. Las lápidas se ven por doquier. El aire invernal de la noche me llega hasta los huesos, pero no me importa. Me quedo contemplando en lo que se ha convertido nuestro pueblo. No porque tenga memoria de algo distinto. Yo no recuerdo las épocas anteriores a la caída de las brujas, pero si las historias de Elna y del resto de mis compañeras son ciertas, tenía que haber sido mejor que esto. No puede haber nada peor que esto.

Sea como sea, contemplar las estrellas desde aquella cúpula de casa fúnebre me genera una sensación extraña, macabra y agradable. Me hace pensar en el invierno, en el bosque y en los lobos. Me hace pensar en más allá de lo que puede verse. Me arrastra a sueños de cambio.

Veo Crepuscilia, un terreno obvio, grosero y tosco, para una cultura que es igual.

Veo el bosque de Alcabrava a lo lejos, tan oscuro que apenas alcanzo a distinguir sus colores.

No me doy cuenta cuando el azul violáceo de la noche desaparece. El sol ha teñido el cielo de rojo y naranja de un momento a otro. Los aullidos finalmente se han detenido.

Siento un movimiento cerca de mí. Giro y ahí está Warmer, montado a espaldas de Katzen, tal como lo he hecho yo hace algunas horas. El espectro lo deposita suavemente a mi lado sobre la torre. Luego se aleja volando una vez más y, agitando las alas, corona una vista espectacular en contraste con el color del cielo.

—¿Estás de humor para compañía? —pregunta Warmer.

—¿Cómo sabías que estaba aquí?

—Siempre que no te encuentro por ningún lado estás aquí... o en la prisión humana. Pero creí que dos veces en un mismo día sería demasiado. Incluso para ti.

—Ya ha amanecido —digo—. Es un día distinto. Serían dos veces en dos días.

—Serían dos veces en menos de veinticuatro horas —responde. El cabello castaño se le agita con el viento y sus ojos verdes me miran cariñosos. Saca algo de su bolsillo y me lo alcanza—. No te mataría tenerlo puesto de vez en cuando. Tienes esa manía de dejar a un lado los elementos mágicos que te podrían ser de utilidad si te metes en problemas justo antes de meterte en problemas.

—Elna te contó que dejé la capa en el mercado, ¿eh? —pregunto, y examino lo que me ha entregado. Es el collar que compartimos ambos, el que comparten cazadores y apoderadas. Una cadena plateada con un relicario. Warmer tiene uno igual. Cuando lo tengo puesto, él puede percibir dónde me encuentro. No sé si el collar tiene algún límite, pues nunca nos hemos alejado demasiado.

Warmer es mi mejor amigo. Lo fue desde el momento en que lo vi, hace siete años.

Tal como ayer, yo había ido a Crepuscilia aquel día. Tenía la caperuza puesta y vagaba por el mercado, como suelo hacer. Me había aburrido toda la mañana, pero también quería corroborar que todo estuviese bien. Quería ver si podía obtener algo de comida para llevar al aquelarre ese día.

Los gritos del hombre a su mujer llamaron mi atención. Le gritó por un buen rato, aparentemente porque la mujer había roto sin querer los huevos que se suponían que vendieran. Permanecí bajo mi capa, expectante, mientras observaba toda la situación.

«Ella es una mujer igual que tú —me había dicho a mí misma—. Puede hacerlo sola. Puede defenderse. No interfieras».

Sin embargo, el instante en el que el hombre alzó su mano frente a ella fue mi límite. Yo estaba a unos metros, pero habría llegado allí antes de que la palma del hombre cayera sobre el cuerpo de su víctima.

No hizo falta. Warmer estaba ahí.

Empujó al hombre y le ordenó que nunca más volviera a tocar a nadie de esa forma. Mi amigo tiene una contextura grande. Es alto y fuerte, y el hombre no quiso tener problemas con él. Se marchó silencioso como un sepulcro.

Yo permanecí bajo mi capa mientras observaba a quien se convertiría en mi mejor amigo. Él no me conocía y yo tampoco a él. Entendí que, además, no conocía de nada a la mujer porque se refería a ella como «señora». Estuvo un buen rato asegurándose de que estuviera bien, le indicó un hogar de mujeres al que podía ir a dormir si necesitaba ayuda y le habló con palabras dulces. Solo alguien con un corazón de piedra habría sido indiferente a las palabras de Warmer.

Ese día me marché sin decirle nada, pero al día siguiente regresé al mercado y lo vi otra vez. Su ropa era harapienta y él se sentaba en una esquina. Pedía limosnas a todo aquel que pasara. Al final del día, había obtenido bastante dinero. Compró una hogaza de pan, pero no se la comió entera pese a que no lo había visto ingerir bocado desde mi llegada, sino que la partió a la mitad y se la entregó a unos niños que estaban descalzos y que lo miraban con súplica.

Con el tiempo fui acercándome más a él. Un día le dejé algunas monedas en su cuenco de limosnas.

Otro me senté a su lado en la esquina. Comencé a convocar mi oscuridad con discreción, a jugar con la humareda negra que salía de mi cuerpo. Lo puse a prueba.

Pocos de nuestros libros se salvaron luego de la guerra, pero los más antiguos que aún conservamos hablan de un pacto entre los dioses: los del agua, los de la oscuridad, los de la luz, la tierra y el fuego. Todos ellos acordaron crear a sus propias criaturas y otorgarles sus poderes y, a su vez, todas las criaturas convivirían en el mismo mundo. Nuestros dioses son los de la oscuridad y actúan a través de las sombras que emanamos las brujas de nuestros cuerpos cuando convocamos nuestra magia.

Pero por algún motivo, las criaturas creadas por otros dioses comenzaron a temerles a las brujas. Comenzaron a temerle a la oscuridad. Fue lo que desencadenó la guerra y, muchos años después, aunque las brujas ya hubiésemos sido recluidas, los hombres seguían temiéndonos.

Ese día en el mercado, sentada a unos metros de Warmer mientras jugaba con mi oscuridad, comprobé que él no me temía, sino que parecía disfrutar de mi compañía. Entendí que él no tenía padres, que los había perdido y tuvo que aprender a sobrevivir.

Un día le ofrecí ser mi cazador. Yo sería su apoderada. Le expliqué cómo funcionaba: yo le daría de beber mi sangre mágica. Si bebía unas pocas gotas, lo curaría de cualquier mal. Si lo hacía regularmente, viviría tanto como yo lo hiciera.

Ya nos conocíamos hacía varios años cuando lo hice. Creí que me sentiría extraña planteándoselo, pero no imaginaba que jamás fuera a querer a otro humano como mi cazador. Hay brujas que nunca llegan a tener cazadores. El fin de estos es únicamente conseguir ingredientes para nuestras pociones, pero muchas de nosotras nos valemos de los de otras brujas o incluso han dejado de prepararlas. Yo misma podría adentrarme en el bosque con la caperuza puesta y buscar ingredientes, pero el bosque es peligroso para las brujas y las pociones es una de las artes de las brujas que ha comenzado a olvidarse. Ni siquiera sabría qué ingredientes tomar ni de dónde. Al final de cuentas, todas los compartimos en Ciudad de los Muertos, así que solo me limito a preparar las pociones.

El trato que le ofrecí a Warmer era beneficioso para él. No tenía nada en Crepuscilia y podría regresar cuando quisiera, y viviría joven durante muchos años mientras bebiera de mi sangre.

Aunque creo que lo que más le gustó del trato fue que le daba un propósito. En Crepuscilia, él no era nadie. Su existencia pasaba desapercibida y no tenía expectativas de nada ni idea de qué hacer con su vida. En cambio, él pasaría a ser todo para mí.

No alcanza con una sola vez. Warmer debe beber de mí cada cierto tiempo, cuando se siente débil. Eso le da vitalidad y le hace compartir el vínculo que las brujas tenemos con el bosque del que fuimos expulsadas. Lo dirige a través de él y lo hace sentir qué plantas serán adecuadas para pociones.

Cuando dejamos de tener el bosque a nuestra disposición, nuestra posibilidad de buscar ingredientes para nuestras pociones se vio limitada. Un humano puede entrar en el bosque cuando lo desee y ningún cambiaformas lo impedirá. Ninguna bruja tiene una caperuza mágica además de mí, y, de ser descubiertas dentro del bosque, sin dudas nos matarían. Varias veces he hablado con Elna acerca de la posibilidad de ingresar en el bosque usando la caperuza, pero su negativa fue rotunda: es un sitio peligroso para las brujas y yo no tenía nada que hacer ahí. Por eso las brujas comenzamos a recurrir a cazadores luego de nuestro exilio. Algunos dicen que lo hicimos incluso antes de eso.

Así que eso es Warmer para mí: mi cazador. Yo, su apoderada. También me gusta pensar que él me da su amistad y yo, la mía. Por eso jamás le he dado órdenes. Vivir con Elna es excelente, macabro. Nadie me entiende tanto como ella. Nadie calma mis pequeñas obsesiones y compulsiones como mi abuela. Pero uno siempre necesita a alguien de su edad para charlar de vez en cuando. Y Warmer es lo más parecido que tengo.

Creo que él me gustó desde el primer día que lo vi. Todos deberían ser un poco más como Warmer. El mundo sería un lugar más compasivo.

—Elna dijo algo de que te metiste en problemas por ayudar a una niña —comenta Warmer, como al pasar.

—Elna habla demasiado.

—¿Cuál es tu tema con los niños humanos, de todas formas? Creí que las brujas despreciaban al resto de las especies. Sobre todo tú.

—Los niños humanos son inocentes —respondo—. Aprenden lo que se les enseña. Si viven rodeados de maldad, crueldad y egoísmo, eso es lo que serán. Por eso, de adultos, no conocen otra cosa.

—¿Pretendes demostrarles compasión para que se conviertan en algo distinto al crecer?

—No pretendo nada, Warmer. Solo... es injusto. Que tengan que pasar por eso. Que nadie se preocupe por ellos. Que nunca conozcan...

—¿Qué?

—No sé... Que no conozcan lo que significa ser cuidado, supongo.

Permanecemos en silencio durante un rato, solo observando las lápidas a contra luz del sol en el horizonte.

—Si no tienes el collar puesto —dice Warmer—, no sé dónde estás. Si no sé dónde estás, no puedo ayudarte.

—Seguro, porque hay mucho que puedes hacer para ayudarme con la magia y la fuerza que no tienes, humano —le tomo el pelo.

—Podría llamar a Elna —replica él—. Te habría encontrado unas cuantas horas antes si yo hubiese podido decirle dónde estabas.

—¿Qué te hace creer que necesito tu ayuda? No sé si lo sabes, Warmer, pero lo hice bastante bien sola durante unos cuantos años antes de conocerte.

—Ajam, ¿esos años en los que tuviste a Elna sobre ti constantemente cambiándote los pañales o dándote el biberón?

Le doy un golpe cariñoso con el codo para callarlo, pero sonrío.

—Es en serio, Alika. Sé que disfrutas ser una sombra, que no te gusta que la gente sepa dónde estás. Pero úsalo o ten cuidado cuando estés en Crepuscilia. Yo nunca me quito el mío.

Levanta la fina soga que tiene alrededor del cuello, dejando el relicario redondo y plateado a la vista.

—Eso es porque sueñas con que corra para salvar tu triste trasero cuando me necesites.

—Todas las noches —responde Warmer, y me rodea con uno de sus brazos. Yo recuesto la cabeza sobre su hombro. Pierdo la vista de su rostro, pero a cambio tengo su cuerpo cerca del mío y un calor que es aún mejor que el corporal: el de un amigo.

—El collar no hace que yo sepa dónde estás —le digo después de un rato—. Solo tú puedes saber dónde estoy. Debería funcionar al revés...

—¿Quién se mete en problemas con mayor frecuencia? —pregunta, y entonces sé que no tengo nada que contestarle. La respuesta es que siempre soy yo quien lo hace—. No seas dura con Johari —añade—. Sabes que puede ser...

—Una lunática.

—... especial. Fuiste tú la que se llevó el espejo, ¿cierto?

—Te aseguro que le di un mejor uso del que le habría dado Johari —afirmo, y siento cómo su pecho se agita en una risa atronadora.

—Para mirarte a ti misma. Ya lo creo que es un mejor uso, Alika.

—No creerás que soy tan egocéntrica...

—No veo qué otra cosa podrías hacer tú con un espejo élfico.

—Hay tantas cosas que no ves con esos ojos humanos tuyos, Warmer.

—Bruja narcisista.

—Humano ignorante.

Con la cabeza sobre su hombro no le veo el gesto, pero sé que en su rostro hay una sonrisa casi idéntica a la que estoy esbozando. Pese a ello, cuento sus respiraciones y, cada vez que llego a un número impar, me desespero un poco. No puedo evitarlo. Aunque Warmer tenga una ligera idea de lo que estoy planeando, tener secretos me llena de culpa y es más fácil enloquecerme por imperfecciones de lo cotidiano que detenerme a pensar en lo que estoy fraguando hacer.

—Tienes que contarle a Elna… lo que estamos haciendo —dice Warmer. Está hablando de mi plan, del trato que hice con los elfos, del motivo por el cual les entregué el espejo—. Ella debe saberlo.

—No debe saber nada —respondo—. No lo aprobará.

—¿Te sientes bien haciendo esto a sus espaldas?

No respondo. Desconozco cómo me siento con esto. Nunca he tenido secretos con Elna, pero no hay alternativa.

—¿Algún día me ganaré tu atención? —le pregunto para cambiar de tema.

—Tú no quieres eso, Alika —contesta. No me mira y yo tampoco lo hago. Sigo con la cabeza apoyada en su pecho.

—Claro que sí. Me he insinuado a ti varias veces y nunca has accedido…

—Eso es porque siempre que lo haces estás borracha. —Oigo la sonrisa en su voz.

—No toleraría tu rechazo estando sobria…

Entonces ambos nos reímos. No se me escapa que Warmer no responde a mis bromas. Por supuesto que él solo me ve como una amiga y como su apoderada. No es que esté enamorada de él ni nada de eso, pero me gusta más que cualquier otro hombre que haya conocido.

—¿Cómo se llamaba la niña? —pregunta después de un rato. Sé que se refiere a la niña que ayudé en Crepuscilia. Es lo que me gusta tanto de Warmer, estas cosas nunca le dan igual.

—Me dijo que se llamaba Vera.

—La buscaré cuando vaya a la ciudad de los humanos. Me aseguraré de que no le falte comida.

Aquí, en mi lugar preferido del mundo, con la cabeza sobre el hombro de mi mejor amigo y la vista sobre Ciudad de los Muertos, con el amanecer alzándose sobre nosotros, intento convencerme de que podré hacerlo sola cuando todo esté arreglado. Que no necesito a Elna para lograr lo que me propongo. Y si por luchar por esos sueños me queman en la hoguera y me voy al infierno, que así sea.

CAPÍTULO 6

—¿Qué fue esa miradita que me echaste en la Casa del Río? —le pregunto a Warmer mientras bajamos de la torre a lomos de Katzen—. ¿Algo que hayas averiguado?

Silencio.

Aún ambos arriba del espectro, siento que Warmer se ha quedado muy quieto a mi espalda, sujetándome la cintura. Eso alcanza para que gire a mirarlo mientras el viento hace bailar mi pelo en el aire. Mis ojos azules quedan a escasos centímetros de los suyos, verdes, y, pese a la preocupación que me ha invadido, no puedo evitar pensar en lo bien que me siento allí volando sobre Katzen con él detrás de mí. Como si fuese el aliado que quisiera siempre a mi lado. Estar con él es tan natural como respirar.

—No es para que te escandalices, Alika. Solo creo que debes saberlo.

—¿Que debo saber qué?

—Algo está pasando. Lo vi hoy… Ayer —se corrige—, cuando fui al bosque.

—No tengo todo el día, Warmer —digo impaciente. Vuelvo a mirar hacia el frente para poder guiar correctamente a Katzen en su vuelo. Una leve brisa agita el aire y me trae el aroma a sangre y a piedra, un aroma vacío y silencioso lleno de turbaciones apacibles: el aroma de Ciudad de los Muertos.

—Es el bosque, Alika. Algo está sucediéndole.

—El invierno se volvió eterno cuando terminó la guerra.

—Esto es distinto... Es como si el invierno hubiese comenzado a matar la tierra. Como si hubiese tolerado el frío todo el tiempo que pudo y se hubiese rendido. Es como si la magia se acallara, como si se quedara dormido o muriera. No sé cómo explicártelo. Las brujas que vivieron allí antes de la usurpación de los cambiaformas dicen que la vegetación cantaba para ellas, que si la escuchaban bien, las conducía hacia las plantas y los frutos que mejor servirían como ingredientes para sus pociones. Es lo que hacemos los cazadores por ustedes. Sabes que la magia del bosque late en mis venas porque bebo sangre de bruja, tu sangre. Así es como logro escuchar el canto yo también. Es así como traigo los ingredientes para...

—No quiero una clase sobre la forma en la que cazas para mí —lo interrumpo.

—No puedo explicarte cómo me sentí ayer si no tienes claro eso —responde él—. Fue tan tenue que, por un momento, dudé, pero lo conversé con otros cazadores y todos nos sentimos igual. Es como si el sonido del bosque fuese más bajo, como si su vibración fuese menor. No es la primera vez que lo siento, pero es la primera vez que estoy seguro.

—¿De qué demonios estás hablando, Warmer?

—El bosque, Alika, es como si se estuviese quedando sin magia.

Katzen se posa finalmente sobre el suelo y yo me apresuro a descender del espectro. Necesito verle la cara a mi amigo para hablar de esto. Warmer me imita y la inquietud está en toda su presencia.

—¿Sin magia? ¿Cómo?

—No lo sé. Hace algunos meses que comencé a sentirlo. Cada vez que iba por tus ingredientes, me costaba orientarme, identificar qué plantas o qué raíces te serían de utilidad. Tocaba las hojas y ya no acariciaban mis manos. Olfateaba la tierra y ya no era una brújula para mí. Las ramas están secas; el suelo, congelado. Nunca lo había visto así.

—¿Por qué podría pasar?

—El bosque tiene magia que escapa de nuestros sentidos, Alika. ¿Qué determina el tiempo que una planta aguanta sin ser regada? Te lo digo, es como si el bosque ya no fuese capaz de tolerar el invierno. Como si se hubiese rendido…

Solo miro a Warmer. Es cierto, yo jamás he pisado el bosque. Una cosa es escaparnos cada tanto a Crepuscilia, aprovechar lo parecidas que somos físicamente a los humanos y hacernos pasar por ellos para robar comida que nos permita subsistir. Otra muy diferente es que las brujas se adentren en el bosque controlado por los cambiaformas, que pueden estar ocultos bajo la figura de cualquier ser vivo y sorprendernos y atraparnos entre hierro ante el primer descuido. Incluso si yo usara mi caperuza para entrar, sería una declaración de guerra directa a nuestros enemigos. Sería consentir una muerte segura.

—Y están las bestias… —continúa Warmer.

—¿Te refieres a los cambiaformas?

—No, Alika, verdaderas bestias. Aparecen en su mayoría en la noche, pero algunas también lo hacen de día. Es peligroso circular por el bosque.

—Eso es ridículo —replico—. Si hay alguna bestia, tú sabes pelear. Hazlo y, si no puedes vencerla, escóndete y escapa. Y el bosque no tiene magia. Lo mágico son las pociones y nosotras, las brujas. No el bosque.

—Como sea. Algo es distinto, algo ha cambiado. Se siente… como enfermo, como si se estuviera muriendo. Cada vez más.

—Puede ser casualidad.

—No. —El tono de su voz es tan seguro que me doy cuenta de que no me está revelando esta información como una anécdota. Es una advertencia y él está asustado—. Lo he conversado con otros cazadores y otras de las criaturas que viven allí. Todos hablan de lo mismo. «La maldición de las brujas», le dicen. El bosque se está muriendo, y no habrá vuelta atrás cuando eso suceda.

—¿La maldición de las brujas? —repito indignada—. ¿Las criaturas del bosque? ¿Con quién has hablado exactamente, Warmer?

—Gnomos, hadas...

—¿Y cambiaformas? —insinúo. La oscuridad se asoma por mis dedos una vez más, exteriorizando mi enojo—. Esos canallas osan culparnos a nosotras porque sus dominios se están secando. A nosotras, que no hemos puesto un pie en el bosque durante tanto tiempo. ¿Qué demonios podríamos tener que ver con eso? ¿De qué forma creen que estamos matando a su querido bosque? No sé si esas criaturas con las que has hablado son lo que dicen ser, Warmer. Sabes que esos mimetistas asquerosos pueden modificar sus rasgos a su conveniencia...

—Tienen límites, Alika. Imitan lo que ya existe. No pueden transformarse en una criatura o persona que no exista, tampoco en nada que no esté vivo. Imitan, no crean. Y las imitaciones no son exactas. Cuanto más poderoso es el cambiaformas, más exactas son, pero alguien que está muy familiarizado con el ser imitado podría reconocer las diferencias. He conocido a estas criaturas durante mucho tiempo. No hay solo mimetistas en el bosque. Estos viven allí hace muchos años. Me habría dado cuenta de si se trataba de cambiaformas intentando hacerse pasar por ellos...

—Entonces les han lavado el cerebro en nuestra contra. Es así como ganaron la guerra al fin y al cabo, ¿no? Poniendo a todos contra las brujas. Por eso los humanos pelearon contra nosotras, por eso las hadas resistieron nuestras defensas, por eso también los ogros nos atacaron y persiguieron. Es lo que siempre hacen, Warmer.

—No es solo lo que me han dicho, Alika. He estado ahí. ¿No confías en mí? Yo también he sentido que se muere. Las cosas no son fáciles allá. Cada vez nos cuesta más encontrar ingredientes para sus pociones.

No sé qué responder a eso. Lo que me plantea Warmer pondría en perspectiva un nuevo problema para nosotras: la posibilidad de no poder preparar pociones si el bosque desaparece. Si no podemos preparar pociones, nuestras probabilidades en cualquier enfrentamiento con los cambiaformas se volverían casi nulas. Podríamos convocar la oscuridad, pero las pociones son una gran fuente de nuestra magia, son una parte importante de nuestra cultura, es lo que nos permite curarnos cuando enfermamos o estamos heridas, y no quiero dejar de prepararlas.

Pienso en cómo rebotaron las flechas que los guardias dirigieron hacia Elna el día anterior cuando fue a la prisión a rescatarme.

Pienso en las pociones curativas que preparé y deslicé con disimulo dentro de la boca de humanos enfermos en distintas oportunidades cuando fui al pueblo bajo mi capa roja. Pienso en los brebajes que di de beber a niños hambrientos para calmar el frío que sentían en ese invierno eterno.

Si nos quedamos sin bosque, todo eso se habrá terminado. Esto vuelve todo más urgente.

Respiro profundo y la oscuridad alrededor de mis manos desaparece.

—¿Tienes ingredientes para mí hoy? —pregunto mientras comenzamos a caminar junto a las lápidas y nos alejamos de Katzen.

Warmer se sobresalta al escuchar mi voz. Parece que hubiese interrumpido algún pensamiento.

Mi amigo se vacía los bolsillos y saca dos pequeñas bolsas de ellos: una con raíces y semillas; la otra, con varias hojas secas.

—Es lo que pude encontrarte —se excusa.

Chasqueo la lengua. Con estos ingredientes solo podré preparar unas pocas pociones. Sin embargo, los agarro y los guardo en mi bolso. Luego saco una navaja, me hago un corte en la palma de la mano y extiendo el brazo hacia Warmer.

Mi amigo toma mi mano cortada entre las suyas con un cariño que me calienta el cuerpo. Alza la vista y me mira a los ojos, como si yo fuese lo más valioso para él y no mi sangre. No lo que le permite vivir mientras yo lo haga, a la par de una bruja, sino yo. No Alika, la princesa. No Alika, la ilusa, o la visionaria, o la sombra. Solo él y yo. Coloca los labios sobre el corte de mi mano y succiona, y el gesto es tan íntimo que es como si su sangre me recorriera el cuerpo desde adentro y no al revés.

Como siempre que Warmer bebe de mí, me resisto a cerrar los ojos, pese a que el placer me sofoca. Me gusta ser eso para él. Me gusta que él sea eso para mí: más que un amigo. Nuestros destinos están atados para siempre.

Nunca he considerado ser princesa como algo que haga una diferencia, como algo que me marque, pero sí con mi cazador. Warmer daría su vida por mí, por su apoderada. Warmer es tan leal que haría que cualquiera se sienta una maldita princesa.

Finalmente, se aparta de mi herida, pero antes posa un suave beso sobre ella, como si pudiese cerrarla de esa forma, como si odiara verme lastimada. En ningún momento ha dejado de mirarme, ni siquiera para eso.

Ver restos de mi sangre en su boca me llena de orgullo, de una sensación de posesión que ninguna otra cosa logra.

—Regresa al bosque hoy también. —Rompo el silencio. Mientras lo digo, me limpio la herida con una parte de mi camisa—. Tráeme todo lo que encuentres. No regreses sin corteza de fresno y savia de olmo.

Los ingredientes de una poción protectora, como la que fabricó Elna para rebotar las flechas.

—También necesito raíces de aliso y hojas de tilo.

Los ingredientes de una poción curativa. Prepararé todas las que pueda mientras tenga los medios.

Warmer asiente, solemne. El más fiel de los servidores. Mi servidor. Mi cazador. Mi amigo.

Doy media vuelta y echo a andar entre la nieve y las tumbas de Ciudad de los Muertos. Me dirijo al Puente de los Suspiros. Saco la capa color carmesí del bolso que tengo colgado en mis hombros y me la coloco en la espalda. Warmer me sigue, aunque sabe que no debe hacerlo, porque el día de hoy andaré sola.

—¿Qué vamos a hacer, Alika?

—Lo que podemos hacer, Warmer. Tú irás al bosque. Me traerás lo que necesito para mis pociones.

—¿Y tú?

—Yo iré a Crepuscilia hoy —respondo sin detenerme. No hay tiempo que perder.

—¿A hacer qué?

—Lo que hago mejor. —Me levanto la caperuza roja sobre la cabeza mientras digo esto y sé que Warmer ha dejado de verme, que me he hecho una con el ambiente que nos rodea. Por más que beba de mí, mi amigo tiene sangre humana, no de bruja, y me he camuflado por completo a sus ojos—. Ser una sombra.

CAPÍTULO 7

Paso todo el día fuera de Ciudad de los Muertos. Voy de un lado al otro, desde las Tierras Bajas hasta las afueras de Estelaria, la ciudad de los elfos. Hablo con gente. Hago acuerdos. Cierro tratos. Me doy cuenta de que los gruñidos de los gigantes me resultan irritantes, pero están dispuestos a negociar y valoro eso. Mantengo mi capa puesta todo el tiempo, pero me bajo y me subo la caperuza dependiendo de lo que necesite hacer. Es la caperuza, después de todo, lo que me permite camuflarme. Pese a ello, mis actividades favoritas siempre son cuando la tengo puesta.

Deambulo a mi gusto por Crepuscilia, como si no hubiese pasado toda la tarde del día anterior encerrada en un calabozo. Como si esos humanos despreciables no le hubieran puesto precio a mi cabeza. Elna me dijo que me mantuviera lejos de los problemas con humanos, y lo haré. Solo habrá problemas si me atrapan.

Mientras camino por esas calles, pienso en que los humanos son distintos entre sí, pero no lo suficiente. Cada vez que vengo al pueblo de los mortales rondo entre sus distintos idiomas y rasgos. Sus expresiones y apariencias cambian dependiendo de qué región provienen, pero en esencia, son todos lo mismo: burdos, básicos.

Cruzo las calles como un viento. En el mercado oigo los murmullos de los regateos, huelo el aroma de los frutos, veo los colores de las telas. Me llevan a un trance y la frustración me presiona la espalda.

El frío me roza las mejillas, mientras oigo cómo mis botas golpean la nieve bajo mis pies, y me detengo en el mercado a robar algunos frascos. No tengo nada con qué comprarlos. Las brujas no usamos dinero, no desde el exilio al menos. No tenemos forma de obtenerlo. Todo lo que llega a nuestras manos es por robo o caridad. Me tomo el atrevimiento de llevarme un brazalete de bronce también, simplemente por el hecho de que me ha parecido macabro. La forma en la que se retuerce alrededor de mi muñeca me recuerda a víboras, gusanos, intestinos y otras cosas retorcidas. Nunca tengo objetos bonitos como ese. Es muy sencillo sacar las cosas de los exhibidores y colocarlas dentro de mi bolso bajo mi capa roja. Los vendedores no podrán explicarse qué sucedió con la mercadería, pero lo que se digan entre ellos me importa poco.

Apenas salgo del mercado, tomo un callejón oscuro. Creo que está vacío hasta que oigo un sollozo que me obliga a detenerme. Recorro el lugar con la mirada y diviso, casi a la salida del callejón, a un niño. Está abrazándose a sí mismo por las piernas y tiene la cara enterrada entre sus rodillas.

Miro a mi alrededor para cerciorarme de que no hay nadie más allí. Luego me arrodillo a su lado y me saco la capucha.

—Me pregunto qué hará un niño tan valiente como tú llorando en un lugar como este.

El jovencito levanta la cabeza. Sus ojos están bañados en lágrimas, pero veo algo en ellos que me genera interés. Un brillo distinto, algo fascinante lleno de gracia. Separa las manos de las rodillas y comienza a moverlas rápidamente, a hacerlas hablar. «¿Quién eres?», pregunta. Entiendo la lengua de señas, he aprendido a hablarla.

Uno de los castigos más habituales para los soplones humanos es cortarles la lengua. Para que no se les escapen los secretos. Muchos de ellos continúan siendo soplones, pese a que no tengan lengua, por eso aprenden lengua de señas. Y si uno quiere estar bien informado, hablarla y comprenderla es de suma utilidad. Por eso es que Elna me ha enseñado.

No parece que el niño haya sufrido un castigo así, pero es evidente que no puede hablar con su voz. Se limpia las lágrimas con las mangas.

—Una sombra —respondo yo. Lo hago con la voz, pero también con mis manos. Veo el gesto de sorpresa del niño cuando comprende que yo puedo hacerme entender en su lengua—. Estás aquí sentado en la oscuridad, deben gustarte las sombras.

Niega con la cabeza y cierra los ojos. Es lo único que me posibilita apartar la vista de ellos y observar al niño en su totalidad. Su ropa está sucia y remendada. Solo lleva un pantalón fino, un suéter deshilachado y unas botas desgastadas. Tiene la piel de color morena y unos pequeños rulos en el cabello. Vuelve a abrir sus grandes ojos negros y me resulta encantador.

«No me gustan las sombras, señorita». Sus manos se mueven tan rápido que me cuesta un poco de trabajo entenderlo, pero lo hago. «Estoy aquí porque no tengo otro lugar al que ir».

—¿Qué pasa con tus padres? —pregunto.

«No tengo madre, señorita, y mi padre es un hombre poderoso, pero ni siquiera se acuerda de que existo».

Un bastardo, entonces, me digo a mí misma. Hijo de algún hombre poderoso, algún reconocido entre los cambiaformas, y alguna prostituta, tal vez. En Crepuscilia hay muchos como él. Los excluyen como si valieran menos por el simple hecho de no tener padres.

—¿Cómo te llamas?

«En las calles todos me llaman de muchas formas», responde el niño y se sorbe la nariz, intentando todavía contener las lágrimas. Yo no insisto.

—Yo te llamaré Bucles —le digo. No se siente bien llamar a una criatura tan dulce como esa con un nombre humano, de todas formas—. ¿Estás de acuerdo?

El niño asiente con timidez, pero me mira como si a él también le cautivara algo de mí. No lo culpo.

Sé lo que genero en los humanos. Todas las brujas lo hacemos, pero algunas de nosotras, como Elna y yo, aparentemente tenemos un aspecto que les atrae a otras criaturas de una forma especial. He visto a hombres mirarme de arriba abajo con la codicia pintada en los ojos, pero también el terror.

Me desean, pero también saben de lo que soy capaz. Ninguno osará intentar nada conmigo a menos que yo sea quien lo proponga. Me he llevado a unos cuantos hombres a la cama, solo para pasar el rato. Las veces que lo hice fui paciente con ellos porque es sabido que la raza humana es estúpida por naturaleza. Debo explicarles cómo deben darme placer, debo exigirles que cumplan el propósito para el que me he acercado a ellos. Solo un par de veces llegaron al clímax sin asegurarse antes de que yo hubiese quedado satisfecha. Una decepción, la verdad. Desde entonces aprendí a tomar de los hombres lo que necesito para mí misma y siempre, de una forma u otra, ellos obtienen lo que quieren también. Este niño ni siquiera ha llegado a la pubertad, pero por supuesto que mi aspecto le llama la atención. Es la parte del hombre que será en el futuro.

—¿Tienes hambre, Bucles? —El niño asiente. Yo no tengo nada de comer para darle, pero saco el brazalete que he robado del mercado y se lo entrego—. Te darán algo de dinero por esto. Podrás cambiarlo por comida, pero no vayas a la joyería a cambiarlo. Lo único que falta es que crean que lo robaste tú.

Bucles toma el brazalete y lo examina. Se lo guarda en el bolsillo y alterna la mirada entre mi rostro y mi capa roja.

—Si no tienes padres..., ¿tienes hermanos o amigos? ¿O alguien con quien puedas ir?

«Estoy solo», contesta el niño y parece que va a ponerse a llorar otra vez. «Quiero ir con usted, señorita Sombra».

Sonrío ante el apodo que ha decidió darme. La forma en que lo dice me hace amarlo de inmediato. El corazón se me rompe en varios pedazos al imaginarlo solo en el mundo. ¿Qué clase de bestias son esos humanos que toleran que uno de su propia especie, un ser tan amable e inocente, vague solo por el mundo y pase frío y hambre?

A mí no me engañan, hay recursos para todos. He visto a los hombres poderosos, a aquellos que cuentan con el favor de los cambiaformas, moverse por la ciudad en lujosos carruajes, vestidos con trajes elegantes. ¿Cómo es posible que ellos tengan tanto y los niños como Bucles tan poco?

—No puedo llevarte conmigo —le respondo—. Pero te diré qué. Vendré a verte mañana. Nos encontraremos aquí, en este mismo lugar. Te buscaré algo más para comer y te lo traeré, y tú me contarás por qué intercambiaste el brazalete, ¿estás de acuerdo? Ya no estarás solo en el mundo, Bucles. Tienes una amiga ahora.

El niño esboza una sonrisa tímida y asiente. Yo me pongo de pie y echo a andar. Me coloco la caperuza una vez más antes de salir del callejón para volverme invisible.

Antes de cruzar el Puente de los Suspiros, me detengo a mezclar algunos ingredientes que Warmer me dio en la mañana con otros que robé del mercado. No alcanza solo con mezclar ingredientes para fabricar una poción. Debo unirlos con mi oscuridad y sellarlos con mi magia. Es por eso que ninguna otra criatura creada por los dioses podría fabricar una poción, solo las brujas.

Para algunas pociones hay que dejar que la mezcla se asiente durante un tiempo, pero no para las que preparo en ese momento: una poción con la que podré ver a mi alrededor con más claridad por unos minutos luego de beberla, una poción abridora de cerraduras, un tónico explosivo, una poción limpiadora y otra restauradora de conciencia. Por último, elaboro un antídoto contra los venenos que secan nuestra magia. No sé si las usaré o cuándo lo haré, pero es para lo que me ha alcanzado lo que tenía, y si no preparo nada, los ingredientes se echarán a perder. De todas formas, la mayoría son pociones que suelo utilizar si quiero robar algo de Crepuscilia. Guardo cada una en los frasquitos que he tomado del local y estos en mi bolso.

El sol se ha ocultado cuando llego a la Casa del Río. Todo es moribundo, como de costumbre, y a lo lejos comienzan a escucharse los aullidos de los lobos. He pasado todo el día afuera y la luz plomiza de Ciudad de los Muertos me recibe como un viejo amigo que ansiaba mi regreso. Las tumbas susurran entre ellas y las ruinas de piedra labrada rebosan de carroña y grietas.

La veo apenas abro la puerta.

Elna está sentada en una de las sillas de comedor que tenemos entre esas pocas paredes de piedra a las que llamamos hogar. Tiene su armadura puesta y el largo cabello platinado peinado en un rodete. Su mirada es severa, decepcionada.

Me doy cuenta enseguida de que me ha descubierto.

Elna sabe lo que me he traído entre manos estos meses. Ella jamás se enoja conmigo, pero esta vez tiene una expresión que haría huir hasta al más valiente.

Cierro la puerta detrás de mí cuando entro en la casa y me vuelvo a ella, expectante.

—¿Cuándo te convertiste en la villana, Alika? —pregunta.

Por todos los dioses oscuros, esta sí que va a ser una charla interesante...

CAPÍTULO 8

El silencio se sostiene en el aire por unos instantes. Sé de qué va a hablarme, y ella sabe que lo sé. Está esperando que me excuse, que me explique, pero no digo nada. No hay nada de lo que me arrepienta.

—¿Villana? —repito—. ¿Ser villana es estar cansada de que los pobres mueran de hambre? ¿Ser villana es tener que tolerar cómo perdemos nuestras tradiciones, cómo nos concentramos únicamente en sobrevivir mientras olvidamos quiénes somos? Para los humanos todas las vidas están a la venta. Solo mira cómo la pobreza inunda las calles, mientras que los cambiaformas y sus aliados tienen riquezas en el castillo del bosque. Se atiborran de comida y los pobres mueren de hambre.

Elna frunce el ceño. Es un gesto que jamás le veo hacer, por eso duele el doble.

—¡Somos brujas, Elna! —insisto—. La tercera dinastía de las altas brujas del bosque del este. Recuperar lo que es nuestro no es ser una villana, es hacer justicia.

—Villano es quien busca muertes injustificadas. No importa el motivo —responde mi abuela. No se ha levantado de la mesa y yo tampoco me siento capaz de moverme.

Corre la silla hacia atrás y se incorpora. Su cuerpo alto y marcado desborda fuerza. Todo en Elna es perfecto y aterrador, como la muerte. Se acerca a mí con tanta elegancia que parece que ha nacido para tener esta conversación.

—Cuando te trajeron a mí luego de que huyéramos del castillo, eras solo un bebé, Alika.

Esa historia otra vez, entonces...

—No quise que la muerte de tu madre me consumiera. Eras una criatura inocente. Merecías ser protegida y cuidada, no con la sombra de lo que la pérdida de tu madre significó para mí, sino ser realmente protegida por lo maravillosa y espeluznante que eres. Te he dado todo lo que he podido; sin embargo, miro mis errores, y te miro aquí delante de mí y siento que hay algo que jamás podré darte. Que en algo me he confundido.

Habla de una forma suave pero fiera, como si se hubiese sumergido en un dolor que solo su memoria puede darle.

Estoy tentada de echar la vista hacia abajo, pero me mantengo firme y sé que la decisión surca mi rostro.

—Sé que un día vas a hacerlo, Alika —continúa—. Sé que vas a marcharte de Ciudad de los Muertos para llevar a cabo lo que naciste para hacer. Vas a cambiar las estrellas de lugar. Vas a calmar tormentas. A pausar los ecos. Vas a igualar las diferencias y a alzarte para dar voz a todos aquellos que no la tienen. No con sangre y pérdida, Alika, sino de una forma que no imaginas: con abundancia y valor.

—No falta mucho para ese día, Elna. El día está por llegar. Todo está arreglado.

—Esta no será la revolución que buscas, Alika. —El tono apenado en sus palabras me hace hervir la sangre—. Al menos no de la forma que lo estás planeando con Nadela.

—¿Acaso no ves lo que estamos haciendo? —pregunto, y de pronto estoy paseando de un lado al otro de la sala. Creo que es lo único que permite que no comience a obsesionarme por los pequeños detalles, a centrarme en las imperfecciones. No puedo permitirme distraerme con eso. No cuando Elna es la única que sabe cómo acallar mis compulsiones. No cuando el momento de probarle mi punto ha llegado—. ¡Vamos a cambiar las cosas! ¿Prefieres que nos quedemos aquí, escondidas entre tumbas? ¡Estoy cansada de ver cómo todo se consume! Cómo nos consumimos nosotras. Dices que quieres algo mejor para mí, algo mejor para nosotras. Si no es esto, ¿qué lo es?

—Quiero que los cambios se hagan de la forma adecuada.

—Ah, la forma adecuada. Entonces golpearé la puerta de esos cambiaformas y amablemente les pediré que nos devuelvan nuestro castillo. Eso va a funcionar, seguro. —El sarcasmo no alcanza para aliviar mi indignación, entonces continúo—: Puedes llevarte el mundo por delante, Elna. Necesito que seas mi familia ahora.

—Soy tu familia, Alika, pero esta no es la forma.

—Todas las brujas con espectros voladores los tienen listos y entrenados. Las alianzas están hechas. Todavía puedes lograr grandes cosas, Elna. Haz que esos traidores recuerden que aún estás aquí. Esta revolución sucederá contigo o sin ti —afirmo—, pero contigo a nuestro lado será más fácil.

—Estoy segura de que sí. Nadela y tú parecen tenerlo todo planeado —señala.

—¿Ella fue quien te lo contó? —pregunto, pero Elna niega con la cabeza—. Johari, entonces.

El silencio de Elna me confirma que tengo razón.

—¿Cómo lo averiguó? No le dijimos nada a ella, tampoco a Mayah.

—Johari ha estado sospechando de Nadela durante un tiempo. Hoy la siguió. Escuchó cómo se lo explicaba a ese pequeño aquelarre revolucionario suyo —explica—. Si tan tranquila te sientes con lo que estás haciendo, no veo por qué ocultaste que les llevaste el espejo de Johari a los elfos. —«Así que lo sabe todo. Elna sabe todo lo que hemos estado planeando Nadela y yo», me digo a mí misma. Lo hice a sus espaldas, sí, pero eso fue solo porque Elna no piensa en las alternativas. Quería tener todo armado antes de llevarle la solución que nos sacará de nuestro exilio, pero ahora, por algún motivo, temo que me detenga, que prohíba la revolución—. ¿Alianzas con los elfos, Alika? ¿Tratos con gigantes? ¿Todo a espaldas del consejo? ¿Eso es lo que estuviste haciendo hoy también?

—No había tiempo de plantearlo en el consejo, de pedir su autorización. Tenemos que actuar cuanto antes, cuando no nos vean venir.

—Nuestra organización existe para algo, Alika.

—Ya está hecho. Y no podemos hacerlo solas —reconozco—. No con nuestros números. Quedamos muy pocas brujas. Los pocos cazadores que nos sirven van a ayudarnos. Lo han jurado, pero sigue sin ser suficiente. Los elfos tienen un lugar especial en la corte de cambiaformas. Han reconocido a Varnal como su rey, pero la mayoría de los elfos están disconformes. Quieren su independencia. Quieren la soberanía sobre los suyos y sobre sus propias tierras. Con ellos de nuestro lado, no hay forma de que esos mimetistas se nos resistan. Caerán en su propia casa, apuñalados por la espalda por sus propios aliados.

—Los aliados que en su momento nos traicionaron a nosotras también —replica—. Sabes que ellos se pondrán del lado que les dé mejores beneficios, Alika. Tal vez tú se los des ahora, pero alcanza con que cualquiera de nuestros enemigos ponga algunos objetos mágicos en bolsillos de los elfos, con que les prometan a los gigantes algunas criaturas más para llevar a sus enormes bocas, y te traicionarán tan rápido como el canto de un grifo.

Sé que tiene razón, pero no voy a reconocerlo. No tenemos otra alternativa que aliarnos con esas criaturas. Son las únicas que podrán asegurarnos la victoria. Los elfos se mueven en la corte de los cambiaformas. Nuestros enemigos confían en ellos. Y los gigantes son pocos y sumamente tontos, pero es muy difícil hacerles frente en una batalla. Es la mejor oportunidad que tenemos. Es cuestión de dar la señal y ellos pelearán a nuestro lado. Es el primer paso. Cuando tengamos el castillo, cuando estemos en el bosque, en ese momento decidiremos qué hacer, cómo continuar.

—Quiero que todas las brujas seamos las que peleemos contra los cambiaformas, Elna —le digo—. No solo Nadela, ese pequeño aquelarre y yo. Nos quiero a todas peleando por nuestro futuro, por un mundo mejor.

—¿Y qué quieres que haga yo?

—Diles a las demás que peleen. —Cuando lo menciono, casi suena como una súplica—. No les contamos a Johari y a las otras porque sabemos que son reticentes como tú a levantarnos. Pero tú eres la reina. No importa que hayamos perdido el bosque. Eres la madre de Vanira la Feroz, mi madre. Diles que peleen. Diles que se levanten. Diles que esta revolución es su destino; que los días de hambre y ruina terminarán después de esto. Si tú se los dices, ellas pelearán. Eres la tormenta, Elna. Yo solo soy una sombra.

—Te sorprenderías de las cosas que puedes obtener peleando por lo que quieres solo como una sombra.

Sus palabras me obligan a detenerme en mi paseo nervioso por la sala. Solo soy capaz de pararme ahí, de mirarla. Es como si me despertara luego del sueño más esperanzador, como si me diera cuenta de que no es real, de que nada de lo que anhelo va a suceder.

Desde afuera de la Casa del Río oigo a los lobos aullando. Me dan fuerza para decir lo que debo.

—Me llaman ilusa —susurro. Mi tono es bajo pero fervoroso; sin embargo, la voz me tiembla, no puedo evitarlo—. Me llaman visionaria, idealista incluso y, cuando lo dicen, la palabra suena manchada con lo absurdo. Lo dicen como si estuviera sucia. Como si temieran que, si la pronuncian por más tiempo del necesario, los pudiese contagiar de algo... De esperanza, tal vez. Como si no hubiese algo más peligroso o tentador que la esperanza. Como si en este mundo que han creado para nosotras no hubiese espacio para algo así. Pero cuando *idealista* significa que puedes ver la posibilidad de lo hermoso en el caos, donde otros solo ven lo malo de lo que está..., esa palabra no suena como algo manchado para mí.

—La esperanza y los sueños son lo más hermoso que tienes, Alika. No debes renunciar a ellos.

—Pues la falta de ellos y tu resignación es lo más horrible que tienes tú.

La pena en la mirada de Elna me quiebra en mil pedazos, pero me mantengo firme. No puedo retractarme de lo que acabo de decir. No cuando es la verdad. No con todo lo que implica la revolución que pretendo llevar a cabo. No es solo un cambio en mi vida. No tiene que ver con ser princesa o reina. No tiene que ver con mi orgullo o con mi dignidad. Es un cambio en el mundo.

—Tienes razón, Alika —dice, y sus palabras, la aceptación de lo que yo acabo de decir, es lo que más me golpea de todo—. Mi falta de visión es mi peor defecto, lo sé. Es lo que nos llevó a donde estamos ahora, es lo que terminó con la vida de tu madre. Puede que yo no valga nada. Puede que me haya convertido en esto, en una heroína mendiga de un reino mendigo, pero tú sí lo vales, Alika. Tú lo vales todo. Eres mi nieta, eres todo para mí; y tal vez no sea capaz de muchas cosas, pero sí soy capaz de hacer cualquier cosa por ti.

—Pero no vas a pedirles que peleen —concluyo, y sé que estoy en lo cierto.

Cuento las respiraciones de Elna. Uno. Dos. Tres. Cuento las mías. Uno. Dos. Tres.

Empiezo a ver quiebres en las paredes. Hace instantes parecían insignificantes, pero de un momento a otro se han convertido en lo único a lo que puedo prestarle atención.

Mi cuerpo me traiciona y siento la niebla, la oscuridad brotando de mis manos.

He querido mostrarme firme, decidida, digna de confianza, pero ahí está mi mente otra vez, delatando mi debilidad.

—Respira, Alika —me recuerda Elna. Se acerca a mí y me toma la cara entre las manos para obligarme a mirarla, pero no quiero hacerlo. No cuando ella tiene la culpa de que no seamos todas las que luchemos. No cuando mi abuela es una cobarde.

La puerta se abre con un solo golpe y Johari entra como un terremoto.

—Johari, me estoy cansando de esta forma tuya de entrar en mi casa —expone Elna fastidiada. Me suelta la cara, pero no aparta sus ojos grises de mí. Quiere recordarme que debo habitar el presente, que no puedo permitir que mis obsesiones me superen. Quiere recordarme dónde estoy y qué estoy haciendo. Que las obsesiones pasarán si las ignoro, que solo debo dejarlas ser.

Pese a ello, las dudas se acumulan en mi cabeza. ¿Cómo voy a poder llevar adelante una revolución si apenas puedo sostener una discusión con Elna sin que mi propia cabeza me supere? Tengo que conseguir que coopere con nuestra causa, de la forma que sea.

—No habría venido si no fuese importante —responde Johari—. Atrapamos algo en Ciudad de los Muertos. Un bribón.

—¿Qué puedes haber atrapado aquí, Johari? —responde mi abuela y, una vez que afirmo que estoy bien, se gira hacia la capitana—. Nada viene aquí. Solo nosotras y los espectros.

Johari mira hacia la entrada y hace una seña con la cabeza. Es todo lo que necesita Mayah para entrar. Está arrastrando a alguien con ella. Alguien que solloza y gime en silencio, a su manera, y parece muy asustado.

Frunzo el ceño al verlo.

—¿Bucles?

«Alabado sea el Dios de la Tierra, creador de humanos y animales.

Él los imaginó llenos de intrascendencia. Los creyó, y así los creó. Insípidos, vanos y triviales.

Él indujo su ego y los llenó de problemas superficiales, los embriagó de carencias y olvidos.

El ego cubre sus mentes y pinta sus carnes. Los hombres degüellan a sus hermanos, despellejan animales y roban la vitalidad de todo aquello que tocan.

Los hombres dicen: «Quienes obren rectamente, no merecen el temor de nuestro dios, pues él ama a quienes hacen el bien», pero azotan con individualismo, ingratitud y codicia.

Manténganse alejados de los hombres, oh, creyentes. Quien no lo haga sufrirá la tempestad de su ego».

Libro de la vida, muerte y trascendencia
de las criaturas mágicas del este.

CAPÍTULO 9

En efecto, Bucles está ahí, en la Casa del Río. Mayah acaba de traerlo por indicación de Johari.

—Lo atrapamos merodeando —explica la capitana—. Mayah y yo hablábamos con nuestros cazadores. El niño se escondía detrás de una lápida.

—No tienes nada que hacer aquí, ¿lo sabes? —le pregunta Mayah al niño. Me doy cuenta de que está apretando de más la mano que tiene sobre su brazo porque el pequeño se retuerce.

—¡Déjalo, Mayah! —ordeno—. Es solo un niño.

—No debería haber cruzado el Puente de los Suspiros —me contradice la capitana y vuelve a dirigirse al niño—. De este lado podemos hacer lo que queramos con él.

—No es su culpa, Johari —insisto—. Hoy fui a Crepuscilia. Le di un brazalete que robé para que lo cambiara por comida. Me dijo que estaba solo en el mundo y quiso venir conmigo. Le dije que no podía hacerlo. Debe haberme seguido. Déjalo ir y regresará a la ciudad. No volverás a verlo.

Pero Mayah no suelta al niño, sino que mira hacia Johari y luego a Elna.

—No nos permiten salir de Ciudad de los Muertos —razona Johari—. Es lógico que nadie que no sea bruja, cazador o espectro debería poder entrar.

No entiendo qué está sucediendo, tampoco por qué tarda tanto en llegar la orden de Elna para que liberen al niño.

—¿Qué pasa? —le pregunto a mi abuela, que alterna su mirada entre Bucles y Johari. El niño continúa sollozando, mirándome con miedo, está demasiado asustado para siquiera suplicar por su vida—. El niño no debía saber dónde se estaba metiendo, Elna…

—Creo que al menos deberíamos hacerlo escarmentar un poco —responde.

—¿Escarmentar? —replico—. ¿Por hacer qué?

—Por haber traspasado los límites —dice Johari.

—Si se sabe que un simple niño entró en Ciudad de los Muertos y no hubo consecuencias, cualquiera podría pensar que somos débiles, que no protegemos lo nuestro —señala Mayah.

—Ni siquiera pide disculpas…

—Lo han asustado. No va a decirte nada si tiene miedo, Johari —argumento.

La capitana se mira con mi abuela y luego esta se vuelve a Mayah. Desde afuera de la Casa del Río veo acercarse a algunos cazadores. Elna le hace un gesto con la cabeza a la capitana y Mayah lleva al niño, de nuevo a rastras, hacia afuera.

Bucles se sacude de terror. Llora y patalea.

—¡¿Qué haces?! —inquiero, mirando a Elna—. ¿Adónde lo llevan?

—Tal vez unas horas de encierro sirvan para que supere el miedo. Cuando deje de tener miedo, pedirá disculpas.

Convoco al Dios de la Oscuridad. La humareda negra brota de mí. No la lanzo sobre Johari, simplemente la hago llenar la habitación de a poco, amenazante.

—Tranquila, Alika —me dice Elna.

—Están haciendo lo mismo que hacen los humanos: están pisoteando a los débiles —respondo enojada. Johari le entrega un pergamino a mi abuela y la sigue. Elna regresa a sentarse en la mesa, abre el pergamino y lo apoya. Comienza a leerlo—. No puedes encerrarlo así, Elna.

—Parece que hoy no puedo hacer nada, mi querida pesadilla —responde, pero sus ojos están recorriendo el pergamino. Intento no volver a caer en los trucos de mi mente, no dejarme apabullar por mis emociones. Quiero ser fuerte. No quiero detenerme. No quiero quebrarme, pero la oscuridad de Elna también emana de ella, una negrura salvaje y tempestuosa. Mi magia discreta y silenciosa no tiene nada que hacer contra la de Elna. Ella es mucho más fuerte que yo y puede detenerme si lo desea—. Tu debilidad por los niños humanos está comenzando a ser exasperante, niña. Y contén tu oscuridad si eres tan amable.

Por el rabillo del ojo distingo la bruma de oscuridad que sigue saliendo de mis manos.

—Déjalo ir.

—Es lo que quieren las nuestras —dice Elna—. Al chico no le faltará ni agua ni comida. Tendrá una cómoda cama en la que dormir. Sus condiciones serán incluso mejores que estando en la calle.

—No tendrá su libertad —espeto—. ¿Qué derecho tienes para robarle un solo día de libertad?

—Alika, ya no quiero discutir contigo. Si no estás de acuerdo con mi forma de hacer las cosas, entonces hazlas de otra forma. Pero no pretendas modificar lo que pienso o lo que digo, porque no lo haré.

—Me queda claro.

Elna y Johari ni siquiera vuelven a mirarme cuando mi oscuridad se retira de la habitación. Replego mi magia y mi cuerpo absorbe la oscuridad. Me coloco la caperuza sobre la cabeza y, con unas cuantas zancadas, salgo de la Casa del Río.

Warmer aún no ha regresado del bosque. Necesito a mi amigo para un momento así. Él me habría ayudado a distraer a los cazadores que Johari ha puesto para vigilar el Pozo. Así llamamos a la lápida subterránea de Ciudad de los Muertos que llega al punto más bajo de la tierra.

Es por eso que decido entrar utilizando la capa. Eludir a los cazadores es pan comido. Simplemente me coloco la caperuza en la cabeza y paso entre ellos. Desciendo las escaleras de la tumba tan ligera como una brisa. Llego a la parte más baja en cuestión de segundos. Tal como el resto de Ciudad de los Muertos, todo dentro de la tumba es de piedra.

Miro a mi alrededor y, dentro de la tumba, veo una puerta, una reja. Me acerco a ella. Ahí está Bucles. Parece tan pequeño detrás de los barrotes. Ya no llora, sino que mira el suelo, consternado. Parece más adulto, como si los pataleos para resistirse a su captura lo hubiesen hecho madurar. Aún no me he quitado la caperuza, pero el niño levanta la cabeza y estoy segura de que me mira.

«Hola, señorita Sombra».

Me vuelvo de piedra casi como las paredes y los adoquines del suelo al comprender lo que sucede.

El niño tiene sangre de bruja. Es por eso que logra verme bajo la caperuza.

Recuerdo lo que me contó hace unas horas sobre sus padres. Desconozco si sabe que su madre era bruja, pero no pienso entristecerlo más por hoy. Demasiado asustado estuvo cuando Johari y Mayah lo trajeron a este lugar. No es momento de hablar de su madre.

—Hola, Bucles —respondo—. Mal lugar para dormir, ¿no crees? ¿Qué tal si te sacamos de aquí?

Me acerco al candado que han colocado sobre las rejas. Es lo único que las mantiene cerradas. Vacío un frasco entero de poción abridora sobre él y lo arranco de un solo tirón. El niño me observa con los ojos como platos. Luego abro las puertas del calabozo y le hago una seña con la cabeza para que me siga. Él lo hace sin rechistar. Chico listo. Entiende a la perfección lo que estamos haciendo; también comprende que debe seguirme lo más sigilosamente que puede, que debe mantener silencio mientras subimos las escaleras.

Cuando llegamos a la puerta de salida, Bucles se asoma desde detrás de mí, curioso, a observar a los cazadores que están de guardia de la lápida, que en esos momentos están de espaldas a nosotros, pero que cada tanto van y vienen sin alejarse demasiado. Le doy al niño un ligero empujón para que retroceda. Si nos ven, darán aviso a Johari y a las otras brujas, y siempre he sido mejor operando en las sombras. No estoy para luchas contra mi propia especie.

Bucles me toca la espalda y lo miro.

«Tengo miedo», me dicen sus manos.

—¿Por qué no cierras los ojos? —le respondo, y él lo hace. Entonces lo cargo en mis brazos. Las brujas somos más fuertes que los humanos, así que levantar a un niño de su tamaño no me demanda ningún esfuerzo.

De forma sigilosa saco uno de los frasquitos que tengo en el bolso, una de las pociones que he preparado hace tan solo unas horas con los ingredientes que Warmer me ha traído. Le saco la tapa de corcho con los dientes y la arrojo lo más lejos que puedo.

La explosión es inmediata. Suena entre unas lápidas que están a unos metros de nosotros.

Los cazadores se miran entre sí por una fracción de segundo, y luego salen disparados hacia el lugar desde el que proviene la explosión. Con Bucles sobre mis brazos, salgo corriendo. No hay mucho lugar para escondernos, pero doy un pequeño silbido y el rugido se oye enseguida.

Katzen desciende sobre el suelo, batiendo sus alas fantasmales ante nosotros. Siento a Bucles aferrarse más fuerte a mí, como si temiera al espectro. No me extraña, dudo que en Crepuscilia haya visto alguna vez algo como Katzen. Siempre le tememos a lo desconocido.

Coloco al chico sobre el lomo de Katzen y me subo adelante.

—Sujétate fuerte, Bucles —le digo al niño a mis espaldas. Toma mi cintura con toda la fuerza de la que es capaz y lo veo cerrar los ojos y apoyarse sobre mi espalda. El gesto me rompe el corazón. El niño tiene miedo y depende por completo de mí. Despierta una mayor necesidad por sacarlo de aquí y regresarlo a su hogar.

Aprieto los talones sobre el cuerpo del espectro y este levanta vuelo. Katzen ruge en el aire, feliz por el contacto con el cielo. Me concentro en el horizonte para guiarlo, pero, por el rabillo del ojo, veo que el niño ahora está mirando todo con interés.

Hace unas horas que ha oscurecido, pero ese es el momento que eligen los lobos desde el bosque para empezar a aullar a lo lejos, mientras volamos sobre el espectro de mi abuela.

Es como si el rugido de Katzen fuese la voz principal del canto de los aullidos.

El espectro nos deja justo al lado del Puente de los Suspiros.

—Baja aquí —le digo a Bucles—. Yo debo seguir. Tengo cosas que hacer. No puedo acompañarte.

«Pero, señorita Sombra...», contesta el niño. Sus manos se mueven tan rápido para hablar que se agita enseguida.

—Puedes seguir desde aquí. Todavía deben estar buscándote cerca de la tumba. Cruza el puente y corre lo más rápido que puedas hasta Crepuscilia.

El niño desciende de Katzen, inseguro. Una vez en el piso, se gira y me mira a los ojos. Lo veo explorar cada uno de mis rasgos, pese a que todavía tengo la caperuza puesta. Me resulta de lo más extraño que pueda verme.

«Gracias, señorita Sombra», concluye.

Lo miro una última vez.

El ego de los hombres es peligroso. Los hombres dicen: «Quienes obren rectamente, no merecen el temor de nuestro Dios, pues él ama a quienes hacen el bien», pero azotan con individualismo, ingratitud y codicia. ¿Qué futuro le espera a Bucles en su mundo de hombres?

Pero no hay nada más que pueda hacer por él. Si las brujas recuperáramos nuestro reino sería distinto, pero relegadas a tierras de muertos, solo puedo acompañarlo para que regrese a Crepuscilia a salvo,

—Intenta mantenerte lejos de los problemas.

Con esa frase me despido. Vuelvo a presionar los talones sobre Katzen y este lanza otro rugido para elevarse en el aire una vez más. Veo a Bucles volverse cada vez más diminuto en el suelo a medida que nos elevamos. Y luego Ciudad de los Muertos también desaparece a mis espaldas.

Tengo algo más que hacer esta noche.

La visita a los gigantes en las Tierras Bajas para cerrar el trato que negocié por la mañana ha ido bien. No estaban seguros de pactar nada con las brujas. No los culpo. La reputación que nos hemos ganado por todo lo que los mortales, elfos y cambiaformas dicen de nosotras nos ha hecho demasiado daño.

Alcanzó con darles unas horas para pensarlo. Lo hicieron. Regresé con ellos esta noche, cumpliendo mi promesa. El arreglo está cerrado.

Mientras vuelo de regreso a Ciudad de los Muertos, me concentro en los aullidos; estoy helada hasta los huesos por el frío invernal. Pienso en cómo la canción de los lobos anuncia muerte en sí misma y, por un instante, recuerdo las palabras de Elna.

«Villano es quien busca muertes injustificadas. No importa el motivo».

Soy consciente de lo que implica la participación de los gigantes en una guerra. Lo que implicaría que en algún momento esas criaturas se vuelvan contra nosotras. Hablaré con Nadela apenas llegue. Tenemos que ocuparnos cuanto antes de ese pequeño detalle también.

El rugido del espectro me despierta de mis pensamientos.

—¿Qué es, Katzen? —pregunto, pero tengo mi respuesta apenas alzo la mirada, y me paraliza. Mi mente se vacía de cualquier palabra o pensamiento.

El humo está por doquier. Rodea Ciudad de los Muertos. Destaca en la oscuridad por el color blanco-gris y me irrita las fosas nasales cuando lo huelo. Es tan denso que no veo la piedra tan característica de las tumbas. Solo humo y llamas en medio de la oscuridad de la noche.

Los humanos creen que hay solo dos cosas capaces de detener a una bruja, pese a que haya muchas más. El hierro es temporal; el fuego, permanente. Y Ciudad de los Muertos, el hogar de las brujas desde hace tanto, en estos momentos está cubierta de fuego.

CAPÍTULO 10

Katzen se desliza con cuidado en el aire. Buscamos un lugar en el que pueda aterrizar. También sobrevivientes y explicaciones.

Yo busco a mi abuela. Sobre todas las cosas, busco a Elna.

El espectro no deja de mirar hacia la Casa del Río. De a momentos intenta ir hacia allí y debo forzarlo a tomar otra dirección. Sé que es el lugar más lógico en el que buscar a Elna, que Katzen también quiere encontrarla, pero la zona está cubierta de llamas. Es imposible para mí pasar por ahí. Tiene que estar en otro lado. Malditos sean los dioses oscuros, por favor, que esté en otro lado.

Recorremos desde arriba la ciudad, nos detenemos en cada tumba que no está envuelta en fuego, e incluso logro ingresar en uno de los mausoleos. Para cuando terminamos de sobrevolar el cementerio, el sol ya ha comenzado a asomarse.

No hay caso. Todo está vacío.

No hay brujas, no hay espectros, no hay cazadores. Ni siquiera hay gritos. Solo un silencio de muerte, acompañado de los aullidos de los lobos de todas las noches.

No me explico qué ha ocurrido. No he estado afuera más de un par de horas. ¿En qué momento se ha ido todo al demonio? Tampoco le encuentro razón al fuego. La ciudad es de piedra; debieron haberla bañado en algún tipo de combustible para lograr algo así. Pero es imposible que las brujas no vieran a alguien hacerlo antes de prender fuego todo el lugar.

A menos que hayan sido las mismas brujas las que lo han hecho.

Pienso en Nadela y en las brujas que estaban de acuerdo en seguirme a la revolución, y también en Johari, que era más reticente a ella.

Todavía sobre Katzen, me dirijo al sur de Ciudad de los Muertos. Me llama la atención una zona sin lápidas, con el suelo totalmente rojo. Descendemos un poco y entiendo que es sangre. Hay varios cuerpos allí.

Katzen toca el piso y, mientras me bajo de su lomo, lanza un rugido lastimoso.

—Lo sé, chico —lo consuelo—. Pero llegaremos al fondo de esto. Ella está bien. Ella tiene que estar bien.

El espectro se sacude, como si estuviera asintiendo a mis palabras. En sus ojos fantasmales veo que me ha entendido, que él está tan desesperado por encontrar a Elna como yo.

Las últimas palabras que intercambiamos mi abuela y yo me resuenan en la mente como ecos, por momentos ni siquiera oigo a los lobos. «La esperanza y los sueños son lo más hermoso que tienes, Alika. No debes renunciar a ellos», me dijo. Yo contesté: «Pues la falta de ellos y tu resignación es lo más horrible que tienes tú».

Me acerco al cuerpo más cercano y lo examino. Un cazador. No recuerdo a qué bruja pertenece, pero lo he visto muchas veces con Warmer.

Voy hacia el otro cuerpo y confirmo que también se trata de un cazador. El mundo se me cae a los pies cuando me pregunto qué ha sucedido con el resto de los cazadores. Comienzo a repetir frases como si fueran mantras. Por un lado, son palabras que me digo para convencerme de que todo estará bien. Por otro, son partes de la discusión que tuvimos Elna y yo.

«Warmer se fue al bosque. No estaba aquí cuando ocurrió. Warmer está en el bosque», me digo.

El instinto me lleva a tocarme el cuello. Respiro con algo de alivio al sentir que tengo puesto el collar de mi cazador. Él vendrá a buscarme. Mi collar tal vez no pueda decirme dónde está él, pero mi amigo sabrá dónde estoy y vendrá a buscarme.

«Una heroína mendiga de un reino mendigo».

El gemido que oigo a mis espaldas me distrae de mis pensamientos. Katzen hace un ruido extraño entre un rugido y un lamento, como para llamar mi atención.

El cabello platinado corto al ras es inconfundible. Me muevo rápido y me arrodillo junto a Johari. Me doy cuenta de que se mueve, de que está viva, y mis ojos le recorren el cuerpo entre los escombros y la sangre, pero al llegar a su cintura me estremezco. Se me pone la piel de gallina y no puedo mirar más.

Tiene la mitad inferior del cuerpo calcinado.

Siento algo frío cuando le toco la mano y, al mirar, advierto que sostiene un frasco de vidrio en ella. Entiendo al instante lo que intentó hacer Johari.

Lo que debe haber estado en el frasco seguramente era una poción protectora. Debe haber visto el fuego sobre ella y se tomó la poción. Tal vez lo hizo cuando el fuego ya la había tocado.

La veo moverse apenas, entre gemidos, y me doy cuenta de que no va a sobrevivir. El daño es demasiado grande. Tomó la poción demasiado tarde.

«Pues la falta de ellos y tu resignación es lo más horrible que tienes tú», recuerdo.

—Alika... —susurra Johari, abriendo los ojos con dificultad. Su respiración es tan suave que apenas la oigo.

—Aquí estoy —respondo—. ¿Qué ha sucedido? ¿Dónde están todos? ¿Dónde está Elna?

—Se la llevó... se la llevó.

—¿Adónde? ¿Quién se la llevó?

—Vino a buscarla. La quería a ella. Se la llevó —explica, pero lo hace en un tono de voz tan débil que apenas alcanzo a entender qué es lo que dice—. El bosque. Se la llevó al bosque.

—¿Quién se la llevó, Johari?

—La obediencia guía las acciones de los cazadores. Busca a tu cazador.

—¿Qué estás diciendo? ¿Quién se llevó a Elna, Johari?

—La obediencia guía... Se la llevó. Se la llevó al bosque —balbucea palabras sin sentido y la desesperación se cierne sobre mí.

—No te entiendo. Dime quién se llevó a Elna.

—Vanira —responde Johari de pronto y yo me quedo quieta. No es solo oír el nombre de mi madre lo que me impresiona, sino la forma en la que lo pronuncia, con un fervor devoto. Caigo en la cuenta de que, si bien he escuchado durante años los rumores e historias del amorío que la capitana mantenía con mi madre, nunca la oí a ella mencionarla—. Vanira, eres tú, amor mío.

«Cree que soy mi madre», me digo a mí misma.

—No sabes cuánto he esperado... —añade—. He querido ir contigo desde que te fuiste.

Una mentira puede ser un acto de egoísmo profundo, pero también puede estar plagada de piedad. Las mentiras abaten, agrietan y hunden. Pueden apalear en el momento en el que la verdad es revelada, pero, si ese momento nunca llega, solo queda lo dulce. Quedas a salvo de la parte amarga que implica descubrir la falsedad. Johari no volverá a tener otro momento. Este es el último que le queda, así que no la contradigo. Solo me quedo junto a ella y la escucho volver a llamarme con el nombre de mi madre.

—Aquí estoy, Johari —digo, y me acerco aún más a ella.

Entiendo que estoy haciendo justo lo que debo cuando veo a la capitana sonreír, una expresión que nunca había visto en su rostro.

—Siempre te esperé —susurra—. Siempre te esperaré.

Me doy cuenta de que nunca he pensado que los moribundos pudiesen amar tanto en los últimos momentos, cuando todo está por terminarse. Nunca he pensado en la muerte como algo dichoso porque te acerca a un ser querido. Johari está muriendo, pero es más feliz de lo que la vi jamás. La idea de reencontrarse con mi madre la hace tan feliz que me contagia. Una parte de mí sonríe, aunque esté siendo testigo del momento más triste que he vivido.

Pese a que quien está en una pieza y con la vida por delante soy yo, siento envidia de Johari. Siento envidia por la paz que el amor le ha dado y por la valentía que le ha infundido al final.

—La espera valió la pena, amor mío —continúa, y es como si su alma partiera en ese susurro, como si se escapara de su cuerpo como arena entre las manos. La suavidad con la que cierra los ojos es atronadora. Y no vuelve a abrirlos jamás.

Luego de las valientes batallas peleadas, del vigor y la vehemencia con que ha vivido, el cuerpo de la capitana se convierte en un resto, pero su alma se vuelve gloria.

Johari muere más fuerte que muchos. Como una sobreviviente.

CAPÍTULO 11

La idea de que tal vez sea la última bruja viva sobre la faz de la Tierra cae sobre mí con el peso de mil piedras.

Pero no, Elna tiene que estar viva. Allí, junto al cuerpo de Johari, rodeada de sangre de cazadores, con el fuego a mis espaldas, lloro como nunca he llorado mientras me repito una y otra vez que Elna tiene que estar viva.

Me siento tan hueca y vacía como si la muerte de Johari me hubiese robado todo el significado, como si las últimas horas me hubiesen dejado a la deriva en medio de un mar inmenso lleno de tempestades infinitas.

Katzen ruge otra vez, como si sollozara. Envidio al espectro por su capacidad de bramar de esa forma. Si hay algo que puede captar cómo me siento, es un rugido como ese.

Nunca fui muy unida a Johari. Por el contrario, sus actitudes y sus miradas siempre me fastidiaron, pero ahora me siento incapaz de separarme de su cuerpo, incapaz de soltarle la mano. Me digo a mí misma que es porque es el último rastro que tengo de otras brujas, pero lo cierto es que es porque sé que mi madre jamás se habría apartado de ella.

No sé cuánto tiempo permanezco junto al cuerpo hasta que, de pronto, siento las piernas entumecidas. Alzo la cabeza y tengo las mejillas marchitas por las lágrimas, que todavía corren y parece que no se acabarán nunca. ¿Cuánto puede llorar una persona sin derrumbarse de tristeza?

En medio de mi abatimiento, medito sobre las últimas palabras de la capitana, sobre las advertencias entremezcladas con los balbuceos y delirios que la muerte puso en su boca antes de que me abandonara, y también sobre partes de la discusión con Elna.

«Se la llevó al bosque».

«Una heroína mendiga de un reino mendigo».

«La obediencia guía las acciones de los cazadores. Busca a tu cazador».

«Quiero que los cambios se hagan de la forma adecuada».

«Se la llevó al bosque».

«Pero tú sí lo vales, Alika. Tú lo vales todo».

«La obediencia guía las acciones de los cazadores».

«Tal vez no sea capaz de muchas cosas, pero sí soy capaz de hacer cualquier cosa por ti».

Me pongo de pie con un solo movimiento y me seco las lágrimas, no sin antes apretar una vez más la mano de Johari. Sé que su cuerpo pronto se pondrá rígido y no me creo capaz de ser testigo de ello. Miro a Katzen. Los ojos del espectro dicen más que mil palabras. Él está dispuesto a acompañarme, no importa qué decida yo. Pero lo cierto es que no puede venir conmigo adonde debo.

Detecto un movimiento a mi alrededor. El espectro alza la vista también y lanza otro rugido. Uno de alivio, uno de esperanza.

—¡Alika! —grita Nadela cuando su espectro aterriza a mi lado.

—Por todos los dioses oscuros, Nadela —maldigo, acercándome, mientras ella desciende del lomo de su espectro—. ¿Qué sucedió?

—No lo sabemos.

—¿Quién más?

—Un aquelarre y yo salimos esta noche. Fuimos al límite de Crepuscilia a corroborar lo que nuestros cazadores nos informaron.

Mi mirada es interrogante y Nadela comprende que no sé a qué se refiere.

—El bosque se está muriendo, Alika —explica—. A nuestros cazadores les ha costado trabajo encontrar ingredientes para nosotras. No entramos, pero todos los alrededores del bosque están secos. Los árboles no crecen, sus raíces están marchitas. Sin el bosque, no tendremos pociones.

—¿Dónde está el aquelarre?

—Cuando regresamos a Ciudad de los Muertos, vimos el incendio. Vimos los cuerpos desde nuestros espectros. Les dije que debíamos refugiarnos al menos hasta que el fuego cesara. Fuimos al extremo sur del cementerio. Allí no había fuego, tampoco brujas. No hay muchas tumbas, pero alcanza para que las pocas que quedamos podamos vivir. Les ordené que permanecieran allí y yo vine a buscar sobrevivientes. Eres la única que he visto con vida...

A Nadela se le escapan los ojos a mis espaldas y enmudece con la imagen del cuerpo de Johari en el suelo. Su expresión se vuelve desconsolada, probablemente sea el reflejo de la mía.

—Estaba viva todavía cuando la encontré —explico—. Ya se debía de estar quemando cuando tomó la poción protectora. No pude hacer nada...

Nadela asiente, sin saber qué decir. No creo siquiera que sea capaz de hablar. Johari era la primera al mando de nuestro ejército; Nadela, la segunda. Imagino lo que su pérdida significa para ella.

—Todos los cazadores están muertos —afirma luego de un rato.

—Warmer no. Él está bien... Warmer tiene que estar bien. Lo envié al bosque esta mañana. No debe haber regresado.

Nadela se da cuenta del temblor en mi voz, aunque intento sonar segura, pero no dice nada. Ella no quiere ser quien me quite la esperanza, así que asiente.

—¿Qué vamos a hacer, Alika? —pregunta—. Tú eres nuestra princesa. Las demás esperarán tus órdenes.

Me he criado con Elna; sé lo que debe hacer una reina, lo que se supone que haga yo ahora que ella no está. Lo que se remueve en mi corazón es la pregunta de si una sombra es capaz de hacerlo.

—Ustedes van a esconderse el tiempo necesario… hasta que yo vuelva.

—¿Que vuelvas? ¿De dónde, Alika?

—Del bosque.

Nadela abre y cierra la boca, entre intrigada, incrédula y aterrada.

—Por todos los dioses oscuros, Alika. ¿Qué demonios vas a hacer ahí?

—Buscar a Elna. Averiguar quién hizo esto.

—¿Elna? Elna debe haber estado en el fuego con las otras…

—Johari dijo que alguien se la ha llevado —interrumpo—. Dijo que quien ha hecho esto la buscaba a ella. Que se la ha llevado al bosque. Lo repitió una y otra vez antes de morir.

Nadela me toma de las manos, como si fuese a intentar hacerme entrar en razón.

—Alika, Elna se ha perdido. Tú eres lo único que nos queda. Se suponía que serías nuestra guía, que ibas a llevarnos a la revolución. Todas contábamos con eso… Ahora eres nuestra reina.

—Nadela, si hay solo una posibilidad de encontrar a Elna, iré por ella. Lo sabes.

—Escucha, tenemos que pensar más grande. Tenemos que pensar en lo que le dejamos a nuestra especie, en los que no tienen voz, en los que mueren de hambre. Es lo que siempre nos has dicho.

¿Qué es la muerte de una de nosotras cuando tenemos un propósito más grande como conjunto? ¡Mira lo que nos han hecho! —Observa la nada que queda a nuestro alrededor—. ¡Esta masacre debe ser vengada!

—Confían en que yo las guíe, Nadela, pero piensa lo que podríamos alcanzar con Elna a la cabeza del aquelarre si la encuentro. Después de esto... no hay forma de que se quede sentada mientras nosotras peleamos por recuperar lo nuestro, por vengarnos. Ella peleará a nuestro lado, nos llevará a la victoria. Nos dará venganza por las que perdimos hoy.

Nadela me mira insegura. Veo su miedo, veo su desconfianza.

—Todos los cambios de planes dan miedo, Nadela —le digo con dulzura—. Pero esto... Los planes no pueden ser iguales después de esto. Si ya antes teníamos pocas brujas para pelear...

—Ellas lo harán igualmente. Yo lo haré. Pelearé contra quien sea por ti, Alika. Eres mi reina. Siempre serás mi reina.

Sus palabras me conmueven y la agarro del rostro, para que escuche con atención lo que voy a decirle.

—Tú eres mi capitana ahora, Nadela. Confía. Te pido que confíes.

Ella asiente, solemne.

—Todo está arreglado —explica, y veo que sus ojos están vidriosos—. Con los elfos. Ellos pelearán con nosotras cuando llegue el momento. Se levantarán en la corte de los cambiaformas. Ellos también quieren su revolución. Ellos tampoco desean depender de Varnal.

—Esta noche también he cerrado el trato con los gigantes. Yo les daré la señal cuando el momento de la revolución llegue. Escóndanse. Espérenme. Tengan paciencia. Juro que les traeré a Elna. Juro que les traeré la revolución que soñamos.

Nadela asiente y veo que, sobre todas las cosas, sobre toda la pena que las pérdidas de esta noche le han dado, sobre todo el miedo por lo que vendrá y la nostalgia por lo que ha sido, ella confía en mí. Ella confía en que yo les daré el cambio que siempre han esperado.

Le presiono el hombro una vez más antes de darle la espalda, ir hacia Katzen y subirme a su lomo. No podemos permitirnos perdernos en abrazos consoladores. Cualquier condescendencia hacia nosotras mismas puede hacernos caer en un pozo sin salida.

—Ocúpate del cuerpo —le pido—. Llévala con el aquelarre y que tenga un entierro digno. Que la oscuridad la cubra y la acompañe en su viaje a la eternidad.

Nadela asiente con los labios apretados. Cada movimiento le duele tanto como a mí, cada decisión la atraviesa como mil espadas.

—Tráenos el cambio, Alika —es lo último que me dice—. Tráenos la venganza.

El espectro no puede acompañarme dentro del bosque. Moverme con él allí llamaría demasiado la atención y debo ser sigilosa, porque al lugar, pese a ser uno con el destino de las brujas, hace años que lo han vuelto peligroso para nosotras. Los cambiaformas podrían estar vigilándome sin que siquiera me dé cuenta. Para adentrarme allí deberé hacerlo como una sombra, como la bestia en la oscuridad que siempre he sido. Soy buena para eso, sé cómo hacerlo; y si de esta forma logro encontrar a Elna, valdrá la pena el riesgo y la paciencia de las mías.

Así que, ya sobre Katzen, me coloco la caperuza carmesí sobre la cabeza. Sonrío a Nadela con lo poco que queda de mi espíritu, para darle ánimos, y presiono mis talones sobre el espectro.

Juntos volamos para dar lo mejor de nosotros. Para encontrar a Elna. Para adentrarme en el bosque.

CAPÍTULO 12

Apenas doy un par de pasos entre la arboleda me doy cuenta de que debo prestar especial atención al camino. A medida que avanzo, cada tanto oigo que se rompen ramas, pero cada vez que me volteo, no veo nada ahí.

Todos los arbustos, toda la nieve y el hielo parecen lo mismo. Las hojas que brotan de los árboles crecen grises, apagadas. Las ramas que se escapan de la tierra están marchitas. Todo a mi alrededor es de un tono sombrío, atascado en un momento entre el ocaso y una aurora. Es como si el movimiento del bosque se hubiese quedado detenido en el tiempo. Cada esquina es idéntica y no veo forma de guiarme dentro de él. El sol ha salido hace unas cuantas horas, pero todo en mí se siente en penumbras. La brisa que me toca es punzante, las nubes en el cielo se ven pesadas y cada paso me cuesta energía.

Definitivamente no es lo que esperaba. Las leyendas que he oído durante toda mi vida hablan de que las raíces les contaban historias a las brujas, que las ramas les cantaban canciones, que las piedras les recitaban poesías. Pero aquí, sola en el bosque, me siento una extranjera. Nada en mi sangre reconoce este sitio. Esto no es un hogar, sino un lugar desconocido, frío y cruel del que puede surgir cualquier enemigo en cualquier momento.

Se siente como un sitio en el que se han quedado atrapadas almas, como un lamento lejano, un muro, una grieta. El bosque no es el hogar prometido para las brujas, sino algo hueco. Una extremidad gangrenada que se ha hinchado y se ha vuelto pesada de decadencia.

He dejado a Katzen en la entrada del bosque. Le he ordenado que no me siga. Sé que le ha dolido que nos separemos casi tanto o igual que a mí, pero no he tenido otra alternativa. Sé que estará bien porque, si él no lo hace, yo tampoco podré hacerlo.

El embotamiento en el que está inmerso mi cuerpo no ayuda. Tengo la cabeza abombada, en parte por las lágrimas que me he forzado a contener, para no terminar de desmoronarme, y en parte por lo poco que he dormido en los últimos días.

También me recuerdo a mí misma qué hago aquí; y en ese instante, al mirar la magnitud del bosque y sentir su silencio condenatorio, caigo en la cuenta de que tal vez pase el resto de mi vida intentando encontrar a Elna. Además, decido que, si tengo que seguir buscándola eternamente, lo haré. Lo vale. Elna lo vale.

Me recuerdo, una y otra vez, que no puedo detenerme. Que no puedo darme espacio para reconocer el dolor y la incertidumbre que siento. Si lo hago, es probable que me quiebre y decepcione a los que dependen de mí. Así que me aferro a mi capa roja, lo único familiar que me queda, y sigo.

Lo que tienen las obsesiones es que siempre me detengo en los detalles. Mi mente funciona así y, en este momento, no lo siento tanto como un castigo, sino como una virtud. Por primera vez mis observaciones pueden salvarme, pueden significar la diferencia entre si encuentro a Elna o si termino de perderme dentro del caos en el que se ha convertido mi vida.

Así que me vuelvo consciente de cada raíz, de cada rama, de cada sonido. Empiezo a registrar los aromas temblorosos y avasallantes que inundan el bosque. Me tomo el tiempo para presionar mi mano contra los troncos, contra las piedras, y de sentir la nieve bajo mis botas.

Me detengo cuando llego a una barrera invisible. Una que siento en mi sangre. Una barrera de magia. Me bajo la caperuza, como si fuese a volverse palpable de esa forma, pero no lo hace. No me atrevo a intentar tocarla, pero sé que está ahí. Sé que es una magia que desconozco, que pertenece a alguien, aunque no veo a su creador y me impide el paso.

Un arbusto del otro lado de la barrera se mueve. Miro expectante al duende que sale detrás de él.

—Oh, ¡qué visita tan agradable! —exclama. Siempre he sido de baja estatura en comparación con las otras brujas e incluso con las humanas. Apenas supero el metro y medio. Pero aun así, estoy segura de que si me parara junto al duende, apenas me llegaría a la cintura. Su sonrisa es maliciosa; su cabello, de un tono naranja brillante, y sus ojos enormes, redondos y un poco separados entre sí. Viste ropas abrigadas de un tono verde musgo y unas botas que se ven pesadas—. ¡No solemos recibir en el bosque brujitas desde hace muchos años!

Lo observo con recelo, pero el duende me mira encantado.

—¿Tú has creado esta barrera? —pregunto.

—¡Qué perspicaz eres, brujita! No he jugado con una desde hace muchos años. En el bosque nunca recibimos brujitas, ¡y sobre todo ninguna con una capa tan roja como la tuya!

La sonrisa no le cabe en la cara. Comienza a dar pequeños saltos de excitación junto al arbusto, pero se mantiene del otro lado de la barrera. No me permite pasar y tampoco veo dónde termina. El único camino que puedo tomar es solo de regreso, fuera del bosque, y no hay forma de que yo vaya hacia allí. No sin Elna.

—Déjame pasar —le exijo.

—¡Pero qué mala suerte! De todas las brujitas que podían visitarme, lo hace la más aburrida. ¿No quieres jugar, brujita? En el bosque no recibimos brujitas hace años. ¡Qué capa tan roja la tuya!

No me hace ni un poco de gracia. He visto duendes antes en Crepuscilia, pero nunca he hablado con ninguno. Es sabido están en su hábitat natural dentro del bosque, que intentan pasar desapercibidos cuando no están ahí, que hacen chistes de mal gusto y que son burlones, pero nunca lo he comprobado.

No estoy de humor para duendes. No luego de todo lo que ha pasado.

—Déjame pasar, duende —insisto.

Entonces sus ojos se vuelven más oscuros y su sonrisa, más maliciosa.

—Te dejaré pasar, brujita, pero primero quiero jugar. ¿Quieres jugar conmigo, brujita?

Lo dice con tono calculador, como si aceptar fuese a ser mi ruina.

—No tengo tiempo para jugar —respondo con sequedad.

—Te dejaré pasar si jugamos, brujita. ¡Quiero jugar! No he jugado con brujitas en el bosque hace años. Juega conmigo, brujita. Mira qué roja está tu capa.

Sus saltos no se detienen. Realmente me pone nerviosa y quiero que baje la barrera para poder continuar mi camino.

—¿Jugar cómo?

—Te haré una adivinanza. Si tú ganas, puedes pasar. Si yo gano, debes regresar.

—Dejarme pasar suena como poco, duende. Circular por el bosque es mi derecho. El bosque pertenece al destino de las brujas.

Deberás darme algo más si gano. De lo contrario, baja tu barrera ahora y déjame seguir mi camino.

Entonces sus labios se retraen aún más, dejando ver más dientes de los que creí que un ser podría poseer.

—¡Qué exigente la brujita! De acuerdo, brujita de capa roja. Si adivinas, bajaré mis barreras, pero también te haré un regalo, una advertencia y una profecía, todo de una sola vez, para que sea tan parte de tu destino como el bosque de las brujitas. No he jugado con brujitas hace años. Nunca visitan el bosque, sobre todo ninguna con una capa tan roja como la tuya.

Asiento, cerrando el trato, pues sé que cuando los duendes desafían de aquella forma, no puede haber otra alternativa para obtener lo que quiero. Estoy conforme con el acuerdo. Entre las brujas, e incluso en Crepuscilia, se dice que cuando los duendes se comprometen a hacer profecías o advertencias no pueden mentir. Sus mentes y sus cuerpos se atan a la verdad, de modo que creo que tal vez este trato terminará beneficiándome. Eso es si descubro la adivinanza.

Ante mi silenciosa aceptación del reto, el duende comienza a recitar:

—*Puedo matarte si me dejas pasar,*
pero salvarte si contra enemigos me sabes usar.
Sigiloso, circulo por venas, ruin y despiadado.
Una vez que rozo labios, soy astuto y mortal.
Eres despreciable si me convidas,
a menos de que el otro me pida,
pues los llevaré a ambos conmigo si con ustedes voy.
Dime, brujita, ¿qué soy?

Mis pensamientos rumian la adivinanza una y otra vez. Le pido que la repita un par de veces. La memorizo. La desarmo. La recorro de arriba abajo.

No ha sido parte del acuerdo, pero sé que tan solo tengo una posibilidad para acertar o fallar. No creo que el duende haya hecho una adivinanza cuya respuesta sea una criatura que yo no conozca, porque esas no son sus formas. No encuentran diversión si ellos no corren algún riesgo de perder también.

Pienso que la adivinanza termina con la pregunta «¿qué soy?» y no «¿quién soy?», por lo que decido que debe tratarse de un elemento, no una criatura.

Debe ser algo útil para blandir ante enemigos. Algo con la capacidad de matarlos si se usa con habilidad, pero no cualquiera debe poder hacerlo. «Si me sabes usar...».

Un gruñido me saca de mis pensamientos y miro a mi alrededor. Todo en el bosque parece haber caído en un silencio sepulcral, a la espera de algo.

Veo el par de ojos amarillos salir de la espesura casi al instante y mi corazón se detiene.

La bestia es gigantesca, incluso más grande que Katzen. Su pellejo es de mil pieles distintas y se sostiene monstruoso sobre sus cuatro patas musculosas, que terminan en enormes zarpas de hierro; y sus dientes, también de aquel metal, son tan puntiagudos que parecen hechos para desgarrar. No estoy segura de qué animal se trata, pues no he oído historias de ninguna criatura como esa, pero se siente como si hubiese sido creado solo para acabar conmigo.

Los rasgos se le retuercen hasta que parece un demonio. Me muestra los dientes de hierro y retrocedo. Me pongo la caperuza de un solo movimiento, pero entonces veo que las aletas de su nariz se mueven. No puede verme, pero sí olfatearme, y sabe exactamente dónde estoy.

Veo cómo los dedos de sus zarpas se curvan en garras antes de saltar sobre mí con un ladrido capaz de partir la tierra, hambriento y victorioso.

Le hago frente y lo sostengo con fuerza para impedir que me desplome. La bestia es fuerte, pero también lo soy yo. O creo serlo. Mis músculos lloran con cada movimiento, suplicando descanso, y mi mente me ruega que le permita regresar al sopor que los hechos de las últimas horas merecen.

Empujo con fuerza a la bestia y consigo alejarla, pero esta vuelve a arremeter contra mí. Atrapa mi brazo entre sus colmillos de hierro, y el grito de dolor que profiero me deja la garganta en carne viva.

Me debilita en un instante y, pese a que intento convocar al Dios de la Oscuridad, no lo logro. Es la fuerza del hierro de sus colmillos lo que ha drenado mi magia. Vuelvo a golpearlo y sé que he logrado demorarlo una vez más.

Miro el daño en mi brazo y me horrorizo al ver que la sangre sale a borbotones, manchando la nieve a mis pies. Disfruto de la sangre tanto como cualquiera, pero en este momento parece poco conveniente. Si pierdo demasiada, podría caer inconsciente.

—¡Hace tanto que no juego con brujitas! ¡La brujita de capa roja, la brujita de capa roja! —oigo que el duende grita del otro lado de la barrera invisible. Él está a salvo allí. La bestia no puede alcanzarlo detrás de su barrera.

La criatura embiste contra mí y me golpea tan fuerte que me hace volar por el aire. Aterrizo golpeando el suelo. Estoy casi segura de que me he quebrado algún hueso por la agonía que percibo cuando, a duras penas, logro levantarme. Siento un gusto metálico en la boca, y sé que también mi rostro está sangrando.

En la desesperación, manoteo mi bolso que, milagrosamente, todavía no se me ha caído. Lo revuelvo de manera atolondrada en busca de alguna poción que pueda ayudarme, mientras veo por el rabillo del ojo a la bestia prepararse para arremeter contra mí.

Doy con el tónico explosivo, el único de los que tengo que puede resultarme útil en una pelea, y alcanzo a sacar el frasco y abrirlo. Pero no soy lo suficientemente rápida.

La bestia se lanza sobre mí como un rayo.

Por el golpe que me da, me estrello contra la pared invisible conjurada por el duende. El tónico se ha derramado en el suelo por el empujón. Escucho pequeñas explosiones en todos los puntos donde las gotas han caído.

Vuelvo a incorporarme y apoyo la espalda sobre la barrera, acorralada. Veo a la criatura aproximarse a mí una vez más, con hilos de saliva cayendo de su boca, hambriento, como si estuviera imaginando el sabor que tendrá mi carne.

Va a acabar conmigo. Me despedazará, estoy demasiado débil para pelear. No tengo armas y ya no me queda ninguna poción que pueda ayudarme.

«Puedo matarte si me dejas pasar».

Me siento tan vacía. Mi espíritu se siente vacío mientras pienso en Johari. No puedo evitar comparar la paz con la que ella abandonó este mundo con lo desesperada que me siento ahora, empecinada en vivir, como si eso fuese lo único que tengo. Pienso que estoy sola, en un bosque al que ni siquiera siento como mi hogar, que no se siente como las promesas que nos han hecho toda la vida. Pienso que no tengo a Warmer ni a Elna y que tampoco sé dónde están, que ni siquiera estoy segura de que sigan con vida.

Vuelvo a Johari en sus últimos momentos, al frasco en su mano y a los ingredientes de las pociones que Warmer trae para mí. Pienso en la forma en que le debe haber recorrido las venas la poción protectora, insuficiente para salvarla.

«Sigiloso, circulo por venas, ruin y despiadado».

Como lo que Johari bebió, pero al revés. Lo opuesto. No una que proteja, sino una que mate.

«Una vez que rozo labios, soy astuto, mortal».

—¡Veneno! —grito y me aferro a la palabra como última esperanza—. ¡La respuesta a la adivinanza es *veneno*!

Entonces siento que la barrera desaparece y vuelve a levantarse enfrente de mí. La he atravesado y la bestia ha quedado del otro lado, ladrándome y mostrando sus colmillos, furiosa de que haya logrado escaparme.

Me desplomo en el suelo, incapaz de mantenerme de pie. Todos los árboles se mueven a mi alrededor y comienzo a temblar. Bajo la vista y me concentro en el suelo, en el frío cortante que la nieve pasa a mis manos.

—¡Has ganado, brujita de capa roja! —oigo que canturrea el duende. Continúa encantado y tengo ganas de darle un puñetazo, pero no podría golpear nada, no en el estado en el que me encuentro. Los ojos se me cierran y el dolor por los golpes y heridas que me ha provocado la bestia es insoportable.

Intento concentrarme para resistir el mareo. Inhalo. Cuento hasta cinco. Exhalo. Habito el mundo con presencia. Inhalo. Uno. Dos. Tres. Cuatro. Cinco. Exhalo.

—¡Voy a decirte tu profecía y tu advertencia, así que escucha con atención! También te daré tu regalo. No he jugado con brujitas en el bosque desde hace años.

Cierro los ojos, haciendo mi mayor esfuerzo por no desplomarme en el suelo por completo, al tiempo que recuerdo que todavía tengo puesta la caperuza.

Uno. Dos. Tres. Cuatro. Cinco.

—Hay un hombre de una y mil caras, brujita. El hombre de uno y mil sueños. Tú lo creerás el hombre de una y mil mentiras, pero él solo te dirá tres mientras su corazón lata o hasta que el tuyo deje de latir, lo que suceda primero. Desde que lo conozcas hasta antes de la luna llena, él te habrá dicho las tres y, cuando él las reconozca, tu capa roja brillará. Cuídate del hombre de una y mil caras.

Allí, demasiado cansada para llorar, para pensar o luchar, me rindo y caigo en un sueño profundo, no sin antes sentir que el duende desaparece.

CAPÍTULO 13

En mi desmayo, soy visitada por sueños extraños, irreales pero intensos. Con colores brillantes y sonidos potentes, con aromas a podredumbre, aunque también a frutas jugosas y perfumes excitantes. Veo figuras de espectros, de dragones y de lobos, y hasta creo que siento sus aullidos acariciándome la piel.

Oigo a personas hablar; sin embargo, sus voces y sus palabras se arremolinan entre los colores de mis sueños. «Quítenle la capa», dice alguien, y yo no sé si lo imagino o si es real.

Escucho el correr de un arroyo, pero recuerdo que no había nada de agua en el bosque en el que me encontré con el duende.

Sueño con Elna. Sobre todas las cosas, sueño con mi abuela. Todos son recuerdos, como si mi mente estuviese invitándome a no rendirme, a buscarla. Elna cura las heridas que me he hecho de pequeña, cuando me he enfrentado a una bestia de las montañas y esta me ha mordido. Elna me enseña a guiar a Katzen a través de los cielos. Elna me da sus propios ingredientes para que sea yo quien prepare una poción. Elna me muestra un ataque con espadas.

Es el crepitar de un fuego lo que me despierta y el brillo de las estrellas, rodeadas de las copas secas de árboles, lo primero que veo.

Miro hacia un costado y distingo mi capa doblada en el suelo. Un contraste perfecto con el blanco de la nieve. En mi cerebro se despierta una alarma al recordar que la tenía puesta cuando perdí el conocimiento.

Siento que algo da vueltas a mi alrededor y me incorporo tan rápido que la espalda me da un tirón. Ahogo un gemido por el dolor de los golpes, sufridos en la pelea con la bestia, y es entonces cuando lo veo.

El lobo completa su vuelta a mi alrededor y se detiene frente a mí. Su figura es elegante, feroz e imponente; su pelaje, negro, largo y brillante, y sus ojos son pardos, la mezcla más fascinante que he visto entre verde, castaño y dorado. Su expresión es inteligente, perspicaz, y parece como si estuviera sonriéndome.

Me quedo más quieta de lo que me he quedado jamás. Todo en mi mente dice que aquella es una criatura a la que hay que temer, tal vez incluso más que de la bestia que me ha atacado, y entiendo el pavor que los hombres les tienen a los lobos. Pero otra parte de mí, una que recuerda los aullidos que me consolaron en noches frías cuando estaba demasiado hambrienta como para moverme, quiere quedarse. Quiere permitirle hipnotizarme para siempre.

Entonces, el lobo se transforma y ya no es un lobo quien me enfrenta, tan cerca de mí que respiramos el mismo aire. Es un hombre.

Y es incluso más salvaje que antes.

—Buena siesta te echaste, reina. —Su voz es masculina y sugerente, y me recorre la columna con una caricia estremecedora.

Su rostro está tan cerca de mí que solo puedo tocarle los rasgos con la mirada, extasiándome con ellos. Una belleza que quita el aliento. Su pelo es negro, como el pelaje del lobo que fue hace tan solo unos instantes, y sus ojos, del mismo tono entre verde y dorado. Tan parecido al lobo en el que se encontraba convertido hacía solo un rato y a su vez tan diferente.

Su contextura es también enorme, fuerte y atlética, al igual que el lobo, y está vestido con un traje negro como la perdición. Sé que a su lado debo verme muy pequeña, pero no me importa. Su presencia tiene implícita la promesa que me han hecho los aullidos desde que tengo memoria. Es implacable y sanguinario. Y yo quiero entregarme para que me devore, desafiarlo a que lo haga.

En su mirada está pintado el deseo. Es mucho más que cualquier atracción que haya visto en los ojos humanos cuando me observan. No me tiene miedo. Simplemente está esperando que le dé mi consentimiento.

—Cambiaformas —susurro.

—A tu servicio —responde, haciendo una inclinación casi imperceptible, y su tono seductor está cargado de un humor malicioso—. Una capa muy interesante la tuya.

El comentario sale de sus labios con un encanto arrebatador, pero también con un aviso; como si quisiera recordarme que es mi enemigo, que se supone que sienta repulsión por él. Hace una breve seña hacia la capa roja en el suelo, junto a mi bolso, donde he guardado mis pociones, pero en ningún momento aparta la vista de mí. Me come con los ojos y algo dentro de mí se despierta triunfal, poderosa.

«Cuídate del hombre de una y mil caras».

La frase en mi cabeza termina el hechizo y me espabila. Quiero ponerme en guardia, pero apenas levanto las manos, siento algo frío contra mis muñecas. La luz del fuego se refleja sobre el hierro de mis esposas. No están unidas por cadenas como las que me colocaron los hombres en la prisión; son más como brazaletes, como pulseras, solo a los fines de que mi cuerpo esté en contacto con el hierro para limitar mi magia, para impedir que llame a la oscuridad, pero están cerradas y me convierten en una cautiva.

—Disculpa por eso, reina. Entenderás que debemos ser precavidos.

¿Debemos?

—Fanfarronea en otra parte, Lobo —dice una voz a mis espaldas.

—Solo estoy saludando a nuestra invitada —responde el cambiaformas.

—Para ti, eso es fanfarronear —expresa una segunda voz muy aguda.

El primero que ha hablado es un gnomo. La segunda ha sido un hada y, junto a ellos, viene un ogro.

El hada es pequeña, del tamaño de la palma de mi mano. Tiene el cabello rojo peinado en un rodete y lleva un vestido color lila. Sus alas son también de un tono violáceo. Ella vuela cerca de mí, de forma tal que cualquiera lo habría considerado como invasión al espacio personal.

—¿Estás bien, linda? —pregunta con su vocecita chillona—. Las bestias del bosque pueden ser muy volubles. Has tenido suerte, podría haberte matado.

He visto hadas en Crepuscilia unas cuantas veces y su cordialidad suele darme ganas de vomitar, y esta no es la excepción. Las hadas se creen encantadoras; se hablan con amabilidad constante y simulan indignación cuando alguien se atreve a faltarles el respeto. Como si todos tuviésemos que ir por el mundo con una sonrisa pintada en la cara.

Alzo las cejas, incrédula. No me creo que piense que voy a jugar ese juego de hadas, aquel en el que compiten por quién es más asquerosamente amable, pero la cabeza me arde y tengo la boca seca. Ni siquiera me queda energía para insultarla.

—Respóndele a Libélula, bruja —espeta el ogro. Su apariencia es totalmente grotesca. Debe medir unos dos metros. Su piel luce un color gris, es calvo y habla de tal forma que parece que estuviera bostezando—. No las matará a las tuyas un poco de cortesía para variar.

—Cálmate, Sapo —interrumpe el gnomo mientras se rasca la barba blanca despeinada y me mira con unos ojos castaños recelosos—. Mírala a la pobre, se debe haber dado unos cuantos golpes en la cabeza.

Yo solo puedo mirarlos y ser consciente de las esposas sobre mis muñecas. Me siento indefensa, entregada. Si quisiesen causarme algún daño, estaría a su merced. No hay nada que pueda hacer para defenderme, y eso no me gusta nada.

—Es sumamente curioso encontrar una bruja como tú por el bosque, reina —dice el cambiaformas, al que llaman «Lobo». Tiene la espalda apoyada sobre el tronco de un árbol en una actitud despreocupada. Se mira las uñas de las manos como si las limpiara, pero sé que tiene toda su atención colocada en mí—. Entenderás la curiosidad de mis compañeros.

Intento hablar y la voz me sale débil:

—Quítenme las esposas.

Las criaturas se ríen. Todas ellas lo hacen.

—Tiene sentido del humor, eso es bueno —hace notar el gnomo.

—No lo sé, Ratón —responde el ogro—. Parece bastante amargada.

Los insultos se me acumulan en los labios, embravecidos e impotentes, pero me doy cuenta de que no es momento para pelear. Las brujas tenemos prohibido entrar en el bosque, y ellos acaban de descubrirme y atraparme dentro de él. Debo mantener mi mente fría. No es momento de pelear. No cuando son mis enemigos y que tal vez me maten una vez que tengan la información que buscan.

El cambiaformas vuelve a transformarse en lobo. Lo hace solo por un instante, para poder pararse a mi lado con mayor rapidez. Luego se convierte en hombre otra vez.

—¿Tu nombre, reina? —pregunta.

Sus preguntas y comentarios anteriores no han sido más que un preámbulo a un interrogatorio. Me pregunto qué será capaz de hacer con tal de sacarme información.

Su sonrisa es tan hermosa y blanca que la deseo sobre mi cuello. Decido que me haré un collar con sus dientes cuando todo esto termine y finalmente lo mate.

No es conveniente que sepan que una princesa bruja ha sido descubierta en terreno de cambiaformas. Es por eso que decido que no deben saber mi nombre.

«¿Cómo se llamaba la niña?», había preguntado Warmer. «Me dijo que se llamaba Vera», le había contestado.

—Me llamo Vera.

Ese es el nombre que doy. Sé que es para cubrirme, para esconderme, pero también sé que es para darle otra oportunidad a la niña a la que ayudé en Crepuscilia, para ser alguien fuerte, alguien que pueda defenderse. Para darle una oportunidad de vivir algo distinto a lo que los de su misma especie han decidido para ella, aunque sea a través de mi mentira, aunque sea a través de mis ojos.

—¿Y nosotros? —pregunta el cambiaformas—. ¿No quieres saber nuestros nombres?

—Sus nombres no me importan —confieso. Estoy tentada de escupirles y de golpearlos con la fuerza que pueda con las esposas puestas, pero me resisto. Quiero saber qué desean de mí.

—¿Qué haces aquí? —me pregunta el ogro. Esta es una conversación llena de trampas. Tal vez sea quien ha decidido jugar el rol del *guardia malo*, mientras que el cambiaformas cumple el papel del bueno. Todo a los fines de jugar con mi cabeza y conseguir lo que quieren.

—He venido a buscar a alguien. A buscar... a una amiga.

—¿Y cómo sabes que tu... *amiga* está en el bosque? —pregunta Lobo. Efectivamente, el *guardia bueno*—. Las brujas tienen prohibido andar por aquí.

—Lo sé y punto. Libérenme. La buscaré, nos iremos de aquí y nunca más volverán a vernos.

Tanto el hada como el ogro y el gnomo miran al cambiaformas.

—Tal vez tenga algo para ti que te interese —dice finalmente Lobo.

El cambiaformas vuelve a transformarse, pero esta vez lo hace en algo distinto. Una figura fina y alt; con cabello rubio platinado y largo, y una brillante sonrisa en una boca roja.

—¿Es esta la bruja que buscas, reina?

CAPÍTULO 14

Me doy cuenta de mi error de inmediato, pero es demasiado tarde. Me he quedado de una pieza al verlo adoptar la forma de Elna. Ahora es evidente que tienen algo que quiero y que es a Elna a quien busco. He mostrado mis cartas y he quedado en desventaja para negociar, pero solo puedo pensar que si el cambiaformas la está imitando, es porque la ha visto.

La simple idea de que él sepa dónde está mi abuela hace que el corazón me lata desbocado. Lobo ha querido llamar mi atención, ha querido retenerme, y lo ha logrado.

Pese a todo, la visión de Elna es impresionante. Parpadeo varias veces para centrar mi visión borrosa, para asegurarme de que estoy viendo correctamente.

Siento presión en los moretones que me ha dejado la bestia. Cada inhalación me duele y tengo el estómago revuelto. Me recuerdo que la persona a la que estoy viendo no es mi abuela, sino algo muy peligroso para mí.

—Tienes que reconocer que soy bueno —dice la imitación de Elna en la que se ha convertido el cambiaformas. Ya no es el tono cordial que ha mantenido en su rol de *guardia bueno*, sino pura fanfarronería disfrazada en la voz de Elna. Se mueve y habla como ella—. Creo que soy una versión incluso mejorada de la bruja que buscas.

—Ahora sí está presumiendo —escucho que le susurra el hada a alguien. No estoy segura de a quién, pero la voz chillona es inconfundible.

Recuerdo lo que me ha dicho Warmer acerca de que los cambiaformas nunca pueden ser idénticos a aquellos en los que se transforman, que alguien que esté muy familiarizado con esa persona puede reconocer la diferencia con facilidad. Y no se me escapa el detalle más importante: la Elna del cambiaformas tiene puesto el mismo vestido que la última vez que la vi. Quiero borrarle a Lobo la expresión arrogante de un solo golpe, pero solo digo:

—Tus orejas están demasiado grandes.

El hada y el gnomo se ríen, pero la sonrisa del cambiaformas-Elna se vuelve más evidente, en apariencia encantado por mi atrevimiento.

—Tal vez las de tu amiga sean demasiado pequeñas. Así podré escucharte mejor.

—Tus manos son demasiado fornidas —observo—. Las de la bruja que busco son delicadas.

No es del todo cierto, pues las manos de Elna están llenas de callos de tanto blandir la espada, pero con seguridad son más finas que las del cambiaformas.

—Podré sujetarte y mi agarre será más firme que el de ella —responde. No me pierdo que la sonrisa del cambiaformas convertido en Elna acaba de volverse forzada y que el hada, el ogro y el gnomo no se han vuelto a reír. Tal vez mis burlas sobre su habilidad no les causan tanta gracia, después de todo—. Puede ayudar a que te sientas más segura.

—Y tu boca es demasiado grande...

Entonces vuelve a convertirse en el hombre que ha sido hace tan solo un rato. Sonríe y deja entrever una brillante hilera de dientes blancos. Unos que definitivamente me gustaría que le enseñara a unos cuantos mortales. Saldrían huyendo aterrorizados.

—Es para besar mejor. Podría demostrártelo, si tan interesada estás.

La frase es lasciva y sugerente, y la hace para que compruebe que él no me teme.

—Creo que ladras más de lo que muerdes, cambiaformas —contesto—. Te has acercado bastante, pero, por más que lo intentes, no podrás imitar a una bruja.

—No es solo adoptar la forma que quieres, ¿lo sabes? —continúa el cambiaformas—. Los detalles son lo que importa. Ahí radica el arte, en captar la esencia de aquel al que imitas. No solo en la transformación. Es una parte importante, seguro, pero todo está en la actuación, reina. Es lo que diferencia a un cambiaformas habilidoso de uno mediocre. Tienes que sentirlo, ser capaz de ponerte en su piel. De vivir sus sentimientos como si fuesen tuyos… Como te dije, todo está en la actuación. Aunque copies la imagen de alguien, sin su esencia pueden descubrir fácilmente quién eres.

Me pregunto qué está mal conmigo. Tengo a un enemigo enfrente alardeando sobre sus poderes. Sus intimidaciones no me asustan, pero ahora que he imaginado la posibilidad de que él aterrorice a humanos con su porte siniestro, no puedo sacar la idea de mi cabeza.

Le echo la culpa al bosque de mis distracciones. No sé qué le han hecho los cambiaformas estos cuarenta años, pero es cierto que está maldito. Echo un vistazo a mi alrededor de nuevo porque, de pronto, no estoy segura de si he soñado que estoy en este lugar o si es cierto.

Todo a mi alrededor es un pulso pausado: el bosque es un lugar roto y moribundo. Uno sin arreglo. Estar aquí es como haber atravesado una puerta hacia un lugar perdido. La luz se filtra a través de las copas de los árboles, aunque es apagada y temblorosa, como si ni siquiera los rayos del sol estuviesen seguros de querer estar allí.

—Disculpa a Lobo —expresa el hada, volando muy cerca de mi oído—. A veces le gusta presumir con los invitados.

La ignoro y me dirijo a quien ellos llaman «Lobo» y, en el tono más cordial del que soy capaz, le digo:

—Si has visto a la bruja que busco, dime dónde está. Los cambiaformas no quieren brujas en el bosque. La buscaré y la llevaré conmigo. No volverás a vernos.

Lobo intercambia una breve mirada con el ogro antes de sonreír maliciosamente y volver a dirigirse a mí.

—Tal vez lo que queramos nosotros sea lo contrario, reina. Tal vez nos gustaría ver un poco más de ti por aquí un tiempo…

Todos los músculos se me tensan en alerta. Los golpes que he sufrido por parte de la bestia me aquejan el cuerpo; sin embargo, decido ignorarlos. No sé qué pretende, pero ha visto a Elna, tal vez incluso sea quien se la haya llevado y tenga que ver con lo que ha sucedido en Ciudad de los Muertos, y no tiene intenciones de ayudarme a dar con ella. Sea lo que sea que pretendan, los combatiré. No importa que no pueda convocar a la oscuridad ni que no tenga ninguna poción a mi disposición; si quieren matarme, moriré peleando con dientes y patadas contra todos ellos.

—Dame una razón para no destruirte —le digo desafiante al cambiaformas.

Él ni siquiera parpadea. Responde a mi mirada fija con cejas alzadas y una expresión sobradora.

—Te daré tres razones. La primera es que sé que la bruja que buscas ha estado en el bosque hace unas horas. No me extraña que se haya perdido.

No respondo. Mi mente está absorta. ¿Qué podría haber tenido que hacer Elna en el bosque?

«Vino a buscarla. La quería a ella. Se la llevó».

—La segunda es que has sufrido unos golpes bastante duros; no te vendrían mal un par de horas de sueño. Y has perdido bastante sangre. Sin mencionar tus esposas de hierro. No tienes fuerza, no tienes pociones y, por si no lo has notado, seríamos cuatro contra uno.

«El bosque. Se la llevó al bosque».

«Tú lo creerás el hombre de una y mil mentiras, pero él solo te dirá tres mientras su corazón lata o hasta que el tuyo deje de latir, lo que suceda primero».

—Y la tercera es que podemos ayudarte... si tú nos ayudas a nosotros.

«Desde que lo conozcas hasta antes de la luna llena, él te habrá dicho las tres, y cuando él las reconozca, tu capa roja brillará».

Repaso en mi cabeza una vez más el regalo, la advertencia y la profecía que el duende me ha dado, incrédula ante lo que ha dicho, ante la posibilidad de que Elna haya estado en el bosque. Y solo puedo pensar en lo que Johari me ha dicho acerca de que alguien se ha llevado a Elna al bosque, alguien que la ha secuestrado.

—Di que no sabes dónde está —exijo—. Di que no te la has llevado. Di que no la retienes contra su voluntad.

Solo entonces el cambiaformas deja de sonreír y su máscara se cae. Me mira con odio, y entiendo que es la mirada que quiso dirigirme desde un principio, que todo este tiempo se ha tratado de una actuación, no solo para interrogarme, sino también para que acceda a trabajar con ellos.

—Estás empezando a caerme mal, ¿sabes? Creo que no lo has entendido. Estás en nuestras tierras. Si alguien está en condiciones de exigir algo, ese soy yo.

—Si quieres que trabaje contigo, dilo. De otra forma, no confiaré en ti.

Aprieta los dientes y sus ojos se ensombrecen.

—Lobo... —dice el hada en tono de súplica.

El cambiaformas resopla. Se agarra la sien y, como si no pudiera creer que está cediendo a mis exigencias, responde:

—No sé dónde está tu amiga...

—Di su nombre. Di que no sabes dónde está Elna.

—¿Elna? —pregunta—. ¿La reina bruja, entonces? ¿Es a ella a quien buscas?

—Dilo.

—No sé dónde está Elna. No me he llevado a Elna. No retengo a Elna contra su voluntad.

Miro hacia mi capa tan rápido que sé que se han percatado de lo que hice. Creo que pelear con la bestia me ha dejado tonta; de otra forma, no hubiese cometido un error tan evidente. Es el segundo desde que he empezado a hablar con él. No sé qué han interpretado por lo que he hecho, pero seguro que mi capa me daba alguna ventaja. En otras circunstancias, no lo hubiese revelado de una forma tan estúpida. Debo de haber perdido mucha sangre o haberme golpeado la cabeza demasiado fuerte. Pese a ello, no me arrepiento de haber mirado hacia mi capa. Estoy segura de que la advertencia del duende tiene que ver con aquel hombre. A él es a quien se refería la profecía. El hombre de una y mil caras.

—Definitivamente una capa muy interesante la tuya, reina —señala Lobo. Vuelve a ser pura fanfarronería, como si el hecho de haber cedido y repetir las frases que le he pedido le hubiese dado más información a él que a mí—. ¿Corroboras con ella si las personas te mienten, además de volverte invisible?

Ridículo. La capa es una reliquia de mi familia. Elna me contó que una bruja antigua había usado varias pociones sobre la tela para adquirir la capacidad de volverse invisible y derrotar a un viejo monstruo. Cuando logró el fin para el que había creado la capa, se la entregó a su hija para que fuese ella quien la usara. Mi bisabuela se la pasó a Elna, cuando ella cumplió veinte años, y luego mi abuela se la dio a mi madre. Vanira me la habría entregado a mí de no haber muerto. Fue mi abuela la que lo hizo en su lugar cuando cumplí veinte.

Y ahora un cambiaformas me impide usar mi capa.

—¿Qué quieres de mí? —pregunto.

—Te lo estoy diciendo. Quiero ayudarte... a cambio de tu ayuda.

—Si crees que voy a ayudarte, eres tan tonto como pareces.

—Ten cuidado con lo que dices —me advierte el ogro.

—Que él tenga cuidado con darme órdenes —replico, señalando al cambiaformas.

—Intento hacer un trato contigo, reina —interrumpe este—. No me lo hagas más difícil.

Miro a mi alrededor y me vuelvo consciente de que tanto el ogro como el hada y el gnomo nos miran tensos, como si no estuviesen seguros de si tendrán que intervenir para separarnos o no. Como si no supieran quién siente más aversión por el otro, si el cambiaformas o yo.

Me doy cuenta de que Lobo es su líder. De que lo miran como si fuese una figura de autoridad. Es quien decide cómo se hacen las cosas. Esos mimetistas despreciables son los dueños del bosque, pero él es más que eso para estas criaturas. Ellos confían en él para que los guíe. Lo respetan y lo escuchan y, tal vez, él lo haga con ellos también. Tal vez como las brujas.

—¿Qué clase de trato? —pregunto.

El cambiaformas abre la boca para hablar, pero el gnomo lo interrumpe:

—Baja un poco tu tono, Lobo. Es una invitada, después de todo.

—No le he faltado el respeto —replica sin apartar los ojos de mí, como si me desafiara a contradecirlo.

—Ratón tiene razón —dice el hada—. Toda esta charla ha comenzado un poco intensa. La chica está nerviosa, Lobo. Ha perdido a su reina. No hay necesidad de ser brusco con ella.

El ogro permanece en su lugar. No dice una palabra, pero tampoco aparta su atención de mí, como si estuviera evaluando qué clase de enemiga soy y qué amenaza represento.

El hada vuelve a acercarse a mí y, revoloteando a mi alrededor, agrega:

—Primero deberíamos hacer las presentaciones. Así comienza cualquier alianza, aunque brujas y cambiaformas no tengan ni un motivo para recordar cómo se hacen estas cosas. —Extiende una mano tan pequeña hacia mí que apenas creo que podría tomarla con mi meñique—. Me llamo Libélula. Al menos ese es el único nombre que importa para mí, el único que me verás usar en este lugar.

—Yo soy Ratón —se presenta el gnomo. Luego hace una seña hacia el otro—. Este es Sapo, es un poco serio. Y Lobo. —Señala al cambiaformas, que en ningún momento ha apartado la mirada de mí—. Tú eres Vera, ¿no?

La cabeza me duele tanto que las náuseas me sacuden. Odio demostrar debilidad, pero he resistido todo lo que puedo, y termino por sostenerme la frente con las manos mientras cierro los ojos.

—¿Estás bien? —pregunta Libélula. La siento revolotear sobre mí otra vez; luego le habla a alguien—. Es joven para ser una bruja. No es más que una niña.

—¿Niña? —pregunto yo, enferma de solo oír la condescendencia.

—No hay nada más peligroso que un niño con un arma —dice Sapo—. Nunca sabes cuánto daño puede hacer. Las flechas se le pueden escapar para cualquier lado. Y si me preguntas, esa capa suya parece más peligrosa que un arma.

—Denle algo de beber —escucho que indica Ratón—. Una tregua, Lobo. Nada más, por favor —le habla al cambiaformas y casi al instante siento que me han alcanzado algo. Abro apenas los ojos y veo que se trata de una cantimplora. La observo desconfiada, pero decido que no hay nada que pueda hacer. Que de entre todos los daños que pueden causarme estos desconocidos, el más piadoso sería que me envenenaran.

Vacío la cantimplora de un trago y me doy cuenta de que el agua me ha aliviado. Todavía me siento débil; sin embargo, mi cabeza ya no pesa tanto y la garganta no me pica.

—¿Mejor, reina?

Miro con odio al cambiaformas, pero la cordial amabilidad fingida está otra vez en su tono, posiblemente causada por las miradas reprobatorias de Ratón y Libélula. Su pregunta es un disimulo de tregua otra vez.

—¿Cuál es el trato? —termino por preguntar.

CAPÍTULO 15

—Quieres encontrar a tu amiga —dice Ratón—. Lobo te ayudará. Te llevará a la corte de los cambiaformas. Si tu amiga ha venido al bosque, este no puede recorrerse sin compañía, y Lobo es, en estos momentos, quien mejor se mueve por aquí. Nadie lo domina más que él.

—Ustedes, las brujas —Lobo lo interrumpe. Su forma despectiva de decir «brujas» me hace hervir la sangre—, hace tiempo que no vienen por aquí, pero el bosque no es como antes. No es como las historias que las tuyas cuentan. Hay criaturas salvajes, como la que te ha atacado, y de noche se vuelve casi intransitable. No puedes estar en el bosque durante la noche, que llegará muy pronto, por cierto.

—Nosotros te acompañaremos cuando salgas a buscarla, te diremos lo que sabemos —continúa Ratón.

—Y si es cierto que alguien se ha llevado a tu amiga, te llevaré a nuestra corte —añade Lobo—. Si alguien sabe algo, allí podrás averiguarlo.

—¿Qué quieres a cambio? —le espeto. Sé que pese a la fingida cordialidad de su voz, la forma en la que nos evaluamos y las miradas reprobatorias que intercambiamos dejan una tensión entre nosotros, causada por cuarenta años de guerra entre nuestras especies.

Todo en él me llama y me molesta. Es algo que no debería existir, pero su belleza es un regalo de los dioses.

—Tu ayuda. Todo el mundo sabe que el bosque y las brujas comparten el destino. —Intercambia una breve mirada con el ogro, Sapo, antes de seguir hablando—. Tal vez hayas oído hablar de la corona del bosque.

Lo miro confundida. No tengo idea de qué habla.

—¿Has visto este lugar o te desmayaste solo por ver a la bestia? —Ahí está el tono burlón otra vez—. Es lo que hago en el bosque… Intento controlar a estas bestias. Es mi trabajo. Pero en el último tiempo se han alborotado más que nunca. Ha comenzado a ser una tarea que me toma más tiempo de lo que me gustaría.

—Por eso eres el único cambiaformas aquí. —Entiendo y, por tan solo un segundo, el tiempo que le lleva disimularlo, Lobo parece incómodo, como si yo acabara de indicar algo de lo que él pretendía que no me percatara. Tiene razón en incomodarse. Si yo fuese un mimetista vil y rastrero, tampoco querría que una bruja supiese que sus dominios no están bajo vigilancia.

—Dicen que el bosque era distinto —señala Libélula—. Dicen que comenzó cuando las brujas se fueron, con este invierno eterno, pero ahora… Cada vez aparecen más criaturas monstruosas. No sabemos de dónde vienen. Es como si el bosque los trajera de otros mundos. Cómo si hubiesen querido venir antes y el bosque los hubiese contenido. Los árboles están muriendo, está enfermo. Tal vez no puede contenerlos más. Si esto sigue así, posiblemente ninguna criatura mortal o inmortal pueda caminar por el bosque.

—Ella ya sabe eso —interrumpe Sapo—. No es tonta…

—Las brujas están exiliadas, Sapo —replica Ratón—. Ve tú a saber qué historias han llegado a sus oídos. Libélula le está contando la verdad.

—¿Qué hay con esa corona? —pregunto.

—Las leyendas dicen que quien posea la corona traerá la paz al bosque —explica Lobo—, que reinará sobre él.

—¿Y tú crees todas las leyendas que te cuentan? —ataco. Es mi turno de burlarme de él.

—Solo las que implican mi única esperanza... —Su tono es cerrado y da a entender que no dirá nada más sobre el tema.

Pero no haré un trato si esa es la única respuesta que es capaz de ofrecerme. No aparto la mirada de él y frunzo ligeramente el ceño, para darle a entender que debe darme más que eso.

—Un duendecillo me ha hecho una profecía. —El cambiaformas parece captar el mensaje y suelta la respuesta a regañadientes, no sin antes lanzar un suspiro y poner los ojos en blanco—. ¿Sabes lo que dicen sobre las profecías de los duendes? La corona existe. Solo hay que encontrarla.

—¿Por qué no puedes hacerlo tú solo?

Lobo me mira. Pareciera estar inseguro sobre revelar la información que tiene.

—Dile la profecía completa, Lobo —opina Ratón.

—Podría usarlo en nuestra contra —dice Sapo.

—Tiene esposas de hierro y está débil, ¿qué podría hacer ella? —pregunta Libélula—. Solo no le saquemos las esposas.

Entonces Lobo habla.

—«La corona existe y con ella tendrás la calma que buscas» —recita, y me doy cuenta de que está repitiendo lo que el duendecillo le dijo a él—. «Pero viene con un precio y solo no la encontrarás. La mujer de capa más roja que la sangre. La niña de ojos más azules que el cielo. La bruja del corazón que ha sido olvidado. Reina de la muerte y la vida. Es ella quien la obtendrá. Ni tú ni ella la alcanzarán sin el otro, pero, juntos, podrán encontrarla y conservarla». Así que... has tenido suerte al cruzarte con nosotros.

Alterno mi mirada entre el cambiaformas, el hada, el gnomo y el ogro. Claro, suerte.

—De haberte encontrado con otros cambiaformas, jamás te habrían dejado vivir como nosotros lo estamos haciendo, reina —señala Lobo—. Consigue la corona para mí y te ayudaremos a encontrar a tu amiga. Si no nos ayudas, no serás de ninguna utilidad para nosotros. Te llevaré ante el rey, personalmente, y te aseguro que él no será tan benevolente.

—Lobo no pretende asustarte. —Libélula intenta aplacar la mirada asesina que acabo de dirigirle a Lobo. No por el hecho de que me haya asustado con su amenaza de llevarme ante su rey. Todo lo contrario. Varnal no me da miedo.

—La otra condición es importante —agrega Lobo.

—Ella quiere irse —indica Libélula—, estará de acuerdo con eso. No es necesario…

—Hay otra cuestión, reina —interrumpe sin hacerle caso al hada—. Cuando termines lo que has venido a hacer, cuando encuentres a la que has venido a buscar, deberás irte. No podrás permanecer en el bosque.

—Si esa corona sirve para reinar el bosque, es de las brujas…

—¿Quieres hacer el trato o no? —Su tono ya es fastidioso e impaciente—. Me ayudas a buscar la corona y yo te llevo a la corte de los cambiaformas, te ayudo a buscar a tu amiga bruja. Los dos obtenemos lo que queremos. ¿Qué dices?

Me río amargamente de la ironía de que alguien que disfruta desplazándose entre las sombras, sin ningún rostro, sin ninguna cara, alguien como yo, de pronto dependa de alguien con tantas caras como él.

De acuerdo. Quieren que los ayude. Me quieren de su lado. Se los haré difícil.

—¿Cómo sé que no vas a dejarme tirada si encontramos la corona y aún no hemos hallado a la bruja que busco?

—Tengo la sensación de que no confías en mí, reina, y si hay alguien que no debe confiar en el otro, ese soy yo. Eres una bruja y has invadido territorios de cambiaformas, después de todo.

—Territorios de brujas —corrijo.

—Creo que unos cuantos años de guerra dejaron en claro que no.

—Lobo, concéntrate —dice Libélula.

El cambiaformas aprieta los labios y una parte de mí disfruta el desagrado con el que me mira.

Pienso en al menos veintitrés formas de matarlo. Y sé que dieciocho me llevarán apenas unos segundos. Las otras criaturas no podrán hacer nada para evitarlo.

—¿Qué dices, bruja? —Sapo me saca de mis pensamientos.

—Quiero una promesa de viento.

Lo digo tan de repente que mi frase queda atascada a medio camino. Se suspende en el aire entre nosotros y parece susurrar una y otra vez en los oídos de esas criaturas.

Las promesas de viento son promesas mágicas. Sé que son volubles y fáciles de doblegar si se hacen con alguien con experiencia en el tema. El cambiaformas podría encontrar alguna laguna en la promesa que hagamos y así violarla, pero es la mayor garantía que puedo tener para que cumpla su palabra.

—Me ofende que creas que es necesario. —Lobo sonríe al decirlo, pero no hay humor en sus ojos. No le causa nada de gracia.

—Si no lo es, no te cambiará nada hacerlo —respondo.

Entonces su ceño vuelve a fruncirse y su molestia lo traiciona.

—Sabes que no estás en condiciones de negociar, ¿no es cierto, bruja?

Esa es la pregunta que termina de confirmarme que él tampoco se fía de mí. Ha pasado a dirigirse a mi especie, como si quisiera recordarme que durante la guerra las mías no jugaron limpio. Como si quisiera recordarme que siempre seremos enemigos.

—Entonces mátame de una vez, cambiaformas. —Yo también me dirijo a su especie—. Por lo que me pareció haber entendido, tú me necesitas.

—Basta, Lobo. —Libélula revolotea sobre él, interrumpiendo lo que está a punto de decir—. Haz el trato con ella. De todas formas, ibas a cumplirlo, ¿no?

Lobo cierra la boca. Ninguno de los dos aparta la mirada del otro. Hay chispas de resentimiento brotando tanto de sus ojos como de los míos. El cambiaformas vuelve a suspirar y mira hacia un costado, como si no pudiese creer lo que está a punto de hacer.

Luego, a regañadientes, se acerca a uno de los árboles que nos rodea. Del suelo, entre la nieve, agarra una hoja seca y se aproxima a mí. Se arrodilla a mi lado y me extiende su palma, con la hoja seca en ella. Yo la tomo. La corriente que me recorre y la tensión que siento entre los dedos me dan a entender que la promesa ya ha comenzado.

—Me ayudarás a conseguir la corona del bosque, reina. Y yo te ayudaré a buscar a tu amiga Elna. ¿Tenemos un trato?

—Trato.

La corriente se centra en nuestras palmas unidas. La luz se filtra entre nuestros dedos y una brisa cálida rodea nuestras manos.

Cuando nos separamos, la hoja que ha estado entre nosotros ya no es marrón y seca, sino verde y llena de vida. Y la brisa que nos ha rodeado se la lleva. Podría ser a otro mundo, podría ser a otra vida. No regresará jamás.

Entonces sé que el trato está sellado.

CAPÍTULO 16

Las promesas de viento se hacían por todas partes y constantemente hace algunos años, apenas la guerra terminó.

Fueron épocas oscuras, según me han contado —porque yo era demasiado joven entonces—. Épocas de miedo e ignorancia, dignas de olvido, no solo en Ciudad de los Muertos, sino en toda la tierra de este lado del Gran Mar.

Se contaban muchas historias de las batallas, y estas habían sido tan recientes que los relatos sonaban como anécdotas, no como las leyendas que se relatan ahora.

Nadie sabía en quién confiar. La ley que había regido durante el reinado de las brujas había llegado a su fin y el orden que guiaría de allí en más se estaba definiendo. Las traiciones, las mentiras y las infidelidades estaban por doquier. Las criaturas no confiaban ni en las de su misma especie.

Las promesas de viento han sido lo único que ha posibilitado que pudieran hacerse alianzas. Hasta lo que sé, el líder de los elfos, Liet, quien todavía gobierna entre los suyos, hizo una con Varnal. Lo reconoció como rey no solo de cambiaformas, sino también de elfos y humanos. Las promesas pueden dejarse sin efecto, pero solo si cada parte acepta renunciar a lo que se le ha prometido o si alguna de ellas muere.

Hubo muchas promesas más, pero esa fue la más conocida, la que posibilitó el acuerdo entre quienes habían comenzado y ganado la guerra. Entonces las criaturas comenzaron a utilizar las promesas de viento antes de matrimonios, para hacer trueques, para vender armas. Con el tiempo, dejaron de usarse, se volvieron innecesarias porque empezaron a confiar, pero la forma en la que se convoca la magia del viento para cerrar acuerdos, y el hecho de que quien no cumple con su parte del trato se convierte en piedra, es algo conocido por todo el mundo.

Por eso sé que el cambiaformas ha hecho la promesa correctamente, que nos acaba de ligar a ambos, por nuestra propia voluntad, a la magia del viento por medio de nuestro trato.

Tanto Ratón como Libélula y Sapo observan mientras Lobo y yo cerramos el acuerdo, mientras nos damos la mano, como si estuviesen siendo testigos de algo trágico, algo a lo que desearían no haber tenido que recurrir.

Lo cierto es que no hay forma de que hubiese confiado en un cambiaformas sin una promesa del viento de por medio. Es lo único que asegura que ambas partes cumplan o se conviertan en piedra y, por lo que advierto de las miradas de Lobo, que se alternan entre desagrado e interés, entiendo que él tampoco.

—¿Puedes ponerte de pie entonces, reina? —pregunta—. ¿O quieres que te cargue hasta el castillo? Porque podría hacerlo si te sientes… débil.

Lo dice con un tono burlón que irrita cada parte de mí, incluso las más lastimadas.

—Deja de decirme así —le ordeno—. Ya hemos cerrado el trato, pero considéralo una cláusula accesoria verbal: debes llamarme por mi nombre.

—De acuerdo, *Vera* —acepta, acentuando el nombre—, si es que ese es tu verdadero nombre. No termino de creerme que hayas accedido tan fácilmente a decírnoslo. Disculpa por desconfiar, pero una capa como esa no la porta una bruja cualquiera... y ese nombre suena demasiado humano, *Vera*.

—No me tientes, cambiaformas. He degollado a bestias mucho más feroces que tú.

Lobo asiente, pero me mira con tanto desprecio que decido que lo mataré en cuanto termine el trato. Será el primero en morir cuando tengamos a Elna y comencemos la revolución.

—Entonces no hay nombres... —dice Ratón—, ¿ni siquiera un apodo con el que te llamen tus amigos?

—Las brujas no tenemos amigos. Solo compañeras o víctimas.

—Eres un encanto, ¿verdad? —replica Lobo.

—Si quieres que Lobo te cargue... —comienza Libélula, pero yo hago todo mi esfuerzo y logro levantarme. Cojeo un poco, pero es solo por los golpes que he recibido. Estoy segura de que no tengo nada roto.

Voy al lugar donde han reservado mis cosas, pero cuando estoy por tomar mi bolso, Lobo se adelanta y lo levanta del suelo.

—Me quedaré con esto por el momento, si no te importa.

Debería haberlo imaginado. Durante mi desmayo, deben de haberlo revisado y encontrado mis pociones dentro. Mi enemigo no va a devolvérmelas tan fácilmente.

Pese a ello, no opone reparos a que tome la capa. Me la coloco sobre los hombros con tanta rapidez que parece que lo hiciera de un solo movimiento. Luego extiendo mis muñecas hacia el cambiaformas.

—Quítame las esposas —digo—. Ya hicimos la promesa. Voy a ayudarte. Ya no tiene sentido que me aprisiones de esta forma.

—Sé lo que les confiere el poder de convocar a la oscuridad, bruja —dice Lobo—. Sé que podrías apresarnos en ella si quisieras, a menos de que estés en contacto con hierro. Encerrado en la oscuridad, no podría verte para defenderme. Tú y yo cumpliríamos la promesa, pero con tu magia nos apresarías a todos y terminarías por quedarte con la corona y con tu amiga.

—¿Entonces me las dejarás para siempre?

—Te las quitaré cuando te hayas ido del bosque. Cuando nuestro trato se haya consumado.

—Puedes prepararte alguna poción para aliviar tus golpes —interrumpe Ratón—. No hará ningún daño que la haga, ¿no?

Me doy cuenta de que a Lobo no le gusta nada que yo elabore una poción, pero intercambia una mirada con Sapo y termina cediendo ante el pedido de Ratón.

—Sírvete, *Vera*. Conozco los ingredientes que las tuyas usan para ese tipo de pociones, así que ten cuidado con lo que preparas.

El cambiaformas enfatiza el nombre una vez más, pero me ha permitido preparar una poción para aliviarme y debería aprovecharlo. Esos moretones no van a irse solos. Me ha señalado la arboleda y supongo que espera que tome mis ingredientes, pero lo cierto es que miro al enorme grupo de árboles que se alzan ante mí, casi infinitos, y no tengo idea de qué cortar. Desde que tengo memoria, las brujas hemos pedido a los cazadores que recojan ingredientes para nosotras. Conocemos los nombres de las plantas y, cuando tenemos en nuestras manos sus ramas, raíces, hojas o savia, sabemos identificarlas y cómo utilizarlas para los preparados, pero lo cierto es que allí, en el medio del bosque, con todo a mi disposición, no tengo idea de qué hacer o de qué tomar.

—¿No vas a hacer tu gracia? —pregunta Ratón al ver que me he quedado parada contemplando los árboles.

—No tiene idea de qué hacer con el bosque —señala Libélula incrédula.

La odio por hacerlo. La odio por haber descubierto otra de mis debilidades. Sé que hubo un tiempo en el que las brujas no necesitaban cazadores, que hacían todo por ellas mismas, pero eso no es parte de mi realidad. No me han enseñado nada así y jamás había pisado el bosque antes.

Los cuatro se ríen y a mí me arde la cara. Hago todo lo posible por no perder mi dignidad.

—¿No se han transmitido entre las tuyas cómo obtener ingredientes del bosque? Creí que era lo que hacían —dice Ratón—. ¡Vaya destino el de las brujas unido al del bosque!

—¿Van a llevarme al castillo o qué? —pregunto—. Creí que teníamos un trato.

Veo que Ratón se limpia una lágrima de risa. Todos hacen un esfuerzo para dejar de reír. Lobo se acerca a mí y me indica:

—Por aquí, *Vera*.

Pronuncia el nombre en tono sobrador una vez más y veo su desprecio hacia mí, pero no le hago caso y lo sigo a través del bosque. Libélula y Ratón nos siguen en fila, detrás de mí, y Sapo cierra la marcha. Todos los árboles están pelados y el viento sopla sin piedad. Mientras caminamos, mis cuatro compañeros guardan silencio. Como mucho intercambian alguna palabra, alguna indicación, pero solo se oyen nuestros pasos contra la nieve. Pasamos un arroyo congelado, formado por el deshielo, y entonces es el agua lo que se escucha, tan delicada como la nieve. Me pregunto si el bosque siempre ha sido tan silencioso o si tiene que ver con lo que me ha dicho Warmer, si tiene que ver con que se esté muriendo.

Lo cierto es que este lugar se ha sentido impredecible desde que llegué. En mi mente concluyo que no se siente como lo que imaginé alguna vez que podría ser un hogar. Como exiliada y sobreviviente he aprendido a confiar en mis instintos, y estos no funcionan si estoy en un sitio que no conozco rodeada de enemigos.

—Así que, Vera —me dice Libélula—, ¿cuál es tu historia?

—¿Qué te hace pensar que tengo una? —pregunto a modo de respuesta—. Las brujas vivimos entre los muertos. Fuimos apartadas del mundo mediante nuestro exilio. Somos recuerdos, sombras.

«Y yo soy la mejor sombra de todas». No lo digo en voz alta, solo lo pienso.

—Lobo nos ha contado rumores que llegaron esta mañana a la corte, ¿sabes? Sobre algo que ha sucedido hace unas horas en Ciudad de los Muertos.

No respondo. No quiero permitirme pensar en las últimas horas. Si lo hago, temo romperme y no ser capaz de levantarme otra vez.

—¿No vas a contárnoslo, entonces? Se supone que ahora somos aliados. Tu trato con Lobo fue una tregua…

—Sabes que no les he dicho mi nombre —replico—, ¿por qué te contaría lo que me ha sucedido?

—Sé muy bien lo que les ha sucedido a las brujas, y lo siento. —Libélula adopta un tono serio. Ella no me ha tomado el pelo en ningún momento, con excepción de cuando se rio de mí por no saber qué ingredientes tomar del bosque, pero su compasión es peor que si lo hubiese hecho—. Solo quiero saber si hay algo que podamos hacer para ayudarte. Buscaremos a tu reina, sí, pero tampoco me hace gracia que alguien haya perdido a sus seres queridos. No importa que se trate de brujas.

—Las brujas no tienen seres queridos, Libélula —espeta Lobo de repente. No se gira para mirarla al decirlo, pero su tono es serio, una advertencia para que el hada no hable conmigo—. Se mantienen vivas por pura maldad.

—Demuestras quién eres tú al hablar así sobre nosotras —le digo al cambiaformas. Seguimos caminando y él, que va delante de mí, ni siquiera se ha girado a mirarme. Yo aprieto los dientes y me quemo de rabia. Imagino todas las partes de su cuerpo que cortaré cuando lo despedace.

—¿Y quién soy?

—Los cambiaformas no tienen sentido de la equidad o de la justicia. Gobiernan mediante el miedo. Cobardes, usurpadores y canallas. Y débiles, sobre todas las cosas.

—Me llamas débil, pero eres tú quien tiene hierro en las muñecas.

—Tu método para apresarme fue una vergüenza para todo aquel a quien alguna vez quiso atrapar algo. De no haberme puesto las esposas, podría haberme zafado fácilmente.

—Basta, Lobo. No respondas a eso —advierte Libélula mientras vuela a mi lado.

—¿Te hizo gracia cuando los cambiaformas ganaron la guerra y nos quitaron Alcabrava? —le pregunto a Libélula y hago una breve seña hacia Lobo—. Fue un gusto para él, seguro...

—Tú eres una niña, Vera. No te gustá, pero así es —agrega esto último cuando ve que abro la boca para protestar por la forma en la que me ha llamado—. Lobo no tiene muchos años más que tú. No sé si te lo han enseñado creciendo entre brujas, pero todos los inmortales envejecemos de forma muy similar, con los mismos tiempos. Lobo era demasiado joven para alcanzar a comprender nada durante la guerra. Tuvo tanta decisión como tú en eso. Yo vivía en Luminia para entonces, muy lejos de todo lo que sucedía aquí. Ni Sapo ni Ratón tuvieron poder de decisión sobre eso tampoco.

Me encojo de hombros porque la verdad es que no me importa. Solo quiero encontrar a Elna y salir de aquel bosque intimidante.

—Imagino que vivir en Ciudad de los Muertos ha sido difícil —reconoce Ratón—. Nosotros nos hemos sentido muy miserables desde que el bosque en el que vivimos ha comenzado a cambiar.

Lo miro con cautela. Siempre he creído que el bosque era un lugar codiciado, uno lleno de secretos, de magia y de frutos preciados. He creído que por eso se había desatado la guerra, porque todas las criaturas mágicas lo anhelaban al punto de no ponerse de acuerdo en quién iba a habitarlo. Sin embargo, el tono del gnomo, resentido aparentemente ante la idea de tener que vivir allí, parece indicar lo contrario.

—¿Dónde más podrías vivir? —pregunto.

—¡Oh, en tantas partes! Lobo y yo hemos viajado durante algunos años y no imaginas las maravillas que hemos conocido... Sin mencionar lo que él ha aprendido sobre otras criaturas.

Luego del pedido de Libélula, Lobo no parece interesado en participar de la conversación, pero me da la sensación de que escucha todo lo que el gnomo y el hada me dicen mientras camina delante de nosotros. Él me desea lejos del bosque y de sus amigos. Y con la corona en su poder, por supuesto.

—A Lobo le gusta aprender sobre mundos y criaturas —susurra Libélula en mi oído a modo de explicación.

—Es lo que lo ayuda a perfeccionarse en el arte de los suyos, en el arte del cambio de formas —dice Ratón—. Él siempre dice que cuanta más gente conoce, más capaz es de entenderla. Cuanto más capaz es de entenderla, mejor puede imitarlos al transformarse.

«Todo está en la actuación. Es lo que diferencia a un cambiaformas habilidoso de uno mediocre», me dijo hace un rato, cuando acababa de convertirse en Elna.

Recuerdo el interrogatorio que hizo apenas me desperté, la forma en la que pretendía ser cordial conmigo. Él me odia tanto como yo a él.

Pero luego recuerdo cómo me miró cuando abandonó su forma de lobo y anoto para mí misma: «nadie es capaz de actuar ese deseo». El cambiaformas me encuentra tan atractiva como cualquier hombre que me he cruzado, y podría llegar a usar eso para mi propio beneficio.

—Así que los cambiaformas quieren lo suficiente el bosque como para iniciar una guerra por él y exiliar a las brujas —expreso—, pero una vez que lo tienen, sus cachorros van por ahí a viajar por el mundo para buscar otros lugares para conquistar... Claro, ¿qué es un hogar si no algo para abandonar?

Esto último es lo que parece terminar de hacerlo enojar, pues el cambiaformas se detiene. Al ser el primero en la fila, todos los que estamos detrás nos detenemos también. Él se da vuelta y me enfrenta.

—No es tu hogar cuando alguien más lo ha elegido para ti, bruja —comienza—. Nadie va a reconocerlo, porque se supone que nos ha costado muchas vidas ganarlo. Nos costó sangre, nos costó una guerra... Todo por un grupo de ramas y raíces, si me lo preguntas. Está maldito. Este lugar no sirve para nada. Los elfos y cambiaformas se aferran al bosque por lo que la guerra fue para nosotros, pero quedó maldito por tanta sangre que se derramó aquí. Sangre derramada por brujas, por cierto. No me olvido de esa parte. Con estas bestias que acechan constantemente cada vez es peor. Así que no pretendas que sabes algo sobre mí. Si vamos a trabajar juntos, más te vale que te ahorres esos comentarios si no puedes dar la cara por lo que las tuyas han hecho.

Es mucho más alto que yo, sus hombros son anchos y sus brazos gruesos de músculos, pero se ha agachado para poner su rostro muy cerca del mío y hablar en un susurro lleno de ira. Hace tan solo unos instantes he pensado en aprovecharme del hecho de que él me encuentre atractiva; sin embargo, soy yo quien ahora está cautiva de sus ojos pardos y de la forma en la que salen las palabras de su boca. Esta criatura ha sido convocada desde mi propio infierno para atormentarme con su belleza.

—¿Entonces por qué estás tan preocupado en conseguir la corona si no es tu hogar? —espeto.

—Porque desde que empezaron a aparecer estas bestias con más frecuencia, no puedo marcharme a ninguna parte. Debo quedarme y combatirlas porque soy el único que parece capaz de hacerlo. Estaría mal visto que me fuese a pasear por ahí mientras los míos salvan nuestro hogar, ¿no lo crees, reina?

Vuelve a usar el apodo que me ha dado y lo encuentro más irritante que nunca. Aprieto los puños, pero no digo nada. Si tanto quiere marcharse del bosque, si no lo siente como su hogar, que lo haga.

—Este bosque me ha esclavizado. No tengo tiempo de nada. Me la paso de guardia. Como habrás podido notar por mis amistades, soy una persona de mundo. Estar atado a un solo lugar no es cosa mía, sobre todo no en este bosque en el que odio estar. No sé qué tanto conoces de otros lugares con tu exilio y todo eso —la frase dicha así suena como una burla a la condición de las brujas—, pero te aseguro que hay lugares mucho mejores para pasar la vida que este.

Vuelve a darse vuelta y caminamos un poco más mientras el cielo se oscurece a nuestro paso.

En un momento, Lobo se detiene otra vez y yo lo imito. Detrás de mí, Sapo, Ratón y Libélula hacen lo mismo. Hemos llegado a un paredón empedrado, a una muralla.

El castillo de Alcabrava.

—Será mejor que levantes tu caperuza —me dice Lobo, yo lo miro alzando las cejas—. Tendrás un trato con nosotros, Vera, pero los demás cambiaformas no tolerarán verte aquí. Si no te vuelves invisible, más de uno tendrá preguntas, y no estoy para ser cuestionado por nadie. Tal vez en algún momento pueda proporcionarte un salvoconducto, pero no está dentro de mis posibilidades por el momento. Una bruja en la corte no se aceptará. Sería un escándalo. No importa que estés buscando la corona para nosotros.

Todo lo que ha dicho me resuena y me llena de desconfianza. Por un lado, sabe lo que mi capa puede hacer. Mientras cubro mi cabeza con la caperuza, pienso que debí haberlo imaginado. Al cambiaformas le ha llamado la atención mi capa desde el principio. Me la quitaron mientras estaba inconsciente. Debieron haber visto de lo que era capaz.

Lo segundo que me ha llamado la atención es que habló de la posibilidad de otorgarme un salvoconducto. A mí, una bruja, en tierras prohibidas para nosotras. ¿Por qué alguien tendría ese poder?

—Se quedará contigo por la noche, entonces —reflexiona Libélula, de tal forma que entiendo que ella, Ratón y Sapo no van a venir con nosotros.

—Por más que me pese... —responde Lobo sin mirarla.

—Sabemos cómo encontrarte, bruja —advierte Sapo. Entiendo que es una amenaza destinada a que no lastime a su querido líder, lo que significa que tendré el cuello de Lobo a mi merced.

Camino en silencio junto a él mientras rodeamos el castillo. Libélula, Ratón y Sapo se han quedado atrás y me doy cuenta de que es lógico que solo a Lobo le esté permitido adentrarse en ese lugar. Por lo que Nadela y yo habíamos averiguado, solo los cambiaformas y algunos elfos son parte de la corte.

Cada tanto Lobo mira a su alrededor, como si se preguntara si lo estoy siguiendo. Eso es hasta que alguno de mis pasos se vuelve demasiado ruidoso, hasta que piso alguna rama sin querer o se me escapa alguna respiración en un tono demasiado fuerte.

—No voy a huir, Lobo —le digo—. Necesito entrar en la corte, y todavía no me has sacado las esposas de hierro.

Veo que las comisuras de sus labios suben, dándole un gesto socarrón al oírme pronunciar su apodo, pero no dice nada. Mejor así. No deseo hablar con él más que lo indispensable.

Finalmente llegamos a la entrada del castillo, y Lobo se abre paso a través de un camino de piedra que va en ascenso. El castillo de Alcabrava es alto e imponente al final de aquel camino.

Llegamos a unos puestos de guardia, que están por fuera de las murallas, justo delante del puente que termina en un gran portón enrejado de metal.

Distingo las miradas que los guardias dirigen a Lobo, pero estos no salen de sus puestos, sino que varios sacan un instrumento de viento de algún lado y lo soplan. Están dando algún tipo de aviso para que le abran la puerta al cambiaformas que me acompaña. Lobo se detiene frente al gran portón y también lo hago yo. Casi al instante oigo que se mueven cadenas y la puerta enrejada de metal comienza a abrirse. Entonces el cambiaformas comienza a andar a través del puente, para llegar al otro lado y entrar por el portón enrejado que acaban de abrir.

Pasamos por lo que parece ser un patio interno entre el fuerte y el castillo. Hay unas cuantas casitas alrededor que deben pertenecer a sirvientes y a personas de menor rango que no residen en la corte.

—¡Hermano! —grita alguien. Siento que el cambiaformas se detiene y se voltea a mi lado, como respondiendo al llamado.

Quien ha hablado es un joven del mismo cabello negro que Lobo, pero sus ojos son verdes. Su mandíbula no es tan marcada y sus gestos son más suaves, pero es claro que tienen algún parentesco. Acaba de llamarlo hermano.

—Talin —dice Lobo—. ¿Estuviste con Samun?

—¿Fue otra de esas bestias? —pregunta el hombre al que Lobo ha llamado «Talin»—. ¿Es por eso que saliste corriendo?

Lobo asiente.

—No pude capturarla, pero pronto lo haré. No tardará en dejarse ver otra vez por el bosque.

—¿Sobrevivió al anochecer? —pregunta consternado—. Si comienzan a pasar del amanecer…

—Estaremos bien, Talin —lo corta—. Lo resolveremos. Me estoy ocupando de eso. Solo mantente dentro de las murallas.

Talin asiente desconfiado, pero puede verse que quiere creer en lo que su hermano dice. Lobo también es un líder para él.

—¿Vas a ver a nuestro padre más tarde? —pregunta Samun—. Quiere un reporte…

Lobo gira y mira hacia un costado, hacia el sitio en el que yo me encuentro. Intenta ubicarme en el aire sin poder verme.

—Tengo que hacer algunas cosas esta noche. Pero iré mañana.

—Los mandatarios…

—Estoy seguro de que puedes lidiar con ellos esta noche, Talin. —Su tono no es más el duro y frío con el que se ha dirigido a mí el último rato, sino cálido y agradable. Me pregunto si es genuino o parte de sus actuaciones—. Me ocuparé de atender a los mandatarios mañana.

Talin vuelve a asentir. Hace una breve inclinación de cabeza que llama mi atención.

—Te veré en un rato entonces, Luwen —es todo lo que dice antes de convertirse en un zorro y marcharse dentro del castillo.

Yo me quedo donde estoy, sin ser capaz de moverme por la impresión. Corroboro brevemente que no haya nadie a nuestro alrededor y, solo entonces, me bajo la capucha y miro a Lobo con un gesto acusador. Sé que el cambiaformas se ha dado cuenta de que algo me ha impresionado y de que exijo explicaciones.

Luwen, el hijo mayor del rey Varnal, el príncipe heredero de los cambiaformas, a quien han apodado «Lobo» en el bosque, me mira y, con una expresión entre divertida y socarrona, me dice:

—Dijiste que no querías saber nuestros nombres.

CAPÍTULO 17

He oído mencionar el nombre del príncipe heredero, pero solo al pasar. No sé nada sobre él. Tampoco sé demasiado sobre las personas que viven en la corte. Quien nos ha importado siempre a las brujas es Varnal. La muerte de los demás solo será una parte accesoria de nuestra venganza.

Recuerdo lo que ha dicho Ratón, acerca de que ha viajado por el mundo junto con Lobo, y pienso que tal vez se habla poco del príncipe por ese motivo. Tal vez no pase mucho tiempo en la corte. Lo cierto es que nadie imagina el reino de los cambiaformas sin Varnal como rey, así como nadie imagina a las brujas de nuevo en el trono.

—¿Cuánto tiempo pensabas ocultarlo? —pregunto.

—Te mostraste bastante reticente a saber quiénes éramos, reina. Y si yo fuera una bruja ávida de sangre, no andaría por territorios de cambiaformas sin mi mágica caperuza que me vuelve invisible. Cualquiera puede pasar por aquí en cualquier momento.

Me vuelvo a colocar la capucha y soy testigo de cómo sus ojos pierden la visión de mí.

—Tus amigos. El hada, el ogro y el gnomo. ¿Quiénes son? —exijo saber.

—Ah, ahora sí quieres saber sobre nosotros —comenta Luwen mientras comienza a caminar. Yo lo sigo sin perderme una sola palabra de lo que dice.

Agradezco haberme puesto la caperuza otra vez, pues vislumbro a otros tres cambiaformas que vienen caminando del lado opuesto a nosotros. Luwen les hace un gesto con la cabeza, ellos se detienen y hacen una breve reverencia.

Una líder de las brujas jamás exigiría un gesto tan adulador como ese. Y ninguna de sus subordinadas pretendería simular que ese es un acto de respeto. El respeto se hace en el día a día. Se hace con acciones, no con formalidades. Nuestros cargos solo son a los fines de organizarnos. Nunca pretendería que ninguna de las mías me reverenciara así solo por ser princesa.

Seguimos caminando por el patio interno mientras yo echo breves miradas a mi bolso colgado en los hombros de Luwen y medito si merece la pena arriesgarme a quitárselo de alguna forma. Llegamos a una enorme puerta de roble que abren para nosotros, o que abren para el príncipe, en realidad. Yo solo paso detrás de él.

El interior del castillo también está cubierto de piedra. Hay unas cuantas ventanas en el *hall* de entrada, como si no quisiesen perder contacto con el exterior, pero como ya ha anochecido, la luz que me encandila proviene de las miles de velas que alumbran el salón.

Todo está demasiado limpio, demasiado prolijo y ordenado. No hay telarañas, no hay huesos ni murciélagos, ni tampoco polvo. Es tan distinto a Ciudad de los Muertos...

Avanzamos por un pasillo que es más de lo mismo: todo luz y lujo. Más y más cambiaformas aparecen. Algunos en formas humanas; otros, como animales o criaturas mágicas. Todos ellos se transforman a sus verdaderas identidades cuando ven al príncipe.

Todos repiten el gesto hacia Luwen, sin percatarse de mi presencia bajo la capa.

—Mis amigos del bosque no tienen permitido el acceso al castillo, como te habrás dado cuenta. Solo los elfos podrían convivir con los cambiaformas. Fueron nuestros principales aliados durante la guerra, y Liet, el líder de los elfos, reconoce a mi padre como su rey.

—Mueve menos los labios —le susurro mientras camino a su lado. Soy consciente de que todos los cambiaformas que aparecen no lo pierden de vista. Como si no toleraran que el príncipe entrara en una habitación y nadie lo observara. Por si acaso todos lo hacen, como si eso demostrara respeto de alguna forma. De pronto, no me parece tan buena idea haberme adentrado en aquel castillo. Siento como si hubiese entrado en la boca del lobo, literalmente hablando—. Se darán cuenta de que hablas con alguien invisible. No creo que a los otros cambiaformas les agrade tener una huésped como yo.

—Porque para mí es un encanto tenerte aquí... —dice con sarcasmo.

—Alcabrava es nuestro por derecho. Nos relegaron a tierra de muertos. No tendrías dónde recibirme si no fuese por eso. Imagino que no te importará visitarnos a las brujas entre lápidas, eso si es que algo ahí sigue en pie.

—¿Siempre eres tan seria?

—No, solo con las especies que destierran a las mías y se quedan con lo que es nuestro.

Tomamos otro pasillo y luego doblamos por uno más. Cada tanto nos cruzamos cambiaformas o incluso algún elfo. No me pierdo el detalle de que muchas mujeres observan a Luwen con ojos coquetos y le sonríen descaradamente.

—¿Con qué nos hemos quedado exactamente? ¿Con el bosque con el que no tienes idea de cómo relacionarte?

—Tendría idea si no nos hubiesen expulsado hace años.

Hemos llegado a una puerta. Al igual que la de entrada al castillo, es de madera y tiene un trabajo de ebanistería impresionante. El picaporte tiene la forma de un lobo y parece ser de oro. Luwen la abre y le hace un gesto a una parte del espacio en el que supone que me he ubicado para que entre. Yo no estoy ahí, sino del otro lado, pero acato el pedido y traspaso la puerta.

Me saco la caperuza, como si de esa forma pudiese ver mejor el entorno. La habitación en la que entro es espaciosa. También de paredes de piedra, pero con ventanas que van del suelo hasta el techo. Tiene cortinas de terciopelo de color bordó y alfombras de seda por todos lados. Una de las paredes está cubierta del techo al suelo por una biblioteca enorme, desbordada de libros, junto a un escritorio y un sillón en el que creo que podrían sentarse unas cuantas personas.

No puedo evitar comparar la estancia con la diminuta Casa del Río. Siento que se me tensa la mandíbula y que la sien comienza a latir por el resentimiento. Pienso en las muchas veces que mis compañeras y yo hemos tenido que hacer rendir cada migaja de pan que lográbamos obtener en el mercado, en todo lo que podría haber comprado Bucles si en lugar de un brazalete le hubiera dado unos cuantos objetos de los que están en la habitación, en el ataúd desgastado en el que he dormido cada noche desde que tengo memoria. La comparación me da náuseas, pero me sigue llamando la atención lo limpio que está todo.

El cambiaformas se aclara la garganta.

—Un lujo, ¿eh? —Su voz ha vuelto a ser seca, como si me estuviese haciendo un favor al dirigirse a mí—. ¿No es el castillo algo que anhelan las tuyas ver?

—Ni una telaraña... —es todo lo que alcanzo a decir, sin pensar.

El príncipe alza las cejas, incrédulo.

—Todo es demasiado luminoso. No hay huesos ni sangre.

—Claro, ¿quién no quiere un poco de huesos y sangre en su vida?

—Y sin espectros todo se siente tan... vacío.

—Pediré que coloquen algunas telarañas especialmente para ti, reina.

Sé que se está burlando de mí, pero lo cierto es que me gustaría que lo hiciera.

—¿Te aburro? —me pregunta cuando estoy un rato sin decir nada.

—Cualquier cosa que salga de tu boca va a aburrirme. ¿Qué está tan mal con los cambiaformas? Todos necesitamos un poco de oscuridad en nuestras vidas. Todos la tenemos. Veo lo que hay a tu alrededor y solo puedo preguntarme qué clase de oscuridad profunda existe dentro de las personas de la corte que necesitan que todo por fuera luzca tan luminoso y limpio.

Me giro hacia él y tengo la satisfacción de comprobar que está meditando sobre lo que acabo de decir, que no tiene respuesta para eso y que tal vez nunca lo haya pensado realmente.

—Mañana pediré que traigan ropa de dormir y algo para vestirte los días que sigan —dice, cambiando de tema—. A esta hora de la noche sería sospechoso... Más cuando todos me han visto entrar solo en mi habitación. Puedes comer o beber lo que quieras de la mesa y dormirás en el sillón. No toques los libros.

Sin ningún tipo de disculpa o explicación, el cambiaformas se desprende del abrigo, se quita la camisa y las botas, y se dirige a la cama adoselada.

Su pecho bien podría haberlo tallado el mismo Dios de la Oscuridad. Le queda perfecto a la obra de arte que es su rostro.

Abre las sábanas, coloca el bolso con mis pociones debajo de su almohada y se mete dentro de la cama sin agregar nada más. Al taparse, me da la espalda. Todavía estoy parada con la capa puesta contemplando la habitación.

—Apaga las luces cuando te acuestes.

—No creerás que voy a dormir aquí —le espeto.

Luwen vuelve a mirarme, pero no se destapa ni se incorpora en la cama.

—¿Dónde más si no? No tengo otra habitación para ofrecerte. Que pida ropa para una dama es algo que puede llegar a pasar desapercibido…

—No me importa la ropa que les pidas a tus amantes… —interrumpo.

—… pero que pida una habitación para que se quede una persona invisible, eso puede llegar a levantar sospechas. En la corte corren rumores todo el tiempo y, si llegara oídos de mi padre, me exigiría saber qué estoy tramando de inmediato.

—Puedo dormir en cualquier lado. Estoy acostumbrada.

Luwen lanza una risa amarga.

—Claro que sí. Ustedes, las pobrecitas brujas —dice en tono de burla—. ¿Es por eso que no sonríes ni un poco, para que quede claro lo sufrida que es tu especie y luego acuchillarnos por la espalda?

—Sabrás entender, cambiaformas, que cuando pasas hambre, cuando intentas mantener a las tuyas en sus cabales, reír se siente como un lujo.

Todavía con los brazos detrás de la cabeza, vuelve a quedarse en silencio y frunce el ceño. Una vez más lo que he dicho lo toma desprevenido y parece analizar las palabras.

—No disimules conmigo, bruja. —Vuelve a referirse a mi especie. Entiendo que está hablando como príncipe y no como Lobo. Entiendo que esas son las dos personalidades con las que deberá lidiar cada vez que esté con él—. Sé lo que eres y de lo que eres capaz. Estarás usando esposas de hierro, pero todas las brujas son asesinas. Lo que hagas para sentirte mejor contigo misma... Las cosas que digas para convencerte a ti misma de que eres buena y valiente no son mi problema. Tal vez te engañes a ti, pero no a mí.

—Lo que pienses de mí no me interesa —respondo.

Entonces me quito la capa y la arrojo sobre el sillón. Me saco las botas y el cinturón. Desearía poder quitarme las esposas también, pero no es una posibilidad.

Me doy cuenta de que entre mis ropas quedó mi navaja. Es tan pequeña y fina que no la deben de haber registrado el cambiaformas y sus amigos, si es que me palparon cuando estaba inconsciente.

Es insuficiente para matar a nadie, pero tal vez pueda representar alguna diferencia si llego a necesitar defenderme, así que la escondo con disimulo entre mi ropa.

—Lamento decirte que, si me matas, te quedarás con tus esposas para siempre, reina —me dice con tono burlón. Sé que no me ha visto esconder la navaja, pero quiere dejarme ese aspecto en claro para prevenir sorpresas—. Solo yo puedo abrirlas. Están cerradas con magia y solo me reconoce a mí.

—¿Cómo sé que no me matarás mientras duermo? —inquiero.

—Porque tuve la posibilidad de hacerlo en el bosque cuando te encontramos inconsciente y no lo he hecho. Hemos hecho una promesa del viento y debo cumplirla. Te necesito tanto como tú a mí.

El cambiaformas me observa acercarme a la cama adoselada, abrir las sábanas del otro lado y acostarme allí. Y ahora soy yo también quien tiene los brazos cruzados detrás de la cabeza.

—Y, si no te importa, he tenido un día largo y no estoy de humor para una fiesta de pijamas, así que sé un buen lobito y apaga las luces antes de dormirte.

Le doy la espalda y me tapo todavía más. Cierro los ojos con la intención de dormir.

—¿Qué crees que haces? —Sí, lo he hecho enojar. Ya no hay humor en su voz.

—Intento dormir.

—No vas a dormir aquí. Tienes el sillón allá.

—Observa cómo lo hago.

Escucho cómo el aire sale con violencia de sus fosas nasales. Debe creer que discutir conmigo es una causa perdida. Me encantaría que lo hiciera. Desearía que me diera la excusa para golpearlo, para desquitar mis frustraciones con él, pero no lo hace.

Mantengo los ojos cerrados y noto que vuelve a levantarse. Apaga las velas una por una y aprieto los labios para contener la mueca de satisfacción.

Al rato siento el peso de su cuerpo del otro lado de la cama y estoy segura de que él también se ha acostado de tal forma para quedar de espaldas a mí.

Entonces decido entregarme al sueño, pero allí, en la oscuridad, pese al cansancio que siento, me abruma la posibilidad de que todo vaya mal, de que no encuentre a Elna, de que me destruyan, de que me traicionen. Cada vez que cierro los ojos, me atormenta la imagen de Ciudad de los Muertos en llamas.

Me hundo en el colchón; es muy distinto a la cama de Ciudad de los Muertos en la que suelo dormir junto a mi ataúd. Me quedo quieta. Oigo cómo la respiración del príncipe se vuelve lenta y uniforme, yo me remuevo en la oscuridad.

Pienso en cómo siempre he oído historias entre las mías sobre pérdidas de la guerra. Elna me ha contado sobre lo que fue para ella perder subordinadas en el campo de batalla; he visto en los ojos de Johari el dolor por extrañar a mi madre; he oído a brujas llorar a amigas, hijas y madres. Pero nada de todo eso me ha preparado para lo que significa estar sola en el mundo de esa manera. Nada me ha preparado para el momento en el que intento dormir por la noche y las ideas se acumulan en mi mente, en la imagen de la luz que abandonó los ojos de Johari o en la esperanza de Nadela en su expresión al mirarme. Nada me ha preparado para la forma en la que quiero ponerme de rodillas y suplicar al Dios de la Oscuridad que nada de eso haya sucedido realmente.

Me pregunto qué habrá ocurrido con Warmer. Toco el relicario de mi cuello y me pregunto si él sabe dónde estoy, si Nadela le habrá contado lo ocurrido, si él vendrá a buscarme.

De no tener las esposas puestas, estoy segura de que la oscuridad empezaría a brotar de mí. Tener el hierro en contacto con mi cuerpo puede volverme loca.

Me como las uñas y doy varias vueltas de un lado al otro de la cama. No estoy acostumbrada a dormir en un lugar así. La seda de las sábanas es demasiado suave. Y la falta de la pequeña Casa del Río me duele en el pecho.

Pienso en lo que planeo hacer, en cómo todo puede salir mal. Pese a la revolución que planeamos hace varios meses, yo siempre he sido la sombra, y hacer algo como esto, buscar la corona, fingir ante mis enemigos, hacer tratos y pelear con bestias en el bosque, se siente extraño. Se siente como si fuese alguien más quien lo hiciera. Y aquel bosque, que supuestamente está tan unido a mi destino como al del resto de las mías, en definitiva no se siente como ningún hogar.

Sostengo con firmeza la navaja entre mis manos, como si eso fuese a darme alguna seguridad. Muevo las esposas de hierro sobre mis muñecas, como si así fuesen a aflojarse. No es la primera vez que duermo con esposas. He pasado varias noches en las prisiones de mortales. Pero una cosa es usar esposas en una prisión, y otra, en una cama de la habitación más lujosa en la que he estado. Estas no están unidas entre sí por cadenas y al menos me permiten moverme libremente, pero siento que mi corazón late tan fuerte que creo que despertará a Luwen. Las respiraciones comienzan a atragantarse en mi organismo.

Respiro. Me obligo a inhalar, a retener el aire, a contar hasta cinco y a soltarlo. Lo hago una, dos, tres veces. Habito el mundo con tanta presencia como puedo y, cuando me llega una idea de lo que debo pretender, de lo que debo soportar, la contemplo, la mastico como si perteneciera a otra persona y luego la dejo ir. Me repito una y otra vez que no soy mis pensamientos, que estos solo están de pasada por mi mente y que pronto se irán.

Cuando me alivio, puedo pensar con más claridad y una idea llega a mí, algo que me ha dicho Elna muchas veces. Si estas criaturas van a forzarme a hacer cosas, van a intentar intimidarme y a chantajearme, al menos haré que su tiempo valga la pena. Y también el mío. Sobre todo el mío. Si quieren esa corona, la conseguiré, pero lo haré a mi forma, como una sombra, como una superviviente, no como una víctima. Y, en el camino, espero que eso me lleve a Elna.

CAPÍTULO 18

Me despierto con el ruido de las cortinas cuando se corren. Apenas abro los ojos, me percato de que no estoy en ningún lugar familiar. Me sobresalto. Me he quedado dormida con la navaja en la mano. Todavía está allí, así que con toda la agilidad que puedo me levanto con brusquedad y lanzo una puñalada al aire.

—¡Eh, reina! —exclama Luwen parado junto a mi cama. Es él quien ha corrido las cortinas y quien esquiva la navaja. Para hacerlo se mueve hacia un lado y me sujeta la mano de la navaja con firmeza, de modo que no puedo lanzar ninguna otra. Lo ha hecho con tanta habilidad que me doy cuenta de que lo he subestimado. Nadie que no sepa pelear podría haber sujetado a un atacante de aquella forma, no importa qué tan dormido haya estado el atacante en cuestión—. Cualquiera que te viera creería que quieres matarme.

—Suéltame —espeto, haciendo fuerza para liberarme.

Saca sus manos de mis brazos al instante. Cuando retrocede y se aleja apenas de mí, me doy cuenta de que lleva puesto un traje de un negro impecable que resalta sus ojos pardos. Su ropa es informal, pero luce más elegante que ayer.

No dice nada sobre mi cuchillo, como si hubiese esperado que guardara algún truco bajo la manga.

—Vístete —me indica—. He pedido que nos traigan algo para desayunar.

Señala el escritorio que ya no está cubierto de libros como la noche anterior, sino que parece haberlos reacomodado para hacerle lugar a una nueva bandeja llena de comida que ha colocado ahí.

Frunzo el ceño, molesta. Nunca he tenido a mi disposición tanta comida en mi vida y, si bien mi estómago hace tanto ruido porque no he ingerido nada en las últimas veinticuatro horas, lo odio a él por verme así. Detesto tener la posibilidad de comer así por estar en el castillo que solía ser de las mías. Lo que más odio es que haya sido un príncipe cambiaformas quien la está poniendo a mi disposición.

Se sienta relajado en una de las sillas junto al escritorio y toma una manzana de la bandeja. En cuanto lo hace, otra manzana vuelve a aparecer en el mismo lugar que estaba la otra. La imagen de él, elegante y confiado, esparcido sobre la silla, estoy segura de que haría girar la cabeza de más de una de esas cambiaformas aduladoras que nos cruzamos en nuestro camino al cuarto la noche anterior. Toma uno de los libros mientras come la manzana y lo abre en el aire, sosteniéndolo con la mano contraria.

—He pedido que te traigan ropa también.

Ni siquiera me mira al decirlo, pero hace una seña con la cabeza hacia uno de los armarios, que está abierto de par en par y lleno de trajes de colores vivos y brillantes. Posiblemente hayan aparecido allí como la comida en la bandeja. Nunca vi tanta ropa junta en mi vida. Ni siquiera en los mercados mortales. Ni en el armario de Elna, que estaba bastante completo de los vestidos que ella misma fabricaba.

—No necesito tu caridad —digo mirando mis pantalones y mi blusa, desgastados y apagados en comparación con las telas del armario—. Mi ropa está bien así.

—Ayer apenas podía dormir por tu olor —contesta Luwen, todavía sin mirarme—. Y no paraste de moverte... Me llenaste de patadas.

—Tú roncas. No lo imaginé de un principito florido como tú.

—Dormir con un principito florido como yo es lo mejor que te ha pasado, reina. Y ahora, si eres tan amable, date un baño y vístete. Luego ponte a trabajar. Mucho por leer.

Tomo la vestimenta del color más oscuro que veo en el armario y me doy media vuelta al cuarto de baño. No quiero darle el gusto, pero he accedido a ayudarlo a buscar información sobre la corona, y entiendo que posiblemente esté en los libros que tiene en su habitación.

Además, la ropa que tengo puesta está llena de sangre que me saqué peleando con la bestia en el bosque el día anterior y hasta a mí me molesta mi propio olor.

El cuarto de baño está pasando una de las puertas, dentro de la misma habitación del príncipe, y es casi tan grande como toda la Casa del Río. Las paredes están pintadas de un tono celeste y decoradas con líneas de mármol.

La bañera, también de mármol, está llena cuando entro, cubierta de burbujas. La temperatura del agua es perfecta, ni un grado más ni uno menos. Entiendo que los cambiaformas deben mantenerla así por medio de algún tipo de magia.

Termino de fregar mi cuerpo y me lavo el pelo también. Cuando salgo de la bañera, el agua desaparece y me envuelvo en una toalla. Con la piel al descubierto, examino los moretones que me ha dejado la bestia el día anterior. Están violáceos y son de gran tamaño. Los músculos y los huesos me duelen, pero sobreviviré. Por Elna creo que podría sobrevivir a cualquier cosa.

El pantalón y la camisa que he tomado del armario son de una seda azul oscura impactante. Creo que nunca he tocado algo de una textura tan delicada. Debe costar una fortuna. Si se la diera a algún niño en el pueblo mortal, podría alimentarse el resto de su vida. Pese a ello, es pesada. Todos mis movimientos cuestan un poco más con ella puesta.

Me peino el cabello en una trenza y salgo del cuarto de baño.

Luwen apenas levanta la mirada cuando lo hago, pero advierto que le representa un esfuerzo apartar la vista y que me recorre de arriba abajo.

—Ahora que luces como una persona normal, ponte a trabajar —es todo lo que dice, regresando su mirada al libro que tiene entre las manos.

Pero no voy a perder la oportunidad que acaba de darme. Me acerco a él más de lo necesario. Todavía está sentado en una de las sillas junto al escritorio, yo me inclino para que nuestros rostros queden a la misma altura.

—¿Sabes por qué me he movido tanto durante la noche, príncipe? —pregunto con el mismo tono con el que le hablo a los hombres mortales. La sonrisa que tengo en el rostro es insinuada pero segura—. Son estas esposas que me aprietan y no me dejan dormir. Haría cualquier cosa por deshacerme de ellas…

La sugerencia flota en el aire y, solo entonces, Luwen aparta la mirada del libro y me recorre el rostro. Detecto el mismo deseo que vi cuando me desperté de mi desmayo, pero vuelve a apartar la vista y se concentra en su libro.

—Eres buena, bruja, pero deberás hacerlo mejor que eso.

Doy vuelta a su silla y me siento en la otra. Tomo una de las manzanas de la bandeja, que también es reemplazada por otra, y apoyo los pies sobre el escritorio.

—Si se te ocurre algo que pueda interesarte a cambio de sacarme las esposas, házmelo saber —expreso sin morder la fruta y, cuando se le escapa otra mirada hacia mí, sé que acabo de sembrar la semilla que buscaba. Cambiaformas o no, él es un hombre y, con mis años, he aprendido que tengo encantos para intrigarlos a todos. Quién sabe, tal vez termine por caer. Si no lo hace, al menos jugar con su cabeza puede ser divertido—. Esta ropa es muy pesada.

—Ropa de cambiaformas —explica Luwen—. La tela está encantada para adaptarse a nuestras transformaciones. Y deja de distraerte. Todos estos libros son de bibliotecas de partes distintas del mundo —me explica, haciéndome una seña con la cabeza hacia la pila que tiene delante—. Algunos dan información sobre la corona y su poder. Muchas son sandeces, pero también hay unos cuantos testimonios de personas que la han visto. Estoy rastreando la última vez que se vio. Sabes leer, ¿verdad?

—Claro que sé leer —le respondo, tomando uno de los libros de la pila—. No soy una bruta analfabeta solo porque nos hayan exiliado al límite de los vivos...

Con un solo empujón, tiro la pila de libros más cercana a él al suelo.

—¿Por qué hiciste eso? —pregunta fastidiado.

—Porque puedo.

Tomo un libro de los que han quedado sobre la mesa. Es de color púrpura con el lomo dorado. *Grandes reliquias del mundo del este* se titula. Lo abro justo por la mitad y me doy cuenta de que se trata de un listado de reliquias mágicas con una breve explicación de cada una.

—Me lo dices como si las brujas merecieran otra cosa.

—Tengo una idea —digo de pronto sin siquiera levantar la vista a verlo. Intento enfocar mi atención en las «piedras preciosas de las minas de los gnomos» mientras hago girar la manzana en mi otra mano—. Si puedes adoptar cualquier forma que desees, ¿por qué no adoptas cualquiera que no sea la tuya? No soporto mirarte.

—Me miras bastante para no soportar hacerlo, reina.

Me detengo, pero no aparto mis ojos del libro. Él se ha dado cuenta de lo que genera en mí, tanto como yo a él.

—Te he dicho que me llames Vera.

—No voy a llamarte por un nombre que no es el tuyo —afirma Luwen—. Te llamaré *reina* o *bruja* hasta que decidas darme tu nombre verdadero. Y será mejor que aprendas a llamarme por mi nombre. Puedes elegir. Luwen o Lobo, será el que tu prefieras.

Lo miro con furia, desafiante. Decido que lo llamaré como yo quiera, tal como él lo ha decidido conmigo. Se me queda mirando un rato, como esperando que diga algo. En algún momento parece darse cuenta de que no voy a responder nada a su favor.

—Crees que soy un príncipe mimado lleno de privilegios, ¿cierto? Lo he tenido fácil toda mi vida en cuanto a comodidades, no te negaré eso, pero he tenido momentos duros igual que todos. La vida es tan difícil como tú la creas y tan sencilla como la crees.

—¿Qué puedes saber de vidas difíciles? —le espeto—. Las nuestras son una prisión por culpa de los cambiaformas.

Mi estómago ruge ante el simple aroma de la comida en la bandeja; sin embargo, solo me paso la manzana de una mano a la otra. Hay queso, pan, ciruelas y damascos. No tengo idea de qué son ni la mitad de las otras cosas.

—Pareces seguir creyendo que voy a envenenarte, reina —dice Luwen—. Eso es cosa de brujas. Ni los cambiaformas ni ninguna de las criaturas que te cruzarás en el bosque haremos algo de eso.

Entonces muerdo la manzana, dándole el gusto a mi estómago, pero todo lo hago con culpa. No veo la hora de marcharme de ese castillo con Elna y hacerles desear a los cambiaformas nunca haberse metido con las nuestras. No hay forma de que Elna se niegue a una revolución luego de que la hayan secuestrado.

Me mantengo en silencio mientras ambos leemos, a excepción de los mordiscos que doy a las distintas cosas que voy tomando de la bandeja.

—¿En qué circunstancias viste a Elna? —pregunto luego de un rato.

—Estaba caminando por el bosque y la vi —contesta sin siquiera mirarme—. La seguí el tiempo suficiente como para observarla y poder imitarla. Quería avisarle a mi padre de su presencia ahí, pero no estoy tan loco como para enfrentarme solo a una bruja. Luego la perdí de vista entre los árboles.

—Di que mientes. —No levanto el rostro, pero mis ojos están fijos en él cuando Luwen gira hacia mí.

—Miento.

La capa sobre el sillón no cambia, se mantiene roja e inerte. Entonces vuelvo al libro que tengo entre las manos. Ignoro la sonrisa socarrona del cambiaformas.

—¿Qué harás si consigues la corona? —inquiero después de un rato.

—Cuando consiga la corona —me corrige él.

—¿Tan seguro estás de que lo harás?

—Claro.

—¿Por qué?

—Porque lo haré.

—¿Por qué?

—Porque soy persistente con lo que puede ayudarme a cumplir lo que quiero, y puedo ser un dolor en el trasero de cualquiera si quiero serlo. Así que te aconsejo que no quieras que lo sea contigo.

Pasamos toda la mañana leyendo. No hablamos mucho más. Voy cambiando de volumen a medida que pasan las horas. Aprendo que la corona es uno de los vestigios del bosque, unos objetos mágicos que se cree que fueron creados por los mismos dioses en el principio de los tiempos, que fue el mismo poder de la naturaleza lo que los creó.

Leo sobre Luminia, la tierra de las hadas, sobre tribus con magia de los elementos que adoran a la Madre Tierra del otro lado del Gran Mar del Este, sobre reinos de piratas y ladrones al sur del mundo. La corona parece haber estado en todas partes, pero no hay rastros de dónde se encuentra ahora.

En un momento me levanto a mirar por la ventana y, por la posición del sol, entiendo que ha pasado el mediodía.

Luwen acaba de levantarse también. Deja el último libro que estuvo leyendo, se suena los dedos y mueve ligeramente el cuello para estirarlo.

—Debo salir algunas horas —me dice—. Deberes en la corte, me entiendes.

Pongo los ojos en blanco.

—Eso quiere decir que puedo salir a buscar a Elna por el castillo —respondo.

—Hoy no podrás moverte por el castillo. Hemos recibido emisarios de los elfos. Habrá gente por todos lados y sería muy fácil que choques con algunos de ellos por accidente mientras te mueves con tu capa roja.

—Qué conveniente para ti —señalo, pero Luwen se acerca a mí y me mira de la forma más seria que lo ha hecho desde la primera vez que lo vi.

—Haz lo que quieras. —Hace una pausa—. ¿Quieres salir de esta habitación? Hazlo. No tengo forma de impedírtelo. ¿Quieres que te descubran y te quemen? Tampoco me importa demasiado. El único motivo por el que quiero que estés a salvo es porque eres mi única esperanza de encontrar la corona. Sin ti no puedo hacerlo y, si te matan, tampoco podrás encontrar a tu reina. Es solo por hoy. Mañana podrás andar por donde quieras. ¿Vas a confiar en mí en esto?

Lo analizo de arriba abajo, recelosa. No voy a reconocer que seguiré su consejo, pero decido que me quedaré en su habitación este día. Solo por este día. A partir de mañana, cada segundo que tenga libre buscaré a Elna.

El cambiaformas parece entender cuál es mi decisión. Suspira y, como si estuviera haciendo algún tipo de concesión a cambio de lo que yo he aceptado escucharlo, me revela lo que ha encontrado en sus libros:

—Los libros e historias hablan de un espejo. Se supone que es de plata y que es uno de los vestigios del bosque, al igual que la corona. Se supone que lo han fabricado los elfos, pero se perdió hace años. No he encontrado testimonios de nadie que lo haya visto en los últimos sesenta años.

Me estremezco y lo miro con atención.

—Según lo que he averiguado estos meses, que coincide con todo lo que he estado leyendo, el espejo es el primer paso para averiguar dónde está la corona. Creo que no hay otra forma de encontrarla.

No dice más nada. Se da media vuelta y sale por la puerta.

Me deja sola en la habitación, desconcertada.

En mi mente se repite una y otra vez el momento en el que saqué el espejo de plata élfica del cuarto de Johari y el instante en el que se lo regalé a los elfos a cambio de su ayuda en nuestra revolución.

CAPÍTULO 19

Paso todo el resto del día en la habitación de Luwen, encerrada como las ratas que los humanos guardan en jaulas. Estoy tan aburrida que empiezo a revolver todos los sitios donde se me ocurre que el príncipe podría haber escondido algo, cualquier cosa que pueda servirme. En parte para encontrar algo contra él, en parte porque, a medida que pasan las horas, siento que podría volverme loca. Las imperfecciones de mi entorno me apabullan y la oscuridad no puede emanar de mí.

Me vuelvo consciente de mi respiración una y otra vez. Me regreso a mí misma al presente para habitarlo, pero es incómodo y está lleno de incertidumbre, así que extraigo el relleno del sillón, revuelvo todos los libros de las estanterías, abro cada pequeño cofre que encuentro y saco toda la ropa de los armarios.

No encuentro mi bolso con pociones por ningún lado e imagino que Luwen debe haberlo escondido. Tal vez ni siquiera esté en la habitación.

Cuando me dispongo a revisar el cajón de la mesita junto a la cama, encuentro allí un anillo de plata. Tiene unas inscripciones que no alcanzo a leer por más de que lo intento, así que lo engancho en la misma cadena del relicario de Warmer y me lo cuelgo del cuello.

Una vez que el cielo comienza a oscurecerse, leo un poco más. Intento buscar información sobre el espejo que ha mencionado

Luwen, el que creo que perteneció a Johari antes de que yo se lo robara, pero tal como dijo él, parece estar tan perdido a lo largo de los siglos y los lugares como la misma corona.

La luna menguante no tarda en salir. Agarro algo más de la bandeja de comida que está en el escritorio y me sirvo una copa de vino. Me doy un baño otra vez, me visto con un camisón de satén largo que ha dejado entre las ropas del armario, que ahora están en el piso, y me acuesto en la cama adoselada.

Luwen no ha regresado para cuando me quedo dormida.

Al día siguiente, soy yo quien se despierta primero. El príncipe, que debe haberse acostado a mi lado cuando regresó a la habitación, quién sabe a qué hora, parece dormido, pero en cuanto me incorporo, se dirige a mí.

—¿Vas a contarme por qué decidiste destrozar mi habitación, reina?

Echo un vistazo a la estancia y entiendo a qué se refiere. El suelo está cubierto de ropa, libros, plumas del relleno de las almohadas y los pequeños objetos decorativos que saqué de mesitas y estantes.

—Se ve mejor así —respondo—. No me importa qué tengas dando vuelta en tu alma, cuando lo exteriorizas de la forma que sea, te vuelves un poco más luminoso por dentro.

—¿Exteriorizarlo con la decoración?

—Todos tenemos algo de oscuridad. Cuando la suprimes, en algún momento explota. No hay nada que reprimir, la oscuridad no es mala. Así todo es más auténtico.

—Creo que prefiero las telarañas y los huesos al desastre que hiciste aquí —contesta el príncipe y se incorpora él también. Tiene el torso desnudo, igual que la noche anterior, y debo hacer un esfuerzo para no mirarlo—. No sé dónde aprendiste la diferencia entre el bien y el mal, bruja, pero creo que debes haberte perdido unas cuantas clases.

Tal como el día anterior, la bandeja del escritorio está rebalsada de comida. Entiendo que tanto la bandeja como las telas de la ropa son también objetos mágicos que los cambiaformas utilizan, pero que no han creado.

—Qué curioso —digo como quien no quiere la cosa—. El castillo parece estar lleno de objetos mágicos y lujos. ¿A qué otras criaturas robaron y saquearon además de a las brujas?

—No hemos robado y saqueado a nadie. Las telas se las compramos a las hadas y los otros objetos han pertenecido a nosotros desde que puedo recordar. Además, no pareces ser ninguna voz de la conciencia en lo que a robar se refiere.

—Todas estas cosas están manchadas con sangre.

—Es demasiado temprano para discutir contigo, bruja —replica Luwen exasperado—. Sé que no quieres estar aquí, y no hay nada que desee más que te vayas y regreses a esa ciudad muerta tuya. Cuanto antes terminemos lo que debemos hacer, antes podremos separarnos. Tú te llevarás a tu amiga y yo tendré la calma que tanto quiero. No volveremos a vernos.

—Si tengo que quedarme aquí adentro un día más, me volveré loca —confieso.

—Tranquila, reina. Hoy iremos al bosque. Debo hacer algo con la bestia que te atacó el otro día y tú podrás buscar rastros de tu amiga.

—¿Dónde estuviste ayer?

—Donde estuve ayer no te incumbe —replica sin mirarme.

Nos turnamos para vestirnos en el cuarto de baño. Cuando salgo de allí, esta vez usando unos pantalones negros y un top de terciopelo verde, igual de pesados que la ropa que usé el día anterior, me doy cuenta de que, de nuevo, se demora un segundo de más en dejar de mirarme.

Me pongo la capa roja, me subo la caperuza y, sin decir más, ambos salimos de la habitación.

El príncipe me lleva por pasillos de piedra, madera y oro. Saluda a todos los cambiaformas con los que se cruza, pero no intercambia más de una palabra con ninguno. Dos guardias ubicados en la puerta principal del castillo las abren para nosotros, para Luwen en realidad, y yo lo sigo hacia el patio interior a las murallas y luego a través del gran portón que da al bosque. El viento invernal me golpea de lleno en cuanto lo hacemos, confirmándome que nos encontramos a merced de lo agonizante y brutal que es el bosque.

Pienso que Luwen va a convertirse en lobo en cuanto nos encontremos allí; sin embargo, no lo hace. Yo sí me bajo la caperuza.

—Así que, esa reina tuya… ¿Qué tan amigas son? —pregunta mientras caminamos a través de la nieve, rodeados de árboles. Suena como si intentara buscar algún tema de conversación, solo que, en mi experiencia con él, cada vez que me hace preguntas en un tono tan cordial solo es porque quiere averiguar algo.

—Es mi reina, eso es todo lo que necesitas saber. —Estoy concentrada en el bosque que me rodea, en caso de que vea algo que me haga pensar en Elna o, quizás, algo que pertenezca a ella. Cualquier tipo de rastro. También se despierta mi esperanza de cruzarme con Warmer allí.

Lo único que veo son raíces secas, cosas congeladas y mortecinas. Los árboles están tan pelados que parecen huesos escapando de la tierra. Es extraño imaginar que encontraremos algún otro tipo de vida allí.

—Ahora decides volverte persona de pocas palabras, ¿eh?

—Me dijiste que vendríamos al bosque a buscar rastros de Elna. Es lo que intento hacer.

—Sé que las relaciones entre las tuyas son frecuentes...

—No estamos juntas.

—¿No vas a contarme qué tipo de relación tenían? ¿Peleó en alguna batalla contigo? ¿Tienen algún familiar en común? ¿Eres su subordinada?

—¿Tienes algún tipo de problema de comprensión? —inquiero. No me detengo ni lo miro, solo sigo caminando, y él lo hace a mi lado—. Te dije que es todo lo que necesitas saber. El hecho de que te dé información no forma parte de nuestro trato, así que métete en tus propios asuntos.

—Solo me da curiosidad. Las brujas no parecen preocuparse por nada ni por nadie. ¿Su único interés no es convertir a humanos en sus cazadores volviéndolos adictos a su sangre para enviarlos por ahí a conseguir ingredientes para sus pociones?

—No sabes nada sobre nosotras y nuestros cazadores —espeto.

—Una bruja decide adentrarse en un bosque en el que nunca ha estado, en el que sabe que las brujas tienen prohibido entrar, en el que la matarían si la descubren. Dudo que sea solo a los fines de buscarla. Imagino que tendrías algún otro interés en que aparezca..., algo que de alguna forma pueda traer un beneficio para ti.

No me detengo, pero sí aminoro el paso y lo miro de reojo. Advierto que se le escapan breves miradas que parecen analizarme, como si intentara buscar mis respuestas en mi expresión corporal o algo.

—Deja de hacer eso —le digo, todavía sin volverme a él.

—¿Hacer qué?
—Mirarme como si fuese un acertijo que deseas descifrar.
—Lo haré cuando te entienda.
—¿Qué quieres entender?
—A las brujas todo lo que no sea ustedes mismas no les importa. Tú cumples a la perfección con todo el estereotipo: eres violenta, agresiva y grosera, te gusta lo oscuro y lo macabro, pero por momentos dices o haces cosas que parecen que tuvieses algo de humanidad dentro de ti... Como hacer un trato con tu enemigo y arriesgar la vida para buscar a alguien. O es eso o tienes algún interés en llevarla de vuelta, más allá de que sea tu reina.
—Pues si lo que te tiene tan angustiado es no poder descifrarme, hazlo de una vez y deja de mirarme.
—¿Sabes cuál es la mejor forma para descifrar a una persona? —pregunta Luwen—. ¿Quién sabe? A lo mejor termines sin tus esposas, como tanto querías ayer...

Lo sugerente en su voz y la sonrisa insinuante que sé que está esbozando pese a que no lo veo me da a entender que me está devolviendo el golpe del día anterior cuando intenté seducirlo. Habla de mis esposas y veo una posibilidad, aunque debo usarla con estrategia o podría jugarme en contra. No puedo mostrarme demasiado interesada. Debo esperar el momento adecuado.

Entonces sí me detengo y él lo hace también. Efectivamente, está sonriendo de una forma que hace que una corriente me recorra la columna. En sus ojos también veo el odio, el resentimiento. Los mismos que estoy segura que se reflejan en los míos.

—Si eso es lo que quieres, príncipe —comienzo a decir—, te advierto que no soy una perfecta princesa cambiaformas como a las que debes estar acostumbrado. No estoy segura de que sepas qué hacer conmigo.

—Tal vez seas tú la que no sepa qué hacer conmigo, reina.

Nos quedamos mirándonos unos instantes con la tensión llenando el ambiente. No estoy acostumbrada a ser yo la que tiene que buscar la relación, pero tampoco estoy acostumbrada a sentirme tan intrigada por alguien.

—¡Ahí estás, Lobo!

El hechizo se rompe.

Tanto yo como Luwen nos damos vuelta. Ahí están Sapo, Libélula y Ratón. Este último es quien acaba de hablar.

—¿Qué hacemos hoy entonces? —pregunta Libélula, acercándose a Luwen y revoloteando a su alrededor.

—Hoy cumpliremos nuestra parte del trato —responde Luwen, volviendo a mirarme—. Hoy ayudaremos a nuestra querida Vera a buscar a su amiga.

CAPÍTULO 20

Caminamos durante un largo rato a través del bosque. Este sitio es un eco de algo que no fue, algo ralentizado y arrancado del mundo. Un sitio detenido en el tiempo, lleno de angustia.

Mi compañía no ayuda a mejorar mi ánimo. Libélula y Ratón son los que se muestran más cordiales conmigo. Luwen parece haber desistido de intentar obtener información sobre mí por el momento, por lo que ha regresado a su actitud tosca y despectiva. Sapo ni siquiera me dirige la palabra, solo me da miradas reprobatorias cada vez que camino lo suficientemente cerca de Luwen.

En un momento paso junto al príncipe y me hago la tonta para darle un codazo en las costillas. Luego él me golpea la espalda con el pecho fingiendo estar distraído.

—Te lo advierto, bruja —me dice luego de que he tirado una piedra a un charco de barro que le salpica su ropa negra impecable de rico y mimado—, estoy intentando tener paciencia contigo por la promesa del viento. No me tientes.

Le muestro los dientes, amenazante. Nada podría importarme menos que su paciencia.

—¿Asustado, principito? —respondo.

Luwen pone los ojos en blanco y sigue caminando.

Lo que me resulta extraño es que Sapo también me dirija miradas que se alternan entre la reprobación y la advertencia.

A él le molesta que insulte a su príncipe.

Sé que los ogros pelearon del lado de los cambiaformas durante la guerra, pero cuando terminó, los incentivaron a refugiarse en otras tierras. Ya no los necesitaban, así que se deshicieron de ellos. No se hizo en forma agresiva. Lo hicieron pasar como algo de mutuo acuerdo, aunque sé que ellos resintieron a los cambiaformas por eso. Que se muestre tan leal a su príncipe, como si fuese algo personal, no tiene ningún sentido.

—¿Cuál es su problema? —le pregunto al príncipe después de un rato, señalando a Sapo.

—Las brujas se han hecho una reputación, reina —responde Luwen. Ahí está su mirada reprobatoria hacia mí otra vez—. No culpes a quienes las conocemos por el trato que merecen.

—¿Acaso las brujas le hicimos algo?

—Solo existir, si me entiendes.

Aprieto los puños y me trago las palabras. Estoy acostumbrada al menosprecio silencioso. En cambio, el cambiaformas me desprecia en voz alta. No hace más que recordarme que quedamos muy pocas, que fuimos excluidas del mundo y, lo que es peor, lo dice como si lo hubiésemos merecido, como si de alguna forma ellos fuesen mejores que nosotras.

Pienso en la muerte de Johari. Pienso en cómo dejé su cuerpo en el suelo para que las brujas sobrevivientes lo enterraran en alguna parte de Ciudad de los Muertos. Cualquier lugar le hubiese quedado chico a su valentía. Johari merecía ser enterrada en el mejor mausoleo que el dinero puede comprar.

Pienso en cómo Nadela y el aquelarre tuvieron que esconderse para sobrevivir, como si fuesen delincuentes. Pienso en cómo debería haberme acostumbrado al sonido del silencio en Ciudad de los Muertos si no lo hubiesen hecho.

Las frases despectivas del príncipe me recuerdan todo eso. Es como todas las miradas peyorativas que hemos recibido desde que tengo memoria, incluso desde que yo era demasiado pequeña para entender por qué todos nos odiaban.

—¿Sabes qué sería divertido? —me pregunta Libélula luego de un rato.

—La diversión podría estar bailando desnuda en tu cara y no la reconocerías, hada —replico.

—¿Qué te divierte? ¿Los gritos? ¿Los sustos?

—Podríamos empezar por eso.

—Eres bastante interesante, Vera. Creo que podría inventar una canción sobre ti. Eres una criatura digna de una canción.

—Creí que hablabas de hacer algo divertido.

—¿Las brujas ni siquiera cantan? —lo pregunta como si se tratara de una atrocidad—. ¿No bailan?

—Con mucho más estilo de lo que podría hacerlo cualquiera de ustedes. Tenemos nuestras propias fiestas en Ciudad de los Muertos.

—¿Más estilo cómo?

—Déjala, Libélula —dice Luwen a lo lejos—. No hay nada que pueda decir que valga la pena. No pierdas tu tiempo.

—Haces bien en interesarte por las brujas, hada —comento, más para llevarle la contra al cambiaformas que por otra cosa—. Tal vez puedas aprender algo. Todo eso de cantar y bailar está muy bien si vives entre hadas, pero debes ser dura para que otras criaturas te respeten. Necesitas aprender actitud...

—¿Ser dura de qué manera?

—Cuando quieras algo, con canciones y sonrisas no lograrás nada. Te falta seguridad. Amenaza a tus enemigos, rompe las reglas, mata, roba y destruye. Pero siempre hazlo con clase. Por eso las brujas somos tan geniales.

CAPÍTULO 21

Me concentro una vez más en los rastros del bosque, en busca de algo que me lleve a Elna. Mi atención está allí, pero oigo que entre el cambiaformas, el hada, el gnomo y el ogro comienzan a hablar sobre la corona. Luwen les cuenta lo que ha leído la noche anterior sobre el espejo.

Siento el tirón mágico de la promesa del viento entre el cambiaformas y yo, pero por el momento no les revelo lo que sé sobre el espejo de plata élfica. Creo que necesito tener un tiempo sola para procesar lo que sé sobre él antes de compartirlo con ellos.

Desde que tengo memoria el espejo ha estado en la tumba en la que vivía Johari. Dudo que ella supiese lo importante que era; de otra forma, no lo habría tenido a simple vista de cualquiera que entrara.

La plata élfica es muy fácil de reconocer y muy valiosa. Los elfos la trabajan con tanta habilidad que sus detalles vuelven a cualquier elemento de plata élfica inconfundible. Ni las otras brujas ni yo cuestionamos nunca que el espejo de Johari fuese de plata élfica.

Claro que es posible que no se trate del que busca Luwen. Me digo a mí misma que tal vez haya varios espejos así, que el que he entregado quizás no tenga nada que ver con el que debo buscar, pero sé que me estoy engañando.

Los elfos son tan orgullosos de sus habilidades para trabajar la plata que rara vez crean un mismo objeto dos veces. ¿Por qué se molestarían en fabricar un segundo espejo de plata élfica si el primero que han creado ya es perfecto? Los elfos nunca terminan ninguna pieza hasta que no sea perfecta.

Por el trato, estoy obligada a revelarles a mis nuevos aliados la información que tengo sobre el espejo, así que me digo a mí misma que lo haré en cuanto regrese con Luwen al castillo.

Los pensamientos vuelven a acumularse en mi mente. Las imperfecciones se me vuelven insoportables una vez más. Todo me molesta, desde el tono chillón de la voz de Libélula hasta el sonido casi imperceptible de nuestros pasos en la nieve.

—Eh, ¿qué tienes ahí? —pregunta Luwen.

Lo miro. No entiendo a qué se refiere. En ese momento, me doy cuenta de que mientras caminamos he estado jugueteando con el anillo que he encontrado en su cajón y que me he colgado del cuello.

El príncipe se convierte en lobo en un parpadeo, solo a los fines de acortar la distancia que nos separa más rápido y volver a convertirse en hombre a apenas unos centímetros de mi rostro. Es mucho más alto que yo, pero se agacha lo suficiente para acercarse a mí amenazante.

No me mira a mí, sino al anillo, que todavía tengo en mis manos.

—Quítate eso ya mismo y devuélvemelo —ordena—. ¿Qué te hizo pensar que podías tomarlo?

Me sorprende la ira de su voz. Creo que hasta ahora no lo he visto tan enojado. Hasta ahora no había sido tan divertido meterme con él.

Ratón, Libélula y Sapo se han quedado de una pieza alrededor de nosotros, tensos, atentos a lo que Luwen y yo hacemos.

Levanto la cabeza, orgullosa. Necesitará más que eso si quiere intimidarme.

—¿No estabas tan interesado en mejorar mi vestimenta, cambiaformas? Pero si este anillo va perfecto con el atuendo que me has dado para hoy… —Le doy una vuelta más entre mis dedos en forma provocadora.

—No importa cómo te vistas o como luzcas, siempre serás escoria igual que las tuyas, así que quita tus asquerosas manos de bruja de él —espeta Luwen, por un momento me parece más lobuno y peligroso que nunca.

—Lobo… —oigo que susurra Libélula a mis espaldas, pero a mí no me importa ninguna advertencia que puedan darle.

—Oblígame —respondo sin parpadear y sin soltar ni por un momento el anillo.

—Eres igual que todas las tuyas y mereces arder en ese infierno de tumbas en el que vivieron.

Entonces veo rojo y negro. Veo una y otra vez en mi mente Ciudad de los Muertos en llamas. Veo a Johari con la mitad inferior de su cuerpo carbonizada. Veo a Nadela con esperanza en sus ojos antes de que me marchara al bosque. Se repite en mi mente la última discusión que tuve con Elna, el último pedido que le hice a Warmer.

Y me arrojo sobre el príncipe cambiaformas. Lo golpeo con todas mis fuerzas.

No puedo usar mi magia. No tengo espada ni pociones, pero solo quiero golpearlo y que sufra al menos algo de lo que las mías han pasado.

Caemos al piso, yo sobre él. Lo golpeo una vez más y él gira para intentar quedar arriba de mí, pero yo hago fuerza contra el suelo para incorporarme y ambos caemos rodando por una lomada de nieve y barro. Nos golpeamos con los árboles que se interponen en nuestro camino en descenso y, mientras lo hacemos, vuelvo a golpearlo.

—¡Lobo! —grita Ratón.

En algún momento llegamos al final de la lomada. Luego de nuestras vueltas durante la caída, he quedado sobre él, pero siento que su cuerpo desaparece debajo del mío y alcanzo a ver que una sombra negra sale volando desde el lugar donde estuvo él.

El cuervo en el que se ha convertido vuela a mi alrededor, burlón. Me golpea la cara con las alas. Yo tomo un puñado de nieve, hago una bola con él y se la arrojo con violencia, provocando que el ave grazne.

Luwen vuelve a convertirse en un lobo y yo saco la navaja que tengo escondida en mi ropa, dispuesta a clavársela ante la primera oportunidad. Me siento tentada a ponerme la caperuza para sorprenderlo, pero quiero que me vea a los ojos cuando acabe con él.

—¡Basta! —Libélula vuela para interponerse entre nosotros.

Ratón y Sapo han bajado la lomada también y se acercan expectantes. Sé que son capaces de sujetarme a mí y a Luwen para evitar que peleemos. Les deseo buena suerte cuando intenten detenerme.

—Ya estoy cansada de ustedes dos alegando la superioridad de una u otra especie —expresa Libélula. Aparto los ojos de Luwen solo porque me sorprende su tono. Nunca creí que un hada fuese capaz de otra cosa que soltar palabras adornadas, risas y adulaciones, pero ella parece furiosa. Frente a mí advierto que el príncipe ha recuperado su forma humana—. Tú, Lobo, sabes muy bien que las especies no son monstruos, pese a que algunos individuos hagan cosas monstruosas. Si no lo has aprendido después de todo lo que has visto... Creí que eras más inteligente que eso.

Luwen alterna la mirada entre Libélula y yo. Su resentimiento hacia mí sigue en sus ojos, pero se ha suavizado. Es como si dijera «otras especies no son monstruos, pero las brujas sí lo son».

—Y, Vera —continúa el hada volviéndose hacia mí—, no pretenderé que entiendo lo que has sufrido porque probablemente no lo hago. Sé que sientes que las brujas son invisibles para las otras criaturas, que es fácil para nosotros pretender que no existen, que no tienen necesidades, que los cambiaformas y elfos viven felices en su mundo de lujos, regodeándose en el pasado y en lo que les quitaron a las brujas después de la guerra. —Aprieto los puños porque es justo eso lo que siento—. Lamento lo que has perdido. Lamento que las hayan desechado de esa forma. Lamento que tengas que hacer cosas que no te gustan para sobrevivir y quiero ayudarte si me lo permites.

Me quedo de una pieza. Solo puedo mirar al hada, que en un instante me ha mostrado, no solo valor por ser capaz de pararse entre un cambiaformas y una bruja de esa forma, dos especies mucho más fuertes y peligrosas que ella, sino también compasión. Libélula no me habla desde su lástima, lo hace desde un entendimiento y una empatía que solo he visto entre brujas.

El hada vuelve a mirar a Luwen y luego de nuevo a mí.

—Dime, Vera, ¿a cuántos cambiaformas has conocido antes de Lobo?

—No necesito conocer más...

—¿Con cuántos has hablado? ¿A cuántos te has detenido a conocer?

Aprieto la boca y me enderezo, sin soltar el cuchillo.

—Lo que crees que conoces sobre los cambiaformas, imagino que es algo que te contaron las tuyas —continúa—. Lobo, si no me equivoco, creo que nunca hablaste con brujas antes.

—Si todas son como ellas...

—No sabes cómo son porque no las conoces. Y tampoco a Vera, si tenemos en cuenta que pelean desde que se conocieron. Es como si cada uno estuviese en un extremo de la misma soga, como si tiraran de ella con todas sus fuerzas, pero sin saber qué hay del otro lado, qué ganarán cuando el otro suelte la soga.

La forma en la que habla es feroz, compenetrada. Pensé que las hadas eran todo vanidad, pero cualquiera que se muestre tan segura como ella merece mi respeto. No importa de qué criatura se trate.

—Todo el odio que tienen hacia el otro se basa únicamente en lo que creen conocer de sus especies. Brujas y cambiaformas han repetido tantas veces historias sobre la guerra que han impregnado las mentes de todos los que los rodean de su forma de percibir la realidad. Siempre han dicho que las hadas contamos finales felices. ¿Felices para quién? Hay tantas realidades como seres en el mundo, cada uno tiene su forma de interpretarlas y cada uno cuenta sus propias historias sobre lo que sucede. Si me preguntas, una guerra que inicia y termina con intolerancia y odio y lo perpetúa a lo largo de los años no es un final feliz. Para nadie, no importa cuál haya sido el botín de la guerra.

»Las historias se cuentan con blancos o negros, pero los hechos siempre son grises y se tiñen en el relato dependiendo de quién lo cuente. Los dos lados intentan hablar creyéndose mejores que los otros, desde un lugar de superioridad: los que perdieron, contando que algún día se hará justicia; los que ganaron, prometiendo que nunca permitirán que las cosas cambien. Y piensan en el perdón como si fuese de débiles.

»Todo se reduce al perdón. Es un símbolo de lo que somos capaces como seres vivos, es parte de nuestra humanidad. Si no pueden creer, si no pueden aceptar o siquiera detenerse a conocer a alguien porque pertenece a algo que creen que no es como ustedes… Entonces, estamos condenados a vivir en guerra para siempre.

Ratón y Sapo se acercan más a nosotros, pero nadie dice nada. Luwen y yo no nos hemos movido.

—¿Nunca han lastimado a alguien sin querer? —pregunta el hada.

«La esperanza y los sueños son lo más hermoso que tienes, Alika», me había dicho Elna. «Pues la falta de ellos y tu resignación es lo más horrible que tienes tú», le había contestado. Esas palabras vienen a mi mente en cuanto Libélula hace la pregunta.

Pienso en eso y en todas las veces que he hecho cosas sin intención de herir a nadie. Siempre he contado con el perdón de Elna y ella con el mío. Pienso en cómo me habría sentido tensa y forzada a hacer cualquier cosa si tuviese que ser perfecta con ella todo el tiempo.

—¿Odian al otro por quien es —dice Libélula— o por las historias que les han contado sobre lo que es? Lo que sucedió, la guerra, no se puede cambiar, pero no es eso lo que los enemista. Son sus ideas y prejuicios sobre lo que pasó lo que lo hace. Son buenas noticias. Quiere decir que no están condicionados para sentir odio por el otro, que pueden cambiarlo. ¿Quieren un consejo? Sanen sus heridas mirando hacia adentro, no hacia afuera.

Por tan solo un segundo me pregunto si aquel, a quien he creído mi enemigo desde la primera vez que lo vi, tal vez merezca no perdón, pero sí que me detenga a escucharlo. Que me detenga a analizar si es parte o no de lo que han hecho los suyos tantos años antes, por lo que creo que su especie es.

Luwen suspira y su gesto se suaviza cuando me mira.

—¿Puede esta tregua ser más que una promesa que deban cumplir bajo amenaza y porque no tienen otra opción? —pregunta Libélula—. ¿Que accedan a trabajar juntos en buenos términos?

El príncipe mira brevemente a Sapo, que no dice nada, y luego a Ratón.

—Al principio era divertido adivinar quién ganaría sus discusiones, Lobo, pero ahora que nos dimos cuenta de que no llevan a ningún lado, son un poco aburridas —interviene el gnomo—. Ni siquiera podemos apostar porque nadie ganaría. Tenemos que trabajar con ella, de todas formas.

Por la mirada que me dirige el cambiaformas, entiendo que él está dispuesto a darle una oportunidad a la tregua si yo lo estoy también.

Miro hacia un costado para reunir fuerzas, para volver a mirarlo y para acercarme a él con el brazo estirado.

Luwen toma el anillo que le estoy alcanzando sin dejar de mirarme. Luego me devuelve el apretón de manos, y así es como ambos accedemos.

«Alabado sea el Dios de la Luz, creador de elfos y hadas.

Les dijo su dios: «¡Síganme! Les he preparado un lugar sagrado y seguro», y así lo hicieron ellos a los confines.

El Dios de la Luz conoce bien a dónde los guía su corazón, pero no es suficiente.

Su Señor no tiene poder alguno sobre sus siervos.

Él impulsó sus barcos en el mar para salvarlos, pero ellos regresaron.

¡Los elfos son ingratos! Han olvidado que su dios los puede proteger».

Libro de la vida, muerte y trascendencia
de las criaturas mágicas del este.

CAPÍTULO 22

No hay rastros de Elna en el bosque. No importa cuántas vueltas demos. Comenzó a nevar hace algunas horas y si mi abuela ha pasado por ahí, cualquier tipo de huella que pudo haber dejado se ha borrado por la nieve.

Desplazarme por el terreno mientras camino junto a Luwen es una pesadilla. No nos dirigimos la palabra en todo el trayecto. Cada tanto él conversa con Sapo sobre cuántas bestias se han visto en los últimos días. Ratón y Libélula comienzan a debatirse sobre quién es más veloz: si Libélula volando o Ratón corriendo. Hacen varias pruebas a lo largo del camino, pero empatan una y otra vez.

Por la tarde nos detenemos a comer.

—Podríamos ir a... —comienza Ratón, pero el príncipe lo silencia con la mirada. Hace un ligero gesto con la cabeza hacia mí y entiendo que, adonde sea que el gnomo quiera ir, Luwen no quiere siquiera que yo conozca su existencia.

Ratón saca de su bolso unos panes y bollos y los reparte entre nosotros. Me acerca unas galletas a mí, que acabo de sentarme en el suelo, un poco apartada de ellos, que se han ubicado en forma de ronda, y comenta algo acerca de que las preparó él mismo. A Libélula no le da más que unas pocas migas, pero parecen ser un manjar para ella. Es tan pequeña que no debe poder comer mucho más que eso.

—En las Tierras Bajas vas a enloquecerlos a todos con tu cocina, Ratón —afirma Luwen con la boca llena. Todo un príncipe bruto y grosero—. No veo la hora de que nos vayamos de aquí.

—¿Las Tierras Bajas, Luwen? —pregunta Ratón—. Creí que querías ir a las minas de Platarroyo...

—Eso fue ayer, Ratón —señala Libélula.

—O del otro lado del Gran Mar del Este... —continúa Ratón.

—Eso fue hace dos semanas.

—O a los Acantilados Anathal...

—Hace un mes.

—¡No tendremos que elegir, amigos! —interrumpe Luwen, jocoso—. Cuando nos vayamos, veremos todos esos lugares y más. Comida exótica, objetos extravagantes y mujeres extranjeras. El mundo será nuestro.

—Es lo que nos has dicho —responde Ratón sonriendo mientras intercambia miradas con Libélula.

—Con el pequeño detalle de que necesitamos la corona para eso —añade el hada, que también sonríe.

Luwen hace un gesto con la mano para silenciar a sus amigos, que obedecen y lo miran expectantes. Él se queda quieto, intentando escuchar y también lo hago yo, pero enseguida sale un pájaro gigante de entre los árboles y entiendo que ese es el sonido que ha oído.

Reanudamos la marcha un rato después y seguimos dando vueltas por el bosque hasta que el sol se pone.

No hay ni un solo rastro de Elna. Ni huellas ni señales de que haya pasado por allí. Su aroma no está por ningún lado, y hemos buscado todo el día.

Tampoco hay rastro de Warmer. Si tenía esperanza de que me encontrara en el bosque aquel día, se va reduciendo a medida que pasan las horas.

—Tenemos que volver al castillo. Está por anochecer —me dice el príncipe. No es necesario que lo haga, pues los lobos han comenzado a aullar, anunciando la noche y la luna. Es la primera vez que Luwen se dirige a mí desde que Libélula detuvo nuestra pelea. Asiento, pero tengo un nudo en la garganta. Confirmar que Elna no se encuentra en el bosque me atormenta. Me pregunto si algún día lograré dar con ella. Vuelvo a mirar a Luwen al advertir que se ha quedado parado junto a mí y que está examinando mi rostro, serio. Parece intrigado por algo y yo me pregunto qué ha visto. Sin embargo, se gira hacia sus amigos—. Mañana vendremos más tarde. Por la mañana nos quedaremos en la corte. Saben qué hacer si ven a alguna de las bestias.

Libélula, Ratón y Sapo asienten.

—¡Que tengas suerte mañana, Vera! —exclama Libélula.

—¡Nos veremos, Vera! —saluda Ratón.

Yo solo les hago un gesto de cabeza, atónita. No he sido más que seca y seria con ellos, incluso he golpeado a su príncipe, y esas criaturas se muestran amables conmigo. No esa falsa cortesía que he presenciado entre hadas ni tampoco cordialidad fingida para obtener información sobre mí, sino que de verdad parecen querer que me sienta cómoda con ellos.

Sin pensar mucho más, sigo a Luwen camino al castillo otra vez.

Si andar por el bosque junto a él antes había sido tenso, ahora, solos, lo es todavía más. Me muerdo la lengua cada vez que me llegan deseos de insultarlo.

Las palabras de Libélula regresan a mí una y otra vez, intercaladas con las últimas que le dije a Elna antes de que desapareciera, pero sobre todo, lo que más oigo en mi mente es siempre lo mismo: «Cuídate del hombre de una y mil caras».

Desandamos el trayecto que hicimos esta mañana, atravesamos el gran portón del fuerte del castillo, cruzamos el patio y también los numerosos pasillos que nos conducen a su habitación. Todo lo hago con la caperuza sobre mi cabeza. Todo lo hacemos en silencio.

Luwen abre la puerta de su habitación y me deslizo dentro. Él no me ve, pero sé que está esperando que pase primero antes de entrar y cerrar la puerta tras de sí.

Desde el ventanal se ven las estrellas y la luna menguante, apenas menos visible que ayer.

Una vez adentro, me quito la caperuza y la capa y la arrojo sobre el sillón.

Toda la habitación está revuelta, tal como la dejé la noche anterior cuando saqué el anillo de su cajón.

Me siento en una de las sillas del escritorio y la bandeja delante de mí se llena instantáneamente de comida otra vez, igual que esta mañana, como si palpitara los reclamos de mi estómago. Sin embargo, no siento deseos de comer. Tampoco de leer los numerosos volúmenes que todavía están sobre el escritorio o entremezclados con plumas del relleno de los sillones en el piso.

Luwen se sienta a mi lado. Tampoco come ni lee. Ninguna de las dos actividades que habíamos realizado sentados en el escritorio hasta ahora.

Lo descubro mirándome y le pregunto:

—¿Qué?

—Te aflige no haberla encontrado —responde. No es una pregunta—. Creí que las brujas no tenían sentimientos, que no sentían cariño o afecto por nada ni por nadie, que no era parte de su naturaleza… Pensé que la buscabas porque es tu reina y quieres que cumpla con su obligación, pero tú la quieres…

No digo nada, solo lo miro.

Trato de que mi gesto no refleje nada, pero lo cierto es que lo que acaba de decir ha hecho más evidente el hecho de que han pasado dos días y no sé nada de Elna. La presión que siento en el pecho me obliga a apartar la mirada. La dirijo al caos que es el piso, lleno de ropa, libros y baratijas.

—El anillo... ¿pertenecía a alguien? —pregunto. No lo miro.

—A mi hermano —responde.

—¿Él ya no lo usa?

—No podría. Él... murió. Lo mataron.

Entonces vuelvo a mirarlo y creo ver en sus ojos la misma cautela y el dolor que debe haber en los míos. Es como si nos estuviésemos midiendo. Analizamos qué tanto podemos concederle al otro, cuánto de nuestro propio dolor podemos revelar.

—¿Brujas? —pregunto.

—Essox era mi mellizo, pero fue el primero en nacer, así que, técnicamente, era mayor que yo. La guerra había terminado hacía unos diez años. Un día se acercó al Puente de los Suspiros, a Ciudad de los Muertos. Mi padre le había advertido que no fuera allí, pero Essox siempre había sentido curiosidad.

»Ni siquiera llegó a cruzar el puente, por lo que supe. Lo atraparon a medio camino. Él se convirtió para intentar escapar, pero las brujas volaron sobre esos espectros suyos... Lo alcanzaron enseguida y no tuvieron piedad.

Sé que las mías, en su dolor, pueden ser duras. Recuerdo a Bucles y cómo Elna ordenó que lo encerraran. Si un cambiaformas fue descubierto intentando entrar en Ciudad de los Muertos, dudo que alguna hubiese contemplado un final alternativo para él.

Que entienda de dónde viene el dolor y las acciones de las mías, el hecho de que sea para protegernos, no quita que a ojos ajenos pueda verse como un acto cruel.

—¿Lo has hecho? —inquiere—. ¿Has matado a alguien?

—¿Me estás preguntando si he matado a alguien o si soy una asesina?

—¿No es lo mismo?

—He matado para defender a otros más débiles que yo, que no tenían alternativa. He matado para salvarme cuando me arrinconaron contra la pared. No sé qué bruja haya asesinado a tu hermano, pero para mí matar no es un derecho. No importa cuánto lo disfrute, no mato si tengo otra alternativa. No olvides que es a nosotras a quienes nos queman atadas con hierro, no al revés.

»Me preguntas si soy una asesina, pero aquí estás tú, rodeado de lujos mientras otros mueren de hambre. ¿No es esa una forma indirecta de matar? ¿Crees que matar para sobrevivir me convierte en una asesina?

Parece pensarlo unos instantes.

—No —concluye.

—Entonces no lo soy.

—¿Qué pasa con las tuyas que sí lo son?

—Las brujas tenemos a nuestra reina, nuestra líder. Así ha sido hace siglos. La heredera de la dinastía forja su carácter desde que nace porque es quien puede encausar nuestra fuerza en un sentido. Es quien tiene el carácter suficiente para potenciarnos, motivarnos e incluso limitarnos cuando hace falta. Así aprendió Elna. Ella no permite que se mate si hay otra opción.

—¿Y sin ella?

El príncipe no es ningún tonto. Sus preocupaciones son las mismas que tengo yo cada vez que no me creo a la altura de Elna para guiarlas cuando llegue el momento.

—Sabes lo que ha sucedido en Ciudad de los Muertos. ¿Qué te hace creer que siguen existiendo las brujas?

—Tú estás aquí —responde—. Sé lo fuertes que son las brujas. No me creo ni por un segundo que ese haya sido su fin.

En cierta forma ese reconocimiento a nuestra fuerza se siente como un cumplido. No lo es. Un cambiaformas nunca diría algo bueno sobre una bruja. O tal vez sí. Tal vez Libélula tenga razón. Después de todo, ¿qué sé yo sobre un cambiaformas además de lo que me han contado desde que nací?

—¿Qué pasa sin su reina? —insiste—. ¿Qué harán las brujas sin su líder?

—Supongo que habrá que verlo. Su ausencia puede traer tanto el silencio como el caos.

Luwen no responde enseguida, sino que me mira como si meditara lo que acabo de decirle.

—Se suponía que él fuera rey, no yo —dice, más para él que para mí, y entiendo que ha vuelto a hablar de su hermano.

La tristeza en su voz se siente como la que yo siento cuando pienso en Elna. Por un segundo me pregunto si todos esos objetos lujosos, la ropa ostentosa, el exceso de comida y los viajes serán para intentar acallar algo dentro de él. Alguna herida.

Su inseguridad me recuerda a la forma en la que me siento cuando comparo la habilidad al mando de mi abuela con la mía propia. Una sombra jamás podrá compararse con una tormenta.

Reconozco que me ha revelado algo sobre él. No necesito preguntarle si miente para saber que es verdad. Nadie es capaz de fingir ese dolor. Me siento en deuda. Entiendo que debo dejarle entrever algo sobre las brujas, algo sobre mí. Mi orgullo me lo exige.

—Las brujas sí tenemos sentimientos. Tal vez demasiados. Tal vez sentimos todo más que otros. —Me mira con atención, pero me da el espacio para que continúe—. Entre nosotras, si bien cada una tiene un rol y somos duras porque nuestra historia nos ha hecho así, solo miramos a otra de arriba abajo cuando una de nosotras se ha caído. Lo hacemos para ayudarla a levantarse. Si tan solo una de nosotras se ha caído, es como si todas lo hubiésemos hecho. Somos exigentes entre nosotras porque no podemos permitir que ninguna sea débil, pero iríamos hasta el fin del mundo por la otra.

—¿Por qué son tan frías entonces? —pregunta—. Todas las brujas de las que me han hablado y a las que he visto nunca ríen. Nunca lloran. La única emoción que parecen sentir es el odio, el enojo.

—Cuando estás ocupada sobreviviendo, no tienes tiempo para eso.

—¿Tiempo de qué?

—De vivir —respondo—, de llorar o de sentir. De nada, en realidad. Si te detienes a pensar lo que estás haciendo, te quiebras. De alguna forma, con el tiempo, nosotras también comenzamos a convertirnos en algo muerto, una nueva especie de espectros. Nos desconectamos de nosotras mismas. Como si el mundo estuviese evolucionando para que no existiera la magia, para que no existieran las brujas. Es lo que quiero para nosotras. No solo el bosque. Son nuestras tradiciones, la posibilidad de hacer algo más que sobrevivir, un hogar.

Luwen tiene todo su interés en mí. Parece desmenuzar cada una de mis palabras como si fuese la primera vez que oye algo así, como si no me hubiese creído capaz de reflexionar de esa manera.

—Lo lamento —dice. Mis ojos se fijan en él, incrédulos—. Lo que ha pasado en Ciudad de los Muertos. Ninguna especie merece ser exterminada así, no importa lo que sean.

—¿No es eso lo que deseabas para las asesinas de tu hermano?

—Claro que no. Querría haber visto la luz irse de sus ojos cuando las matara yo. Querría haberlas enfrentado en una pelea en igualdad de condiciones. El fuego es un final que solo pueden dar los cobardes. Y me apena lo que te ha sucedido. Si estás dispuesta a entrar en terrenos en los que tu sola presencia es peligrosa para ti, a enfrentar bestias y a arriesgarte así... Yo lo habría hecho por Essox. Nadie merece que un ser tan querido le sea arrebatado de esa forma. Y que hayas venido aquí a buscarla... Te respeto por eso.

—¿Estás intentando acostarte conmigo o algo? —pregunto, pues tanta amabilidad me hace ruido y, por primera vez desde que lo conozco, Luwen sonríe ante mis palabras.

—La verdad, no, pero ayer parecías bastante predispuesta a hacerlo. —Y con un encogimiento de hombros agrega—: Si quieres, no me molestaría.

Aprendo otra cosa sobre él en ese momento: Luwen no es alguien que ande con rodeos. Tomará lo que quiera y no dudará en hacerlo. Bien. Al fin algo que tenemos en común. Nunca me han gustado los tímidos y él es la tentación encarnada.

Pero me recuerdo a mí misma que no debo ceder, que puede ser mi oportunidad de hacerlo caer en mi trampa, de que me quite las esposas. «Aguarda el momento adecuado, Alika. Tiene que suplicar. Entonces te sacará las esposas».

—Si vas a andar con rodeos igual que los humanos, te advierto que las brujas no somos así. Te lo puedes ahorrar.

Entonces se sienta más inclinado hacia mí y me mira con una media sonrisa que me estremece.

—¿Y qué necesito para acostarme contigo, reina?

Yo también me acomodo en la silla y me inclino hacia él. Nuestros rostros quedan tan cerca que la sombra de sus rasgos me acaricia los labios mientras hablo.

—Mi llamado. Te llamaré cuando necesite algo con qué jugar. Y tú vendrás, príncipe, porque he visto cómo me miras. —La expresión de Luwen, con una media sonrisa bailando en sus labios, es inescrutable—. Conozco esa mirada. Muchos me miran así y sé qué es lo que quieren. Sé que también lo quieres tú. ¿O me equivoco, Luwen?

Pronunciar su nombre es lo que parece terminar de lograr lo que busco. Siento que su respiración ha cambiado, siento su tensión y su autocontrol y, cuando tomo conciencia de lo cerca que está su rostro del mío, de la forma en la que sus ojos pardos me atraviesan, me pregunto si la única parte de mí que quiere que él ceda es la estratégica. Me pregunto si no estoy ansiosa por que suelte su control por otro motivo además de que me quite las esposas.

—Estaré atento a tu llamada, reina —es todo lo que dice el príncipe.

—Hasta entonces, más te vale que te ahorres los coqueteos y las miraditas. Me aburren.

—Eres tú la que se ha estado metiendo en mi cama —replica y vuelve a esbozar la misma sonrisa lobuna que la primera vez que nos vimos—. Entendido, reina. Ni coqueteos ni miraditas… Te agradecería que tú también te las ahorraras. —Alzo las cejas—. No creas que no me he dado cuenta. Debería estar loco para ignorar que me miras así… Cualquier hombre desearía que lo miraras de esa forma. No puedo evitar sentirme importante.

—No cualquier hombre. —Las palabras se me escapan antes de que logre detenerlas. Pienso en Warmer y en todas las veces que se ha negado a mis insinuaciones.

Luwen levanta las cejas y me mira extrañado.

—¿Acaso alguien te ha dicho que no, reina?

Me incorporo y me alejo de él y de su sonrisa lobuna tan peligrosa.

—Serás rey algún día, ¿no es cierto? Un rey cambiaformas revolcándose con una bruja no se ve bien... y tampoco viajar por el mundo. Supongo que esto también tiene sus días contados, aunque consigas la corona... —comento intentando cambiar de tema.

—Seguro, pero lo haré mientras pueda... Lo de viajar por el mundo, seguro. Lo otro no lo he probado aún. Si me agrada, tal vez también.

—¿Para qué quieres viajar por el mundo cuando tienes un hogar?

—El bosque y este castillo son lugares vacíos para mí. El mundo es más grande que esto. He visto gran parte, pero quiero más. Quiero vivirlo todo. Quiero conocerlo todo.

—¿Por qué no te vas sin más? ¿Por qué molestarte en traer paz al bosque antes? Estoy segura de que Varnal tiene varios principitos y princesitas para sentar en el trono cuando no estés.

—Que no me guste el bosque no quiere decir que no quiera mantenerlo para los míos. No es lo que deseo yo, pero sí los otros cambiaformas. Desde que las bestias han aparecido y el bosque ha comenzado a morir y a sentirse más peligroso, todos temen salir. Nos hemos visto recluidos al castillo. Solo salimos convirtiéndonos en pájaros, pero no podemos permanecer en el bosque. Soy el único que puede hacerlo. Solo yo puedo buscar la solución. Es lo que hago por mi padre. Combato a todas las bestias del bosque y voy a Crepuscilia para asegurarme de que todo funcione bien ahí, hago reportes, le traigo secretos.

—¿Por qué solo tú?

—Es un trabajo que mi padre me ha dado. ¿Y quién sabe? Si juegas bien tus cartas, tal vez termine por reconocerte algún beneficio a ti también, aunque seas bruja.

—No simules que cuidarás de mí o de cualquiera de nosotras cuando el trato esté cumplido. Las otras criaturas solo piensan en las brujas para temernos o pensar cómo deshacerse de nosotras, y estamos bien por nuestra cuenta. Si alguien va a salvarnos, seremos nosotras mismas.

Veo la duda y la intriga en su rostro otra vez. Me debato sobre si su deseo de ayudarme es genuino, pero luego recuerdo lo que me ha dicho: «No solo en la transformación. Es una parte importante, seguro, pero todo está en la actuación. Tienes que sentirlo, ser capaz de ponerte en su piel. De vivir sus sentimientos como si fuesen tuyos». También pienso en lo que me dijo el duende: «Desde que lo conozcas hasta antes de la luna llena, él te habrá dicho las tres».

—Di que es mentira que lo lamentas… lo que les ha pasado a las brujas en Ciudad de los Muertos —exijo. Luwen resopla en una actitud cansada.

—¿Va a ser así con todo lo que diga? Creí que estábamos intentando seguir el consejo de Libélula y llegar a una tregua mientras trabajamos juntos. —Me mantengo firme; entonces, él agrega—. Es mentira que lamento lo que les ha sucedido a las brujas en Ciudad de los Muertos.

Miro por el rabillo del ojo la capa que ha quedado en el sillón, pero esta no brilla y eso me llama la atención. Entonces por primera vez temo haber interpretado mal el regalo del duende. Tal vez no funciona de la forma en la que yo me imagino que lo hace.

—¿Contenta? —pregunta.

No respondo. Contenta es lo que menos estoy en las circunstancias en las que me encuentro.

—Así que… come algo si tienes hambre. Será mejor que nos pongamos manos a la obra.

Hace una seña con la cabeza hacia los libros. Quiere seguir investigando sobre el espejo.

—Y, reina, lo que dijo Libélula... Creo que tiene razón. Me guardaré los insultos hacia tu raza si tú también lo haces. Es tu decisión.

—No tengo nada que buscar en ninguno de tus libros —digo—. Sé dónde está el espejo. Lo he tenido en mis manos hace unos días.

CAPÍTULO 23

Le cuento a Luwen lo que sé del espejo de plata élfica. Le digo que sé que ha pertenecido a una bruja, aunque no revelo a quién. Le digo que lo saqué de su casa y que se lo entregué a los elfos. Miento y digo que lo hice a cambio de comida. No pienso revelar que fue parte de un trato para que los elfos se aliaran con nosotras y se levantaran contra su gobernante Liet y Varnal.

Luwen me escucha sin interrumpirme. Lo medita un rato y termina por decidir que conversaremos el plan a seguir cuando nos reencontremos con sus amigos en el bosque.

Le pregunto acerca de Elna, dónde puedo buscarla ahora que no hemos encontrado rastro de ella en el bosque, y se compromete a llevarme mañana a pasear por la corte de los cambiaformas, a orientarme para buscar pistas. Nos vamos a dormir sin mucho más que eso.

Al día siguiente me despierto antes que él. Paso al cuarto de baño y me preparo. De entre los vestidos que el príncipe me ha dejado, elijo uno de color blanco. Los únicos vestidos que he usado en mi vida son los fabricados por Elna, la mayoría de colores lúgubres y diseños horripilantemente preciosos. Jamás se me hubiese ocurrido elegir un vestuario tan insípido como ese, pero es el único del armario que no parece estar hecho de esa tela tan pesada que utilizan los cambiaformas en sus trajes. El vestido es de una tela fina y soy tan pequeña que me queda algo holgado. De todos modos, es práctico y cómodo. Me permitirá moverme con facilidad si tengo que defenderme de alguna forma. No importa que me hayan desapoderado de mis pociones o que tenga esposas de hierro en mis muñecas. Siempre quiero estar preparada para defenderme.

Me guardo en las botas la navaja, que, milagrosamente, el cambiaformas no me ha pedido que le dé.

Esta vez, en lugar de la trenza, me peino el pelo tirado hacia atrás.

Cuando salgo, Luwen está esperándome sentado en el sillón. No lee como de costumbre, sino que medita sobre algo. Sé que en otras circunstancias me habría mirado de arriba abajo, tal como lo ha hecho el día anterior, pero cumple su palabra de «ni coqueteos ni miraditas».

—¿Vamos a buscar a Elna o qué? —pregunto. Él se pone de pie.

Me coloco la capa roja y la caperuza, y salimos de la habitación. Todo el camino por el castillo es una repetición exacta de lo que ha sucedido los días anteriores: los cambiaformas con los que nos cruzamos se inclinan ante él en señal de respeto y él les devuelve el saludo. No se me escapa el detalle de que no se detiene a hablar con nadie. Él solo camina a mi lado.

—Te encanta, ¿verdad? —susurro—. El respeto que recibes por ser quien eres.

—Por ser quien soy no recibo ningún respeto, reina —responde él—, solo por quién es mi padre y por quién esperan que yo sea algún día.

Recorremos un amplio pasillo lleno de ventanales que van del suelo al techo. Los candelabros son idénticos a los de todas las estancias que hemos recorrido: adornados con distintos motivos y bañados en oro. Las alfombras de seda, como las que he visto en la habitación de Luwen, están por todas partes. Cada detalle de opulencia me hierve la sangre.

—¿Cuál es tu problema con los lujos? —me cuestiona al percatarse de mi desagrado—. Entiendo que no te guste que otros mueran de hambre, pero las cosas son así en las cortes. Hay pobres, hay ricos. Eso también era así cuando las brujas reinaban. En cuanto a los humanos indiferentes al sufrimiento de los de su propia especie... Los humanos siempre serán así con los suyos, y no puedes pretender controlarlos.

—No había tanta diferencia de riqueza cuando las brujas reinaban —señalo.

—¿Cómo lo sabes? No es algo que tú vivieras.

—«Si hay una frase acerca de la justicia escrita sobre el trono, no necesita estar decorada con oro» —recito—. Ese dicho es conocido entre brujas.

—¿Qué es la justicia? Si no te molesta que pregunte.

—La justicia busca lo mejor para todos. Lo más equitativo.

—No hay tal cosa. Me hablaste ayer de la crueldad de las brujas encausada con un fin. Deberías saber entonces cómo se conserva el poder. En todo lo que hagas estarás perjudicando a alguien. No existe la justicia para todos. Tampoco puedes ser tan arrogante como para creer que sabes la mejor forma para que las especies se conduzcan entre sí.

—Mueve menos los labios —digo en voz baja cuando un conejo-cambiaformas pasa muy cerca de Luwen y lo mira con extrañeza antes de transformarse e inclinar la cabeza—. Los humanos necesitan leyes para no destruir, necesitan leyes y castigos para no lastimarse entre sí. Parece ser la única raza del mundo que necesita el límite de leyes para no lastimar a los suyos. La más deplorable de las razas, si me lo preguntas.

—Seguro.

—¿Dónde encierran a los prisioneros? —pregunto repentinamente. Quiero saberlo todo sobre el castillo. Me ocuparé de recorrerlo cuando tenga oportunidad, pero quiero que Luwen me dé la información que necesito cuanto antes. Después de todo, por algo hice el trato.

—No tenemos prisioneros. No hay inocentes en nuestra corte, pero todo dentro del marco de la ley. Las prisiones para ladrones y asesinos están en Crepuscilia o en el fuerte de los elfos.

Finalmente llegamos a una puerta muy parecida a la de su habitación y nos detenemos. Luwen mira a su alrededor, corroborando que no hay nadie observándonos. Las últimas criaturas con las que nos hemos cruzado han sido un grupo de cambiaformas vestidos con trajes elegantes en la cámara anterior.

Luwen intenta ubicar mi mirada en el aire. No puede verme, pero me doy cuenta de que quiere hacerlo para decirme lo que está a punto de decir. Sin embargo, yo no me saco la caperuza.

—Lo que vamos a ver... la gente con la que tendré que hablar... no va a gustarte. Yo mismo desprecio a varios de ellos. No puedes hacer locuras. Tienes hierro en tus muñecas, no podrás luchar, no podrás defenderte. Recuerda el objetivo final: encontrar a tu reina. Si te descubren, no podré ayudarte. Sé discreta. Sé inteligente.

—No necesito que me recuerdes nada de eso —afirmo—. Entiendo que ser inteligente no es habitual en tu especie...

Las comisuras de sus labios se elevan ligeramente, pero se da la vuelta y se queda por un instante esperando, como si él también necesitara prepararse para lo que estamos a punto de hacer.

—¿Con quién hablarás que desprecias tanto, exactamente?

—Con mi familia, por supuesto.

Es lo último que dice antes de abrir la puerta de un golpe.

CAPÍTULO 24

Entro detrás de él a la carrera antes de que las puertas se cierren a mis espaldas. Luwen camina por la habitación como si la poseyera y la atraviesa de unas cuantas zancadas.

Es el sitio más enorme y opulento que he visto desde que estoy en el castillo y, por lo tanto, el más desagradable. En el extremo opuesto de la habitación, subiendo algunos escalones, hay un trono que tiene aspecto de ser de oro macizo con un tapizado bordó de terciopelo. Las paredes también son bordó y acaban en molduras blancas muy trabajadas. En el techo hay unos cuantos candelabros colgantes y las alfombras del suelo son gruesas con hilos de todos los colores.

También es el sitio más lleno de gente que he visto en los últimos días. Algunos se sientan en distintos grupos en unos sillones que están acomodados de costado contra la pared, otros se mantienen de pie en diferentes rondas. Hay quienes se encuentran en formas animales, pero adoptan figuras humanas en cuanto ven a Luwen. Entiendo que lo hacen en señal de respeto, tal como los otros cambiaformas que me he cruzado los días anteriores. El trato que merece un líder.

Pese a ello, la actitud de Luwen mientras atraviesa el salón es hermética aunque elegante. Firme e indomable, como el lobo en el que se convierte.

Yo camino detrás del príncipe. Decido que ese salón algún día pertenecerá a las brujas y lo transformaremos en un lugar fúnebre y tétrico, como un verdadero salón del trono debería ser.

Un lince que se hace a un lado para permitir el paso a Luwen y se convierte en una hermosa mujer de cabello negro llama mi atención.

—¡Ella! —susurro en el oído de Luwen—. La mujer de pelo oscuro. Habla con ella.

Debo reconocer que él es discreto al cambiar de dirección a medio camino. La mujer acaba de sentarse en uno de los sillones y él la sigue para sentarse junto a ella. Yo me mantengo detrás de él todo el tiempo. Me mantengo parada junto al sillón, pero no me pierdo detalle.

—Hermano, querido, hace tiempo que no te vemos por aquí. Sí que es un placer contar contigo —dice la mujer apenas nos acercamos a ella.

Todos saben que el rey cambiaformas no ha tomado esposas. Ha tenido hijos con cortesanas y amantes y posiblemente la mayoría de los príncipes y princesas no conozcan a sus madres. No había reyes mimetistas antes de Varnal y así es como él ha decidido organizar su corte.

Me doy cuenta de que los rasgos de la mujer son muy parecidos a los de Luwen, aunque más afinados. Su largo pelo negro le cae por la espalda y tiene unas pocas pecas desparramadas por la cara. Muchos en el salón del trono deben de ser hijos de Varnal, hermanos o medio hermanos de Luwen.

Pero lo que me ha interesado es otra cosa: el labial rojo sangre que la princesa lleva puesto.

—Aimara —responde el príncipe a modo de saludo.

Intento hacerme lo más pequeña que puedo en el lugar. La sala está llena de gente. No pueden verme, pero si llegan a tocarme, se darán cuenta de mi presencia.

—¿Te trae por aquí el simple gusto de mi presencia, Luwen? ¿O ya te has cansado de vagar por el bosque con esa compañía tuya tan poco digna de un príncipe heredero?

—Sabes que voy al bosque por orden de nuestro padre y que esa compañía mía a la que llamas indigna son los que me ayudan a patrullar —le contesta—. Te haría bien recordar que gracias a ellos tú puedes llevar una cómoda vida en la corte sin mayores preocupaciones que lo que vas a ponerte mañana.

—Si de verdad te ocuparas tanto de las órdenes que da nuestro padre, podría llevar una cómoda vida en cualquier parte, no estar encerrada en esta maldita corte. Podría salir sin tu escolta adonde quisiera. Así que cierra la boca —responde Aimara. La sonrisa se ha borrado de su boca roja.

—¿Te parece correcto hablarle así a tu futuro rey, hermana?

—Serías nuestro futuro rey si no estuvieras listo para irte al demonio en cuanto se solucione toda esta cuestión con el bosque. —No se me escapa el resentimiento en la voz de Aimara—. ¿Quieres ser un maldito irresponsable? Bien, pero no pretendas que se te respete por eso. Nos inclinaremos ante ti como nuestro padre lo dispone, pero todos nos damos cuenta de que te entusiasma tanto ser rey como adentrarte todos los días en ese resto de ramas al que llaman bosque. Me da igual el trabajo que digas que haces allí con esas sabandijas o lo que sea que le hayas dicho a nuestro padre para que te permita ausentarte de tus obligaciones aquí. A mí no me engañas.

—No sé qué desayunaste, hermana. Usualmente esperas al mediodía para volverte una maldita.

—Cállate, Luwen.

—Te sorprendería saber, Aimara, que es nuestro padre quien me ha pedido que vaya al bosque a hacer el trabajo con esas... sabandijas.

—Pregúntale por su labial. —Aprovecho que de uno de los extremos de la sala un grupo lanza una carcajada conjunta para susurrar en el oído de Luwen y que mi voz se pierda entre las risotadas.

—Nunca te veo tan arreglada, hermana —comenta Luwen como quien no quiere la cosa—. ¿Nuevo labial?

—¿Desde cuándo prestas atención a la apariencia de alguien que no sean esas patéticas zorras que te siguen por todo el castillo? —espeta Aimara. Es la pregunta que termina de confirmar mi desprecio hacia ella. Las brujas nunca hablaríamos así de otra de nosotras—. Si de veras quieres saber, Samun fue quien me lo regaló. No te haría mal recordar hacernos un regalo a tus hermanas cada tanto, ¿no es cierto, príncipe heredero?

—Lo mantendré en mente —comenta mientras sonríe burlón. Luego se mira las uñas al agregar—: Menudo problema con las brujas, ¿eh?

—¿De qué hablas?

—¿No has escuchado lo que ha pasado en Ciudad de los Muertos?

—Quien quiera que lo haya hecho, bien por él.

Me pregunto si la sangre de la princesa cambiaformas será tan roja como el labial de Elna. Apuesto a que se verá genial salpicada en la pared. Sería una excelente forma de comenzar la redecoración del salón.

—Nuestro padre debería haberlo ordenado hace muchos años —continúa—. Esas carroñeras asquerosas y violentas... Si alguna logró escapar, su lugar es lejos de aquí. Dudo que alguien quiera volver a verlas jamás.

—Suena como si tuvieses dudas...

—Esas brujas son tan astutas que son capaces de fingir su propia muerte para que nos descuidemos y atacarnos después. No me creo ni un poco que las hayan aniquilado.

—Si nuestro padre hubiese ordenado quemar Ciudad de los Muertos y hubiese fracasado, nos habría ganado el riesgo de otra guerra. El precio era demasiado alto y lo sabes. Las brujas no hacen daño ahí.

—Para ser el príncipe heredero estás muy poco informado.

—¿Poco informado, hermana? —pregunta Luwen sarcástico, pero hasta yo me doy cuenta de que quiere averiguar a qué se refiere la princesa cambiaformas.

—Samun me lo ha contado...

—Cuando te regaló el labial, imagino.

—¿Quieres saberlo o no? —inquiere Aimara fastidiada—. A nuestro padre le han llegado rumores sobre la bruja reina...

—¿Qué hay con ella?

—Estaba armando una revolución —explica. Mi corazón se detiene—. En la ciudad humana, las brujas iban de un lado al otro. Lo hacían disfrazadas, pero los espías de nuestro padre sospecharon. Las vieron reunirse con los gigantes. Se estaban aliando con ellos.

—¿Por eso nuestro padre ha enviado a tantos gigantes a las montañas?

—Eso es lo que dice Samun.

Tomo nota mental de la conversación. No tenía forma de saber que Varnal se había deshecho de varios gigantes. Con qué excusa los habría enviado a las montañas no importa, pero sí que puede que no contemos con ellos para levantarnos si es que los cambiaformas han descubierto con qué gigantes habíamos hecho tratos.

Nadela y yo hemos negociado con los gigantes. De alguna forma los espías de Varnal deben de habernos descubierto. Que los gigantes hayan sido llevados a las montañas significa que ya no contamos con ellos como aliados de la revolución.

—Claro. Samun —dice Luwen, y distingo antipatía en su tono—. Entonces, el labial, ¿cuándo fue que te lo dio? ¿Cuándo tuvieron esta conversación tan interesante?

—No lo recuerdo... —responde Aimara, mirando a Luwen con perspicacia.

—¿Falla de memoria, hermana? Una lástima que la mía funcione tan bien. Debería tener cuidado, de lo contrario, tal vez se me escape que te vi salir de la habitación de lord Lanzet hace unas noches.

Aimara se queda quieta, mira a Luwen con furia y su cara se vuelve tan roja que creo que va a explotar. Sus ojos se escapan por un segundo hacia un cambiaformas de piel oscura que se encuentra en el otro extremo de la sala conversando con otros tres.

—No te atreverías...

Luwen se acerca más a ella, tanto que tengo que ubicarme entre ellos, desde detrás del sillón, para alcanzar a oír lo que susurra en su oído.

—Dime cuándo fue, Aimara, y me llevaré tu secreto a la tumba.

La mujer frunce el entrecejo, indecisa. Vuelve la cabeza una vez más hacia el cambiaformas de la esquina de la sala. Suelta un suspiro y cierra los ojos. Cuando vuelve a abrirlos, como si hubiese tomado fuerzas, responde:

—Hace un par de noches... No mucho más que eso. Vino a verme a mi habitación y me lo trajo. Le pedí a los sirvientes que nos sirvieran vino y estuvimos hablando sobre las brujas y lo que había pasado en Ciudad de los Muertos. Samun tenía varias ideas de lo que debería hacerse con la bruja reina si se atrevía a iniciar una revolución.

—¿Qué pensaba Samun que debía hacerse con la bruja reina?

—A las brujas que salen de Ciudad de los Muertos se las castiga... Atarla a una hoguera y oírla gritar, supongo.

Sería tan fácil hacer cantar mi daga en su cuello y sentarme a verla mientras su sangre baila para mí. La impotencia por no poder hacerlo me pesa en el cuerpo. Me obligo a mirar hacia otro lado para serenarme, para no lanzarme contra ella.

—¿Qué estás tramando, Luwen? —pregunta Aimara—. ¿No estarás pensando en irte ahora? Nuestro padre nos necesita y tú eres su heredero. No es momento de viajecitos.

—Tranquila, hermana —responde Luwen—. No haré ningún viejecito hasta haber hecho desaparecer a cada una de las bestias del bosque. Puedes dormir en paz.

Aimara lo mira desconfiada, pero Luwen se levanta sin decir nada más. Camina por el salón del trono saludando a quienes se cruza, pero sin detenerse a hablar con ellos. Parece estar esperando que yo le dé alguna otra indicación sobre con quién hablar.

Pero yo no soy capaz de pensar más que en el labial de Elna en la boca de la princesa cambiaformas. La boca que ha pronunciado en voz alta su deseo de que mi abuela ardiera en la hoguera.

CAPÍTULO 25

—¿Estás bien? —me pregunta Luwen un rato después cuando salimos del castillo. Creo ver lástima en su mirada y me molesta. ¿Cuándo me convertí en una criatura por la que un cambiaformas pueda sentir lástima?

Hemos caminado en silencio el uno junto al otro desde que nos fuimos de la sala del trono. El príncipe no me ha dicho nada, pero sé que estamos yendo al bosque a encontrarnos con sus amigos, que quiere que les revele lo que sé sobre el espejo, lo que le he contado a él la noche anterior.

Apenas atravesamos la muralla, el príncipe me susurra un «sígueme» antes de transformarse en lobo otra vez y adentrarse en el bosque.

Mientras caminábamos, le he estado dando vueltas en mi cabeza una y otra vez la información que Aimara ha revelado. Nada tiene sentido. Tal vez le ha mentido a Luwen, tal vez haya querido guiarlo por pistas falsas. El trato lo obliga a ayudarme, pero nada obliga a los demás a ayudarlo a él y, por lo que he visto, su hermana parecía bastante resentida con él por el hecho de querer abandonar la corte.

—Tu padre tiene algo que ver con la desaparición de Elna —digo cuando vuelve a convertirse en él.

Atravesamos una zona plana y a lo lejos vislumbro algunas cordilleras. Las nubes que cruzan el cielo son negras, opacas, como si estuviesen amargadas con el mundo.

—No creo que eso sea necesariamente cierto —señala Luwen.

—¿Estuviste en la misma conversación que yo?

—Técnicamente creo que tú no estuviste en la conversación —responde Luwen—. No es la primera vez que llegan rumores de una revolución de las brujas a la corte. Si los hubo esta vez, mi padre se los debe haber tomado como tonterías, como lo hace siempre. Samun, por el contrario, eso es otra historia.

—¿Quién es Samun? —pregunto.

No nos detenemos mientras charlamos, sé que estamos yendo a encontrarnos con Libélula, Sapo y Ratón.

—Uno de mis hermanos —responde Luwen—, quien me sigue en orden. El verdadero príncipe heredero, teniendo en cuenta que yo me iré de aquí en cuanto la cuestión del bosque esté solucionada. No has tenido la fortuna de verlo por el castillo todavía, pero estoy seguro de que lo harás muy pronto. Últimamente parece estar por todos lados.

—¿Por qué dices que podría tener que ver con la desaparición de Elna?

—Si hay algún cambiaformas que desprecie a las brujas..., ese es Samun.

—Creí que eras tú.

—Desconfiaría de cualquier bruja que vea. Las de tu tipo son frías y calculadoras y, por supuesto, quiero enfrentarlas por lo que le hicieron a Essox, pero Samun las aborrece. Creo que en un punto les teme. La revolución de las brujas para él es un fantasma demasiado cercano. Teme que vuelvan a alzarse contra nosotros en cualquier momento. Se ha vuelto algo paranoico con eso.

Entonces dejo de caminar. Bajo la cabeza y cierro los ojos.

Todo es demasiado. No sé qué pensar. No sé qué creer. No sé cuál es el camino para investigar qué ha pasado con Elna.

Vuelvo a abrir los ojos y me lleno de presente. Siento la brisa invernal contra mi rostro, muevo los pies sobre la nieve para escuchar cómo se hunden, inhalo el aroma a madera de los troncos que nos rodean, miro cada rama y cada hoja seca.

—¿Qué haces? —me pregunta Luwen.

—Habito el mundo con presencia —respondo sin siquiera mirarlo, concentrada en mi entorno.

—¿Qué es eso?

—Intento sentir todo lo que está a mi alrededor. Analizo cada detalle de lo que contemplo, desmenuzo todos los sonidos que pasan por mis oídos, separo cada sensación que roza mi piel y, cuando llegan pensamientos a mi cabeza, los identifico como pensamientos. Luego los dejo pasar. Si me angustia algo, tomo conciencia de que son eso: pensamientos, no realidades. No son permanentes, como las nubes en el cielo.

Se queda en silencio a mi lado, pero su mirada es tan intensa sobre mí que es como si me tocara.

—¿Por qué haces algo así? —pregunta después de un rato.

—Como te dije, las brujas estamos ocupadas sobreviviendo. No hay tiempo de sentir. Si te detienes a pensar lo que estás haciendo, te quiebras. Vamos rápido, como si lo que estuviésemos viviendo valiera solo porque nos llevará a algún otro lado. Esto es todo lo que me queda para sentir. La única oportunidad para que no me devore la preocupación por el futuro o la culpa del pasado: habitar el presente.

—No entiendo.

—Cuando habitas el mundo con presencia, cada camino se convierte en un destino en sí mismo.

No sé siquiera por qué me molesto en explicárselo, pero él parece muy concentrado en lo que le estoy diciendo, como si nunca hubiese oído algo así y le resultara de suma importancia aprenderlo.

—¿Te interesa? —pregunto y, al ver que no dice nada, dando a entender que la respuesta es afirmativa, agrego—: ¿Por qué?

—Me interesa todo lo que me lleve a experimentar las maravillas del mundo de una forma nueva.

—¿De qué hablas?

—El mundo está lleno de maravillas. Las hay en cada rincón. Solo tienes que encontrarlas. Tienes que atravesar fronteras para hacerlo y observar los detalles. Las aventuras no te encontrarán si te quedas sentado en un solo lugar.

Luwen habla no como si solo quisiera marcharse del castillo, sino como si estuviese embelesado por el mundo y sus aventuras.

—Solo pienso que, si a cada lugar que visitara en mis viajes lo hiciera con tu técnica… creo que lo viviría aún más. Sería algo más vivo. Sé que no es magia, pero se siente como si lo fuera. Es como la atención.

—¿La atención?

—Esa es otra clase de magia, reina: la atención. Préstale atención a algo y verás cómo aumenta de tamaño en tu mente. Si es algo malo, tus preocupaciones crecerán a tal punto que se volverán tus únicos pensamientos. Si es algo bueno, te inundará la felicidad. Si quieres cambiar una situación, cambia tu forma de pensarla. Cambia la atención que le das.

—¿Es lo que haces para que no te importe abandonar tu corte? ¿Para que no te importen tus problemas? ¿No prestarles atención?

Me burlo de él, pero en realidad resuena en mi cabeza lo que nos dijo Libélula sobre la realidad, que hay tantas realidades como personas en el mundo.

—Seré todo lo que tú quieras, reina, pero lo que pase con el reino no me da igual. Y sí, quiero mi independencia, pero también quiero darles paz.

—Para poder irte tranquilo y abandonarlos.

—¡Luwen! —grita una voz a nuestras espaldas. Me giro y veo que se trata de Sapo, que está con Libélula y Ratón a su lado. Luwen vuelve a transformarse en lobo para acercarse más rápido a sus amigos y regresa a su forma de hombre cuando lo ha hecho. Yo lo sigo a mi ritmo.

—Resulta que nuestra amiga Vera tiene información que nos interesa —dice Luwen—. Habla.

—El espejo que buscan —explico sin molestarme en mirarlos—, el de plata élfica. Los mismos elfos son quienes lo tienen. Se los llevé a su fuerte hace un par de días.

Los cuatro amigos intercambian miradas entre sí, como si no terminaran de creer en mis palabras.

—¿Qué hacías tú con el espejo de plata élfica? —pregunta Sapo desconfiado—. Es uno de los vestigios de las leyendas, un elemento mágico de sumo valor y tradiciones. ¿Qué hace una bruja con él?

—Una de las mías es quien lo portaba —relato. No puedo decirles la verdad. No puedo revelarles que se lo entregué a los elfos a cambio de su ayuda en nuestra revolución, así que miento—. Lo hacía hace años. Tenía mis propios asuntos con los elfos. Estaba muerta de hambre y necesitaba comida. Ellos no iban a estar predispuestos a cerrar trato alguno conmigo a menos de que les hiciera algún regalo. Eso hice. Un trueque.

—¿Quiere decir que lo robaste y luego lo obsequiaste a los elfos? —pregunta Ratón. Intercambia una breve mirada con Luwen que parece transmitir que duda seriamente de mis capacidades mentales y que no cree prudente hacer tratos conmigo—. ¿No hiciste ninguna pregunta antes?
—¿Pregunta?
—¿No le dijiste, Lobo? —cuestiona Libélula a Luwen.
—¿Para qué? —replica él—. Ella no está interesada en el espejo. Solo ayudará a que nosotros lo obtengamos.
—Si se lo pregunta, el espejo le muestra a su portador la ubicación del vestigio que desee —me explica Libélula—. Algo que sueñe tener con él. Debes ser muy cuidadosa, pues solo puedes preguntar una vez mientras vivas, y no te mostrará la ubicación exacta de lo que buscas, únicamente la imagen del objeto en el lugar en que se encuentra.
—¿Cómo se sienten para tratar con elfos hoy? —pregunta Luwen.
Libélula, Ratón y Sapo se miran.
—No sean dramáticos, amigos míos —continúa—. Pongamos manos a la obra. Cuánto antes tengamos la corona, antes podremos irnos de este bosque.
—¿Quieres que vayamos ahora mismo? —cuestiona Libélula incrédula.
—¿Cuándo, si no? Hemos estado buscando el espejo desde hace semanas. Finalmente tenemos su ubicación. Si no nos damos prisa, tal vez los elfos decidan ponerlo a resguardo en algún otro lado. Cambiarlo de sitio. El momento es ahora.
Las criaturas lo miran con desconfianza.

—No podemos meternos en la fortaleza de los elfos sin un plan, Lobo —aconseja Sapo—, ni tampoco sin confirmar que el espejo esté ahí. El plan es claro, pero debes corroborarlo primero.

Luwen suspira.

—Temía que dijeras eso.

—¿Meternos en la fortaleza de los elfos? —pregunto. Estelaria, la ciudad de los elfos, está tan custodiada que para negociar con elfos Nadela y yo tuvimos que reunirnos con ellos en Crepuscilia—. ¿Estás hablando de robar?

—¿Poco ético para ti? —cuestiona Luwen, alzando las cejas hacia mí—. ¿Cómo creías que obtendríamos la corona sin robar?

—Los elfos son aliados de los cambiaformas. Creí que tendrían sus relaciones diplomáticas.

—Los elfos nunca cederían sus tesoros. No importa qué tan aliados seamos o cuántas guerras hayamos peleado juntos.

—Solo deberás hacer las preguntas indicadas a la gente indicada, Lobo —señala Libélula—. No van a cambiar el espejo de lugar hasta entonces.

—Si lo tienen, estará en la fortaleza de Estelaria, junto con todas las otras reliquias élficas —coincide Sapo—. Es el lugar más seguro para guardarlo.

—Pero perder días así.

—¿Y arriesgarnos a entrar en las bóvedas sin estar seguros de que esté ahí?

—No hace falta que ustedes vayan, puedo hacerlo yo.

—No entrarás ahí solo, Lobo —interrumpe Ratón—. Si vas, iremos contigo. Si no quieres que vayamos ahora, entonces confirma con tus informantes que el espejo efectivamente esté ahí primero.

Luwen frunce el ceño, acorralado. Me doy cuenta de que sabe que Sapo tiene razón y de que no quiere arriesgar a sus amigos sin sentido.

—¿Cuál es el plan, entonces, Lobo? —pregunta Libélula. Parece haber entendido cuál es la decisión de Luwen.

—Cuando estemos seguros de que el espejo está ahí, entraré en el fuerte de Estelaria —comenta el príncipe—. Elfos y cambiaformas han sido aliados desde la guerra. Los elfos pasan mucho tiempo en nuestra corte, pese a que viven en el fuerte. Entraré con Vera oculta bajo su capa roja. Les hablaré sobre alguno de los asuntos de mi padre. Mientras estamos adentro, ustedes generarán una distracción. Enciendan un fuego o algo catastrófico para llamar su atención.

—Es curioso lo rápido que se te ocurrió la idea de un fuego en territorio de otras criaturas —señalo, mirando al cambiaformas con curiosidad.

—¿Otra vez desconfianza, reina? —pregunta Luwen—. No he tenido nada que ver con el fuego de Ciudad de los Muertos. Quien haya sido, no fui yo. ¿Quieres que te diga que miento para que lo corrobores con tu capa? Miento.

Luwen dice la verdad, mi capa no brilla. El hombre de las mil caras no ha provocado el incendio en Ciudad de los Muertos.

—No te distraigas, Lobo —llama la atención Sapo—. Tú entras en el fuerte con Vera, nosotros generamos la distracción, ¿y luego?

—Los elfos son bastante básicos en lo que hace a los posibles lugares para esconder cosas de valor —continúa Luwen—. Si todavía tienen el espejo, estará en sus bóvedas.

—¿Has estado ahí? —pregunta Ratón.

—No, y dudo que incluso a mí me dejen pasar. Hay secretos que ni con nosotros comparten —responde y luego me mira a mí, que todavía tengo la espalda sobre uno de los troncos y cruzo los brazos sobre mi pecho de mala gana. Muestra todos sus dientes más blancos que la nieve en una sonrisa maliciosa que no me causa ni un poco de gracia—. Por suerte tenemos a nuestra querida Vera y a su caperuza invisible para inspeccionar el lugar.

CAPÍTULO 26

La mañana siguiente, Luwen y yo vamos al bosque otra vez, donde nos encontramos con Libélula, Ratón y Sapo. El príncipe me explica que quiere patrullar el bosque, buscar rastros de las bestias para saber hasta qué parte han llegado, para asegurarse de que no se acercan demasiado al castillo y para saber cuántas son. Caminamos todos juntos por algunas horas y, mientras ellos corroboran que no haya señales de bestias cerca del castillo, yo busco algo que me permita encontrar a Elna.

Luego del mediodía, el príncipe y yo regresamos al castillo.

Luwen me dice que tiene cosas que hacer, que debe hacer trabajos para su padre en Crepuscilia e intentar averiguar si el espejo está en las bóvedas de los elfos. Me pide que me quede en la habitación. Me dice que no regrese al bosque sin él. Me suplica que no vague por el castillo sin su compañía, que podrían descubrirme y no dudarían ni un instante en atarme a una hoguera. Yo asiento, simulando obediencia.

—Vas a salir de aquí apenas me vaya, ¿verdad? —me dice antes de cruzar la puerta.

—No apenas te vayas —respondo.

Podría jurar que veo que las comisuras de sus labios se elevan, pero él no intenta convencerme, sino que abandona la habitación.

Luego de un rato, salgo con mi caperuza puesta y recorro las partes menos transitadas del castillo, sin demasiado resultado.

Por la noche, cuando Luwen regresa a su cuarto, yo ya estoy ahí de vuelta, como si nada hubiese ocurrido. Él no me hace ninguna pregunta, pero sé que sabe que he salido. Lo cierto es que nuestras provocaciones mutuas del principio han sido poco a poco reemplazadas por un silencio respetuoso desde que me contó sobre el asesinato de su hermano. Esta extraña convivencia que tenemos se ha vuelto tolerable. El silencio siempre ha funcionado para mí. Me recuerda a la muerte y soy una persona que ha crecido entre tumbas.

Ir por la mañana al bosque con Luwen y recorrer los pasillos del castillo en solitario por la tarde se vuelve una rutina para mí los días siguientes. Siempre lo hacemos de la misma forma: Sapo, Ratón y Luwen van adelante de todo, en forma de lobo. Yo soy la última en la fila y Libélula revolotea junto a mí.

—¿Qué asuntos tenías tú con elfos, Vera? Si me permites preguntar —dice Libélula el segundo día cuando caminamos por el bosque. Lo hace mientras vuela junto a mí, casi en un susurro, como para que los demás no nos oigan—. Que yo sepa, las brujas no tratan con elfos ni con ninguna criatura que sirva a los cambiaformas.

—Ese no es tema tuyo —contesto—. Y trataré con cualquier criatura que me ayude a darle un poco de justicia a este mundo podrido.

—Palabras fuertes, Vera, pero a veces creo que pretendes verte amenazante cuando en realidad tienes mucha bondad.

—No me conoces entonces. Y ten cuidado de dónde metes tu nariz, hada. Es mi parte preferida para mutilar —replico y pretendo que sea el final de la conversación, pero el hada continúa.

—Hablas de justicia, pero también pronuncias amenazas como si florecieran de tu boca. Con fuerza no convences a nadie. Solo fuerzas a la gente a hacer lo que tú quieres que haga.

—¿Qué tiene eso de malo?

—Si haces eso, tu único poder residirá en la amenaza que infieras. Si los convences, si les muestras que tienes razón y eso genera un cambio en sus mentes o sus corazones, entonces tendrás su lealtad. No hay nada más fuerte que la lealtad. Y mi nombre es Libélula. Creí que habíamos acordado que no somos nuestra especie. Somos lo que decidimos como individuos lo que importa.

El lobo delante de nosotras echa ligeramente la cabeza hacia atrás y veo que muestra apenas los dientes y libera un gruñido corto y bajo.

—Creo que no le gusta que hables conmigo —le comento a Libélula, mirando hacia el lobo, que ha vuelto a ver al frente y sigue caminando junto a Ratón y Sapo. Está a una distancia considerable de nosotras como para oír lo que decimos, pero sé que nos escucha hablar.

—Sobrevivirá —asegura el hada.

—Creí que era tu príncipe. Si no quisiera viajar por el mundo, sería tu rey algún día. Debería importarte lo que él piense. ¿Ustedes no lamen sus botas como todos los demás?

—Luwen nunca querría ser esa clase de rey.

—¿De qué clase hablamos?

—De los que someten a todos a su voluntad. Él nos escucha y le interesa lo que pensamos.

—¿Qué hay con sus apodos? —pregunto. Lo hago más para cambiar de tema que porque me interese de verdad.

—Mi nombre es Láyade, si de verdad quieres saberlo. Es el nombre que tenía cuando vivía en Luminia, pero hace años que no respondo a ese nombre. Es un nombre viejo para mí. No se corresponde con quien soy ahora.

—¿Y quién eres?

—Cuando vivía entre hadas, yo era bailarina. Amaba el encanto de los escenarios. El espectáculo era mi amante. Me enamoraba de los aplausos del público cada noche. Cuando la música sonaba, mi cuerpo se movía solo. También me gustaba cantar. No era profesional, pero lo hacía bastante bien, y algunas noches me atrevía a regalarle a mi público una canción.

—¿Por qué te fuiste?

—Hay algo excitante en la emoción de un escenario nuevo. Soy ambiciosa y quiero ser amada en todos lados.

—Es la vanidad de las hadas —respondo.

—Haces mal en simplificarme de esa forma, Vera. Tal vez sea vanidad. Tal vez sea una característica de las mías, ¿pero hago algún mal disfrutando de lo que hago? Por el contrario, creo que les hago bien. Muchas veces al hacerle bien a alguien, al hacerlos sonreír, también nos causamos dicha a nosotros mismos por eso. Nos hace felices hacer a otros felices. Si dejásemos de hacer cosas por otros por el simple hecho de que hacerlo nos hace sentir bien y eso es algo egoísta, nadie haría nada bueno, ¿verdad? Yo puedo darle a la gente risas, remuevo sus sentimientos, los hago llorar y reír y sentir. Y sus aplausos me lo dan todo. Así que puedes llamarme como quieras, Vera, pero Láyade es un nombre viejo para mí. Uno al que ya no respondo. Mi apodo me da el anonimato de alguien que tiene todo para empezar de nuevo. Es lo que voy a hacer cuando me vaya con Luwen.

—¿Por qué no puedes ser bailarina aquí?

—Las hadas no pertenecemos a la corte de los cambiaformas. Nuestro lugar está en nuestro reino y ahí se supone que nos quedemos todas.

—Pero tú sí te fuiste.

—Ah, sí. Cuestionar nuestras creencias más arraigadas requiere de mucho coraje. Implica aceptar que hemos podido estar equivocados toda la vida. Todas las criaturas tenemos poca predisposición para cuestionar nuestra forma de ver la vida. Instalamos nuestras mentes en creencias que nos resultan cómodas y funcionales a la vida en la que vivimos. Cada especie reproduce entre sí la misma forma de ver el mundo. Las crías aprenden a imitar las actitudes y comentarios de los que se rodean. La mayoría jamás cuestiona el sistema de creencias que le han enseñado. Se identifican con esa forma de ver la vida, terminan por creer que es la única. Condicionan su forma de percibir el mundo. Yo me enseñé una forma distinta a la que las mías la veían.

—¿Cómo?

—La primera vez que me conecté conmigo misma me dolió. Me dolió ver todo lo que había perdido y lo que había ignorado. Pero si nunca hubiese encendido la vela, jamás habría salido de la oscuridad. Me habría seguido perdiendo cosas, habría seguido ignorando. ¿Quién sabe? Tal vez todavía ignoro tanto… Cuando te atreves a intentar comprender lo que sucede a tu alrededor de otra forma, a cuestionar tu propia mente, cosas maravillosas pueden suceder.

No sé qué responder a eso, así que simplemente sigo caminando y observando todo en el bosque a mi alrededor. Reservo las palabras del hada en mi mente para meditarlas en mi soledad.

El hecho de no saber nada más sobre Elna los días siguientes me causa pesadillas por las noches, como si la ira que siempre me hubiese mantenido encendida y yendo hacia adelante se estuviese convirtiendo lentamente en tristeza.

Toda mi vida he encontrado estimulantes las pesadillas. Cuando me despertaba, al darme cuenta de que no habían sido reales, me sentía más cómoda con mi propia realidad en comparación. Pero en lo que respecta a mi abuela, las pesadillas solo me recuerdan que Nadela y el resto del aquelarre me están esperando para iniciar la revolución, que no sé nada de Warmer y que desconozco si seré capaz de encontrar a Elna y cuánto tiempo me llevará hacerlo. Como si poco a poco mis sueños y mi esperanza se oyeran en un volumen más bajo en mi mente. Me digo a mí misma que no puedo permitirme nada como eso, que no puedo quebrarme. Que si lo hago jamás encontraré a Elna, pero no puedo evitarlo. Mi abuela es la que siempre ríe, sin importar qué. Ella es la tormenta. Sin ella no puedo hacerlo.

Sé que todas las noches Luwen se despierta cuando me incorporo en la cama a su lado sobresaltada y agitada por las ideas que me atormentan. Él se mantiene acostado y me da la espalda, pero siento su respiración demasiado tensa para alguien que duerme.

En ese sentido, mis pesadillas son poco convenientes, me hacen ver vulnerable. Me gustaría dejar de tenerlas, pero también se vuelven rutina.

Una noche, atacada una y otra vez por esos malos sueños, me rindo a intentar dormir y me siento junto al ventanal a observar el cielo como lo hacía sobre mi lápida preferida en Ciudad de los Muertos.

Pasan solo unos minutos y, aunque todavía es demasiado temprano para levantarse, Luwen se incorpora de la cama y me alcanza una de las mantas. No me dice nada ni se sienta en el sillón, sino que se queda de pie a mi lado, como si esperara que tal vez yo le dé alguna explicación de mi comportamiento nocturno. Es entonces cuando me doy cuenta de que no he hablado en todo el día. He recorrido el castillo desde temprano bajo mi capa y cuando llegué a la habitación solo me fui a dormir. No le agradezco, pero internamente reconozco que tenía frío y me cubro con ella.

—Dicen que las nuestras leían el futuro en las estrellas. —La voz me sale algo ronca—. Me gusta mirar el cielo. A veces pienso que podría haber sido buena en eso.

—¿No te enseñaron? —pregunta Luwen.

—Esos conocimientos se perdieron en la guerra.

—¿Cómo se perdieron?

—Para que se pierdan las tradiciones alcanza con que los maestros mueran. A muchos los mataron en batallas. Perdimos casi todos nuestros libros cuando abandonamos el castillo y vinimos al bosque. A las brujas siempre nos ha interesado aprender, por eso robamos libros de Crepuscilia, pero sin maestros y sin libros, ¿cómo transmites el conocimiento? Hay cosas que solo nuestras brujas podían enseñarnos.

Luwen no responde y no me doy vuelta a mirarlo, demasiado absorta en la luna para interesarme por su expresión.

Luego de un rato, siento sus pasos que regresan a la cama, pero estoy segura de que no vuelve a dormir. Lo oigo dar vueltas entre las sábanas, tal vez como lo hago yo todas las noches. Tal vez como lo hace él cada vez que mis preocupaciones me despiertan.

Un día, cuando Luwen regresa de sus tareas en la corte, me encuentra leyendo sentada al escritorio. El sonido metálico de los cuchillos que golpean entre sí cuando el príncipe deja una docena sobre el escritorio, a mi alcance, me hace levantar la vista.

—Muéstrame lo mejor que tienes, reina —dice, y lo veo convertirse en lobo y moverse por la habitación con agilidad.

Entiendo a qué se refiere. Me está desafiando, así que tomo uno de los cuchillos y se lo lanzo. El príncipe se convierte en un conejo para esquivarlo y continúa corriendo de un lado al otro de la habitación. El cuchillo se clava en una de las sillas.

Tomo otro y vuelvo a arrojárselo, pero el cuervo en el que se convirtió Luwen en el bosque está ahí y lo ha esquivado otra vez, aunque por muy poco.

Tiro los cuchillos hasta que se me terminan. Casi le acierto con el último, cuando Luwen pasa de una zarigüeya al cuervo otra vez, y sale del cuarto volando por la puerta, escapando de mí.

—¡Cobarde! —le grito cuando se va, pero mi melancolía inútil ya no está ahí. Ver a un enemigo cuando huye del filo de tu cuchillo pondría de buen humor a cualquiera.

No sé si lo ha hecho con la conciencia de que eso me haría sentir mejor o si fue solo para desafiarme. Me pregunto si de alguna forma el príncipe presintió que yo estaba llegando a los límites de mi tristeza. Me digo que el motivo por el que hizo algo así no importa, pero es la energía que me permite volver a leer sobre la corona en los distintos volúmenes de la biblioteca de Luwen. Bien. En la situación en la que me encuentro, avanzar puede ser la diferencia entre convertirme en piedra para siempre o encontrar a mi abuela.

—¿Con qué soñarás hoy? —me pregunta el príncipe otra noche mientras me cubro con las sábanas, luego de unas cuantas horas de silencio entre nosotros.

He pasado la última hora mirando por la ventana, tal como la noche anterior. La luna está en cuarto menguante y desde el ventanal de Luwen tengo una vista más vasta del cielo.

Me doy cuenta de que con la pregunta el príncipe espera que tal vez le confiese de qué tratan mis pesadillas; sin embargo, no pienso hacer nada como eso. Al menos no con él.

—Con la libertad —respondo en la oscuridad.

Me cubro con las sábanas y le doy la espalda.

CAPÍTULO 27

Vuelvo a Ciudad de los Muertos esa noche. Vuelo sobre Katzen, pero no se siente como el espectro de mi abuela, sino como algo ausente. Los restos de las lápidas que fueron incendiadas todavía humean. Hay cenizas por todos lados y el lugar está más silencioso que de costumbre.

Johari está ahí. La escucho gemir mientras se retuerce con la mitad del cuerpo calcinado. Me llama «Vanira», una y otra vez. La veo quedarse más quieta que nunca. La veo cerrar los ojos para siempre.

A mi alrededor el fuego quema, arde. Me escuece la carne y consume mi alma. Me abre una puerta a las tinieblas. Unas que no me permitirán salir si paso del otro lado.

—¡No!

Abro los ojos y no sé si soy yo la que ha gritado o alguien más. Estoy en la habitación de Luwen. Tengo la cabeza sobre la almohada mullida, la respiración acelerada, y lo primero que veo es el gran ventanal opuesto a la cama.

—Ya era hora de que te despertaras, reina —expresa alguien.

Me incorporo de inmediato y ahí está Luwen, con uno de sus trajes negros, sentado al escritorio con un libro abierto.

—Mis contactos han confirmado que los elfos tienen el espejo en sus bóvedas —dice el cambiaformas—. Hoy iremos a Estelaria a conseguirlo, así que será mejor que te prepares.

Me cubro la cara con las manos. Solo un segundo para mí, es todo lo que necesito. Pese a que todavía siento el sudor en mi frente y el corazón latiendo a toda velocidad, salgo de la cama y actúo como si la pesadilla que acabo de tener no me fuese a atormentar el resto del día. Hasta esa noche, cuando me encuentre con otra.

Me visto con velocidad en el cuarto de baño. Cuando regreso a la habitación, Luwen me espera junto a la puerta con mi bolso de pociones en la mano. Lo extiende hacia mí y yo lo tomo y me lo paso por el cuello. Miro dentro y allí están todas mis pociones. No falta ninguna.

—¿Y esto por qué? —pregunto.

—Si vas a robar para nosotros, al menos creo que podrías hacerlo con tus pociones.

Me pongo la capa roja sobre los hombros y me preparo para seguir al cambiaformas a través del castillo, pero cuando me acerco a él, no abre la puerta, sino que me mira con insistencia. Hemos acordado nada de coqueteos ni miraditas, aunque no es por eso que me está observando. Es como si me analizara y, a su vez, aprieta los labios, como si se debatiera acerca de si preguntar algo o no.

—Ya dilo —le pido impaciente.

—¿Cómo lo haces? —pregunta. Sus ojos no se despegan de los míos.

—¿Hacer qué?

—Dejemos de pretender por un segundo que no te veo noche tras noche retorciéndote entre pesadillas. No sé si tienen que ver con el incendio en Ciudad de los Muertos, con las brujas que has perdido, con tu reina ausente o con cómo las otras criaturas las han tratado. Pero lo haces. Te levantas todos los días y me sigues al bosque. Lees esos libros conmigo, buscas un rastro de tu amiga...

—Se supone que cumpla la promesa del viento —respondo.

—Te confieso que estos días he temido que la abandonaras. He temido que te rindieras y encontrarte por ahí convertida en piedra.

Con eso tuvo que ver lo del desafío con los cuchillos entonces...

Me encojo de hombros.

—Intento ver las cosas desde la esperanza, no desde el miedo. Decido desde lo que tengo, no desde lo que me falta.

—No tienes nada —señala Luwen. No lo hace con ánimos de rebajarme, sino solo como la constatación de un hecho—. ¿Qué esperanza puedes tener?

—Tengo sueños. Nadie puede sacarme eso. Mientras los tenga, no importa cuántas pesadillas me atormenten en la noche, siempre me despertaré para soñar.

No dice nada, solo me mira, como si viese algo más allá. Es lo opuesto a lo que sucede cuando uso la caperuza, cuando me vuelvo invisible. Es como si lo viera todo.

—¿Qué? —pregunto.

—Nada, solo que... soñar en un mundo que solo te ha golpeado. No sé si hay algo más valiente que eso.

Desarmo sus palabras de adelante hacia atrás y me detengo en cada una, pero algo me resulta extraño.

—¿Hay algún insulto ahí que me esté perdiendo?

—Te diré qué, bruja —responde el príncipe—: cuando estemos con los elfos, me enseñarás cómo espantas y asustas. Tal vez algún día podríamos ir a Crepuscilia. Me convertiría en lobo y tú harías toda esa puesta en escena de que eres diabólica y maligna. Tal vez aprenda algo.

No le veo sentido a que haga un ofrecimiento así, pero el solo hecho de imaginarlo en su forma de lobo, imponente, aterrador, mostrándole sus blancos colmillos a un humano horrorizado hace que mi expresión se afloje.

Sin decir más, Luwen abre la puerta, yo me coloco la caperuza y salimos hacia el bosque.

Este día el bosque está más retorcido que nunca. El ambiente allí es pura melancolía. Pesado, denso. Hay menos nieve que el día anterior, pero la escarcha está por todos lados. Libélula, Ratón y Sapo nos encuentran apenas nos metemos entre la arboleda.

—¡Por todos los dioses de la tierra, Vera! —exclama Ratón cuando me quito la caperuza y me ve junto a Luwen, que acaba de transformarse de lobo a hombre—. Podrías avisarnos que estás ahí, ¿no? Vas a hacer que se me pare el corazón del susto.

—No es mi deber avisarte dónde estoy —respondo y esquivo la mirada reprobadora de Sapo. Como si hubiese querido asustarlo a propósito.

Echamos a andar, pero esta vez hacemos un camino distinto.

—¿Por aquí llegaremos a la fortaleza de los elfos? —le pregunto a Libélula, que, como de costumbre, vuela a mi lado.

—Así es. Los elfos, si bien forman parte de la corte de los cambiaformas luego de la guerra por haber sido sus aliados, más que nada permanecen en su fortaleza. No salen mucho de ahí. Menos ahora que tenemos esta situación en el bosque. Cada vez que alguno quiere moverse desde la fortaleza al castillo o al revés, Luwen debe acompañarlos.

—Sigo sin entender por qué Varnal no encarga a otra persona de niñero del bosque —señalo—. ¿Es una especie de castigo a Luwen por querer irse?

—Algo así —contesta el hada y, como si quisiera cambiar de tema, agrega—: ¿Cómo es que son duras las brujas, Vera? Dijiste que tenían estilo.

—Mucho. Tienes potencial, no cualquiera podría detener una pelea entre un cambiaformas y una bruja. Con la guía adecuada podrías aprender.

—¿Como qué, por ejemplo?

—Sonríes demasiado. Las sonrisas no harán que tu oscuridad desaparezca. Debes aceptar que siempre será parte de ti. Dudo que sea verdadera felicidad cada vez que sonríes. No necesitas hablarles a los demás como si hablar con ellos fuese lo mejor de tu día porque, probablemente, no lo sea. Guárdalo para cuando de verdad sea así. Tienes que hacer lo que debes, sin importarte si rompes alguna regla. La mayoría de las reglas son estúpidas y no sirven para nada. Debes ser capaz de desaparecer en la oscuridad. Y si quieres algo, debes tomarlo.

—No quiero que la gente piense que soy antipática con ellos...

—No es ser antipática. Es ser genuina, auténtica.

—¿No lo sabes, Libélula? —dice Luwen de pronto. Camina delante de nosotras y ni siquiera me había dado cuenta de que nos escuchaba—. Todos tenemos un poco de oscuridad.

El príncipe no se detiene, pero me mira por encima de su hombro y, por solo un segundo, creo que hay algo de complicidad en su expresión. Tengo que forzarme para que no se me levanten las comisuras de los labios.

Pasamos junto a unas piedras de gran tamaño. Distingo pequeños dibujos y me detengo para acercarme y analizarlos. Son pinturas antiguas, quién sabe de cuándo. No parecen hechas por brujas, pero veo que hay varias figuras dibujadas que parecen representar a las mías. Me doy cuenta de eso porque son personas rodeadas de un manto negro, muy parecido a cuando nosotras convocamos a la oscuridad.

No obstante, lo que me llama la atención es que junto a las brujas hay formas de elfos, con sus orejas puntiagudas; hadas pequeñas y con alas, y figuras de hombres y mujeres que bien podrían ser cambiaformas o humanos. La pintura da una idea de reunión pacífica. Están rodeando algo redondo y pequeño que en el dibujo de al lado se ha transformado en lo que parece un árbol. Entiendo que es una semilla que ha germinado. Hay algunas escrituras debajo, pero no identifico las letras.

—Es la lengua antigua —me dice Libélula, que se ha detenido junto con Ratón para ver qué ha llamado mi atención.

—¿De cuando son estas pinturas? —pregunto—. No parecen hechas por brujas, pero la lengua antigua no se habla desde mucho antes de que la guerra comenzara. Antes de la guerra, solo las brujas moraban el bosque.

—Hubo un tiempo del que pocos tienen recuerdos, mucho antes de la guerra —explica Ratón mientras se rasca la barba blanca—. Es escaso lo que se dice de los tiempos en que el bosque tocaba todos los puntos de la tierra, y todas las criaturas trabajaban juntas y convivían aquí. Es lo que cuenta la pintura.

—¿Sabes lengua antigua? —indago sorprendida.

—Ratón es un erudito —señala Libélula—. Sabe muchos idiomas, por eso fue un excelente compañero de viaje para Lobo.

—Es poco lo que entiendo de la lengua antigua, pero es suficiente para comprender estas inscripciones —interrumpe

Ratón. Sus mejillas han adoptado un ligero tono rojo, que creo que no tiene nada que ver con el frío.

—Eso es ridículo. El bosque solo está aquí. ¿Dónde estarían las ciudades si el bosque cubriera todo? —replico—. Y las criaturas nunca han convivido, no hay forma de que pudieran hacerlo...

—Solo te digo lo que dicen las inscripciones, Vera. En esos tiempos no se hacía diferencia entre las especies. Las exclusiones solo generan odio. Cuando las criaturas odian, se vuelven violentas.

No entiendo de qué habla. Lo miro desconfiada, echo un breve vistazo más a las pinturas y continúo caminando. Luwen y Sapo se nos han adelantado bastante, pero les damos alcance enseguida.

Luego de un rato, nos cruzamos con un cartel que parece sujeto de alguna forma a uno de los troncos de un árbol: «Esta es tierra de elfos, de sirenas y de otros seres tan traicioneros como ellos».

—Hemos llegado —dice Lobo.

CAPÍTULO 28

Sé a qué se refería el cartel. El fuerte de Estelaria limita con el Gran Mar del Este. Ellos y las sirenas que habitan en el mar son vecinos.

—¿Alguna relación diplomática entre elfos y sirenas de la que deba estar al tanto? —indago.

—Ninguna —responde Luwen—. Se ayudan como vecinos, pero el mundo de las sirenas es el de las profundidades, y el de los elfos, su propia ciudad. No tienen influencia uno en el otro.

El fuerte de los elfos es pequeño en comparación con el castillo del bosque, pero, de todas formas, luce alto e imponente frente a nosotros.

—¿Vamos? —me pregunta burlón el cambiaformas, mirándome como si me indicara que lo siga dentro de la fortaleza—. Sapo…

—Me encargaré, Lobo —asegura este.

Luwen se acerca a mí y me habla tan cerca que compartimos el mismo aire al hacerlo.

—Me acercaré en forma de lobo. Es para que me reconozcan, para que sepan qué soy, lo que puede hacer mi magia. Entraré de esa forma y, cuando estemos adentro, me convertiré. Procura no separarte de mí hasta que estén distraídos. Entonces busca escaleras que vayan hacia abajo. Cualquiera te llevará a las bóvedas.

—¿Cuántas hay?

—Unas cuantas. Cientos, tal vez. Los elfos no solo guardan objetos valiosos suyos, sino también de cambiaformas y otras criaturas. Sus bóvedas son las más seguras. Probablemente, tengan cerraduras. Les encantan las cerraduras y las llaves y todo eso, ¿sabes cómo abrirlas?

—No habrá problema con eso —aseguro, pensando en la poción abridora que tengo en mi bolso, la que preparé con los ingredientes que Warmer me dio antes de marcharse de Ciudad de los Muertos. Imaginé que podía serme de utilidad en algún momento. Claro que cuando la hice, nunca imaginé que sería para ayudar a un cambiaformas a sustraer el espejo de Johari de la bóveda de los elfos—. ¿Sobre qué vas a hablarles? ¿Qué vas a decirles para entretenerlos mientras yo voy a las bóvedas?

—Improvisaré.

Nos separamos de Sapo, Libélula y Ratón. Subo mi caperuza y junto a Luwen nos arrimamos a la fortaleza.

—Así que... —dice Luwen mientras caminamos—. ¿Alguna vez vas a decirme quién te dijo que no, reina?

Algo en su tono me revela que el príncipe hace la pregunta para distraerme, para no pensar en lo que vamos a hacer. Tal vez para distraerse a sí mismo.

—¿Te importa? —respondo.

—Solo me preguntaba si tendrías algún arrepentimiento. Ya sabes, algo que habrías deseado hacer antes. Tal vez esto sea lo último que hagamos si nos descubren...

—¿Es necesario tanto drama?

—¿No tienes miedo tampoco ahora, entonces? —susurra a mi lado—. ¿Has peleado alguna vez con elfos? ¿Has hecho cosas así usando esposas de hierro antes?

—Te dije que el miedo es útil.

—Está por verse si realmente es así.

Luwen se convierte en lobo, pero se mantiene caminando a mi lado.

—¿Quién va ahí? —pregunta una voz desde lo alto de la torre cuando llegamos a la fortaleza. Desde abajo parece ser un elfo, un vigía, pero no alcanzo a verlo con claridad.

Luwen no cambia de forma, sino que el lobo permanece junto a la puerta, exigente. Yo no me muevo de su lado.

—¡El príncipe Luwen de los cambiaformas! —anuncia el vigilante, y el portón comienza a correrse.

Al igual que el castillo de los cambiaformas, apenas se abre el portón de entrada, hay un puente con un foso. Lo atravesamos y luego entramos en el fuerte por una segunda puerta. En el recibidor encontramos a un elfo y una elfa. Sus orejas puntiagudas se escapan entre los cabellos negros de él y castaños de ella. El primero tiene varias arrugas en el rostro, que revelan que es mayor que su compañera, y una armadura llena de decorados de oro, lo que deja ver que se trata de alguien importante. Los ojos de ambos son negros e inteligentes, calculadores. Están esperando a Luwen, que en ese instante vuelve a adoptar forma de hombre.

—Majestad —saluda el elfo de pelo negro.

La otra se limita a inclinarse y la reconozco enseguida. Es Metza, la elfa asesora de los altos rangos de elfos. Es a la que le he entregado el espejo hace unos días, la elfa con la que he negociado para hacer posible la revolución de las brujas.

Eso significa que el otro elfo, el mayor que usa la armadura, no puede ser otro que Liet, mandamás de los altos elfos de Estelaria. El principal aliado de los cambiaformas durante la guerra. La mano derecha de Varnal.

Agradezco tener mis esposas de hierro, porque imagino mi navaja contra su cuello y sangre por todas partes.

—Luwen, por favor, Liet —responde el príncipe—. Sabes que no me gustan las formalidades.

—¿A qué debemos el honor, príncipe? —pregunta Metza.

Lo dice con sumo respeto, lo que me hace preguntarme si todas las criaturas son capaces de pretender tan bien que hace tan solo unos días no se han ensuciado la boca con complots en contra de aquel con quien hablan. Si también lo hizo conmigo.

Pienso en la advertencia que me ha hecho el duende, sobre las tres mentiras de Luwen, y me pregunto cuántas mentiras me dirán las otras criaturas con las que trate.

—Estoy buscando información, ¿saben?

—¿Información?

—Ha llegado a mis oídos la noticia de una bruja que circula por Crepuscilia y entrega obsequios llamativos a elfos. Quiero saber de quién se trata, si ustedes la conocen.

«Idiota». Agradezco tener la caperuza puesta porque me doy vuelta inmediatamente para mirar al príncipe con odio. Él no lo sabe, pero con lo que dijo acaba de poner en conocimiento de Metza que tal vez él sepa que está haciendo negocios conmigo. Si lo hubiese descubierto por mí, eso haría que las brujas nos viésemos débiles a ojos de los elfos.

Metza no revelará mi identidad. Su única esperanza para revelarse contra Liet es el apoyo de las brujas. Si Liet no sabe nada sobre sus negocios con las brujas, no puede decir quién soy sin hundirme con ella. Pero si el hecho de que los cambiaformas estén al tanto de nuestras negociaciones le hace creer que no somos lo suficientemente fuertes para representar una alianza interesante en su propia revolución, tal vez no crea que merezca la pena. Ni siquiera sé qué creen los elfos de lo que ha pasado en Ciudad de los Muertos.

—¿Brujas con elfos? —pregunta Liet—. Quien le haya informado eso debe haber cometido un error, príncipe. Los elfos nunca trataríamos con criaturas viles como esas. Además, todas las brujas están muertas. Supimos lo que sucedió en el cementerio.

—No todas, Liet. Me hablan de una bruja de llamativa belleza, los ojos tan azules como el mar mismo y cabello dorado como el sol —continúa Luwen—. Por lo que dicen, vale la pena darse vuelta a mirarla cuando pasa a tu lado. Pese a eso, se hace llamar a sí misma «Sombra». Si la han visto, imagino que saben de quién hablo.

Liet frunce el ceño y se sujeta la barbilla con aire pensante.

Afortunadamente, Metza no hace signo alguno de reconocimiento.

—He oído hablar de una bruja con esas características —comenta Liet—. Alika, la visionaria. La llaman princesa de brujas. De lo más rastrero de su calaña, si las historias son ciertas. Cada dos por tres tiene incidentes en Crepuscilia. Creo que la última vez lograron atraparla. Estuvieron por quemarla, pero la reina de brujas, su abuela, causó un escándalo. La liberó.

—Es tan interesante lo que me cuentas, Liet. No imaginas cuánto.

Decido que me ocuparé de eso más tarde. Tal vez Nadela sepa cómo solucionarlo.

Debo buscar escaleras que desciendan. Debo buscar las bóvedas. Dejo a Luwen hablando con Liet y Metza y me muevo sigilosa a través de la fortaleza.

Los pasillos del fuerte de Estelaria son oscuros y empedrados. No hay ventanas que permitan pasar la luz del día y las escasas antorchas parpadean con debilidad sobre las paredes de piedra, como si esos seres disfrutaran viviendo en la oscuridad. Llego al final del primero; desde allí se abren otros tres. Me decido por el de la derecha y, cuando termino ese, voy para la izquierda.

Ese lugar es un laberinto. Si me distraigo o me olvido el camino que he tomado, es posible que no pueda volver.

Por fortuna, no me cruzo con nadie. El lugar es tan angosto que, pese a que no pueden verme, me resultaría dificultoso esquivarlos. Chocarían contra mí.

En un momento dado escucho una explosión que viene desde afuera, gritos y pasos, y entiendo que debe tratarse de la distracción que Libélula, Sapo y Ratón están causando afuera.

Veo unos elfos que parecen ser guardias, también con escudos y espadas, pasando por un pasillo que ha quedado detrás de mí.

Sigo caminando hasta que finalmente doy con una escalera. Es tosca y está conformada por altos escalones, pero desciende y eso es suficiente para que sea el camino que decido tomar.

Antes de bajar veo que una sombra pasa por una de las puertas del pasillo. Me asomo y veo a Metza alejándose por ese otro pasillo. Liet debe haberla despachado para quedarse hablando con Luwen. Tan oportuno…

No puedo desperdiciar la oportunidad; así que, en lugar de bajar por la escalera, me acerco a ella. Salta del susto y se detiene en seco cuando me bajo la caperuza mientras camino a su lado.

—Metza, qué horripilante gusto —digo a modo de saludo. Me apoyo contra la pared y me cruzo de brazos para mirarla.

—¡Princesa! —exclama Metza—. Creí que… Ciudad de los Muertos…

—Las brujas estamos más vivas que nunca, Metza. Inmiscuyéndonos en el fuerte de Estelaria, para ser precisos, si eso te da una idea de nuestro poder.

Como acto reflejo, tiro más hacia abajo las mangas de mi blusa, para cerciorarme de que no se me ven las esposas de hierro.

—Tengo entendido que el príncipe cambiaformas ha estado preguntando por mí...

—No le he dicho nada, princesa.

El terror de sus ojos es patético. Es el mismo miedo que veo en los ojos de todas las criaturas. Sé que el único motivo por el que se molesta en negociar con nosotras es por la ventaja que podemos darle. De otra forma, no osaría mezclar sus asuntos con los nuestros. Es el único motivo por el que le importamos.

—Bien. Que siga así. Temo decirte que el príncipe cambiaformas les mostrará hoy su verdadero trato hacia los elfos. Puede parecer que los cambiaformas los respetan, pero no es así, y hoy tendrán una prueba de eso.

—¿Una prueba?

—En efecto.

Si va a desaparecer algo de las bóvedas de los elfos, me aseguro de que al menos mi aliada sepa quién es el culpable. Que se atreviera a pensar que hemos sido las brujas las responsables de la desaparición del objeto que les hemos dado hace tan solo unos días sería inconveniente.

—Si aceptas un consejo, Metza, deberían romper lazos con ellos cuanto antes —expreso.

—Con Liet como nuestro gobernante, él no aceptará ningún quiebre de relaciones con Varnal. Han hecho una promesa de viento cuando la guerra terminó. No se da cuenta de lo sometidos que estamos a él. Los elfos queremos nuestra independencia, princesa.

—Nuestro trato está en pie, entonces, Metza.

—Por supuesto, princesa.

—Que siga así. Como ves, estamos vigilando.

Con esa frase vuelvo a colocarme la caperuza sobre la cabeza. Desaparezco a su vista. Entonces regreso al pasillo por el que he venido y esta vez sí bajo las escaleras.

Al pie de la escalera hay otro pasillo, mucho más ancho esta vez. Parece un paso subterráneo digno de un nido de ratas. De allí viene un aroma como a podrido. Debe haber agua en algún sector cercano a aquel subsuelo. Hay varias celdas con puertas de hierro y entiendo que me resultará imposible buscar el espejo en todas ellas. Ni mencionar que no hay forma de que me alcance la poción abridora para abarcarlas.

Lanzo una maldición en voz alta cuando tropiezo con una lámpara de aceite que está en el suelo. Por fortuna, no hay nadie allí que pueda escucharme, pero mi próximo error podría ser el último. Todo está oscuro abajo, así que me bebo la poción clarificadora que tengo en mi bolso y continúo mi camino.

—¿Quién está ahí? —pregunta una voz entre la oscuridad.

Me giro y, sobre la escalera, veo a uno de los guardias, un elfo. No sé qué tan bien vean esas criaturas en la oscuridad, pero me tomé la poción y estoy usando mi capa, así que me siento lo suficientemente confiada como para sacar la navaja de mi ropa y tomar la lámpara de aceite del suelo. Me ubico detrás del guardia y le rodeo el cuello con la parte interior del brazo con el que sostengo la lámpara. Hay pocas cosas en las que sea tan buena como amenazar a criaturas con cortarles el cuello, así que con la otra mano coloco la navaja tan solo unos centímetros de su rostro. Percibo su sobresalto y su confusión al sentir que ha sido atrapado por alguien que ni siquiera alcanza a ver. Apoyo el filo apenas contra su piel para que sienta la amenaza en la carne.

—Una sombra. —Sonrío en su oído a modo de respuesta a su pregunta—. Indícame la bóveda en la que guardan el espejo y ni se te ocurra gritar. De lo contrario, me veré obligada a decorar tu cara con un bonito corte.

Siento que su respiración cambia y disfruto el ritmo de su corazón acelerado.

—¿El… el espejo? —pregunta.

—No tengo tiempo para preguntas, elfo. Dime en qué bóveda guardan el espejo élfico de plata. Es un regalo que han recibido hace unos días.

Inconscientemente lanza una breve mirada a una de las bóvedas, una que está a unos metros de nosotros. Con el tiempo he aprendido que las criaturas que son dominadas por un miedo a lo desconocido pueden revelar cosas sin querer. He aprendido a leer sus cuerpos. Sé que el elfo no se da cuenta de que puedo ver en la oscuridad gracias a la poción, así que hasta es posible que no se haya percatado de lo que acaba de revelarme.

—Un placer tratar contigo —le digo antes de golpearlo con la lámpara en la cabeza. El guardia cae inconsciente al suelo y yo me apuro a llegar a la bóveda en la que sé que se encuentra el espejo.

La cerradura está tan alta que tengo que ponerme en puntas de pie y levantar los brazos todo lo que puedo para alcanzarla. Unas pocas gotas de poción son suficientes, se destraba de inmediato. Abro la puerta con dificultad.

Adentro, la bóveda está cubierta del piso al techo de los objetos más variados, ubicados en estanterías. Todos de plata élfica, por lo que llego a apreciar.

Lo que me rodea está tan ordenado que enseguida doy con el espejo, pero no lo agarro aún, sino que repaso con detenimiento los otros tesoros. Que me llevara solo el espejo, el objeto con el que he negociado con Metza, sería sospechoso. Tengo que hacer que crea que ha sido Luwen quien lo ha tomado. Debo llevarme más cosas para despistar, no solo el espejo y, si voy a hacerlo, quiero que sea algo que me sirva.

Comprendo que hay algún tipo de encanto en ver tantos objetos de plata élfica en un mismo lugar. Deben tener magia que atrae a quien los ve para tomarlos. Es difícil decidir qué llevarme.

Me llama la atención una espada ubicada junto al espejo. Su hoja parece ser de acero, pero tiene varios zafiros diminutos en la empuñadura, que también está decorada por unas finas líneas de plata detalladamente trabajadas. El trabajo que han hecho en la espada me resulta precioso y la acaricio con suavidad mientras intento centrar mi concentración solo en el espejo.

Sé que la poción clarificadora no durará mucho tiempo más, que no me conviene quedarme en la oscuridad en una bóveda de una cámara subterránea como esa, pero hay algo más que capta mi interés.

Se trata de una esfera pequeña. Se encuentra en la estantería opuesta a la del espejo, justo a la altura de mi vista, y lo más extraño es que no es plata élfica, sino de oro sólido. Tiene algunos dibujos en su superficie, unas marcas parecidas a runas.

De pronto es lo que más deseo en el mundo.

No sé en qué momento coloco mi mano sobre la esfera, pero sé que he cometido un error en el momento en que la siento fría en contacto con mi piel.

Nadie habla, sin embargo, de alguna forma las palabras llegan a mi cabeza, como si alguien más las colocara allí, como si alguien más hubiese tocado la esfera.

«Haz robado, ladrona. Que en esta celda encuentres tu tumba».

Entonces la bóveda se cierra de un portazo. Quiero volver a abrirla con lo que me ha quedado de la poción clarificadora, pero el efecto se desvanece y yo me vuelvo ciega.

Es justo el momento en que comienzo a oír agua corriendo, siento la humedad que traspasa mis botas en el suelo y huelo el aroma a salado del mar.

De inmediato comprendo que los arreglos entre elfos y sirenas van más allá de ser simples vecinos, que la bóveda ha comenzado a inundarse y que yo he quedado atrapada dentro.

CAPÍTULO 29

El agua corre hasta llenar la bóveda. Yo me repito que debo mantener la calma, que mi cerebro debe estar frío para pensar cómo salir de aquí.

Intento recordar los elementos que he visto sobre las estanterías, trato de pensar si puedo valerme de alguno para escapar, pero estoy paralizada. No se me ocurre nada.

Antes de que la angustia me supere, guardo la esfera dorada en el bolso. A ciegas, cruzo hasta la estantería de enfrente y palpo los tesoros con las manos hasta dar con el espejo, que también me guardo en el bolso. Por último, me ato la espada al cinturón del vestido y luego salgo despedida hacia la puerta.

Intento ubicar la cerradura con las manos y lo logro; sin embargo, el agujero es tan pequeño y está tan alto que no hay forma de que logre hacer entrar las gotas de poción en la oscuridad.

La bóveda se llena más rápido de lo que he imaginado. En pocos segundos tengo el agua por las rodillas.

—¡Ayuda! —grito mientras golpeo la puerta. La desesperación me ha vencido, no tengo idea de qué hacer—. ¡Ayuda, por favor!

En mi angustia, saco el frasquito de la poción e intento hacer entrar algunas gotas, pero no solo está oscuro, sino que también mis manos han comenzado a temblar. Es inútil. Así que vuelvo a guardarlo. El agua ya me cubre la cintura.

—¡Ayuda! —repito desesperanzada—. ¡Por favor!

—¡Alika! —grita una voz del otro lado de la puerta.

Lo reconozco enseguida pese a que él nunca me ha llamado por mi nombre verdadero.

—¡Luwen, estoy aquí!

Intento escuchar algo más, pero entre el ruido del correr del agua y mi nerviosismo me siento perdida.

—¡Alika! —vuelve a decir y ahora estoy segura de que se encuentra pegado a la puerta.

—Está oscuro. Se me ha terminado la poción clarificadora. No puedo ver nada. ¡Se está llenando de agua, Luwen, y no puedo ver! Necesito ver la cerradura para poder salir…

Soy ridícula al rogarle de esa forma, pero estoy desesperada. Oigo solo silencio del otro lado y por un segundo temo que me haya abandonado. De pronto, alcanzo a ver una luz diminuta que ilumina la cerradura. Entiendo que se ha transformado en algo muy pequeño y luminoso, tal vez una luciérnaga. Me está alumbrando para que pueda colocar la poción sobre la cerradura.

Vuelvo a concentrarme mientras el agua me acaricia el pecho. Es suficiente con que algunas gotas de poción tomen contacto con el hierro de la cerradura y la puerta se abrirá. Levanto las manos y me pongo en puntas de pie; intento ser precisa, pero los nervios me traicionan y el agua continúa corriendo, cada vez más brutal sobre mí. Sobre mi boca, sobre mi nariz.

Intento flotar y me impulso hacia arriba; eso me facilita estar más cerca de la cerradura.

Mi puntería falla otra vez. El pánico me ha dominado.

Me veo obligada a tomar una bocanada de aire, una vez que intento convencerme de que no será la última. El agua me cubre por completo. No sé dónde está Luwen, pero todo se ha oscurecido otra vez y ahora sí que no puedo ver nada.

Mis pulmones se resisten, luchan con todas sus fuerzas, pero el agua me llena sin piedad. Mis dedos siguen luchando con la poción y la cerradura, pero el resto de mi cuerpo vacía el aire que le queda en un intento desesperado por aferrarse a la vida.

De pronto, no siento nada.

El pecho me quema, tengo la cabeza atontada y el agobio me desborda. La poción se me resbala por los dedos.

«Tengo que salir, tengo que salir».

Entonces la puerta se abre. El agua se desparrama por el pasillo subterráneo y yo logro tomar una bocanada que alivia el fuego que me cubría por dentro. Es un aire incompleto, pero es aire y me llena de vida.

De todos modos, la inundación se vuelve salvaje. Más y más agua comienza a salir, esta vez pareciera que de todas las bóvedas, y me veo presa de una corriente contra la que me siento incapaz de luchar.

Adormecida, siento que algo resbaloso me sujeta. Es un animal. No alcanzo a ver más que una aleta. Nos mueve a través del agua y de la oscuridad. Se desliza con velocidad. Yo me dejo llevar por él, rendida, extenuada.

El animal atraviesa una fuente de luz, posiblemente una ventana, y de pronto estoy sobre el césped con mi ropa empapada y lejos de la desesperación que me ha anegado.

La falta de aire me ha adormecido. Lucho contra mi vista nublada y contra la pesadez de mi cuerpo. Es inútil. Entre mis párpados cerrados vislumbro flechas cayendo a nuestro alrededor. Luwen me alza en brazos y es como si me cubriera con su cuerpo para que las flechas no me alcancen.

Siento la nieve fría contra mi espalda cuando vuelve a apoyarme en el suelo.

—¡Alika! ¡Alika! —exclama alguien, pero estoy extenuada. No soy capaz de abrir los ojos.

Algo me golpea el estómago, y toda el agua que aún se encontraba en mis pulmones sale por mi boca y mis fosas nasales. Toso y jadeo, entonces recupero la conciencia por completo. Me incorporo, sentada en el césped.

—¡Casi me matas del susto!

Cuando dejo de toser, levanto la vista, todavía sentada en el suelo. Luwen está tan cerca de mí que la imagen de sus ojos pardos me domina. Nunca he visto algo como esa mezcla de colores dorados y verdes, pero lo que de verdad me pasma es la preocupación en su rostro, como si le importara. Recuerdo la forma en que acaba de protegerme de las flechas. ¿Qué más le da al príncipe cambiaformas lo que pase conmigo?

Algo parece haberlo tomado desprevenido. Se demora más tiempo del necesario en apartar la vista de mi rostro.

En algún momento me vuelvo consciente de que tiene su mano sobre mi antebrazo y mi piel arde ante el contacto de la suya.

—¿Qué pasó? —pregunta Sapo, apareciendo entre los árboles.

Luwen se separa de mí de inmediato. Se pone de pie y da unos pasos hacia atrás, como si yo fuese a contagiarle alguna enfermedad mortal. Me quedo en el suelo. Aprovecho para tapar la espada que tengo colgada en el cinturón con mi capa.

—Dijiste que no tenías problema en abrir cerraduras —me dice el príncipe.

Parpadeo varias veces para aclarar mi vista y me doy cuenta de que el cambiaformas está tan mojado como yo. Hemos vuelto al medio del bosque. De alguna forma nos ha sacado a los dos de la fortaleza de los elfos.

—No lo tengo —respondo—, el problema es cuando intentan ahogarme mientras abro la cerradura. ¿Por qué no me dijiste que esos malditos elfos viven a oscuras?

—¡Luwen! —grita la voz de Ratón. Él y Libélula llegan desde el mismo lugar del que ha aparecido Sapo.

—¿Están bien? —pregunta este—. La bruja parece medio muerta.

—¿Qué pasó? —inquiere el hada, agitando las alas en el aire más rápido de lo habitual.

—Los elfos tienen una protección mágica en sus bóvedas —explica Luwen—. Se inundan cuando alguien de otra especie toma cualquier objeto sin su consentimiento.

—De alguna forma las sirenas les dieron esa protección —señalo—. El agua es salada. Sal marina. ¿Cómo llegaste tú a las bóvedas de todas formas?

—Me despedí de Liet y salí de la fortaleza convertido en cuervo —explica—. Regresé volando sin que nadie me viera y fui a buscarte a los subsuelos.

—Esto fue una terrible idea —afirma Sapo—. Ahora estarán en alerta. Jamás conseguiremos el espejo.

—¿Te refieres a este? —pregunto, mostrando el espejo que acabo de sacar de mi bolso.

Los cuatro me miran sorprendidos y me atrevería a decir que también un poco impresionados.

—¿Tú...? —comienza Luwen.

—¿Cómo...? —continúa Sapo.

—¡Bien hecho, Vera! —exclama Libélula.

Sapo me saca el espejo de la mano, pero no me importa. No quiero tener ese objeto cerca de mí nunca más. No luego de casi haberme matado por conseguirlo.

—Lo llevamos a la cabaña, ¿verdad? —pregunta el gnomo.

No sé de qué cabaña habla, pero Sapo le dirige una mirada reprobatoria muy similar a la que le dio Luwen el día que silenció a Ratón cuando este sugirió que fuésemos a un lugar.

—¿Qué? —inquiere Ratón—. Hay lugar para una persona más. Vera se lo ha ganado después de esto.

—Es una de los nuestros ahora, Lobo —dice Libélula—. Nos ha conseguido el espejo.

Luwen asiente. Sapo se encoge de hombros. Él aceptará lo que el príncipe decida, no importa qué tan peligroso le parezca.

Me pongo de pie y echamos a andar nuevamente. Libélula y Ratón charlan mientras zarandean el espejo en el aire, pasándoselo entre sí. El botín de una partida bien jugada.

No pregunto nada sobre la cabaña, pero he comenzado a temblar del frío. Mi ropa está completamente mojada y cada soplo de viento me llega hasta los huesos.

—Bien hecho, Vera —comenta Ratón en un momento y bajo su barba blanca se asoma la sonrisa más amplia que le he visto.

—Sabíamos que podías hacerlo —dice Libélula—. Tengo que reconocer que es bastante impresionante. No cualquiera entra y sale de una bóveda de Estelaria llevándose un tesoro con ella.

Omito el pequeño detalle de que fueron tres tesoros los que me he llevado, no uno. Estoy cubriendo la espada en mi cintura con la capa roja y todavía tengo la esfera de oro en el bolso.

—De nada por salvarte la vida, por cierto —agrega Luwen—. Así que... Alika, la visionaria. ¿Ese es tu nombre, entonces?

CAPÍTULO 30

Caminamos a través de la nieve y de los árboles. Por segunda vez en ese día, tomamos un sendero por el que nunca he ido y, mientras lo hacemos, veo las raíces secas y los troncos pelados. Pienso en que los únicos muertos en este mundo no son solo los espectros y cadáveres que hay en el cementerio al que las brujas hemos sido relegadas. Tal vez todo en este mundo se está muriendo. Me pregunto si encontrar la corona cambiará algo de ese bosque moribundo.

Mientras medito sobre esto en silencio, mis compañeros bromean entre sí, confiados y satisfechos por el pequeño triunfo que obtener el espejo significa.

La cabaña a la que se refería Sapo es, en efecto, una pequeña casita en el medio del bosque. Ratón es el primero en llegar. Se acerca casi corriendo del entusiasmo, sube de dos en dos los escalones que dan a la puerta de madera y la abre para dejarnos pasar.

Todos lo siguen, pero yo me detengo un instante a observar la cabaña. Tiene una chimenea de piedra sobre el techo oscuro y, para los años que parece tener, está muy bien mantenida. No alcanza a verse el interior desde las ventanas porque estas están cubiertas por cortinas. Junto a ellas hay un árbol que llama mi atención y me aproximo a él.

Tiene unos frutos extraños, pequeños, con forma de gota y transparentes como el cristal. Da la sensación de que fuese un árbol de lágrimas. La idea me resulta hermosa y triste a la vez. Siento como si fuese el fantasma de un mundo que ya no existe, de algo que está a punto de desvanecerse, pero que, si intentas aferrarte a él, se diluirá aún más rápido.

Extiendo el brazo porque lo que más deseo en ese instante es tocar uno de los frutos.

—¡Eh, cuidado! —Me sobresalto al oír la voz de Sapo; no me había dado cuenta de que estaba detrás de mí—. De verdad que no tienes idea de qué hacer en el bosque…

Lo miro. Su expresión es dura y cauta sobre su rostro de piel gris. Luego me vuelvo al árbol otra vez.

—Este no parece muerto como los otros —comento.

—Porque no lo está. Pero, yo que tú, no lo tocaría si no quieres dormir por unos cuantos días —responde Sapo. Lo miro desconcertada porque no tengo idea de a qué se refiere—. Le llaman el fruto de los sueños. Nadie sabe cómo funciona. Tócalo sin guantes y tal vez estés bien, pero tal vez también duermas durante una semana entera. Es imposible saber qué fruto es el que te dormirá.

—Nunca había escuchado algo así —digo volviendo a mirar el árbol—. No se usa en pociones…

—Eso es porque no necesitas ninguna poción. Un fruto así es mágico por sí mismo. No necesitas mezclarlo con nada, pero eso solo si sabes cuál tomar.

—¿Van a entrar ustedes dos? —pregunta Libélula, asomándose desde la puerta.

Echo una mirada más hacia el árbol y me dirijo a la cabaña con Sapo caminando a mi lado. Por un segundo siento que mi cercanía no le produce rechazo como antes. Pienso que tal vez eso necesitaba el ogro, ver que efectivamente yo fuese capaz de contribuir a su causa.

Por dentro, la cabaña no parece tan pequeña como desde afuera. Todo allí es de madera, desde las paredes hasta los muebles. Hay una mesa en el medio con unas cuantas sillas alrededor, candelabros por doquier y unas cajas en el suelo. Alcanzo a ver una chimenea encendida entre un armario y un sillón. Apenas se atraviesa la puerta de entrada, hay un pasillo que creo entender que conduce a otras habitaciones.

—Bienvenida a nuestro hogar del bosque, Vera —dice Libélula.

—Creí que no tenían hogar.

—No tener hogar es lo mismo que tener miles. Tenemos tantos como sitios en el mundo —explica Ratón. Acaba de sacar una manta enorme y pesada de un armario y me la alcanza para que me cubra con ella. Le da otra a Luwen. Ambos estamos todavía muy mojados. El cambiaformas no da indicios de incomodidad, pero yo no dudo en cubrirme con la manta y sentarme junto al fuego por miedo a congelarme.

—¿Vas a hacerle la pregunta al espejo, Lobo? —pregunta Sapo.

Claro, el líder es a quien le corresponde mirar en el espejo. Seguro todos esperan que sea él quien porte la corona cuando la encuentren. Me doy náuseas a mí misma al tomar conciencia de que estoy ayudando a mis enemigos a afirmarse más en el territorio que nos corresponde a las brujas por derecho.

—Enseguida, amigo. —Luwen toma el espejo de manos de Ratón—. Muéstrame la corona del bosque.

El espejo se enciende y la imagen proyectada cambia. Primero solo alcanza a verse una nube de humo, pero luego esta se difumina para dejar una piedra azul y brillante. Sus colores brillan en el espejo.

Parece cobalto. Sé lo que es porque he visto dibujos en libros; sin embargo, nunca he visto algo así más allá de páginas. La imagen se aleja para dejar ver el sitio donde se encuentra. Se trata de algo parecido a una caverna. Veo que algo se mueve atrás, aunque no distingo qué es; solo sé que se mueven de una forma extraña. Parecen extremidades de personas. A los pies de la gran piedra azul hay un objeto dorado y circular. Tiene varias piedras incrustadas y unas cuantas inscripciones.

La corona.

Finalmente, la imagen del espejo desaparece para reflejarnos solo a nosotros devolviendo la mirada.

—¿La caverna del norte? —pregunta Sapo—. Esto va a estar intenso...

—¿Qué fue eso? —indago.

—Esos —comienza Libélula mientras se toca nerviosa su pelo rojo— son muertos muy distintos a los que estás acostumbrada a ver.

—Están en los límites entre Luminia y el bosque de Alcabrava —me explica Luwen—. Parece que la corona se encuentra en su cueva.

—¿De dónde salieron? —inquiero—. ¿Qué son?

—Nadie lo sabe —dice Sapo—. Más de las criaturas demoníacas que han comenzado a aparecer con el correr de los años, desde que la guerra terminó. Como las bestias del bosque.

—Viven en esa cueva y parecen poder sobrevivir sin agua ni comida —continúa Luwen—. Han estado encerrados ahí desde que los cambiaformas llegamos al bosque y a nadie jamás se le ocurrió liberarlos. Claro que nunca se nos hubiese ocurrido pensar qué hacer si alguien quisiera entrar.

—¿Cómo llegó la corona a un lugar como ese, de todas formas? —cuestiona Libélula.

—Tal vez Ratón pueda averiguar algo —señala Sapo—. ¿Les preguntarás a las sirenas? El cobalto se origina en las profundidades. Tal vez ellas sepan algo.

—Iré a verlas —se compromete Ratón.

—Planear cómo pasar por el medio de los muertos no va a ser fácil. Deberemos pensarlo bien. Tal vez las sirenas tengan algo para decirte que nos oriente. De todas formas, creo que nuestra amiga bruja se ha ganado una entrada al baile real de mi padre —dice Luwen.

CAPÍTULO 31

Todos miramos a Luwen, pero solo yo lo hago con las cejas alzadas de escepticismo.

—¿Quieres averiguar sobre Elna? —Me guiña un ojo—. Entonces ese es el lugar para buscar pistas. La clase alta de las distintas razas asistirá. El baile está siendo planeado hace meses. Será en unos días.

—Creí que tenía que pasar desapercibida —digo—. ¿Cómo explicarás la presencia de una bruja ahí?

—No de una bruja —responde el cambiaformas—. De una humana.

Creo que los demás se mantienen callados para permitirme procesar lo que me está pidiendo. O tal vez solo contienen la respiración por temor a que yo explote de ira.

Pero las sombras nunca explotamos. Las sombras somos discretas y taciturnas, incluso cuando nos escandaliza lo indigno de una sugerencia como esa.

—Dime, Luwen —comienzo con calma—. ¿Qué te ha hecho creer que me causa gracia hacerme pasar por...?

Él no me deja terminar.

—¿Quieres encontrar a tu reina, Alika? Porque yo no tengo ganas ni tiempo de terminar convertido en piedra por no respetar mi promesa.

—¿Vamos a llamarla así ahora? —pregunta Sapo, haciendo referencia a mi verdadero nombre, el que acaba de pronunciar Luwen—. ¿Así te han dicho los elfos que se llama?

—No estaba tan errado con lo de reina entonces, supongo… —agrega Luwen mientras se acerca a uno de los cajones que se encuentra dentro de la casita—. Una princesa bruja.

Saca cinco botellas y nos reparte una a cada uno. Son de color marrón y contienen un líquido espumante.

—Apenas es mediodía, Lobo —señala Sapo.

Luwen se convierte entonces en una perfecta imitación del ogro.

—Apenas es mediodía, Lobo —repite, pero con un tono ridículo que genera risas en Libélula y Ratón. Luego vuelve a ser él mismo—. No bebas entonces, Sapo. Libélula, Ratón, Alika y yo queremos festejar nuestro logro y darnos fuerzas para el que tendremos.

—Todavía creo que deberíamos inventar un apodo para ti —comenta Libélula mientras revolotea a mi alrededor—. Aunque no se me ocurre cómo podemos llamarte. La verdad es que no te pareces a ningún animal de este mundo y una princesa bruja merece un apodo adecuado.

—Alika, la visionaria —dice Luwen—. Alika, la sombra. Creo que Sombra te queda bien.

Por lo que dice, imagino que los elfos le llenaron los oídos de mis historias en tierras mortales. No me avergüenzo de ellas. El miedo que infundimos las brujas es como una araña: liberarla en medio de una multitud es casi tan gratificante como ponerla sobre tu piel para que te haga cosquillas. Difícil elegir entre soltarla al mundo o guardarla para ti misma.

Ratón saca algunos panes y frutas de uno de los cajones y los apoya sobre la mesa junto con platos y cubiertos. Lo hace rápido y con aire casual, pero suena preocupado cuando pregunta:

—¿Las brujas resuelven todo con violencia?

—Ratón no usa armas —me explica Libélula.

—Sombra parece tener muchas preguntas, Ratón —expresa Luwen—. ¿Por qué no le cuentas tu historia?

—Sostener un cuchillo como este es el mayor acto de violencia que he hecho desde mucho antes de que terminara la guerra —reconoce Ratón.

—¿Por qué? —pregunto incrédula. Mi vida se ha visto siempre tan llena de agresión y coacciones que no concibo algo así. Los humanos creen que la única forma de matar a una bruja es con fuego, pero no es cierto. Podemos morir igual que ellos y que cualquier criatura, por muchas causas. Sin violencia, las brujas no comemos; si no comemos, no sobrevivimos en un mundo que nos odia.

—Las armas mataron a mi esposa. Peleó en la guerra, ¿sabes?

—Del lado de los cambiaformas, supongo.

—El lado no importa. Los lados al final son lo mismo.

Frunzo el ceño.

—Las guerras las cuentan los que ganan —digo—. Los que pierden mueren de hambre el resto de sus días. El lado del que pelees no es lo mismo.

—Fui cocinero en el ejército durante la guerra. Mi esposa era una soldado, Alika —prosigue—. La guerra la deciden los que mandan, pero los que pierden sus vidas son los que están en los campos, son quienes las pagan. Las guerras se comienzan por muchos motivos y la mayoría de las veces nunca se reconocen los verdaderos. La guerra no es solo poder y territorios perdidos. También es gente. La guerra es hambre, es pobreza, son pérdidas, separaciones y violencia. No existe tal cosa como ganadores o perdedores. La única guerra que se gana es la que se evita.

Siento como si algo frío se derramara por mi estómago y solo puedo mirar al gnomo. Su rostro es impasible, con su barba blanca y sus mejillas rosadas. Hace unos días habría creído que se trataba de una criatura ingenua y fácil de engañar, pero acaba de pronunciar la reflexión más pura que jamás he oído. Es como si abriera un nuevo camino en mi cabeza, uno que ni siquiera sabía que estaba ahí.

—Mi esposa era la valiente, la fuerte... Ella siempre fue buena en las luchas. Yo lo intenté, pero siempre terminaban relegándome a las cocinas.

—Los débiles son como una gangrena. —Me encojo de hombros, pero lo cierto es que no puedo sacarme de la cabeza lo que me ha dicho.

Ratón se ríe ante mi comentario.

—No eres la primera que piensa que soy débil por no querer usar armas. Cuando nos encontramos con alguien que piensa distinto o que tiene algo que nosotros queremos, inconscientemente pensamos en lo que nos falta. En lo que no tenemos. Y creemos que atacarlo nos completará de alguna forma, que hará que la carencia sea menor. En lugar de pensar que el mundo es uno y que todos somos hermanos conviviendo en él, nos pensamos como enemigos, como rivales. Sanamos nuestras heridas atacando a nuestros vecinos, en lugar de ocuparnos en curarlas nosotros mismos.

»Si quieres paz, Alika, si quieres felicidad y entereza en tu alma, la guerra nunca será el camino, solo la comprensión y la tolerancia lo son. El único final de la guerra siempre es la muerte y la carencia. No importa de qué lado estés. Los poderosos hablan de paz y justicia, y de cómo alcanzarla mediante armas y batallas… Nunca algo tan contradictorio se vendió como algo tan convincente.

Sus palabras son exactas y absolutas, como un ataúd. Aparto la mirada porque observar a Ratón mientras habla de lo que la guerra significa para él me produce una punzada de dolor y los demás parecen no tener nada que aportar a lo que él está diciendo. Pero hay una pregunta que me pica la garganta.

—¿Cómo llegas a la paz cuando todos queremos lo mismo y no podemos compartirlo? Hay veces que tienes que defenderte. Hay veces que no tienes alternativa.

—¿Y cuando sí la tienes? —pregunta Ratón—. Te aseguro que la mayoría de las veces tienes opción, solo que quienes deciden las guerras no quieren verla. La paz la alcanzamos juntos, o jamás la alcanzaremos. —Finalmente, da un trago a su botella.

—¿Y tu esposa? —pregunto.

—No tendrá fama ni gloria por su participación en la guerra, pero siempre será todo para mí. Vine a vivir aquí con ella por eso. Teníamos esta casita en medio del bosque y era perfecta para nosotros. El bosque estaba en guerra; sin embargo, mientras estuviésemos aquí, todo estaría bien. La mató una espada. No me importa de qué bando fuese, solo que lo hizo. No tocaré una espada en mi vida. Eso fue lo que mató a la persona más especial que he conocido. No quiero tener nada que ver con quienes la mataron. Al final fue el odio lo que acabó con su vida.

La curiosidad hace que vuelva a mirarlo.

—¿Por qué me cuentas esto?

—Eres de los nuestros.

—Yo no soy como ustedes —replico.

—¿No eres eso? ¿Alguien que busca un hogar? —pregunta Libélula.

Ahí está otra vez esa sensación cálida y fría a la vez en mi estómago, en mis pulmones. Porque nunca se me hubiese ocurrido pensarme como alguien similar a ellos, pero al mismo tiempo, lo que siempre he anhelado no es tan distinto a lo que ellos buscan cuando se vayan de allí: el hogar que tanto me prometieron. No solo para mí, sino para las mías.

—Las brujas no somos víctimas, somos sobrevivientes. Tenemos heridas, igual que todos, pero no nos entregamos al miedo ni al dolor. Actuamos pese a ello, permitiendo que lo malo nos haga más fuertes. Hablan de nosotras como si tuviésemos una maldad innata. —Por algún motivo siento la necesidad de justificar las acciones de las mías, tal vez como Ratón me ha revelado el motivo por el que decide no recurrir a la violencia—. Dicen que somos crueles y malvadas. Pero también nos cuidamos entre nosotras, nos defendemos. Actuamos juntas. Hay diferencias, por supuesto. Por eso siempre recurrimos a nuestra líder, para que nos oriente cuando no coincidimos.

—¿Elna era su líder? ¿Les daba esperanzas para seguir? ¿Tú lo hacías?

—A la gente que no tiene nada no puedes pedirle que se aferre a la esperanza. ¿Quién soy yo para hablarles de futuro o de cambios? Los supervivientes no tienen tiempo para ser dramáticos. De lo único que puedes preocuparte es sobre qué vas a hacer para sobrevivir, para pasar tu hambre, para superar lo que te aterroriza. En el segundo en el que te crees una víctima, pierdes.

»Cuando algo malo sucede, quejarse no ayuda en nada. Quejarse es obvio, es aburrido. Vivir intentando conciliar lo que sucede con lo que tú esperas que suceda… Forzar algo o creer que tienes algún control sobre lo que pasa… No le veo ningún sentido. Puedes pasarte la vida entera pensando en lo que no tienes, en lo injusto que es todo, sintiéndote una víctima de lo que sucede a tu alrededor. O puedes transformarte en un superviviente. Puedes adoptar una actitud y acciones de supervivientes: buscar el siguiente paso a seguir, transformarte en la persona que puedes ser.

—¿Sobre qué eran esas diferencias de las que hablas? —pregunta Libélula—. ¿Peleaban por eso?

—Pocas veces peleamos entre nosotras. —Me niego a hablar de las brujas como algo que ya no existe—. Cuando sobrevives, no hay lugar para la competencia. Nos cuidamos entre todas porque si no lo hacemos nosotras, nadie lo hará. Como sobrevivientes creamos nuestro propio mundo, uno en el que nos sintiéramos seguras. El de afuera nos odia demasiado para ser parte de él. Y el mundo que hemos creado solo lo compartimos con las de nuestra propia especie. No hay competencia ni dominación entre nosotras; nada de eso nos llevará a ningún lado. No hay individualismos entre brujas, nos comprometemos con nosotras mismas porque el bienestar del grupo es el de cada una también.

—¿Te gustaría verlas recuperarlo? —añade Luwen—. ¿El que fue su reino?

—Lo que quiero es que sanen… —Cuando las brujas reinaban Alcabrava, nadie se metía con nosotras. Permitían que otras criaturas entraran al bosque, pero las tierras eran nuestras. Elna me ha contado que fue después, cuando las otras criaturas comenzaron a temerle a la oscuridad, que se volvieron intolerantes con nosotras y que fueron finalmente los cambiaformas quienes nos arrebataron el bosque, pero no quiero hablar sobre eso. No sé qué saben Libélula, Sapo, Ratón o Luwen sobre esos tiempos y no estoy con ánimos de averiguarlo justo ahora—. Sé que pueden curarse. Sé que pueden dejar de tener miedo. Eso es más importante que cualquier reino. Es lo que tiene el bosque para nosotras: perdón para nosotras mismas por no haber podido defenderlo en la guerra, promesas, sanación, esperanza. Y libertad. Liberarnos por fin del pasado. De las pérdidas que nos trajo la guerra, de la oscuridad que ha representado la guerra para nosotras.

—Libre no es quien no responde a ningún rey. Libre es quien actúa pese a su miedo. Y tú, Alika, pareces hacerlo bastante seguido.

—Podrán colocarme todas las esposas que quieran —digo, levantando mis muñecas—. No importa en cuántas cárceles me metan. Hay algo que nadie podrá quitarme. Nadie tiene forma de obligarme a dejar de soñar. Un hogar siempre será mi sueño y, cuando lo alcance, daré todo de mí para cuidarlo.

—Tal vez el problema era la idea que tenían de éxito, la idea que tenían de hogar. Tal vez lo asociaban a un lugar, a un espacio —expresa Libélula—. Nosotros tenemos tantos hogares como lugares en el mundo que compartimos. Ten amigos y tendrás un hogar.

Ratón levanta su botella y nos mira a todos. La inclina apenas y dice lo que todos queremos:

—Salud por eso, amiga.

Esa tarde decido que tal vez esas criaturas no sean tan aburridas, ni siquiera el cambiaformas. Tal vez todavía hay esperanza para ellos con la guía adecuada.

CAPÍTULO 32

Nos quedamos en la cabaña el resto del día. Yo estoy tan cansada que solo bebo y engullo cuanto me ponen delante, pero mis compañeros conversan animadamente. Se ríen y bromean de una forma que solo puede recordarme a Elna o a Warmer.

Jugueteo con el collar de mi cazador entre los dedos mientras me pregunto si en algún momento me encontrará, si sabrá dónde buscarme.

Cuando los aullidos comienzan a oírse a lo lejos, Luwen me dice que debemos regresar al castillo, de modo que me coloco la caperuza y dejamos a Sapo, Libélula y Ratón en la cabaña.

El camino hasta el castillo también lo hacemos en silencio. Todo el tiempo procuro que la espada me quede cubierta por los pliegues del vestido o por la capa. El frío y las capas de ropa ayudan. Imagino que Luwen debe estar haciendo cálculos, considerando lo que el espejo le ha mostrado. Yo solo medito sobre la única información que tengo de Elna, sobre lo que puedo llegar a averiguar sobre ella.

Cuando cruzamos el portón de entrada del castillo, vemos a los guardias que están como de costumbre en las torres y en los terrenos, pero me sorprende que no nos crucemos con nadie más. Aparentemente, a Luwen no le llama la atención.

—Todos están reunidos en la sala del trono —me dice, como si hubiese leído mis pensamientos—. Hoy hay una cena especial de la familia y todos en la corte han sido invitados.

—¿Tú no?

—Por supuesto. Pero me he excusado por deberes del heredero.

—Tu padre te deja hacer cualquier cosa, ¿eh?

—Cualquier cosa cuando estoy procurando el bienestar del reino.

—Lo que dijo Ratón sobre las guerras... ¿Qué opinas de eso?

—Coincido con Ratón en todo lo que dijo. Pero si bien no me gusta tener que pelear, no dudaré en defenderme, a mí y a los míos, si alguna amenaza se cierne sobre nosotros. No me enorgullece decir que no soy tan altruista como él.

—Eso quiere decir que no devolverías el bosque en caso de que las brujas ofrezcan negociaciones... —deduzco.

—No es solo lo que yo decida, Alika. Lo sabes. Hay más detrás de eso. —Su tono es pesado y cansado, como si hubiese pensado en eso más tiempo de lo que quiere reconocer—. Los reyes dirigen a su pueblo y deben representar lo máximo posible su voluntad. Nunca pueden decidir solo por ellos. Nadie elige a los reyes para el rol que desempeñan. Es la capacidad de representarlos lo que lo legitima en el cargo.

—¿Incluso aunque lo que quiera su pueblo contradiga totalmente lo que cree el rey?

—¿Tú escucharías a alguien que te fuerza o que te grita porque no piensas lo mismo que ellos? Para conquistar hay que impresionar —replica.

—Tal vez nada impresione más que la paz en medio del odio —digo sin pensar. Tal vez lo que acabamos de hablar en la cabaña ha hecho efecto sobre mí.

Luwen mira por una milésima de segundo hacia el lugar en el que me encuentro bajo la caperuza, pero no dice nada.

Llegamos a la habitación y el cambiaformas abre la puerta. Yo me deslizo dentro y él me sigue. Me quito la caperuza y la dejo sobre el sillón, como todos los días, procurando esconder la espada bajo la tela sin que el príncipe lo note. Me siento junto a ella. Estoy segura de que Luwen va a volver a su escritorio a revisar los libros como hace siempre, pero en su lugar, se sienta en el sillón frente al mío. Toma uno de los libros que están en la mesita y lo abre en su regazo.

—A Libélula le caes bien —comenta.

—¿Hay algo que te haga pensar que a mí ella no? —cuestiono y me siento en el sillón opuesto a él.

—Es difícil decirlo cuando ni siquiera sonríes. Es casi imposible descifrar qué te gusta y qué no, pero, de todas formas, puedo hacerlo. Te brillan los ojos y aprietas la mandíbula, como si te resistieras a sonreír. Por lo general, lo haces cuando pareces estar pensando en cosas lúgubres.

Empieza a pasar las páginas de su libro, distraído, y yo aguardo sin hablar. Tal vez esté buscando información sobre alguna otra forma de usar el espejo.

—¿Te gusta ser princesa? —pregunta después de un rato.

—No importa si me gusta, es lo que soy.

No sé a qué ha venido la pregunta, pero entonces me llega la idea de que Luwen no solo no quiere ser rey, sino que puede que deteste incluso ser príncipe.

—¿No te gustaría ser capaz de no sentir miedo? —pregunta, todavía con los ojos en las páginas del libro.

—El miedo es útil —señalo. Lo digo más porque no sé qué responder a lo que acaba de decirme que por otra cosa—. Permite identificar los riesgos de obrar de una u otra manera. El miedo me espabila, me despierta. No me gustaría dejar de tener miedo. Nunca.

—El miedo es útil, ya lo creo. —Me mira serio, pero con interés—. Siempre en cierta medida. Hay personas que son paralizadas por su miedo.

—¿A qué le temes, príncipe?

—A lo perpetuo —responde Luwen—. A lo que es para siempre. Le temo a dejar de ver o escuchar. A quedarme duro como una piedra. A lo invariable, lo permanente. La vida está cambiando en todo el mundo constantemente y hay tantos cambios que me estoy perdiendo cada vez que me quedo quieto. A veces creo que soy más sensible que otros a esos cambios, que tal vez sea el único que puede escucharlos. Hay maravillas hasta en lo más pequeño y todo está allá afuera, llamándome... Quiero conocerlo y experimentarlo todo. Quiero que se cuenten mil historias sobre mí. Estoy seguro de que sobre ti se contarán unas cuantas.

Pienso en lo que acaba de revelarme. Recuerdo cuánto me gusta pasar desapercibida como una sombra para no perderme nada de lo que sucede a mi alrededor. Luwen, por su parte, tampoco es indiferente a los cambios del mundo. Ha aprendido a cambiar de forma para adaptarse a ellos y, para cambiar de forma, también debe prestarles atención.

Tal vez es la suavidad con la que lo dice o tal vez la intriga que me despierta, pero necesito preguntarlo.

—¿Quién contaría historias sobre mí?

—Soy muy observador —las comisuras de sus labios se quiebran hacia arriba—, al igual que tú, que te has dado cuenta de las diferencias entre tu amiga bruja y yo cuando adopté su forma. Como sabrás, ser observadores nos permite conocer a la gente.

—¿Y qué crees conocer de mí?

—Creo que podrías reír más seguido. Nosotros podríamos ayudarte con ello.

Una vez más no estoy demasiado segura de a qué se refiere. No estoy segura de querer saberlo. Esa última oración resuena en mí y no puedo evitar recordar lo que más me gusta de Elna: su capacidad de reír, no importa lo que suceda. La idea y esa familiaridad repentina que siento hacia el cambiaformas me aterroriza más que cualquier pesadilla.

—¿Qué pasa si las cosas cambian y resultan en algo malo?

—Si es algo malo, puedo irme de ahí también —responde.

—A veces que las cosas cambien no es algo bueno. Las tradiciones se pierden —objeto—. Creo que ser princesa tiene que ver con quedarse, con darle a las mías lo mejor que puedo, volver sus vidas mejores en donde estén, que no tengan que irse a ninguna parte, que no tengan que perder nada y salvar nuestra cultura.

—Quedarse no es para mí. El mundo es abundancia, Alika, y aquí se está secando tanto que me apresa.

Nos quedamos en silencio un buen rato, pero él no vuelve su vista al libro.

—¿Sabes, Alika? Para ser una bruja sedienta de sangre y colmada de desprecio hacia otras criaturas, no estás tan mal. Me siento optimista hoy, así que hasta me atrevería a decir que tal vez podríamos llevarnos bien si nuestras razas no fuesen enemigas mortales.

—Pues para ser un cambiaformas voluble y vanidoso… No, lo siento. Ni siquiera considerando eso. Aunque tal vez me apene un poco matarte algún día.

Por segunda vez desde que lo conozco, Luwen se ríe silenciosamente de algo que he dicho.

—¿Por qué un lobo? —pregunto luego de un rato. Ya que estamos en un momento de sinceridad, quiero averiguar sobre él.

—Los lobos siempre han sido un símbolo de lo misterioso y lo extraño —explica—. Mientras esté en este castillo y en ese bosque, eso es lo que soy: un extranjero, un extraño. Este bosque no es mío. No es mi hogar.

—¿No vas a extrañar nada de aquí cuando te vayas?

—Uno debe aprender a irse de los lugares. Gracias a que nos vamos, podemos encontrar sitios que nos gusten más.

—Todo eso de la independencia está muy bien, pero ¿cuidaste algo antes? ¿Te cuidaron a ti?

—¿Si me cuidaron? —Hace un gesto como si señalara toda la habitación—. Tal vez te perdiste algún detalle de todo esto. Mira todo lo que me han dado. Claro que me cuidaron.

Pero yo no me refiero a esa forma de cuidar y él lo sabe tan bien como yo. Aunque intenta mantener su expresión despreocupada, su sonrisa es forzada. Entonces agrega:

—Creo que te conozco y preguntas algo así, Alika...

—No me conoces —lo corto.

—Tal vez lleve poco tiempo conociéndote, pero la clave de mi arte es saber observar a la gente. Conocerla en poco tiempo para aprender a imitarla.

—Jamás podrías imitarme.

Luwen esboza la sonrisa lobuna que me pone los pelos de punta. Se levanta del sillón y se acerca a mí. Se transforma a medio camino.

Es como mirarme en un espejo. Mi cabello rubio le cae sobre los hombros, enmarcando mi rostro, con mis pómulos rosados y mis ojos azules. No se le ha escapado nada. Ninguna marca de expresión. Ningún lunar o cicatriz. Cada uno de los surcos y pliegues de mis labios, la manera en la que parpadea, todo es mío y lo ha captado perfectamente. Me pregunto qué tan seguido me mirará para haber logrado esa imitación.

Cuando le hablé de habitar el presente me dijo que podría ser una forma de conocer el mundo, pero creo que la suya, la atención, es igualmente buena. Ha imitado todo en mí tan bien que apenas puedo ver la diferencia.

A los pocos segundos vuelve a convertirse en él mismo, pero no se sienta otra vez.

—No se te ocurra volver a hacer eso —le advierto.

—No lo haré si tanto te molesta —responde Luwen, encogiéndose de hombros.

—Estás muy tranquilo hoy. Primero me sacas de esa bóveda, luego aceptas llevarme a la cabaña del bosque, ahora pierdes la oportunidad de fastidiarme. Ten cuidado o creeré que te caigo bien.

—Tal vez así sea. Tal vez que me caiga bien una bruja me convierta en un idiota en lugar de un rey. —Se encoge de hombros otra vez. Luego me mira como si meditara algo sobre mí—. Creo que después de un trabajo tan duro nos hemos ganado un festejo, ¿no crees?

No respondo. Frunzo el ceño, desconfiada.

—Traeré algo para festejar —es todo lo que dice Luwen antes de transformarse en lobo y salir por la puerta.

—Tal vez te convierta en algo mejor que un rey —murmuro cuando él se va. Me lo digo para mí misma, pero de la misma forma que si se lo dijera a él—. Tal vez te convierta en un líder.

CAPÍTULO 33

—¿Chocolate? —pregunta Luwen cuando regresa y me alcanza un bol lleno de pequeñas barras de color negro después de agarrar una para él y metérsela entera en la boca.

Ha traído dos: uno lleno de esos trozos negros y el otro con fresas. Esas sí las conozco. Las he probado en Crepuscilia.

Analizo el bol, curiosa, y tomo una de las barritas. La miro y me la acerco a la nariz para olerla. Tiene un aroma extraño, fuerte. Su aspecto es terrible, no como las cosas que suele gustarme comer. No parece una manzana roja y jugosa ni tampoco un trozo de pan caliente. Es sólido, seco, duro.

—No me digas que no comen chocolate en Ciudad de los Muertos —comenta Luwen mientras mastica vigorosamente su barrita y agarra otra.

—En Ciudad de los Muertos comemos solo lo que logramos robar de Crepuscilia —respondo mientras continúo analizando lo que él llama «chocolate».

—¿No vas a probarlo siquiera? —No aparenta querer perder un segundo en masticar. Parece gustarle mucho y no entiendo por qué.

—Es oscuro —sentencio.

—Porque es chocolate.

—No tiene buen aspecto. Nunca debes comer nada más oscuro que la noche. Tal vez esté en mal estado.

—Creí que te gustaba todo eso de las sombras y la oscuridad —se mofa.

—No para comerlo, Luwen. No es peligroso si lo conoces y es parte de ti, pero suelen ser cosas peligrosas fuera de tu estómago. No quiero imaginar qué pasaría si te lo comes… No, ni lo muerto ni lo oscuro se come.

—¿No comen carne tampoco, entonces?

—¿Escuchas lo que digo? —refunfuño—. Lo muerto es para disfrutarlo frente a ti, no para comer. Menos incluso si lo matas para comértelo. Eso es lo peor. Toda esa energía de violencia y muerte irá a tu cuerpo. No hay forma de que eso sea bueno para nadie. Los humanos comen animales muertos… Entiendo por qué son tan débiles.

—Ya prueba el chocolate, Alika.

Miro al príncipe, recelosa, vuelvo a oler una vez más la barrita y le doy un bocado.

Es dulce. Muy dulce. Demasiado. Me colma el paladar de azúcar y se me escapa una expresión de repulsión.

—¿No te gusta? —Por primera vez desde que lo conozco Luwen parece seriamente preocupado, como si el hecho de que el chocolate me resulte atroz al gusto fuese imperdonable.

—Es demasiado dulce —respondo. Continúo masticando, pero más para no escupirlo que por otra cosa.

—Es chocolate, ¿qué tiene de malo?

—Es… mucho. Muy intenso. Como si quisiese congraciarse con mi paladar y me diera un exceso de estímulos para lograrlo.

—¿No te va el exceso de estímulos? —pregunta Luwen. No estoy segura de si habla solo del chocolate o de si le está dando otra connotación a nuestra conversación. Hay una ligera burla en su mirada.

—Lo intenta demasiado, en exceso. Se siente como un adulador. Como un rastrero de mi paladar.

—¿Seguimos hablando de chocolate? —pregunta.

Su sonrisa lobuna es más amplia de lo que la he visto jamás, incluso con sus amigos. Por algún motivo mi reacción le divierte.

—Pásame una de esas. —Señalo el plato de fresas—. Tengo que sacarme este gusto horrible de la boca.

Las fresas son otra cosa. Me detengo a mirarlas cuando me pasa el bol y su aspecto es increíble. Si las frutas de los cambiaformas saben tan bien como se ven, comerlas debe ser una experiencia digna de vivir con mis cinco sentidos.

Intento habitar el mundo con presencia mientras lo hago. Su carne es roja, perfumada. Sujeto una con los dedos y el tacto es terso. Intento concentrarme en lo que escucho mientras experimento todas las sensaciones. Me doy cuenta de que Luwen ya no está masticando, que la habitación se ha quedado en silencio. Me meto la fresa en la boca. La muerdo y desata todas mis sensaciones. Es jugosa. Tiene el punto perfecto entre ácido y dulce. Cierro los ojos por lo glorioso de la conexión con el momento, por lo que el presente me está dando. Algunos pensamientos cruzan mi cabeza. Los veo pasar, los dejo, tomo conciencia de que solo son pensamientos y, así como vinieron, se van.

—Pareces estar pasándola bastante bien en ese mundo tuyo —comenta Luwen.

Me giro hacia él, todavía habitando el presente. Ni siquiera su voz es capaz de romper el encantamiento que me ha doblegado.

—Si dejaras de engañar a tus sentidos con esa comida de cotillón, tal vez lo entenderías —le digo.

—Es curioso...

—¿Qué cosa?

—Que no sepas relacionarte con el bosque, pero que te lleves mejor con las cosas naturales que artificiales —concluye—. Si hicieras eso en el bosque, ¿no crees que podrías escucharlo?

Me quedo en silencio porque, por segunda vez en el día, acabo de oír algo que nunca se me hubiese ocurrido pensar, que rompe mis esquemas de pensamiento. Una vez más, de boca de alguien que no espero, de alguien a quien consideraba diferente.

Todavía no he terminado de tragar la fresa que tengo en la boca, pero Luwen se levanta para sentarse en el mismo sillón que yo y me mira, deteniéndose en cada rasgo de mi rostro. Yo no puedo evitar echarle una mirada también. Por todos los dioses oscuros, me encierran en una prisión mortal por destruir un mercado, pero a él lo dejan andar por ahí con ese rostro. Eso es lo que debería estar prohibido. Eso sí puede hacer daño.

Que me mire de esa forma no ayuda. Estoy por preguntarle qué demonios cree que hace, pero él se limita a rozar mi labio inferior con el pulgar. Y es lo único que necesita para que mi cuerpo se encienda de deseo, para que los estremecimientos me cubran la piel y para que me llegue una repetición de imágenes en las que me arrojo sobre su boca y le obligo a hacerme su reina de todas las partes de su habitación.

La conexión dura solo un instante. Despega su mano de mí y me muestra el pulgar, que está sucio de chocolate, la mancha que acaba de sacar de mi labio. Se lo lleva a la boca y lo succiona. Creo que podría hacer eso todo el día: verlo chuparse los dedos conmigo.

Sus ojos siguen burlones, pero su sonrisa es la amistosa que ha portado durante toda nuestra conversación.

Está bien, el cambiaformas también puede jugar a provocar.

—¿Sabes? Lo decía en serio —comenta como algo al pasar—. Que podría hacerte reír…

—¿Sabes qué me haría reír? —replico—. Que me quites las esposas.

—Entiendo que no recibiré tu llamada esta noche. ¿Estoy equivocado, reina?

Habla de lo que le dije la primera noche que dormí en su cama. Aquello sobre lo que lo llamaría si quisiera que la calentara para mí.

—No después del numerito que acabas de hacer para intentar seducirme.

Ahora sí se ríe fuerte y no detecto ningún tipo de falsedad en su voz.

—Tú te lo pierdes —me dice.

—No, tú te lo pierdes. No estoy de humor para enseñarte cómo mantener conforme a una bruja.

—Tal vez sea yo quien te enseñe a ti, Alika. Te sorprendería saber cuánto puedes aprender con solo escuchar. Eso si es que sabes prestarles atención a los detalles adecuados.

Se siente como si estuviésemos hablando de algo más profundo. Recuerdo lo extraña que me sentí escuchando a Ratón contar su punto de vista hoy sobre la guerra y también lo que él me ha sugerido hace unos minutos sobre habitar el mundo con presencia en el bosque.

Mientras nos preparamos para dormir, e incluso cuando me recuesto en la cama, pienso que tal vez siempre será así con el príncipe. Tal vez cada oración vaya a tener mil y un sentidos, como sus mil y una caras.

CAPÍTULO 34

Hace muchos años, Elna me llevó a la playa que limita con los acantilados de Yhelm. Recuerdo que me resultó el lugar más extraño que había visto jamás. La arena era acariciada con paciencia por el agua del mar y entendí cómo una piedra puede acostumbrarse tanto al agua al punto de ser amoldada por ella.

Así se sienten los días siguientes que pasan, como piedras acariciadas por el mar.

Recorremos el bosque varias veces más en busca de Elna. No hay señales de ella por ningún lado, tampoco de Warmer. Si ha habido huellas de ellos allí, han sido borradas por el viento, la nieve y el tiempo. Escucho a Luwen hablar con las otras criaturas sobre cómo llegar a la corona. Algunos días me acompaña a recorrer los pasillos del castillo. Yo, bajo mi caperuza, presto atención a las conversaciones, a las noticias. Luwen me lleva una vez más al salón del trono y habla con Talin esta vez, pero no dice nada que me sirva. Por la noche, él y yo regresamos a su habitación. De todas formas, él no se queda demasiado tiempo allí. Va y viene y hay un día que ni siquiera lo veo.

Las pesadillas merman un poco, pero me sigo levantando y miro las estrellas desde el sillón. A veces Luwen también se levanta por la noche, pero comienza a sentarse a mi lado. En algunas ocasiones, me hace preguntas sobre la vida en Ciudad de los Muertos. Hay veces en que yo le pregunto a él y otras que nos quedamos en silencio simplemente sentados uno junto al otro.

Luwen no me pide que le devuelva las pociones y yo escondo la espada de los elfos bajo la cama para que él no la encuentre.

Aquel día me despierto justo para ver a Luwen acomodando algunos libros en la biblioteca antes de cruzar la puerta.

—Tengo que reunirme con mi padre —me dice. Está serio, parece de mal humor—. Cuando vayas a recorrer el castillo, sé cuidadosa. Esta mañana acompañé a varios carruajes de elfos a través del bosque. Se quedarán dentro de la muralla y, seguramente, caminen por el castillo todo el día. Han venido por el baile de esta noche. Tal vez allí averigües algo más sobre Elna.

Me mira con severidad, como para dejarme en claro que no aceptará réplicas a eso. No necesito replicar. No pienso informarle lo que voy a hacer mientras él no esté. Menos pedirle permiso.

—Y, por favor —agrega—, no es necesario que te recuerde que no debes ir al bosque sin mí.

Cuando Luwen se va, no salgo enseguida. Me visto y doy algunas vueltas por la habitación primero. Esta vez no hago destrozos. Repaso con la mirada cada uno de los tomos que están en su biblioteca: *Reliquias a través de los años*, *Vestigios de todos los tiempos*, *Observación de huellas del bosque* y distintos ejemplares más. No hay libros sobre otros temas. Solo volúmenes relacionados con la corona, como si Luwen no se hubiese interesado por algo distinto durante un largo tiempo. Luego analizo los papeles que tiene sobre el escritorio: en todos hay anotaciones sin demasiado sentido.

Sé que el cambiaformas y sus amigos no son tan malos, que los he prejuzgado. Se han ganado mi respeto, pero también sé que las brujas ansían el bosque. Nuestro destino está unido a él. No hay uno sin las otras. ¿De qué forma lo recuperaremos si no es enfrentándonos a gente como ellos?

Medito sobre la respuesta, hasta que algo en mí vuelve a Elna. Como si encontrándola, ella fuese a tener la respuesta a todas las preguntas.

«Primero Elna», me digo a mí misma. Lo que pase después, lo resolveré cuando la encuentre. No puedo perder energía pensando en otra cosa que no sea ella.

Pese a todo, la idea de que toda mi vida he vivido en Ciudad de los Muertos y que Elna en todos estos años no se ha molestado en intentar conseguir nada para las nuestras no me abandona. Sigue ahí. Presiona mi mente como si quisiese escapar. No importa cuántas veces deseche el pensamiento.

No me he tomado las advertencias de Luwen a la ligera. Realmente he escuchado todo lo que me ha dicho sobre el bosque, sobre los peligros que se ciernen allí. De verdad intento entretenerme dentro de la habitación, pero el día es largo y no estoy acostumbrada a quedarme encerrada en un lugar, así que me guardo la navaja en la bota, me ato la espada de los elfos en la cintura y me cubro con mi capa roja.

Abro la puerta y salgo como un vendaval de la habitación. He circulado varias veces por el castillo durante el día, pero hoy los pasillos están repletos de cambiaformas y elfos que van de un lado al otro, como si prepararan algo.

Cuando llego a lo que entiendo que es el comedor, veo que ponen platos sobre la mesa gigantesca que se encuentra en el medio de la habitación. Veo una gran puerta abierta, en el que solo hay varios jarrones enormes cubiertos de flores. Imagino que tiene que ver con el baile que Luwen ha mencionado, al que deberé asistir para investigar sobre Elna.

Atravieso esa habitación también y llego a otro pasillo lleno de puertas; al final de él está la más grande de todas, que parece tener un marco dorado y varias grabaciones en madera. Veo a una liebre pasar corriendo a mi lado y un halcón vuela sobre mi cabeza. De lejos vislumbro a unos cuantos animales más circulando de una puerta a la otra a través del pasillo y también a varias personas. Este sitio está lleno de cambiaformas. Son tantos que podrían llegar a tocarme debajo de mi capa si no tengo cuidado, pero hoy me siento confiada para esquivarlos y, además, a menos que me arriesgue un poco, no averiguaré nada sobre mi abuela.

Así que respiro hondo, me armo de valor y atravieso el pasillo. En unas cuantas ocasiones los cambiaformas se mueven con brusquedad y están muy cerca de tocarme, pero mis reflejos son rápidos. Los esquivo a tiempo y llego a la puerta del fondo lo más rápido que me permiten las piernas.

Le echo una rápida mirada a la puerta de marco dorado y de cerca distingo que las marcas de la madera corresponden a la figura de un ciervo. Su cornamenta es inconfundible. He visto varios dibujos de ciervos en los libros que traía Elna de Crepuscilia para mí cuando era niña.

Miro detrás de mí tan solo un segundo para asegurarme de que nadie le esté prestando atención a esa parte del pasillo. Muevo el picaporte, abro apenas la puerta y me deslizo en ese estrecho espacio.

—… los elfos quieren total independencia de nosotros y Liet no ayuda con sus métodos. Da órdenes sin brindar explicaciones. Órdenes que no parece que sean lo mejor para su gente.

Habría reconocido la voz sin la necesidad de verlo, pero mis ojos van de inmediato a Luwen apenas entro en la habitación. He abierto la puerta de una forma tan silenciosa que no me han oído. Él y el otro hombre que está allí están mirando para otra parte cuando ingreso, así que no se percatan de mi presencia.

El príncipe está sentado en un sillón color bordó con adornos dorados, igual que el marco de la puerta. Lo cierto es que al verlo allí sentado no puedo evitar que algo muy parecido a la culpa me golpee. Por un instante sus ojos se posan en el espacio que ocuparía de no encontrarme bajo la capa y veo pureza en ellos. Algo similar al remordimiento me toca. Siento culpa de no haber confiado en él. He llegado a aquel lugar moviéndome por el castillo camuflada bajo mi capa luego de sus advertencias para que me mantuviera en su habitación.

Luwen sabía que yo iba a intentar escuchar conversaciones que me fueran de utilidad, pero espiarlo a él, por algún motivo, no se siente bien. Además, debo reconocer que tenía algo de razón. Atravesar el pasillo por el que acabo de desplazarme ha sido de lo más tonto, por no decir imprudente. Sin mencionar que el resto del castillo está lleno de sirvientes con los que podría haber chocado fácilmente.

—Eso no es excusa para que te metas en su fortaleza a robar cosas —dice el otro hombre. Este está sentado en el sillón enfrente de Luwen. Me acerco a él para tener una mejor vista y me doy cuenta de que es el calco exacto del príncipe cambiaformas, solo que unos años mayor. La ropa que viste, un traje negro igual que el de Luwen, es de la tela más elegante que he visto en mi vida. Se ve como alguien que no tolera excusas. Se ve como el silencio entre un relámpago y el trueno, como la calma antes de la explosión. Es como saber que algo terrible va a suceder, pero no cuándo.

El rey de los cambiaformas. Varnal. El peor enemigo de las brujas.

—A Liet las cosas se le están descontrolando —dice—. Tiene varios enemigos en la fortaleza. No es momento de hacer cosas así.

—Fue una broma —responde Luwen—. Les devolveré su dichoso espejo si es lo que tanto quieren. No es mi culpa que no tengan sentido del humor.

—Les devolverás todo lo que te has llevado. Ya estás grande para fechorías de ese estilo y no son tiempos. A veces me pregunto realmente qué tienes en la cabeza.

—Solo fue un espejo…

—Liet dice que son más cosas las que faltan. Es una grave ofensa. Hay un objeto de gran importancia que se ha perdido…

—Mienten. Fue todo lo que me llevé. Solo el espejo —insiste Luwen. Entonces se pone de pie y se dirige al escritorio. En el trayecto hacia allí pasa tan cerca de mí que temo que me toque. Apoya los nudillos con los puños cerrados sobre el escritorio y le da la espalda a su padre—. Les crees a ellos y no a mí.

Su padre lo reprime por algo que he hecho yo, pero las reprimendas de un idiota son reprimendas idiotas y el príncipe no debería darle mayor importancia. Lo que me llama la atención es que Luwen no le revele a Varnal el motivo por el que buscaba el espejo. ¿A qué juego está jugando?

—¿Cómo no voy a creerles si eres tú quien hace chiquilladas como meterte en el fuerte de nuestro principal aliado político a robarle?

Luwen resopla y se da vuelta para enfrentar a su padre otra vez.

—No soy Essox…

—Esto no es un juego, Luwen. —Varnal también se pone de pie y se acerca a su hijo—. Sabes bien cómo ha sido siempre nuestro vínculo con ellos: cuando los cambiaformas cerramos candados, los elfos guardan la llave. Nuestra alianza con ellos es tan frágil como la estabilidad de Liet al frente de ellos. Si Liet cae...

—Si fuesen a levantarse contra Liet, ya lo habrían hecho. No tiene sentido que esperen si están disconformes y tienen los números.

—Sabes cómo son los bailes. Ten oídos en todos lados. Es clave averiguar quién entre los elfos está al frente de su resistencia, hay que aplacarla antes de que comience. Y envía guerreros. Que se asienten cambiaformas en las afueras de la fortaleza de los elfos. Así, en caso de que los rebeldes intenten tomar el fuerte, nos enteraremos enseguida. Enviaremos refuerzos.

—Sí, padre.

—Afirmar nuestro dominio en el bosque es más importante que nunca —continúa Varnal—. Con esas bestias dispuestas a atacarnos en cualquier momento, ¿cómo lo defenderemos? ¿Qué has averiguado sobre eso?

—Estoy en eso...

—Confío en ti, Luwen. No me defraudes.

Lo dice con tal rigor y la expresión del príncipe luce tan sobrepasada que, pese a que están planeando estrategias para prever cualquier ataque que pudieran recibir de enemigos como las brujas, me apiado un poco de Luwen. Elna nunca ha sido tan exigente conmigo. Nunca me ha hecho sentir que no estuviese haciendo lo que debía. Más bien fue al revés. Yo le recriminé no iniciar la revolución.

—Estoy haciendo todo lo que puedo —dice Luwen, pero el volumen de su voz es más bajo y ya no mira a su padre.

Varnal parece darse cuenta del malestar que ha provocado en el príncipe. Suspira y se sujeta la sien en un gesto muy similar al que le he visto repetir a Luwen varias veces. Se acerca a su hijo y le pone una mano en el hombro.

—Lo siento, pero sabes todo lo que depende de esto. —Su tono es comprensivo—. Mi promesa sigue firme. Eres el único que puede hacer esto. Hazlo y tendrás tu libertad. Abdica y no vuelvas nunca. Sin embargo, primero ocúpate del reino.

No puedo evitar pensar que esta parte de la conversación no es demasiado distinta a alguna que podríamos haber mantenido Elna y yo. La imagen de Varnal y oírlo hablar de estrategias es suficiente para que todas mis alertas se despierten, pero en ese momento, en la intimidad de su hogar, no es más que un padre pidiéndole que no cometa imprudencias.

No quiero empatizar con él. Quiero odiarlo. Quiero despreciarlo por lo que nos hizo. Decido que lo mejor es observar la habitación.

—¿No piensas decirme lo que has averiguado? —oigo que pregunta Varnal mientras me concentro en lo que me rodea.

—¿Para que te preocupes y me impidas hacer lo mío? —responde Luwen—. Olvídalo, padre.

La última pared llama mi atención. Tiene oro por doquier. Un inmenso bloque. Algunas runas fueron dibujadas sobre su superficie. Me acerco para examinar cada una de ellas. Me resultan familiares. Las he visto antes, pero no sé dónde. En una parte tiene una hendidura de forma redondeada y justo en la mitad la atraviesa una línea que va del techo hasta el piso, como si en algún momento de la historia hubiese estado destinada a abrirse. Contemplo aquella pared absorta por su extrañeza. No me imagino qué puede significar algo como eso en la cámara del rey. Me pregunto si ya se encontraba allí antes, cuando las mías habitaban el castillo, o si fue algo que agregó Varnal por puro capricho. Me pregunto si guarda algún secreto...

Se siente como un secreto. Uno que podría interesarme.

—Ya deja el tema, no insistas —pide Luwen—. Fue nuestro trato. Desaparecen las bestias del bosque y me voy de aquí.

Observo la pared dorada un rato más mientras sigo escuchando la conversación. Luego giro para tener una vista completa del lugar. Si bien la estancia es amplia, no es la habitación del rey, solo una sala de reuniones o un estudio.

Luwen da unos pasos en dirección a la puerta, aparentemente dando por finalizada la charla con Varnal. Su padre lo sigue para acompañarlo. Decido ir tras ellos y deslizarme junto con Luwen del otro lado de la habitación para que no se percaten de que estoy aquí.

—Los invitados deben llegar a las ocho —comenta Varnal—. Irás al fuerte de los elfos para acompañarlos a cruzar el bosque.

—Sí, padre.

El rey abre la puerta y me deslizo fuera. Luwen no sale aún, pero me muevo nuevamente por el pasillo, no sin antes ver cómo pone la mano sobre el hombro del príncipe.

—Feliz cumpleaños, hijo —le dice y ya no escucho más, pues me he alejado demasiado.

No me atrevo a volver atrás. Aguardo un rato pegada a la puerta, solo en caso de que Varnal reciba alguna otra visita en su estudio que pueda interesarme. Nadie llega y permanecer en el medio del pasillo con tantos cambiaformas caminando a solo unos centímetros de mí no parece lo más prudente del mundo. Así que decido salir del pasillo y recorrer otras habitaciones y oír otras conversaciones.

Será una tarde larga en mi búsqueda de Elna.

CAPÍTULO 35

Doy algunas vueltas más dentro del castillo, pero es todo lo mismo. Los cambiaformas de la corte circulan de un lado al otro. Algunos se sientan en distintas partes del castillo y conversan, pero se trata únicamente de cuestiones superficiales. Nada que tenga que ver con Elna, con el bosque o con las brujas.

En un momento dado me distraigo y un cambiaformas, que adopta la figura de una mujer corpulenta, choca conmigo y mira hacia el lugar en el que me encuentro, intentando dilucidar qué la ha golpeado. Pese a ello, me muevo deprisa debajo de mi caperuza. Ella parece desorientada, pero luego creo que decide que ha sido su imaginación y se va de allí.

Decido salir. El castillo está demasiado lleno de gente. Es un riesgo circular por allí, sin Luwen orientándome, y no hay forma de que vuelva a su habitación y me quede encerrada hasta que él regrese.

Atravieso la gran puerta hacia el terreno cubierto de nieve y luego cruzo el portón que conduce al bosque. Como no está conmigo Luwen, debo esperar a que lo abran para alguien más para poder pasar.

El bosque está más muerto de lo que lo he visto hasta ahora. Los troncos cercanos al castillo lucen tiesos, secos. Parecen esqueletos, pero con menos vida incluso. Las hojas muertas cuelgan de sus ramas áridas y si alcanzo a ver alguna flor, esta está marchita.

Me repito una y otra vez qué fácil serían muchas cosas si supiera qué ingredientes tomar. Si pudiese obtener alguno al menos del suelo y de la vegetación, podría fabricar pociones que facilitaran mis tareas.

Sonrío un poco de la simple ocurrencia y doy unos pasos para adentrarme en la arboleda.

Cada tanto encuentro algún tronco que no se ve tan árido, pero sus copas están peladas, sus ramas desnudas y la nieve lo cubre todo. Es lo que más me llama la atención de todo el bosque: el poder interminable del invierno.

Tan apagado, tan vacío. El bosque es algo olvidado, como las brujas. Descuidado y extraviado. Es abandono puro. Corroboro una y otra vez que un lugar así es incluso más inanimado y errante que Ciudad de los Muertos. Estar en el bosque continúa trayéndome preguntas. ¿Cómo se supone que vivir en un lugar así vaya a traernos dicha? ¿Quién volvería el bosque su hogar?

Pienso que tal vez es cuestión de intentar conectar con él, que hasta ahora solo he estado allí acompañada, que la primera vez que me adentré en el bosque lo hice guiada por el miedo y la turbación de alguien que acaba de ver arder el lugar en el que ha vivido toda su vida.

Así que me dispongo a habitar el presente.

Observo a mi alrededor; me detengo en cada color, en cada textura, en cada detalle. Entre las ramas de los árboles, es muy poco el cielo que se deja ver, pero lo que alcanzo a distinguir es celeste, pacífico. Unos cuantos rayos de sol se filtran entre la espesura del bosque. Nieve y hielo por todos lados.

Inhalo la aspereza del frío. Exhalo el vacío de mi corazón carente de hogar. Huele a pérdida, a una vida desabrida que se me escurre entre las manos. Es el aroma del bosque muriendo lentamente.

Abro mis sentidos al tacto y el viento me acaricia las manos. Roza la piel de mi rostro, acartonándolo por el frío. Siento cómo mis venas se estrechan por lo helado del ambiente.

La boca me sabe a nada. La viscosidad de mi saliva es insípida, casi tanto como el bosque en el que me encuentro.

En la soledad de la arboleda cierro los ojos y escucho. Lo que oigo es la ausencia de los aullidos de los lobos. Alguna que otra hoja cadavérica rozando el viento.

«Alika».

Abro los ojos de golpe, pues esta vez he distinguido la voz.

—Elna… —digo y comienzo a mirar de un lado al otro. Me ha llamado. Está aquí. Es su voz.

«Se la llevó al bosque».

—¿Johari? —pregunto y sigo caminando, desorientada.

Johari está muerta. ¿Qué haría en ese lugar? Vi su cuerpo inerte. La vi cerrar los ojos. Mis lágrimas le empaparon la ropa.

«La obediencia guía las acciones de los cazadores».

«Alika».

Las voces se entremezclan mientras me muevo y ya no sé quién me habla. No sé qué busco. No sé cuál es mi camino. Tengo que encontrar a Elna. Me lo repito una y otra vez. Pero allí no hay nada. Solo su voz.

Como si pudiera hacerla visible de aquella forma, me quito la caperuza, pero sigo sin distinguir nada. Solo árboles interminables. Todos secos, todos vacíos.

—Alika.

Alzo la cabeza y allí está.

Elna, alta e imponente, con su boca roja, con su pelo platinado. Más hermosa y fantasmal que nunca. Está tan solo a unos metros de mí.

—Alika —me llama.

—Elna —susurro.

Apenas puedo creerlo. Me parece un sueño. Es la visión de lo inalcanzable, de lo que creía perdido.

—Creí que nunca te encontraría —digo. Siento que los ojos me queman y no me da la vida para alcanzarla. Desearía poder volar, desearía poder teletransportarme para llegar antes a ella.

—¡Alika! —dice alguien, pero no es Elna frente a mis ojos quien lo hace. Lo ignoro.

—Alika —Elna sonríe. Es su sonrisa de tormenta, la que me llena el alma.

—Pensé que te había perdido para siempre —le digo mientras sigo acercándome a ella. Las piernas me pesan y no puedo correr, pero me muevo lo más ágil que puedo.

—¡Alika! —Es esa otra voz. No quiero escucharla. Solo tengo tiempo para Elna.

—Alika —susurra mi abuela cuando estoy solo a unos centímetros de ella—. Te estaba esperando.

Y se transforma.

A Elna le salen unos colmillos feroces y mortales. Son de hierro y están cubiertos de saliva, lloran de hambre. Su cuerpo se hincha, se vuelve más alto, más robusto y se encorva. Se pone en cuatro patas y le salen pelos por doquier y enormes zarpas, también de hierro.

La bestia que hasta hace unos instantes ha sido Elna me mira con voracidad. El apetito está pintado en sus ojos victoriosos.

Retrocedo instintivamente, pero me he acercado demasiado a la criatura por creer que era Elna. Como puedo, saco la espada de mi cintura.

La bestia se abalanza sobre mí. Me tira al piso y el arma se me cae. Ladra y gruñe en mi rostro. Forcejeo, pero es demasiado enérgica. Solo estoy ganando tiempo, no hay forma de que pueda zafarme de una bestia así.

Oigo un bramido y entre tironeos con la criatura que tengo encima alcanzo a ver otras dos que se acercan. Entiendo que estoy perdida, que nunca podré con las tres.

—¡Alika! —Es esa voz de nuevo, pero ni siquiera puedo ver quién está a mi espalda. Solo tengo fuerza para sostener a la bestia antes de que sus dientes se cierren sobre mi cuerpo.

Luwen aparece de algún lado. Se convierte en lobo, más enorme de lo que jamás lo he visto, y embiste a la bestia que tengo sobre mí, apartándola. Yo aprovecho para recoger la espada del suelo y él vuelve a convertirse en hombre y me ayuda a levantarme. Es entonces que ve la espada.

Su mirada perspicaz y la consternación de su rostro me dan a entender que sabe qué es la espada y de dónde ha venido. Pienso que va a decirme algo. Me merezco que lo haga, pero aprieta la boca y antes de girarse hacia las tres bestias que se acercan a nosotros me dice:

—Espero que sepas usar eso.

Vuelve a transformarse en lobo y se lanza contra dos de las bestias. Las empuja a ambas de un solo golpe y las arroja contra la arboleda, lejos de mí. Las criaturas se incorporan, aunque un poco confundidas, y salen disparadas hacia él. Todo se vuelve una confusión de garras, arañazos y mordidas.

Me enfrento a la tercera bestia, a la que hace tan solo unos instantes tenía sobre mí. Me muestra los dientes, furiosa, hambrienta.

Se lanza contra mí y yo blando la espada de un lado al otro para ahuyentarla. Intento clavársela, pero la bestia es ágil y me esquiva tanto como yo a ella.

En algún momento me llega un llanto lobuno y entiendo que deben haber lastimado a Luwen. Por el rabillo del ojo, veo que vuelve a la batalla.

Mi concentración recae solo en la bestia que estoy reteniendo para que no me devore, pero veo al príncipe dar un tarascón a otra.

Por algún motivo, una de las bestias llora también y luego las siento correr hacia el lado contrario a nosotros.

Huyen. El lobo las ha hecho huir.

La criatura que tengo frente a mí sale despedida y ahí está el lobo otra vez. La ha embestido, tal como ha hecho con las dos primeras.

La bestia que hasta hace unos instantes estuvo convertida en Elna mira desafiante al lobo. Luwen le muestra los dientes, interponiéndose entre ella y yo. Veo en los ojos de la bestia que ha comprendido que no puede enfrentarse al lobo y también a mí, que somos dos contra uno.

Entonces se da la vuelta y echa a correr, rendida.

Luwen y yo nos quedamos mirando cómo escapa de nosotros. Estoy segura de que él quiere asegurarse de que se vaya antes de aflojar la guardia, igual que yo.

Solo cuando se pierde el sonido de sus pisadas, Luwen vuelve a convertirse en hombre.

CAPÍTULO 36

La criatura desaparece y Luwen se gira hacia mí. Tiene sangre en el rostro, pero creo que no pertenece a él, sino a las bestias contra las que ha peleado. Su brazo sí parece lastimado. La herida emana sangre. No parece algo descontrolado, aunque debe curarla rápido.

No decimos nada por un rato. Lo único que oigo es su respiración agitada luego de la pelea.

—¿Qué haces aquí? —le pregunto finalmente.

—Regresé a la habitación. No estabas ahí. Te esperé y no llegaste. Temí que hubieses venido al bosque. Pensé que tal vez necesitabas ayuda, y qué bueno que lo hice, pues mira cómo te encontré.

—No —respondo—. ¿Qué haces todavía aquí? Ya me quitaste a las bestias de encima. Ahora regresa a tu castillo, príncipe. Antes de que te desangres.

—¿Qué dices? —inquiere Luwen—. ¡Te salvé la vida! Por tercera vez, Alika. Pero ¿quién las cuenta, no es cierto?

—Fue un momento de debilidad —replico y evito mirarlo. Necesito espacio, necesito pensar. Tengo un nudo en la garganta y, si sigo hablando, me romperé.

Siento sus pasos y sé que se ha acercado a mí.

—¿Estás bien? —pregunta, esta vez con voz calma.

Es él quien tiene sangre en el brazo, pero me pregunta a mí si estoy bien.

—Se veía como Elna. —No sé si intento justificar mi estupidez de haberme servido en bandeja a la bestia o si quiero explicárselo por algún otro motivo, pero las palabras brotan sin querer de mi boca—. Creí que era Elna.

—Una bestia. Fue una especie de ilusión. Nunca hicieron algo así. Es nuevo.

Siento que mi expresión cambia. No puedo. No esa emoción.

—¿Qué pasa?

La verdad me abruma tanto que los ojos se me nublan y no puedo ver. Siento tantas cosas que si me detengo a analizar tan solo una de mis sensaciones, me quebraré para siempre. Luwen se acerca todavía más. Se ubica frente a mí y examina cada detalle de mi rostro. No tolero que nadie vea esa parte de mí, menos aún él, porque es como estar desnuda. Necesito salir de esto o mis sentimientos me desbordarán aquí mismo.

Me doy vuelta y camino en sentido hacia el castillo, pero Luwen está a mis espaldas.

—Alika —dice siguiéndome. No le hago caso. Las lágrimas se me escaparán en cualquier momento y mi corazón está destruido en mil pedazos. Solo necesito un segundo para reconstruirlo. Debo recomponerme.

«Soy una sobreviviente —me digo a mí misma mientras mantengo mi paso firme, oyendo a Luwen llamarme desde atrás—. Soy una sobreviviente. Soy fuerte. No soy una víctima».

—Alika...

Algo me toca el hombro y me paro en seco porque ese contacto es lo que termina por perderme, lo que me saca de mi cabeza y me devuelve a la vida real, a ese mundo crudo y cruel en el que no puedo tener nada de lo que deseo. No puedo tener justicia para los débiles, no puedo tener un hogar para las mías. Y lo único que he tenido siempre, lo único que ha sido la luz en la oscuridad, lo he perdido y nunca lo recuperaré. No tengo a Elna y estoy totalmente perdida.

Quien me ha tocado el hombro es Luwen y él también se ha quedado quieto, desconcertado al ver mi expresión, al tomar conciencia de las lágrimas que acaban de traicionarme y se deslizan por mis mejillas, que hacen que me odie a mí misma cada vez más por mi debilidad.

Agacho la cabeza, intentando esconderme. Pero no hay lugar en el que pueda hacerlo. No con él a mi lado prestando atención a todo lo que hago.

Me siento un animal lastimado, un ser dolido y patético. No quiero que me vean así. No quiero que nadie lo haga, pero sobre todo no quiero que él me vea así. Un cambiaformas, un enemigo.

Sin embargo, su mano es gentil contra mi rostro y yo cedo ante esa leve presión. Él quiere que lo mire y yo, que no puedo caer más bajo, lo hago. Levanto el rostro y nos devolvemos la mirada. Yo, como si lo retara a burlarse de mi vulnerabilidad, de la forma en la que he quedado expuesta frente a él.

—La encontrarás, Alika —dice Luwen—. Todo esto terminará y la llevarás de vuelta a casa. Elna volverá contigo. Ella es tu hogar y haré lo que sea para que la recuperes. No por el juramento, lo haré por ti.

—Estoy cansada de que todo sea tan difícil.

Las palabras se me escapan antes de que pueda retenerlas. La emoción ha terminado por vencerme y yo estoy entregada. En este momento simplemente no puedo ser una sobreviviente. No tengo fuerzas para serlo.

La pena en sus ojos me destruye. No es lástima, sino genuina tristeza por mí. Está compartiendo la infelicidad conmigo. Está sintiéndola como si fuese suya. Me pregunto qué llevaría a una persona a querer hacer suyo un sentimiento tan incómodo y desagradable del que puede prescindir, uno que pertenece a otra persona. A un enemigo.

—Dejará de ser difícil —responde—. Te lo prometo.

Oigo un sollozo y creo que soy yo. Cuando me doy cuenta, tengo la frente sobre su torso y entierro mis lágrimas en su camisa. Quiero resistirme a refugiarme en él, pero Luwen me abraza. Su cuerpo es enorme en comparación con el mío y en ese instante somos uno.

Su brazo sigue sangrando, lo siento húmedo contra mi espalda, y es él quien me está consolando a mí.

Su calor se cierne sobre mí, me calma. Su aroma es reconfortante, limpio. Me agito varias veces en sollozos involuntarios y él se queda ahí, conmigo. Me brinda una contención que he desconocido hasta ahora. Me pregunto si en mi vida no me había permitido quebrarme de esa forma antes porque tal vez no había nadie dispuesto a reconstruir las piezas. Lo que estoy haciendo en este momento es porque una parte de mí está segura de que él lo hará si es necesario. Si yo se lo permito.

—Siento que voy a olvidarla. —Es el temor que necesito pronunciar en voz alta. El hecho de que no nos estemos mirando, de que él todavía me esté abrazando con mi rostro oculto en su pecho, hace la revelación más fácil—. Siento que cada segundo que pasa me alejo de ella y que nunca va a volver y yo voy a olvidarla.

—¿Cuál es el mejor recuerdo que tienes de ustedes juntas? —me pregunta. Su voz contra mi coronilla es grave y dulce a la vez—. Lo que más disfrutas que hagan.

—Volar sobre su espectro —contesto—. Atravesar los cielos sobre él, con ella sentada delante de mí, sujetándome de su cintura.

—Estoy imaginándolas ahora sobre un espectro funesto y macabro, con Elna sentada al frente con una sonrisa retorcida en el rostro, más maligna y lunática que nunca. Y tú detrás de ella, hermosa y arrebatadora, como siempre. Yo no voy a olvidar eso. No hay forma de que lo haga. Si lo olvidas, yo te lo recordaré.

Mi sollozo, entre mezcla de llanto y risa, se vuelve más audible. Estoy conmocionada por lo que acaba de decir, por esa parte de él que me está mostrando. No el despreocupado, sino alguien interesado por quedarse. Y me hace sentir más cuidada de lo que me he sentido jamás.

—Estoy haciendo todo y me siento tan perdida... —confieso. Me avergüenza sonar tan rendida. Odio reconocer en voz alta lo que pienso. Estoy tan deshecha que no puedo verlo de otra forma.

—Encontrarás el camino. Sé que lo harás. —La voz de Luwen es paciente, calma.

—¿Cómo estás tan seguro?

—Porque he viajado por el mundo y porque soy muy observador —explica él—. He visto y conocido mucho, y te lo aseguro, Alika, tienes una fuerza superior a cualquier cosa.

—Di que mientes. —Levanto la cabeza repentinamente para mirarlo. Mi tono es exigente, pero el hecho de que tenga los ojos llenos de lágrimas me quita toda la ferocidad que podría llegar a tener.

Él me sonríe, aparentemente entre enternecido y aliviado de mi repentina recuperación de mi actitud hostil.

—Miento —dice.

Echo una breve mirada a mi capa y no emite ningún tipo de brillo. El duende me dijo que la capa brillaría cuando Luwen reconociera sus mentiras, así que ha dicho la verdad.

Que sus palabras no hayan sido mentira me llena de una emoción distinta. Una que no sé distinguir. No quiero pensar qué es, así que, todavía envuelta entre sus brazos, vuelvo a bajar la mirada. En ningún momento Luwen afloja su abrazo y, pese a que mantengo los brazos a los costados, él sabe que aún no estoy lista para dejar de ser frágil. De alguna forma entiende que necesito una recarga más.

—Si fuese fuerte como tú, no necesitaría esconderme detrás de mis mil máscaras. Todos en el mundo deberían ser un poco más como tú, Alika —dice él. Solo entonces termino de recomponerme. Por fin estoy lista. Me aparto de él y soy más fuerte. Más sobreviviente que nunca.

CAPÍTULO 37

Regresamos en silencio a la habitación de Luwen. En el camino nos cruzamos con un siervo que se transforma en un hombre pequeño con un traje gris apenas ve a Luwen. El príncipe le pide que lleve un ungüento y vendas a su habitación. El sirviente ve la sangre en su brazo, pero no a mí bajo la capa, pese a que son casi del mismo tono de rojo. No hace preguntas, solo una inclinación hacia su superior antes de retirarse.

Apenas llegamos al cuarto, las cosas que Luwen le ha pedido al sirviente ya están aquí, sobre su escritorio, entre todos sus papeles. Me pregunto qué clase de magia permite que los sirvientes se desplacen entre las habitaciones con tanta velocidad para cumplir todos los deseos de los miembros de la corte, si también lo hacen convertidos en animales.

Ayudo a Luwen a ponerse el ungüento en el brazo y la herida desaparece casi por completo. Pienso que se parece a una de nuestras pociones curativas. Tiene el mismo efecto. Me da curiosidad cómo lo han preparado, pero no lo pregunto. Temo que me solicite que le devuelva la espada, teniendo en cuenta que su padre le pidió que devolviera los objetos robados. Por algún motivo, no lo hace.

—No veo a otros cambiaformas convertirse en personas nunca —digo mientras observo a Luwen rodear su brazo lastimado con una de las vendas.

—Por lo general, tenemos afinidad con algún animal en particular, con alguno que hayamos observado lo suficiente como para sentirnos cómodos. Los animales tienen su propio idioma, pese a que nosotros a veces no lo entendamos. Debemos prestarles atención a los animales porque es así como logramos comprenderlos para imitarlos. De todas formas, es difícil y cada uno de nosotros no se convierte en más de un animal.

—Te he visto convertirte en varios y en personas también.

—El poder de la atención, reina.

Pongo los ojos en blanco ante su blanca sonrisa socarrona.

Luwen me dice que faltan pocas horas para el baile, que hay ropa para mí en el cuarto de baño que está junto a la habitación.

La repulsa que siento por cambiaformas, elfos y humanos me lleva a imaginar el baile como algo tedioso, pero es la curiosidad la que le gana a mis emociones. Haré cualquier cosa por averiguar algo más sobre Elna. Incluso hacerme pasar por una criatura tan vil como un humano.

—Alika —me dice Luwen antes de que yo entre en el cuarto de baño y él vaya a prepararse también—. Lleva tu capa. Solo por si acaso.

Apenas cruzo la puerta, veo el vestido colgado en un maniquí. Es blanco, igual que el que me he puesto hace unos días, pero brillante. Me acerco a contemplarlo y me doy cuenta de que tiene cristales diminutos bordados uno por uno. Cada centímetro de la prenda está cubierto de cristales, como si estuviese hecho de vidrio.

Rodeo el maniquí y advierto que en la parte de atrás tiene un tul oscuro que cubre la espalda de color negro, como las sombras. En cierta forma parece una telaraña. Algo dentro de mí se reconforta al pensarlo. Es exactamente como quiero verme entre los cambiaformas: como un lobo en piel de cordero. Una criatura inocente y angelical, pero rodeada de sombras listas para envolverlos en cualquier instante. Me parece tan apropiado y tétrico que sonrío. Me pregunto si Luwen ha encargado adrede aquel diseño para mí.

La bañera está llena de agua y espuma. La temperatura es perfecta y me demoro un rato en limpiarme todo el barro y la sangre en los que estoy envuelta. Luego me seco y me visto. Este vestido es distinto a los otros. Su tela no es pesada, sino sedosa y mortecina. Tengo que usar un corsé y una enagua por debajo, lo que se siente como otro vestido más. Si fuese por mí, iría al baile usando solo eso. Pero el vestido es tan horripilantemente hermoso y la espalda de telarañas me recuerda de tal forma a Ciudad de los Muertos, que me descubro a mí misma con ansias de ponérmelo. Me miro al espejo y tengo que reconocer que el cambiaformas tiene buen gusto. Vista desde el frente, soy toda inocencia, como una nube, pero cuando me doy la vuelta, los retazos desgarrados y el tul me vuelven bruma.

Me peino con una trenza que nace desde un costado de mi cabeza y que la atraviesa hasta el otro lado y luego hasta la punta de mi cabello. Y es eso lo que termina de coronar mi apariencia. Puede que esta noche deba fingir ser humana, pero con la trenza y la puntilla en forma de telaraña nunca me he sentido más yo misma.

Salgo del cuarto de baño y me doy cuenta de que Luwen ya se ha marchado. No debería sorprenderme. Si él es el príncipe heredero, es lógico que todos estén esperando su entrada triunfal al estilo. «Soy el futuro rey de este maldito mundo».

Miro el reloj. Han pasado unos cuantos minutos de las ocho. Recuerdo lo que dijo su padre acerca de que lo esperaban en el *hall* en horario y la forma en la que le deseó feliz cumpleaños. Me pregunto si el motivo del baile es festejarlo.

Me coloco la capa roja sobre los hombros y la caperuza sobre la cabeza. Los zapatos que me ha dejado Luwen son demasiado abiertos para guardar mi navaja, así que abro el armario del príncipe y encuentro algo que parece ser una cinta muy fina de cuero. No se me ocurre qué es, solo puedo pensar que sirve para atar armas a alguna parte, tal vez porque es justamente para eso para lo que la quiero. Rodeo mi muslo con la cinta y sujeto la navaja. Doy unos cuantos pasos en uno y otro sentido para corroborar que no vaya a caerse y, una vez que estoy segura de que está bien atada a mi pierna, salgo de la habitación.

El pasillo está vacío y lo atravieso camuflada bajo la caperuza. Voy hacia la entrada del castillo. Así podré fingir que acabo de entrar desde el exterior, que he bajado de uno de los carruajes que conducen a los invitados desde las casitas.

Cuando llego al *hall*, me detengo a observarlo, pues si bien es la misma habitación por la que he caminado en la mañana, además de las flores y las velas que decoran el lugar, la cantidad de gente, con vestidos y trajes de varios colores hace que parezca un sitio totalmente diferente.

Tanto color me resulta trágico. La mezcolanza de telas, el barullo de voces, el tumulto de personas, todo me abruma. Es demasiado para mi personalidad silenciosa y cauta. Creo que nunca me sentiré cómoda en un lugar así. Por un momento extraño Ciudad de los Muertos. No las tumbas, no los huesos, sino el silencio calmo y pacífico. El mejor amigo de la oscuridad.

Parece que soy la única agobiada por la situación, pues cambiaformas y elfos están por doquier y nadie se ve molesto. Por el contrario, todos sonríen y conversan. Algunos tienen copas en las manos y otros circulan hacia el salón.

Me bajo la caperuza de un solo movimiento, pero no me desprendo de mi capa. Sé que los invitados al baile están distraídos, sé que nadie se ha percatado de que una bruja acaba de volverse visible en el medio del salón. Solo han visto que yo no estaba ahí y luego que sí lo estoy.

No son conscientes de lo que soy. Lo sé porque no oigo sus gritos de horror.

Busco a Luwen en todos los rostros. El príncipe no está ahí.

Un sirviente se me acerca y me ofrece tomar mi capa para llevársela y poder estar más cómoda en la velada. Sé que nadie permanecerá con el abrigo puesto, pero yo decido no quitármela en caso de que necesite volver a subirme la caperuza y volverme invisible. De todas formas, estoy más cómoda con la capa puesta. Siempre estoy más cómoda con ella. Puede que se vea extraño que entre en el salón usándola, pero estoy ahí para investigar sobre Elna. Lo que piensen esos lores y princesas no es asunto mío.

El salón de baile parece todavía más lleno de gente, pese a que se trata de una habitación de mayor tamaño que el *hall*. Los invitados que no bailan se han ubicado alrededor de la pista y los que lo hacen van de un lado al otro con sus parejas.

Simulo que busco a alguien mientras camino entre la gente, pero presto atención a las charlas que me rodean. Quiero saber si alguien menciona a las brujas, quiero saber con quién debería detenerme a hablar.

En uno de los extremos de la habitación vislumbro a Luwen, sentado en un trono junto a su padre. Tiene una corona en la cabeza, una que es muy distinta a la del bosque. El plateado de la corona del príncipe cambiaformas contrasta perfectamente con su pelo. Tiene varias puntas y algunas piedras que desde lejos parecen combinar con los rasgos verdes de sus ojos.

Su porte, elegante y voraz como siempre, lo es aún más sobre el trono, como si fuese una extensión de su cuerpo. Está a unos cuantos metros de mí y, de todas formas, podría oír su belleza estruendosa incluso desde afuera del castillo. Luwen nació para estar sentado allí.

«Ni coqueteos ni miraditas» prometió el príncipe, pero pese a que nos separan unos cuantos metros, su mirada se llena de mí. No mueve nada de su expresión, sin embargo, sus ojos me devoran de arriba abajo en cuanto me ve.

A su lado, su padre está serio. Varnal también está usando una corona muy parecida a la de su hijo, solo que la suya no tiene piedras y es de oro.

En un momento paso junto a un hombre que tiene un pañuelo en su bolsillo. Me llama la atención por lo repulsivo de los colores y por sus brillos chillones y llamativos. Me resulta extraño y burdo que alguien lleve un pañuelo así en su saco, pero también me recuerda a Libélula. Paso disimuladamente junto al cambiaformas y deslizo al pañuelo fuera de su bolsillo y debajo de mi capa. Ni siquiera se percata de lo que acabo de hacer.

—… Ciudad de los Muertos.

Mantengo mi mirada fija en el rey frente a mí, pero lo cierto es que dejo de verlo en cuanto oigo las palabras. Me quedo quieta, absorta en la conversación que transcurre a mis espaldas.

—Los guardias dijeron que todo ha desaparecido. Nada podrá vivir allí jamás —dice una voz femenina muy fina y muy irritante.

—Deberían haberlo hecho hace años —responde otra, grave, profunda.

—Los rumores están por todos lados. Dicen que han sido los nuestros. —Esta tercera voz la reconozco como perteneciente al hermano de Luwen, a Talin.

—Puras sandeces —añade la voz grave—. Sabes que el lugar de los nuestros es la corte y el bosque. Ciudad de los Muertos es tierra maldita, tierra de brujas. ¿Por qué los cambiaformas querríamos acercarnos a un lugar así?

—Tal vez porque es el hogar de nuestras eternas enemigas… —El tono del hermano de Luwen es sugerente. Él cree que es eso lo que ha ocurrido, que han sido los cambiaformas quienes han incendiado Ciudad de los Muertos.

—Tonterías. Ninguno de nosotros se atreve a acercarse a ese aguantadero de huesos —afirma la voz fina.

—Sea como sea, las brujas ya no existen.

—No hay pruebas de eso.

—¿Qué importa, de todas formas?

—Importa porque si las brujas creen los rumores, te aseguro que querrán venganza. —Es la voz del hermano de Luwen otra vez—. Las brujas son señoras de venganza y terror. Si creen que nosotros hemos sido los responsables, te aseguro que habrá guerra.

—Las brujas no tenían nada de señoras y, además, están muertas…

—Si tan solo ha quedado una bruja viva, te aseguro que quebrará la tierra si eso puede darle justicia para sus compañeras.

—Quemaremos a la que ose atacarnos. Enviaremos a las tinieblas que tanto aman a las que se atrevan.

—Nos llevará con ellas entonces —es todo lo que dice.

—¿Baila, *milady*?

Me doy vuelta para encontrarme a un joven que parece tener mi edad. El pelo negro le marca el rostro redondo y los pómulos afilados y sus ojos verdes me recuerdan a los de Warmer. Tal vez sea por eso que acepto y tomo su mano.

—No la he visto por aquí antes, *milady* —comenta el chico mientras me conduce hacia la pista de baile.

—Eso es porque jamás he estado aquí —respondo con toda la soltura de la que soy capaz considerando que estoy hablando con un mimetista vil y rastrero—. Soy humana. Invitada del príncipe Luwen. Me llamo Vera.

—Un placer conocerla, lady Vera. Me llamo Samun.

Intento disimular mi sorpresa al comprender que se trata de otro de los hermanos de Luwen. «El verdadero príncipe heredero» lo llamó él una vez. El que le sigue en orden de sucesión. El que heredará el reino de Varnal cuando Luwen se marche.

Comenzamos a movernos en la pista de baile. Nunca he bailado de esa forma y dejo que él me guíe. Por fortuna, la música es lenta y me da tiempo a adaptarme a cada uno de sus movimientos.

—Me sorprende que mi hermano haya invitado a una humana esta noche —comenta Samun.

—Lo vi en Crepuscilia —respondo—. No me resistí a saludar a su alteza y él creyó que me agradaría venir.

—Una experiencia que todo humano debería vivenciar, por cierto. Mi hermano pasa bastante tiempo en Crepuscilia. Casi tanto como en el bosque, me atrevería a decir.

—¿Qué hace el príncipe heredero en nuestras tierras? —pregunto con fingida inocencia—. Lo hemos visto varias veces y nos honra su presencia, pero es algo que nos da curiosidad.

—¿Lo han visto? Dudo que haya podido identificar al príncipe Luwen ni siquiera la mitad de las veces que va a Crepuscilia, lady Vera. Suele hacerlo camuflado.

—¿Es él quien trae a la corte noticias de nuestra ciudad?

—Así es, lady Vera. Como sabrás, tu rey tiene informantes en todos los rincones de su reino.

—¿También usted sirve de informante a nuestro rey, alteza? —pregunto. Desprecio la última palabra al decirla. Ese joven remilgado no tiene ni un pelo de realeza.

—Así es. Soy de los pocos cambiaformas con la habilidad suficiente para adoptar formas humanas. Es una evidencia de nuestro poder. Solo los más fuertes podemos hacerlo.

Recuerdo lo que me ha dicho Luwen hace tan solo un rato sobre eso. Él nunca mencionó que los cambiaformas más poderosos fueran quienes podían transformarse en personas, lo limitó a una cuestión de atención. ¿Quién hubiese dicho que tenía algo de humildad?

—¿Acaparando a mi invitada, hermano? —dice una voz.

Tanto Samun como yo nos giramos para encontrarnos cara a cara con Luwen. Su traje es el más negro de los que ha usado hasta ahora. Su sonrisa, entre misteriosa y siniestra. Su presencia, orgullosa como la muerte, impetuosa como un susto. La corona sobre su cabeza le da la apariencia más temible que lo he visto portar.

—No es mi culpa que no sepas valorar las cosas importantes, Luwen —responde Samun. Lo hace con cordialidad, pero no me pierdo el resentimiento de su voz—. Abandonas el reino, abandonas a una hermosa dama. Se veía aburrida y sola. Tuve que hacer algo porque parecía que ibas a quedarte a un lado. Es lo que sueles hacer, después de todo.

—En lo que a ella se refiere, no pienso quedarme a un lado a menos que ella lo pida, hermano.

Samun no me ve, está concentrado en Luwen. Pero este sí tiene sus ojos en mí y yo alzo las cejas, incrédula. ¿Qué hay con esa territorialidad?

El cambiaformas se separa apenas de mí y hace una breve inclinación.

—Ya lo sabe, lady Vera. Si busca a algún caballero que pueda protegerla de todo mal, sabe a quién buscar. No se deje engañar por mi hermano. Parecerá poderoso, pero cuando realmente importa, cuando la posibilidad de hacer la diferencia está ahí, él siempre elegirá jugar el papel seguro. Los riesgos no son para cualquiera.

—La última vez que salí al bosque no te vi ahí, Samun —comenta Luwen, como al pasar. La sonrisa ha desaparecido de su rostro—. Será que te quedas aquí encerrado y seguro en el castillo mientras yo ando por ahí cerciorándome de que las bestias no entren a comerte.

Samun da un paso hacia adelante, amenazante, y él y Luwen quedan enfrentados, muy cerca. Pero Luwen ni siquiera se molesta en retroceder, sino que vuelve a esbozar una sonrisa de suficiencia.

—La oportunidad es todo lo que necesito, Luwen. Ya sea con el bosque o con una bella dama. —Retrocede y me mira. Hace una breve inclinación, me toma la mano y posa un suave beso en ella—. Que pase una buena noche, lady Vera.

Luwen tiene la expresión de alguien que desea arrancar tripas. Me doy cuenta porque el sentimiento me es familiar. En cuanto la idea llega a mi cabeza, pienso que me encantaría verlo hacer algo así. Hace tiempo que no veo a nadie arrancar tripas., La idea de sus dedos, fuertes y seguros, entre sangre y órganos, me acaricia la mente.

Samun da media vuelta y, tan rápido como apareció, se va. Entonces me quedo sola con Luwen.

—¿Aburrida, Alika?

CAPÍTULO 38

—No me dijiste que el baile fuera para festejar tu cumpleaños —le digo a Luwen, pero esquivo su mirada. Al hacerlo, vislumbro que unas cuantas cambiaformas me observan de soslayo con resentimiento. Posiblemente, por ser objeto de atención de Luwen.

—¿Me habrías hecho un regalo, reina? No soy muy dado a celebrar mi cumpleaños. Me recuerda que estoy perdiendo mi vida entregando cada segundo a cumplir obligaciones.

—¿Tampoco festejas con tus amigos?

Él acerca su rostro al mío para susurrar la respuesta en mi oído.

—El festejo será cuando encontremos la corona y yo ya no tenga necesidad de estar en el bosque. El festejo será cuando salgamos de aquí. Aunque aceptaría cualquier celebración privada que quieras darme, reina.

La última frase, pronunciada de esa forma tan personal, llega con un estremecimiento involuntario que me recorre toda la columna.

—¿Quieres que te lleve con la gente poderosa en esta fiesta, Alika? —Se aleja apenas de mí—. ¿Quieres ver si dicen algo sobre Elna?

Asiento y él me ofrece su brazo, galante. Lo tomo, aceptando que será parte del acto para poder acercarnos a las conversaciones que en verdad importan en aquel lugar.

Siento las miradas en mi nuca mientras caminamos por el salón, pero sobre todo, percibo la atención de Luwen sobre mí, como si estuviese haciendo un esfuerzo inhumano para no mirarme.

Nos acercamos a un grupo de gente que se está riendo justo cuando llegamos. Se detienen al abrir la ronda para integrarnos a Luwen y a mí. Hacen una breve inclinación, al príncipe primero, y otra a su acompañante.

—Alteza, qué alegría que su padre haya decidido organizar esta reunión —comenta un cambiaformas de la ronda. Tiene puesto un sombrero de una forma extraña y estoy segura de que está usando su magia para transformarse porque es demasiado alto, más incluso que Luwen.

—Siempre es un placer verlo, alteza —agrega una mujer. La reconozco de inmediato. Es la cambiaformas de voz fina que he oído hace un rato hablando con el hermano de Luwen.

—¿Va a presentarnos a su invitada, alteza? —Quien habla es un joven que no solo parece tener la edad del príncipe, sino también rasgos bastante similares. Otro de sus hermanos, posiblemente.

—Vera, te presento al más pequeño de mis hermanos, Satzen —dice Luwen, mirándome—. Estos son los consejeros de mi padre: Sorah y Patnis. —Hace un gesto con la cabeza a la mujer primero y luego al hombre.

—Un placer de verdad conocerte, Vera —dice Satzen, toma mi mano y la besa sin dejar de mirarme—. ¿Cambiaformas?

—Humana —respondo. Sé que hubiese sido más convincente si le hubiese sonreído, pero no puedo hacerlo cuando todo en los gestos del príncipe Satzen despierta mis sentidos de autopreservación.

—¿Y qué podría traer a una humana por aquí, lady Vera? —pregunta.

—Solo Vera —corrijo—. Su alteza fue muy amable en invitarme a su celebración. En la ciudad, todos estamos bastante preocupados por los rumores, y quiso que viera que todo en la corte de los cambiaformas sigue funcionando como lo ha hecho siempre. Por supuesto que transmitiré entre mis vecinos que todo continúa siendo igual aquí.

La mentira sale de mi boca con habilidad, aunque también con antipatía. Por supuesto que los humanos, aferrados a la forma de vida que siempre han llevado, estarían preocupados si las cosas alguna vez fueran a cambiar. Pero todo en la corte de los cambiaformas sigue funcionando igual que siempre: esas criaturas despreciables siguen vanagloriándose en sus lujos mientras otros tienen que luchar para sobrevivir.

Luwen detecta el sentido de lo que he dicho, su sonrisa enigmática me lo revela.

—¿Y qué rumores circulan por Crepuscilia, si me permites preguntar, Vera? —dice Satzen.

—Hablan de una bruja —contesto. No finjo miedo, tal vez sea un error, pero lo cierto es que demasiado esfuerzo me implica estar hablando de esa forma—, una que tiene espíritu de mil tormentas, una que venderá su alma por venganza, una que traerá muerte y revolución.

Patnis y Sorah se muestran escandalizados, pero Satzen en ningún momento cambia de expresión ni deja de mirarme.

—¿De qué bruja estamos hablando? —pregunta Sorah.

Entonces la apariencia de Luwen a mi lado cambia y Elna está ahí, temible y magnífica como siempre. Solo dura unos instantes, pues el príncipe cambiaformas enseguida recupera su imagen.

—¡Pero si es la reina de las brujas! —exclama su hermano—. No debes temer, Vera. Hace varios días que Ciudad de los Muertos fue arrasada. Si hubo algún plan de revolución por parte de su reina, este ha cesado. Tú y los tuyos pueden dormir tranquilos.

No se me escapa que Satzen ha reconocido la imagen de Elna.

—Es un alivio —expreso, pero el resentimiento está ahí. La promesa de venganza está ahí.

—La reina de las brujas estuvo en el bosque hace unas semanas —interrumpe Luwen. Tal vez lo dice para que mi actitud pase desapercibida, tal vez para aflojarles las lenguas, o tal vez ambas—. La vi pasar mientras patrullaba. Yo desconocía en ese momento que se trataba de la reina de las brujas.

Patnis, Sorah y Satzen intercambian miradas entre ellos.

—Una bruja nunca vendría al bosque, hermano —dice Satzen—. ¿Qué haría aquí?

—Tal vez haya habido algo para hablar con nuestro padre. No es necesario que se haya identificado como bruja, podría haberse hecho pasar por algo más. Por una humana, tal vez.

La insinuación me eriza los vellos de la nuca. ¿Acaso es idiota? ¿Lo ha hecho a propósito? Por un momento creo que Luwen está tramando algo. Que quiere hacerles saber a los suyos que yo estoy ahí sin romper el trato, pero una sola mirada a su expresión me hace dar cuenta de que no es así. Solo le divierte ponerme nerviosa.

—Han pasado humanos por la corte —comenta Sorah meditativa—, pero no he visto a nadie con el aspecto de esa bruja.

—Bien. —Asiente Luwen y le hace al grupo una seña hacia mí—. Me disculparán, quiero que nuestra invitada pueda echar una mirada por sí misma al resto del castillo.

Me toma del brazo otra vez y me conduce lejos de la ronda, no sin antes recibir otra inclinación por parte de los consejeros y de su hermano menor.

—¿Adónde vamos ahora? —susurro mientras camino a su lado.

—Tú vas. Yo debo quedarme aquí —aclara—. Mi padre me matará si no hago un poco más de sociales. Puedes aprovechar para recorrer el castillo debajo de tu capa. Todos están aquí. Es la oportunidad.

El tono de urgencia en su voz me da desconfianza. ¿Qué no quiere que escuche de lo que va a hacer ahora?

—Entonces tú te quedas en tu fiesta y yo voy a recorrer el castillo.

—Sí —responde, y seguimos caminando hasta la puerta de entrada al salón, el camino contrario al que hice cuando entré.

Él todavía me mira cuando me coloco la caperuza sobre la cabeza. Desaparecer en medio de la multitud es tan fácil como siempre. Están todos tan concentrados en las conversaciones y las danzas que apenas me prestan atención.

Cuando deja de verme, Luwen se da vuelta y echa a andar por el salón en dirección contraria, pero yo no me voy, sino que lo sigo.

Lo que sea que vaya a hablar ahí, quiero escucharlo antes de ir a recorrer el castillo. Por algún motivo está tan interesado en que me vaya.

No me equivoco.

Se reúne con otro grupo de cambiaformas. Me doy cuenta de que este nuevo grupo está mucho más alborotado y risueño que el anterior. También son más jóvenes y hablan un poco a los gritos, claramente influenciados por el vino que tienen en sus copas.

—¡Alteza! —grita una mujer, toma el rostro de Luwen para darle un confiado beso en la mejilla que me revuelve las tripas.

—Estábamos hablando de usted, alteza —dice otra mujer. No puedo evitar observar que es muy atractiva. Está usando un vestido color rosado que le marca las curvas, que se contonean de un lado al otro. Agita sus largas pestañas de una forma muy dramática mientras se ubica junto a Luwen. Ver cómo le pone la mano en el pecho, en señal de saludo, me genera una sensación desagradable.

Luwen dirige una sonrisa seductora a ambas mujeres. «Patético», pienso, pero lo cierto es que no sé por qué me incomoda tanto verlo con ellas.

—¡Eh! ¡El agasajado! —exclama un joven rubio, y también se acerca a Luwen. Le pasa un brazo por los hombros y sostiene una copa de vino en la otra mano—. Hace rato que no te vemos, alteza. ¿Por dónde has estado?

Miro toda la escena desde un costado de la ronda, cuidando de que nadie a mi alrededor me toque.

—He tenido cosas que hacer —responde Luwen—. Unas cuantas cuestiones en el bosque me han mantenido ocupado.

—¡Ey, no pienses que no nos interesan las cuestiones del bosque, alteza! —exclama otra cambiaformas de vestido verde—. Fui de las últimas que dejó de salir del castillo, pero con esas bestias... Bueno, entenderás que todos tenemos miedo.

—¿Por qué el rey le ha asignado esa tarea, alteza? —pregunta la mujer del vestido rosado, moviendo sus pestañas con vigor otra vez—. Es lamentable tener a nuestro príncipe tan ocupado... Extrañamos verlo por aquí.

Ha dormido con él.

La evidencia está ahí, bailando en mi cara. Esa cambiaformas arrastrada ha dormido con Luwen y quiere volver a hacerlo. En mí se despierta un instinto asesino que no tiene nada que ver con el hecho de que sea una cambiaformas, sino con que Luwen se ha deshecho de mí para ir a hablar con ella. Porque yo no soy nada para él. Solo su enemiga, aunque mi inconsciente me haya estado diciendo que tal vez sea más que eso, que tal vez seamos mejores que eso.

Quiero golpearme al instante.

«¿Qué te pasa, tonta? Concéntrate», me digo a mí misma.

—El rey entiende que soy el único que puede hacerlo —responde Luwen, todavía sonriendo.

—¡Es tan valiente, alteza! —exclama la cambiaformas de las pestañas largas.

«Y tú, tan rastrera», pienso.

—¿Todavía haces el trabajo con esas criaturas andrajosas, alteza? —pregunta el cambiaformas de pelo negro—. ¿Esos que lo acompañaban en sus viajes?

No se me escapa la tensión repentina que esas últimas preguntas han despertado en el príncipe, y entiendo que el joven se refiere a Libélula, Ratón y Sapo.

—¿Criaturas andrajosas? —Su tono es duro. Da a entender que no tolerará que se diga nada malo sobre sus amigos.

—Lo lamento, alteza —se disculpa el joven rubio. Es exagerado en sus movimientos y bebe un poco más de su copa—. Entiendo que le has tomado cariño. No pretendía ofender el criterio de su alteza.

—Los amigos de su alteza no son como el resto de las criaturas —agrega la cambiaformas de pestañas largas—. Cuesta aceptar a otras bestias dentro de nuestra corte, pero tal vez eso tampoco sea lo que su alteza necesite. Lo importante es que su alteza pase su cumpleaños con quienes merece…

Los otros cambiaformas son quienes hablan, pero mi mirada está fija en Luwen. Es de nuevo lo que ha sucedido tanto con sus amigos como en el salón con sus hermanos: el príncipe se mueve como líder. Los demás lo saludan como si lo fuera, pero él no opina. Deja que los demás se debatan a su alrededor mientras él no hace nada. Veo en su expresión que está en desacuerdo con todo lo que dicen. Que oír a sus pares hablar de esa forma de otros seres no solo le produce rechazo, sino que le duele.

Sé que el príncipe cambiaformas no dirá nada. Oirá las opiniones de quienes lo rodean. Tomará nota de sus comentarios y luego se irá, sin dejar huella de su participación en la conversación. Es el único que sabe, el único que entiende lo que significa escuchar y tolerar y, sin embargo, es el único que no dice nada. Será tan sombra como yo en esa conversación. Tal vez esté tan solo en ese castillo como lo estoy yo.

—Sabes que no le doy importancia a mis cumpleaños —dice Luwen.

—Sé que tuvo que compartir la fecha por muchos años, alteza —responde la cambiaformas de vestido rosado—. Siempre cuenta conmigo para ahogar sus penas en caso de que lo necesite...

Luwen sigue sonriendo mientras los otros hablan, pero yo veo el pesar y el golpe repentino en sus ojos con esa última frase. Entonces lo entiendo: este día también habría sido el cumpleaños de Essox.

Solo puedo pensar en esa mañana, en el momento en que me abrazó mientras lloraba, y sé que se siente tan solo como yo lo hice en ese instante. Quiero hacer algo por él, aunque ese algo sea únicamente que se sienta menos solo en esa conversación. Se lo debo.

Así que, todavía debajo de mi caperuza, me acerco a él. Los cambiaformas siguen conversando entre sí y él no aparta la mirada de ellos ni tampoco hace ningún comentario, pero yo le tomo la mano.

Eso es lo que necesita en ese momento. Una amiga. Un hogar. Aunque tan solo sea por unos minutos para darle fuerzas y que pueda seguir cumpliendo con la carga que han colocado sobre sus hombros.

Me pongo lo más en puntas de pie que puedo, como para que mi boca quede lo más próxima a su oído posible, y con un leve susurro digo:

—Respira y tendrás tu hogar.

Sé que siente mi mano sobre la suya, que entiende a qué me refiero y, de alguna forma, percibo su gratitud. Desconozco en qué momento se ha dado cuenta de que yo estoy aquí, pero sabe que soy yo, y él es tan cuidadoso con su expresión que en ningún momento revela sorpresa alguna. Solo deja que le tome la mano.

Yo me quedo junto a él. Por ese instante somos amigos. Por ese instante somos aliados.

CAPÍTULO 39

Cuando el grupo cambia de tema, le suelto la mano y me voy. Creo que no quiso ocultarme nada antes, sino que fue sincero cuando me dijo que quería que aprovechara para recorrer el castillo, así que eso hago.

Las siguientes horas me escabullo entre pasillos. Memorizo cada centímetro que mis pies tocan, me adueño de cada detalle y de cada sonido, me hago una con el castillo. Recorro habitaciones, salones y despachos. Subo escaleras y me asomo por ventanas. Sin embargo, no hay rastro de Elna.

Llevo mis pasos hacia atrás y luego adelante, y termino por regresar al *hall* de entrada por tercera vez esa noche. Todavía hay unas cuantas personas, las suficientes como para sentir confianza de quitarme la caperuza sabiendo que no van a darse cuenta de mi aparición.

Podría regresar a la habitación de Luwen, pero vuelvo a entrar en el salón, ya sin la caperuza.

No veo al príncipe por ningún lado, pero algunos elfos y cambiaformas siguen bailando en el medio de la pista mucho más desinhibidos y risueños que hace unas horas. Es como si el vino hubiese hecho efecto en todos ellos. El ambiente se siente más relajado y más ruidoso que antes. Camino entre ellos. Nadie me presta atención, están demasiado ocupados riendo y conversando.

Cuando paso por una de las puertas que da a los balcones, veo a Luwen del lado de afuera. Está solo. Tiene los antebrazos apoyados en la baranda y la manera en la que mira la luna creciente en cierta forma me recuerda a las noches en las que me sentaba en mi lápida preferida a observar el cielo desde Ciudad de los Muertos.

Se ve más solo que nunca, casi tanto como en el medio de la multitud hace unas horas. Creo que es la misma parte de mí que le tomó la mano en ese momento la que me impulsa a acercarme a él y a apoyarme sobre la baranda de la misma forma que él lo hace. Me mira brevemente.

—Gracias por eso —dice. Comprendo que se refiere al momento en el que le agarré la mano bajo mi capa roja.

—¿Es por eso que quieres irte? —pregunto—. ¿Crees que no serás tan buen rey como lo habría sido tu hermano?

Luwen suspira.

—Él siempre fue el mejor en todo lo que hacía. Nunca estaré a la altura de lo que él habría sido —dice casi en un susurro.

—Es decir que estás tan aterrado que prefieres pretender que nada de lo que suceda aquí te importa. ¿Por eso ni siquiera vas a intentar ser rey?

—¿Y a ti qué más te da si quiero serlo? —espeta—. ¿Por qué te importaría lo que suceda con el trono de los cambiaformas?

—Me importa todo lo que contribuya a un mundo mejor...

—¿Que yo esté en el trono te parece que hará que el mundo sea mejor?

La pregunta le sale con incredulidad.

Me doy vuelta para quedar frente a él. Intento abstraerme de la forma en la que el traje negro de esa noche se ajusta a su cuerpo, pero no puedo evitar mirarlo. Su aroma a algo terroso y cítrico no ayuda.

—Si puedes detenerte a escuchar a otros lo suficiente para querer cuidarlos y ayudarlos a crear un hogar, lo es.

Su respiración se altera, como si hubiese preferido oírme responder simplemente *no*.

—No puedo cuidarme ni a mí mismo —replica—. ¿Cómo podría cuidar a alguien más?

—Estuve rompiéndome en pedazos los últimos días. Estuviste ahí, y creo que fue por eso que no me rendí. ¿No es eso cuidar a alguien?

—¿Estás intentando convencer al heredero de tu enemigo para mantener el trono que es de las tuyas, Alika? —Baja su rostro para ponerse a mi altura y se acerca todavía más a mí al decirlo, como si quisiera descifrar si le miento.

—Estoy intentando mostrarte que el hogar que quieres, el que quieres buscar lejos cuando viajes, puedes crearlo en cualquier parte. Estás en contra de las desigualdades. Escuchas a otras especies. No permitirías que los humanos hicieran diferencia entre sus individuos. Esa es una forma de crear un hogar.

—Ni siquiera sabría por dónde empezar para solucionar eso —confiesa Luwen. Se encoge de hombros, pero la tensión de su cuerpo me demuestra que no hay nada que le importe más que eso.

—Hay mucha gente que sí lo sabe y no tiene la posibilidad de decidir. Mira a Libélula. Tú no tienes por qué saberlo todo. Pero puedes escuchar, puedes darles voz a quienes lo saben, puedes hacer que otros se escuchen, puedes trabajar en equipo, hacerlo junto a tus amigos. Eres bueno en eso.

—Las veces que intenté que se escuchen otras voces… Una vez quise que mi padre hablara con Libélula y Ratón. Quise invitarlos para que tuvieran la oportunidad de venir a la corte, de dar otros puntos de vista entre los asesores de mi padre, que son solo cambiaformas. Mi alegato a favor de ellos fue muy malo. ¿Qué sé yo sobre ser rey? Soy terrible haciendo política.

—Tal vez no seas terrible —propongo y, cuando Luwen alza las cejas, agrego—: Tal vez solo seas nuevo. Aceptar que la vida a veces tiene caminos lentos también es una gran magia, Luwen. Disfruta el viaje. Sabes lo que quieres. Si te atreves a ir por eso, seguramente lo alcanzarás. Puedes ser un maldito cuando se te mete algo en la cabeza para traer bienestar a la gente... Como la corona del bosque, por ejemplo. Eres capaz de negociar con una bruja por eso. Solo tienes que aprender.

—¿Crees que no veo la decepción en todos ellos? —pregunta con tono rendido—. ¿Del rey que deberán tolerar? El rey que jamás seré.

—¿Sabes siquiera quién eres ahora?

—¿Quién?

—Te la pasas convirtiéndote y cambiando de forma, y eres muy bueno en eso, pero creo que te conviertes tanto que te has olvidado de quién eres de verdad. Te amoldas tanto a todos los demás, te acomodas tanto a lo que necesitan otros, pero ¿sabes quién eres? ¿Qué te gusta? ¿Qué disfrutas?

—Creí que tú eras la que decía que cuando sobrevives no tienes tiempo de sentir... Tal vez tenga todo a mi disposición para vivir, los lujos y las comodidades, pero eso tiene un costo. Todo lo que tengo no es gratis. Viene con cargas y responsabilidades, con el deber de traer una vida mejor para quienes me siguen. Por eso quiero irme. Por eso quiero otra vida.

—¿Alguna vez has dicho *no*? ¿Eres capaz de decir *no*?

Luwen solo me mira. La luz de la luna se asienta sobre sus rasgos, lo hacen ver más lobo de lo que lo he visto jamás. Su presencia a mi lado me atrae incluso más que los aullidos de todas las noches. Sin embargo, también es vulnerable y su rostro está más desnudo que nunca. Esta vez es solo él. No puedo descifrar su expresión.

—Decir *no* no es malo, Luwen. No significa que seas una persona egoísta. Cuando no rechazas a algo que disgusta, te estás negando a ti mismo. No es que te falte opinión, sino que te amoldas a la de los demás porque crees que la tuya no importa.

—Mi padre y mis hermanos no son perfectos, pero hacen lo mejor que pueden y no quiero pelear con ellos.

—Decir lo que piensas no es pelear —repongo—. Es solo eso: decirlo. Algunos no estarán de acuerdo. Pero al expresarte no les estás imponiendo nada, solo les permites a otros saber qué pasa por tu mente.

Luwen no responde. Nos quedamos en silencio por un rato. Soy yo la primera en romperlo:

—¿Sabes? Entre las brujas, si bien hay puestos y cada una de nosotras cumple un rol según su rango, Elna escucha lo que pensamos. Su consejo está formado por las líderes de los aquelarres y ellas no dudan en dar su opinión. Debatimos juntas, no pensando en lo que nos conviene en la individualidad, sino para que todas las brujas construyamos juntas. Muchas veces opinamos distinto, pero eso está bien, porque también es parte de la vida y no todos tenemos que opinar igual. Me gusta saber qué piensan mis compañeras. Si no me contaran lo que piensan sobre las decisiones que tomamos, todas estaríamos perdiendo al fin y al cabo. Sería un punto de vista que no se escucha. Uno que tal vez podría ser la diferencia entre salvarnos o perdernos.

»Tu opinión sí importa y tu padre valorará tenerla. Estoy segura de que si les preguntaras, todos dirían que prefieren conocer tus puntos de vista en lugar de que solo te amoldes a los suyos. Les niegas la posibilidad de ser tú mismo con ellos, y eso es injusto. Se lo niegas a ellos y te lo niegas también a ti. Una cosa es ser humilde y otra cosa es infravalorarse. Los demás no valen más que tú solo porque quieras procurar su bienestar. Tus decisiones y opiniones no solo importan, son necesarias.

—¿Qué puedo tener yo para decir que sea más importante que lo que dice mi padre? ¿Cómo sabes que aprenderé a ser rey?

—Te diré esto, príncipe, y más te vale que lo grabes en tu mente y no lo borres jamás. Olvidarás que fui yo quien te lo dijo. No quiero que se sepa que voy por ahí dando consejos a cambiaformas... Si buscas certezas, nunca las encontrarás. Cualquier seguridad que creas tener, incluso dentro de un castillo, es una mentira. La única seguridad en esta vida es que no hay seguridad. En nada lo hay. A veces las cosas saldrán como quieras, y otras, no. Algunas veces saldrán aun mejor. Las situaciones más inesperadas son las que dejan enseñanzas que nunca imaginaste que necesitabas. Lo más divertido de lo inesperado es que puede encontrar oportunidades en todo. Aceptar que la incertidumbre estará en cualquier cosa que hagas y confiar en que podrás abrir el corazón y volverte mejor persona pase lo que pase, ese es el verdadero poder. Cuando aprendes eso, entiendes que no necesitas nada, no realmente. Que lo que llegue será lo mejor.

—Toda una sobreviviente —señala Luwen—. Pareces saber sobre esto.

—Entiendo lo que te pasa cuando te comparas con tu hermano. Es lo que me pasa cuando me comparo con Elna. Ella es una tormenta. Un cataclismo. Se llevará por delante todo lo que atente contra quienes protege... Cuando el consejo toma una decisión, ella nos impulsa para seguir el plan. Una vez acordamos robar calderos de un mercado para poder preparar pociones y curar a un grupo de brujas que habían enfermado. Elna propuso buscar calderos en otra parte, pero las líderes de los aquelarres votaron y acordamos robarlos. No era lo que Elna quería hacer, pero una vez que el consejo tomó su decisión, ella no dudó. Nos guio por los cielos hasta el mercado y todas nos lanzamos sobre él. Solo verla actuar con tanta valentía y, sin duda,s es un ejemplo para nosotras. Ella nació para ser reina, no yo.

—¿Tú te crees insuficiente para ser reina? —lo pregunta de forma tal que me hace sentir una oponente digna, más que capaz de vencerlo, y eso me complace, pero también me hace sentir más fuerte de lo que nadie lo ha hecho—. Alika, la visionaria, suena como un gran título para una princesa.

—Siempre he sido una sombra. Mi destino es que no me vean, que me olviden.

—El que no te vea debe estar loco. No hay forma de que alguien pueda olvidarse de ti.

El aire se me atraganta en los pulmones. Me deja sin palabras. Levanto la vista para mirarlo y sus ojos tienen una intensidad tal que creo que mi corazón ha dejado de latir por un instante.

—¿Por qué sigues diciendo esas cosas? —pregunto luego de unos segundos. Por algún motivo, no puedo dejar de mirarlo.

—Porque son verdad —afirma Luwen, encogiéndose de hombros—. Me ha dado la impresión de que no te gustan las mentiras. Y estoy cansado de cometer errores.

Mira hacia abajo, como si quisiera cortar la tensión, como si temiera incomodarme, pero no me ha incomodado para nada y quiero que vuelva a mirarme.

—Tal vez yo sea tu próximo error —digo de forma sugerente y consigo lo que quiero. El príncipe vuelve a mirarme y con su sonrisa lobuna de nuevo en su rostro me responde:

—Tal vez seas el último.

Lo dice como si firmar su sentencia de muerte para satisfacer nuestros deseos no fuese tan mala idea.

—¿Sabes? Me intriga qué hace tu capa roja cuando alguien te reconoce una mentira. Podría decirte unas cuantas, pero deberías preguntarme si te estoy mintiendo.

—No voy a jugar con mi capa —aclaro. No soy capaz de distinguir si hay trampas en esta conversación, pero casi sonrío al recordar las veces que lo increpé para que me confesara sus mentiras.

—¿Vas a contarme algún día quién fue el hombre que te dijo que no? —suelta el príncipe como para cambiar de tema.

—Fue mi cazador —concedo.

Parece meditarlo un instante.

—Creí que las brujas forzaban a sus cazadores a tener relaciones con ustedes cuando querían perpetuar su linaje.

—Ninguna de nosotras forzaría a nadie a yacer con nosotras. No hace falta. Nunca. Te insinúas un poco a los hombres y estos caen rendidos a tus pies.

—No tengo dudas. Y tu cazador...

—Yo nunca le haría algo así a Warmer.

—¿Alguna ha formado pareja con su cazador?

—Es raro que las brujas tengan parejas —comento—. No estoy al tanto de que ninguna de mis compañeras la tenga. El hecho de que hayamos sido tan aisladas influye. Las otras criaturas nos temen, pero siempre hay hombres dispuestos a tener relaciones con nosotras. Vamos a Crepuscilia sin llamar la atención acerca de nuestros poderes y nos presentamos ante hombres que nos atraen. Ellos al principio nos temen, pero cuando comprenden qué estamos buscando no se resisten. Las brujas nos vemos atractivas ante los ojos humanos. Si alguna de las otras brujas tiene alguna relación que vaya más allá de eso, lo ignoro.

—¿Pueden enamorarse?

Estoy a punto de decirle que eso es ridículo, que como sobrevivientes no hay tiempo que perder en algo tan estúpido como el amor, pero pienso en Johari. Pienso en sus últimos momentos antes de morir y en la forma en que llamó a mi madre.

—Sí, sí podemos.

Luwen parece meditar algo durante un rato. Luego vuelve a hablar.

—Tu cazador merece la espera, entonces.

—Warmer es...

Las palabras no salen de mi boca. No pueden cuando me doy cuenta de cuánto extraño a Warmer, de cuánto extraño a Elna. Pienso en lo que harían ellos si estuviesen allí conmigo, en lo que dirían. Su ausencia me duele y me pesa. Me pregunto si alguna vez las cosas volverán a ser como antes.

—Así que, ¿los cambiaformas sabemos organizar una fiesta o qué? —pregunta el príncipe, como si intentara distraerme.

—Esta fiesta es lo más lamentable y aburrido que he presenciado en mi vida —señalo.

—Eso es porque el único cambiaformas con el que has bailado ha sido mi hermano, reina.

—Dudo que seguir bailando con cambiaformas vaya a aliviarar mi aburrimiento.

Siento su atención sobre mí. Cuando lo miro, el príncipe mueve ligeramente los hombros en un baile tan ridículo que las comisuras de mis labios me traicionan.

Así, tan fácil, la sonrisa se me escapa. Dirijo mi vista al cielo, pero me doy cuenta de que no quiero borrarla, de que no me avergüenza que haya sido él la causa de ella.

—¿Quién iba a decirlo? Las brujas sí pueden reír —dice Luwen y sonríe como si le hubiese hecho el mejor de los regalos—. ¿Quieres que volvamos a la habitación?

«Cuídate del hombre de una y mil caras».

Asiento y, esta vez sin colocarme la caperuza, camino a su lado mientras atravesamos en silencio la sala, el *hall* y luego los pasillos. Me recuerdo que no puedo permitirme el lujo de sentirme a gusto con él. Me recuerdo que su sueño es irse, viajar, y que el mío es quedarme para siempre, recuperar el hogar que a las brujas nos pertenece. Me repito lo que debo hacer. Pese a todo lo que ha sucedido, a todo lo que he perdido y a todo lo que está en juego, por algún motivo me duele caminar a su lado sabiendo que su compañía tiene los días contados.

—Por cierto... —agrego antes de llegar a la habitación—. Feliz cumpleaños, Luwen.

CAPÍTULO 40

Cuando llegamos a la habitación del príncipe, me quito la capa roja y la apoyo sobre la cama. Me saco el vestido en un solo movimiento y me quedo solo con el corsé y la enagua. Luwen está ahí conmigo, pero no me siento cohibida vestida de esa forma. No estoy acostumbrada a las prendas tan voluptuosas, de modo que es como un segundo vestido.

La noche, lo que oí de boca de los cambiaformas, la pelea con la bestia, todo me ha dejado agotada.

Estuvimos solos en el bosque esa mañana, lo estuvimos en el balcón hace un rato y lo hemos estado todas las noches en esta misma habitación desde que llegué al castillo, pero por algún motivo, encontrarme sola con él después de nuestra última conversación se siente extraño.

Y, además, me siento sola. Lo he hecho desde que Elna desapareció. No obstante, esta noche me resulta insoportable.

Le doy una ligera mirada. Se ha acercado a la biblioteca y está contemplando los libros como si buscara algún volumen en particular. Está más atractivo que nunca. La camisa le marca los músculos de la espalda y su cabello negro luce ligeramente despeinado por el viento. No hay forma de que duerma junto a él dándole la espalda luego de lo que ha sucedido hoy, de las cosas que nos hemos dicho.

Me digo a mí misma que tal vez sea cuestión de sacarlo de mi sistema. Sé muy bien qué haría en una circunstancia así si estuviera en Ciudad de los Muertos, si la vida aún fuese como la he conocido hasta entonces. Cruzaría el Puente de los Suspiros y me habría ido a Crepuscilia a buscar algún hombre que me gustara lo suficiente como para permitirle entretenerme.

Se suponía que usara la atracción que Luwen siente por mí para que me quitara las esposas. Tal vez solo quiera darme excusas a mí misma, pero estoy cansada de no hacer lo que quiero. Aunque sea solo por hoy. No termino de entender qué es el sentimiento que me mueve a desearlo con más intensidad esta noche, pero son demasiadas batallas las que debo pelear, demasiados frentes. Resistirme a él se ha vuelto la más difícil y estoy cansada de luchar.

Creo que de alguna forma se ha dado cuenta de que lo estoy mirando, porque se da vuelta y me devuelve la mirada. Comienza siendo idéntica a la comprensiva y paciente que me ha dado hace un rato, pero instantáneamente se convierte en una primitiva. Una que intenta disimular, aunque sin éxito.

—¿Sí, Alika?

—No he dicho nada —respondo, aunque sigo observándolo, desafiante. Soy consciente de la provocación que tengo pintada en los ojos, pero quiero dejar de sentir esta tensión y sé lo que necesito para hacerlo.

Luwen se acerca a mí más rápido de lo que espero y, cuando quiero tomar conciencia de lo que estoy haciendo, lo tengo frente a mí. Si en algún momento tuve alguna duda, acaba de evaporarse, pues su expresión se parece más que nunca a la de un lobo, tan salvaje y voraz como los aullidos que me han tentado cada noche desde que tengo memoria.

—Creí que habíamos acordado evitar las miraditas y los coqueteos. —Su tono es más perverso de lo que lo he creído capaz. Su boca me roza el lóbulo de la oreja, pero solo me toca su susurro—: ¿O será este tu llamado, reina?

El anticipo me recorre la piel y se extiende por mi columna vertebral con una corriente adictiva que me sacude y así, tan fácil, con una simple pregunta, me ha convertido en fuego.

Necesito que me toque. Necesito sentir su piel sobre la mía. No una caricia, ni un roce, sino un agarre salvaje y carnal.

Me alejo apenas para mirarlo, sin separarme del todo de él, y con los ojos fijos en los suyos, como una invitación, le respondo:

—Averígualo.

Entonces su mirada se posa en mi boca, más codiciosa que nunca, y en ese preciso instante sé que lo tengo donde quiero. Me inclino todavía más cerca de él, casi rozando sus labios. Si Luwen quería una tregua, no imagino que ningún enemigo pueda hacerle un ofrecimiento más generoso que el que yo le estoy haciendo. Me estoy ofreciendo entera a él.

Veo que su expresión alterna entre la rendición y el autocontrol, como si librara alguna batalla interna, hasta que finalmente sus labios tocan los míos.

Y el mundo se detiene.

Porque el beso que me da es uno capaz de romper cadenas. Tan lento como el amanecer, como si tuviera todo el tiempo del mundo; pero intenso como una tempestad, dispuesto a entregármelo todo.

Luwen me atrapa en su boca y me hace sentir que soy lo más preciado del mundo, pero a su vez me libera para que sea todo lo que quiero ser. Me consume, me seduce y me quema. Tan dulce que me abre una ventana a su esencia y despierta una parte de mí que no sabía que estaba ahí.

Me separo brevemente de él, temerosa de que el corazón se me escape del cuerpo por lo veloces que se han vuelto mis latidos. Apenas lo hago, me arrepiento. Lo necesito más de lo que nunca he necesitado nada. En mi pecho se remueve algo y me asusta no entender qué es.

—¿Qué haces? —pregunto. Nunca me han besado así. Los hombres con los que he estado eran superados por el deseo con mi solo contacto. Se volvían ávidos de cuerpo y carne con mi sola cercanía. Tomaban todo lo que yo estaba dispuesta a entregarles y yo hacía lo mismo con ellos. Lo que acaba de hacer Luwen es distinto.

Pretendía que esto fuese algo para relajarme, para ayudarme a olvidar, pero el beso que acaba de darme lo ha alterado todo y me ha dejado más confundida que antes. No esperaba algo así, esa vehemencia entre nosotros, esa conexión.

Sus ojos dicen demasiado. Su mirada me hace sentir como un sueño, como una promesa cumplida.

—Otro tipo de revolución —responde. No entiendo a qué se refiere. Vuelve a hablar antes de que pueda preguntar—. ¿Qué quieres que haga, Alika?

—Que me ayudes a olvidar —lo digo como una plegaria, capturada en sus ojos pardos—. Hoy quiero olvidar.

—¿Olvidar qué?

—La guerra. Que somos enemigos. ¿Quieres ser mi amigo, Luwen? Sé mi hogar esta noche.

La mano de Luwen busca mi mejilla y se entremezcla entre los cabellos que se me han escapado de la trenza. Vuelve a inclinarse sobre mí y acerca su boca a la mía otra vez, tan dulce y calmo como un secreto.

Lo quiero todo de él. No solo la lujuria del lobo, sino también ese otro calor que está poniendo a mi disposición. Un calor de almas.

Sus labios se separan de los míos solo para posarse sobre mi cuello. Su lengua me acaricia y el placer me retumba en el cuerpo. Sus dedos se mueven expertos sobre la cinta de mi corsé. Tiran y deshacen nudos con habilidad. Cuando la prenda cae al piso, él roza mi cintura, mi cadera, mi pecho. Todo con tanta lentitud que hacen que me alterne entre escalofríos y sonidos que salen desde lo profundo de mi garganta.

Vuelve a capturar mi boca y me muerde el labio inferior con una lujuria infernal. Yo gimo, suplicante, mientras le desabrocho la camisa de un tirón. Su cuerpo es tan sólido contra el mío que decido que podría darme un banquete con él todas las noches. Los besos se vuelven más profundos, los toques más vivos, las caricias más penetrantes.

Bajo la mano por su cintura, le desabrocho el pantalón y mis dedos se encierran alrededor de él. Luwen lanza un sonido gutural que me llena de una sensación de poder que desconocía. Su respiración se torna fuerte y rápida y somos todo deseo.

Nuestros cuerpos son insaciables, anhelosos, y es como si no pudiésemos tocarnos lo suficiente, como si no pudiésemos besarnos lo suficiente. Todo lo hace tal cual lo necesito y eso me descontrola.

Me lleva en alzas y me arroja sobre la cama. Se recuesta sobre mí y sus labios me recorren. Me devora de tal forma que me hace explotar de deseo. Se da un manjar conmigo como el peor depredador. Me sube la falda de la enagua, que termina enroscada en mi cintura, y sonríe contra mi boca al descubrir la daga que todavía tengo atada al muslo, como si también quisiese esa parte mía: la que da batalla.

—¿Planeabas matarme con esto, Alika? —pregunta con la mano aún sobre la daga.

—No lo descarto.

—Debo entonces persuadirte sobre las ventajas de mi existencia.

Su mano se desliza entre mis piernas y comienza a trazar delicados círculos sobre mi vértice.

No mentía cuando decía que era observador. Noto su atención en cada uno de mis estremecimientos, en cada uno de mis jadeos. Está aprendiendo qué hacer y dónde tocar para volverme loca. Y, por la oscuridad, en solo unos minutos se ha convertido en un maestro. Sus dedos son perversos, devastadores, insuficientes.

Más. Quiero más.

Hunde un único dedo en mí con esmero experto. No piensa dejar nada de mí. Lo siento sonreír contra mi piel cuando advierte que me arqueo ante ese suave contacto. Arranca un gemido desde la parte más profunda de mi garganta y él vuelve a subir el rostro para atrapar los sonidos con su boca.

Mis venas se llenan de calor, amenazando con explotar. Me quiebra una y otra vez. Si recuperase el reino, esta parte mía tan primaria que acaba de desatar se lo entregaría todo solo por lo que me hace sentir.

Me arrastra hasta el borde de la cama, manteniendo mi espada sobre el colchón, con las piernas colgando, y se arrodilla a mis pies. Su boca queda a tan solo unos centímetros de mi centro y me mira a los ojos, con el deseo desbordándole la mirada de tal forma que creo que voy a alcanzar las estrellas de tan solo contemplarlo.

—Haz tu magia, Alika —me dice.

Entonces se me para el corazón. Era lo último que esperaba que dijera; y, entre todo el deseo, el anhelo y la lujuria, de pronto a su lado me siento en casa. Más de lo que me gustaría. Más de lo que quiero aceptar.

—¿Habitar el mundo con presencia? —susurro en un hilo de voz.

—Eso —responde y es todo lo que necesita decir para que mis sentidos se enciendan. Para que me sienta embelesada por su aroma, abrumada por el deseo en sus ojos pardos y extasiada por lo ronco de su voz. Me toca, y las suyas son las manos que voy a querer siempre sobre mí.

—¿Tú harás la tuya? —le pregunto. «Esa es otra clase de magia, reina: la atención. Préstale atención a algo y verás cómo aumenta de tamaño en tu mente. Si es algo bueno, te inundará de felicidad», me dijo una vez.

—No he podido dejar de prestarte atención desde la primera vez que te vi.

La confesión sale de su boca con una suavidad que me deja sin palabras. Tal vez sea el tono con el que lo dice o tal vez la intimidad en su voz, pero por un segundo se siente como si de verdad fuésemos dos amigos consolándonos mutuamente.

Entonces baja una vez más y allí, arrodillado ante mí, hunde su lengua en mi centro. Su succión es perfecta. Lo hace con el toque justo. Es despiadado y voraz, y responde cada una de mis súplicas, exprime el placer de mi cuerpo y se alimenta de él con hambre lobuna. Prueba, toma, lame y, mientras lo hace, no aparta sus ojos de mí, colmándose de cada uno de mis temblores, disfrutando cada vez que me acerco al precipicio.

No puedo dejar de mirarlo. El placer me excede y tiro la cabeza hacia atrás. De todos modos, mi vista está fija en él. Me tiene embelesada. Me ha quitado la capacidad del habla y lo odio por eso.

Luwen me sujeta de los muslos, me sostiene en el aire y acerca mi cadera aún más a su rostro para poder penetrarme con su lengua. Pierdo por completo el sentido de lo que digo o hago. Sé que me estoy meciendo y presionando contra su boca, que grito demandas y ruegos, que le imploro que acabe conmigo.

—¡Luwen!

Grito su nombre mientras me vuelve eterna. Estallo en mil pedazos. Me ha mostrado el camino hacia la locura y yo lo he seguido, tan dócil como me ha vuelto bajo sus caricias. Y lo que sea que quiera, yo se lo daré.

—¿Qué opinas, Alika? ¿Sé mantener conforme a una bruja? —pregunta y continúa lamiéndome mientras intento reconstruir mis partes y recuperar la cordura.

Pero ahora acaba de desatarme. Deseo moverme sobre él hasta arrebatarle su nombre y memoria. Lo necesito desenfrenado dentro de mí, como el aire que respiro, y es por eso que le envuelvo la cintura con las piernas y lo obligo a darse vuelta, quedando yo encima de su cuerpo.

Él parece estar tan extasiado de deseo como yo.

—¿En qué estábamos? Ah, creo que estabas contándome qué quieres... —bromea, pero sus ojos brillan de lujuria. Hay algo más en ellos, algo que me siento tentada a averiguar, algo que se remueve también en mí. Hablamos de magia antes, pero la manera en la que me mira me hace creer que la magia soy yo. Es algo agradable, pero que también me asusta. Porque si se termina, dudo ser capaz de resistirlo. Entonces vuelve a ponerse serio—. ¿Qué quieres, Alika?

La respuesta es *todo*. Quiero todo con él y quiero que me lo dé todo. Pero no puedo darla. No cuando él se irá. No cuando debo proteger a las mías y darles un hogar.

Me digo a mí misma que soy una sobreviviente, que puedo superarlo todo.

Es por eso que digo:

—Quítame las esposas y te haré sentir magia, príncipe.

Todo ocurre en un instante. Sus ojos se apagan, su expresión se endurece y lo siento rígido debajo de mí. Es como si de pronto nos hubiéramos sumergido en agua helada, como si el fuego que hasta hace un segundo flameaba entre nosotros se hubiese extinguido con solo una oración.

Luwen se incorpora conmigo todavía sobre él.

—Buen intento, reina —murmura y, pese a que en su boca todavía hay dejos de la sonrisa maliciosa que esbozó hasta hace un rato, su voz es triste.

Nos da la vuelta y me sienta en la cama. Él se levanta y se abrocha los pantalones. Toma la camisa que ha quedado en el suelo y sale por la puerta de la habitación.

Me deja sola y desnuda sobre su cama. No regresa en toda la noche.

Lo sé porque lo espero. Lo sé porque es la noche en la que menos duermo, en la que echo de menos su calor a mi lado.

«Alabado sea el Dios del Fuego, creador de gigantes y ogros.

Los hizo a su semejanza: temibles y furiosos.

Una vez encontró a dos de sus hijos peleando. Él los retribuyó con más batallas y todas pesaron.

Perdieron su argumento y sus preguntas. Su señor fue quien creó y eligió hacer lo que quiso.

Pero su elección no somete. Sus siervos están por encima de lo que los asocia.

El Dios del Fuego les dio libertad».

Libro de la vida, muerte y trascendencia
de las criaturas mágicas del este.

CAPÍTULO 41

Cuando abro los ojos al día siguiente, Luwen no está en la habitación. Si ha regresado en algún momento entre que me quedé dormida y que desperté, no hay señales de eso.

Me levanto, me lavo la cara y me visto. Espero un rato aquí, tomo un libro de la biblioteca para distraerme y, cuando entiendo que el príncipe no va a aparecer, al menos por el momento, me paso el bolso por los hombros, me pongo la capa roja, subo la caperuza sobre mi cabeza y salgo.

No estoy segura de qué hora es. Los pasillos del castillo están desiertos. Pienso que, de haber elegido las brujas un día para recuperar nuestras tierras, ese debería haber sido, pues no hay cambiaformas de la corte por ningún lado. No hay rastro de los príncipes o las princesas, ni siquiera de los lores o *ladies* que he tenido que esquivar desde que llegué. Solo sirvientes o emisarios.

Cruzo la puerta que da a los terrenos del castillo y luego el portón que desemboca al bosque. Desenvaino la espada élfica que he atado a mi cintura y camino con ella en mis manos mirando varias veces a mi alrededor, pues temo cruzarme con alguna de las bestias. Esta vez al menos no me atraparán descuidada. Sé que es irresponsable meterme aquí sola después del ataque de la bestia el día anterior, pero no pensaba quedarme encerrada en la habitación de Luwen todo el día y, aparentemente, él no tenía intenciones de regresar pronto.

El bosque parece estar tan desierto como el castillo hace tan solo unos minutos. Me pregunto si tal vez ha ocurrido en el mundo algún tipo de cataclismo que arrasara a cambiaformas y otras criaturas de la faz de la Tierra mientras dormía. No me cruzo con ninguna de las bestias y llego a la cabaña del bosque en unos pocos minutos.

Sapo, Ratón y Libélula están parados en una ronda, observando un mapa que Sapo tiene en sus manos. Lo cierra tan rápido que no alcanzo a distinguir a qué territorio pertenece.

—¡Buenos días, Sombra! —dice Libélula con alegría cuando abro la puerta sin golpear.

—Sombra —saluda Ratón mientras me hace un gesto con la cabeza y sonríe.

—Llegó la bruja, Lobo. —Sapo apenas me mira y se dirige al príncipe, que está sentado en el sillón más alejado de la puerta con un libro sobre su regazo.

Levanta la vista y nuestras miradas se encuentran como por accidente. No estoy preparada para esa suavidad y para esa distancia, los mismos ojos que me han recorrido de arriba abajo con hambre hace unas horas y que ahora se detienen apenas en mí, esquivos.

Sapo se sienta en el sillón junto a Luwen y Libélula hace lo mismo sobre un dedal que está encima de la mesa.

Saco de mi bolso el pañuelo brillante que le quité anoche al cambiaformas, el que me hizo pensar en Libélula, y se lo entrego a ella, que me mira extrañada.

—Para ti —le digo—. Elna fabrica sus propios vestidos con telas que roba de Crepuscilia. Creí que con esto podrías hacer uno para cuando viajes por el mundo siendo bailarina.

—¡Oh, Sombra! ¡Es una tela magnífica! —chilla el hada—. ¿No es hermosa?

—A mí no me gusta —confieso, no le veo sentido a mentir. Los colores tan llamativos me resultan repulsivos—. Pero creí que te gustaría a ti.

Es como si el hecho de saber que mi regalo fue pensando exclusivamente en ella, más allá de lo que yo pudiese creer, encantara al hada. Se coloca la tela encima de su propia ropa y se la prueba acomodándola de distintas formas, como si pensara en los distintos modelos de vestidos que podrá fabricarse con ella.

Ratón se acerca a una jarra que tienen en una mesada y me alcanza una taza de té humeante que bebo de a pocos sorbos. La helada del bosque me ha congelado los huesos, por lo que el calor de la bebida me recorre el cuerpo con alivio.

—No volviste a la habitación —le digo a Luwen mientras me siento en el sillón junto a él, del otro lado de Sapo.

Tiene aspecto de no haber dormido, pero su ropa negra es distinta a la de la noche anterior, mucho más informal. Tal vez tenga ropa en la cabaña y se haya cambiado allí.

—Tenía cosas que hacer. —El príncipe se encoge de hombros. Su tono es casual. No hay burlas ni insultos en sus palabras; sin embargo, lo siento más frío que nunca y algo dentro de mí, que no logro comprender, se desinfla.

—Dijiste que de noche el bosque era impenetrable.

—Dije «casi».

Me molesta algo y no identifico qué. Allí, junto a Luwen el corazón se me rompe de la misma forma que lo hace cuando anhelo un hogar que no veo cómo alcanzar. Me pregunto a mí misma qué es esto que siento y no hallo respuestas. Tampoco soluciones.

—¿Planes nuevos? —le pregunto a Sapo, haciendo una seña hacia el mapa que tiene enrollado en sus manos.

—Luwen y yo iremos hasta la cueva —me explica el ogro—. Tenemos que ver si hay alguna forma en la que podamos acceder a la corona.

—Creí que iríamos todos juntos —señalo.

—La cueva está a unos días de aquí. —Luwen se sienta a la mesa y, pese a que no está siendo desagradable y que su actitud es cortés, lo siento como un extraño, lejos—. Esto no es algo para tomar a la ligera. Hemos estado pensando cómo sacar la corona de allí desde hace varios días. Es momento de movernos. Tal vez si vemos el lugar se nos ocurra alguna idea...

—Vayamos todos —propongo. El cambiaformas me mira. Lo hace con distancia, pone una barrera entre nosotros—. El camino no es problema. Iremos hasta las afueras del bosque. El espectro de Elna me estará esperando allí. Lo montaremos y nos llevará enseguida a la cueva. Podremos ir y volver en el día.

Deseo que Luwen deje de mirarme de esa manera, como si fuésemos extraños, como si lo que hemos vivido hasta el momento no hubiese significado nada, como si la conexión que sentimos hace tan solo unas horas hubiese sido algo intrascendente. No está enojado por lo que pasó la noche anterior. Lo veo en sus ojos. No quiere estar enojado conmigo. Pero lo que veo allí es algo peor que un enfado, más que tristeza o decepción. Es indiferencia, y duele más que todo eso junto.

Luwen mira a sus amigos con una pregunta en la expresión.

—Nunca he montado un espectro —dice Libélula.

—No podrás dejarlo cuando lo pruebes. —Le guiño un ojo. Sapo y Ratón se miran.

—¿Qué tan malo podría ser? —pregunta Ratón.

Sapo todavía parece desconfiado. Qué sorpresa. Me digo a mí misma que no debo tomármelo personal, que tal vez el ogro nunca confíe en mí. Intercambia una mirada con Luwen y termina por asentir.

Y así de fácil todos acceden al plan. A mi plan.

Así que eso hacemos. Sapo me muestra los mapas y salimos de la cabaña. Nos movemos por el bosque. Deshacemos el camino que realicé sola hace unas semanas.

Esta vez, Libélula, Ratón y Luwen van adelante. Los oigo hablar del baile. El hada le pregunta por las canciones que sonaron y el príncipe tararea algunas melodías que me resultan familiares de la noche anterior. Ratón parece conocer varias, porque se suma a los cantos del cambiaformas.

Verlo actuar como si nada hubiese pasado abre un agujero en mi pecho al que no le encuentro sentido ni explicación. «¿Qué demonios te sucede, Alika?», me pregunto a mí misma.

Miro a un costado y Sapo está a mi lado. Se desplaza tosco y taciturno. Podría superar mi paso si quisiera, pero él siempre quiere cerrar la guardia, asegurarse de que todo el grupo pase seguro.

—¿También cerrabas la guardia cuando viajaban por el mundo? —indago.

Me mira, sorprendido de que me dirija a él.

—La única vez que no cerré la guardia —responde—, fue el peor error de mi vida.

Me doy cuenta de que me está concediendo algo de gran valor. Finalmente, su verdad.

—En la guerra, yo era capitán de mi grupo —dice Sapo en voz baja, de modo que los otros no puedan oírlo. Por la forma en la que habla, me doy cuenta de que no ha contado demasiado esa historia, de que no es bueno haciéndolo. De que tiene la esperanza de que, al contarla, esta se convierta en un mal sueño, que deje de ser real—. Una noche, las brujas nos encerraron entre los acantilados de Yhelm y el río. Encontré un camino para salir. Una parte transitable de los acantilados que nos daba una oportunidad. Tardamos tres días en atravesarlo. Mi pelotón no era un grupo grande, apenas unos cincuenta ogros. Yo siempre cerraba la guardia, pero el último día el camino era difícil, estaba lleno de hielo. Decidí ir adelante para guiarlos, para asegurarme de que fuese transitable.

—¿Los atacaron? —pregunto.

—Ni siquiera supimos de dónde salieron —responde—. Cuando me di vuelta, habían acabado con dos tercios del pelotón. Peleamos, algo me golpeó y caí inconsciente. Al despertar, lo hice entre cadáveres. No sobrevivió ninguno. Fue una masacre.

No digo nada. Siento como si me estuviese metiendo en un espacio sumamente privado para Sapo. Me estoy metiendo en su corazón. Y es él quien me está abriendo la puerta.

Por su expresión puedo deducir que los enfrentamientos entre brujas y ogros deben haber sido terribles. Sé que los ogros tienen ventaja en cualquier enfrentamiento físico. Son seres corpulentos, bestiales, en batallas pueden volverse temibles y furiosos, pero en la guerra las brujas peleaban con magia.

De pronto recuerdo que cuando le pregunté a Luwen si las brujas le habíamos hecho algo a Sapo, él respondió que «solo existir».

Estoy segura de que si obligo al príncipe a reconocerlo, mi capa brillará. Esa fue su primera mentira. Para proteger a su amigo, para no confesar el único y último error del ogro como capitán.

—Nunca te entrenan para eso —continúa Sapo. Aún seguimos el paso de Luwen, Libélula y Ratón—. Para perderlo todo, para entender que tu error ha llevado a otros a la muerte. No importa a dónde vaya, nunca puedo escapar de mi mente, de lo que viví allí. Y el tiempo pasa, por momentos se siente como si doliese menos, pero cada vez que lo recuerdo, la culpa me abofetea como si estuviese volviendo a ocurrir en este mismo instante.

—¿Culpa? No fue culpa tuya, Sapo.

—Es el poder y la carga de quienes toman las decisiones. Como princesa debes saberlo. En las batallas, cuando las estrategias se planifican, todos nos volvemos números, pero no dejamos de ser seres vivientes y pensantes.

—Son héroes quienes pelean por dejarle algo mejor a los suyos. Los líderes a veces tienen que sacrificar a algunos por el bien mayor. Los soldados muchas veces aceptan sacrificarse a sí mismos también. Es para dejarles algo mejor a los que vendrán después.

—¿Sabes qué les dejaron a los que vinieron después de mi pelotón? Paz. Me hubiese gustado que quienes estaban a cargo de las decisiones que involucraban a mi pelotón y a mí hubiesen decidido la paz para nosotros.

—A veces no hay forma de llegar a la paz sin una guerra —señalo—. A veces tienes que defenderte.

—¿Y si la hay? Si todos aquellos que están al mando pudiesen conciliar… Son las ideas arraigadas las que dividen, separan y enfrentan. Si tan solo aquellos al mando estuvieran dispuestos a otras opciones, tal vez se conectarían, tal vez se unirían. El equilibrio siempre puede alcanzarse si todos están dispuestos a hacerlo. Pero eso solo sucederá si aceptamos ver y comprender al otro.

Continuamos caminando. Yo guardo silencio. Escucho, concentrada en lo que Sapo dice. Es lo más que lo he escuchado hablar desde que lo conozco y, tal vez, sea de las cosas más importantes que he oído a alguien decir en mi vida.

—Si tienes una posición en la que debas decidir por otros, Alika —continúa—, siempre elige que vivan sus vidas de la mejor forma posible.

Caminamos un rato más. Prestamos atención a los sonidos del bosque y por momentos se quedan en silencio, aguardando la aparición de alguna bestia, aunque ninguna aparece. Por algún motivo, este día las criaturas parecen estar calmas. Bien. No estoy de humor para una batalla por mi vida otra vez.

No vuelvo a hablar y tampoco lo hace Sapo. Solo seguimos a Luwen, Libélula y Ratón a través del bosque. Cada tanto observo al príncipe, pero él ni me mira ni me dirige la palabra más que alguna indicación del camino.

Cuando llegamos a la salida del bosque y salimos de entre los árboles, miro hacia el cielo, expectante.

—¿No vas a llamar a tu espectro? —pregunta Sapo.

—No es necesario —le explico—, él sabrá que lo espero. Siempre lo sabe.

El rugido es inmediato.

Libélula se sobresalta al escucharlo. Sapo sujeta su espada con más firmeza, en guardia. Ratón contempla lo que sucede con la boca abierta. Luwen solo mira a Katzen, analiza cada detalle de él.

El espectro se posa sobre el suelo y abre las alas mientras ruge.

—Yo también me alegro de verte, amigo —le digo cuando me acerco a él. Le doy unas palmadas en el hocico. Katzen me da un golpe cariñoso y fantasmal y yo no puedo evitar sonreír. Monto sobre él, lo que lo hace emitir un rugido más salvaje, indomable. Como yo.

Luego me vuelvo a los cuatro amigos, que todavía están sobre el suelo.

—¿Van a subir, o qué?

CAPÍTULO 42

Tal como prometí, sobre Katzen llegamos a nuestro destino en solo unos minutos. Recuerdo los planos que vi en la cabaña antes de salir. Es así como lo guío a través del cielo.

Había olvidado lo bien que se siente volar. Había olvidado que el viento invernal desata mi manía por la libertad al arrullar mi piel desde las alturas. Había olvidado cómo el suelo es sepultado con lentitud por las nubes, cómo la perspectiva convierte lo que queda abajo en puntos y manchas. Había olvidado cómo volar nos vuelve leyendas. Que la oscuridad guarde a los espectros. Internamente, agradezco a Katzen por compartir conmigo algo que es tan natural para él.

El espectro lanza un rugido, como si hubiese adivinado mis pensamientos. Tal vez lo hizo.

Aterrizamos junto a una lomada, un cerro completamente blanco por la nieve que lo cubre. Me llama la atención la forma en la que la tierra se eleva de manera tan repentina en esa parte.

Mis compañeros y yo descendemos de Katzen. Ellos se acercan a la lomada, pero yo me demoro unos segundos más junto al espectro. Le acaricio la coronilla de su cabeza fantasmal y traslúcida. Bien podría estar pasando mi mano sobre el humo y se sentiría igual.

—Gracias por cuidarme —le digo en un susurro—. Gracias por siempre regresar.

Un segundo bramido por parte de Katzen y lo veo clavar sus brumosas garras sobre la tierra. Sus ojos son inteligentes y perspicaces. Me está diciendo que yo haría lo mismo por él, y es verdad. Yo iría hasta el fin del mundo por Katzen. Elna y yo lo haríamos.

Se separa de mí y da unos pasos para tomar carrera mientras agita sus alas para lanzarse hacia los cielos otra vez.

Entonces me doy vuelta y sigo a mis compañeros que ya se encuentran en la parte más alta de la lomada. Me resulta extraño que los cuatro miren al suelo; incluso Libélula, que se ha parado sobre el hombro de Luwen. Lo entiendo en cuanto me acerco.

Apenas alcanzo el punto más elevado, me doy cuenta de que hay un agujero en el suelo, uno redondo y profundo. Demasiado preciso para que se haya formado naturalmente. Más profundo de lo que me gustaría. Cuando me asomo, decido que desearía no haberlo hecho jamás.

No estamos parados sobre una lomada. Lo estamos sobre la parte exterior del techo de una cueva. La luz del sol se inmiscuye dentro de las profundidades de la caverna a través de aquel agujero desde el que observamos, pero nunca nada fue menos apropiado como el sol en un sitio como este.

Adentro hay formas humanas. Cadáveres. Miles. Infinitos. Caminan lento, como autómatas. Van de un lado al otro. Algunos están más agachados, otros más incorporados. Algunos de ellos están desnudos, otros tienen ropas de distintos colores, de distintas eras; la vestimenta con la que murieron.

No alcanzo a ver dónde termina la cueva. El agujero del techo desde donde miramos, si bien es suficientemente grande como para que los cinco nos asomemos sin tener que pegarnos los unos a los otros, nos da un campo visual limitado.

—¿Y si les tiramos flechas? —le pregunta Libélula a Sapo—. Luwen dice que si les cortas la cabeza, mueren... Mueren de verdad, quiero decir.

—No podemos tirarles flechas a todos —comenta Sapo.

—Los cambiaformas intentamos acabar con ellos varias veces desde que la guerra terminó —explica Luwen—. No podemos entrar en esa cueva. Sería un suicidio hacerlo. Tiramos algunos explosivos, pero siempre aparecen más cadáveres. Las flechas no los matan, solo separan las cabezas de su cuello. No sabemos de dónde salen. No sabemos qué tan grande es esta cueva ni cuántos cadáveres hay dentro, pero es como si nunca terminaran. Como si todos los muertos de la Tierra y de todas las eras se hubiesen congregado en este lugar.

Ratón saca una campana de su bolso. Es dorada y se ve pesada, pese a que no es mucho más grande que Libélula. La agita en el aire como alas de murciélago y el metal canta. Entonces los cadáveres, que vagan errantes dentro de la cueva, adoptan todos la misma dirección. Se acumulan debajo del agujero desde el que miramos, como cucarachas, llamados por el sonido, como si quisiesen alcanzarnos desde adentro.

Oigo sus dientes entrechocando. Veo su desesperación, como si les hubiesen sacado la comida de la boca. Gimen y chillan y estiran hacia nosotros sus manos lívidas. Nos apuntan con las cuencas vacías de sus ojos, desde las que se escapan gusanos, con sus caras blanquecinas de muerte.

—El sonido los atrae —comenta Sapo.

—Podría bajar volando —propone Libélula—. Esquivaría a todos los que pudiera. Mientras, ustedes podrían hacer sonar la campana para atraerlos...

—¿Qué tan lejos deberías ir, Libélula? —pregunta Ratón—. No. No es prudente. No cuando no conocemos dónde termina la cueva ni lo que hay dentro.

—Además, escuchan, ven y huelen. Aunque el sonido los distrajera, te verían —reflexiona Sapo.

—Podría convertirme en algo para sacar la corona de ahí... —sopesa Luwen como si meditara.

—¿En algo más pequeño que Libélula? De ese tamaño no podrías tomar la corona para cargarla hasta aquí, Lobo. De todas formas, deberías adoptar tu forma o la de otra criatura de mayor tamaño para poder traer la corona hasta aquí, y buena suerte entonces esquivando los cadáveres...

—Al menos sabríamos en qué parte de la cueva está la corona...

—¿Si te conviertes en uno de ellos? —suelta Libélula.

—No puedo —responde Luwen—. Los cambiaformas solo podemos transformarnos en seres vivos y estos llevan un buen tiempo muertos.

Todos nos quedamos en silencio por un rato. Lo único que se oye son los sonidos guturales que emiten los cadáveres a lo lejos.

—Hazlo, Sapo —dice Luwen de pronto.

Ratón saca una soga de su bolso y se la alcanza a Sapo, que la dobla y la ata sobre sí, formando un círculo en un extremo. Tira esa parte de la soga dentro de la cueva, que cae justo sobre uno de los cadáveres. Este se mueve sin ser capaz de liberarse. No parece exigirle demasiado esfuerzo al ogro tirar de la soga con la fuerza suficiente como para levantar al cadáver del suelo. Sube al muerto de a poco, hasta que lo saca de la cueva.

El aroma a podredumbre me inunda las fosas nasales. El hedor es tan insoportable que me tapo la nariz con la manga de mi blusa.

Apenas el cadáver toca el suelo, comienza a agitarse con más insistencia, prisionero de la soga que Sapo ha arrojado a su alrededor. Su rostro es gris, como el del tono que adopta la piel cuando la sangre no circula de forma correcta, y está a medio pudrir. Verlo al sol es tan contradictorio como mirarlo y pensar en respirar.

Sus ojos están vacíos, pero los sonidos que emite denotan su desesperación por alcanzarnos. Es como si dentro de la cueva hubiese estado sonámbulo y se hubiese despertado solo por tener a su lado a gente viva, ansioso por alimentarse con nosotros.

A mi lado, oigo a Libélula ahogando un chillido, todavía parada en el hombro de Luwen.

Allí, de pie, atado con la soga de Sapo, el cadáver se agita con insistencia con los brazos extendidos hacia nosotros. Me percato de que tiene medio hígado a la vista. Se asoma entre su piel, como si quisiese salir a saludar.

Ratón se aleja unos pasos de nosotros y hace sonar la campana otra vez.

Entonces, el muerto gira y se dirige hacia él, igual de desesperado que antes, con la urgencia del hambre.

Libélula vuela del hombro de Luwen y el príncipe saca su espada, avanza hacia el cadáver que se mueve hacia Ratón y de un solo movimiento le corta la cabeza, que cae hacia un lado. El resto del cuerpo también lo hace, inerte, hacia el otro, y de pronto es como si el hedor fuese todavía más insoportable. Desplomarse sobre el suelo es lo que debería haber hecho hace mucho tiempo, desde el momento en que murió. No se supone que los cadáveres hagan otra cosa.

—Sé que está muerto y que intentará matarnos como sea, pero no deja de sentirse como un experimento cruel —comenta el hada.

—Libélula, es un cadáver —dice Sapo—. Te aseguro que no siente. Es algo antinatural. Su único lugar es bajo tierra.

—Podríamos todos nosotros hacer ruido desde un extremo —medita Ratón cuando se vuelve a acercar a nosotros.

—No evitaría que registraran si una potencial comida se metiera en su territorio —añade Luwen.

Me arrodillo junto al cadáver que el cambiaformas acaba de decapitar. Los otros se quedan debatiendo ideas detrás de mí. El olor es nauseabundo.

Se me ocurre que sería fácil caminar entre aquellos muertos con mi caperuza puesta. Es verdad que son muchos y que debería tener cuidado de no chocar con ninguno para que no se percaten de mi presencia. Debería caminar en absoluto silencio, pero todavía queda el problema del olor. Si tan solo hubiese forma de camuflarlo también entre los muertos...

Me saco la capa roja y la dejo en el suelo. Luego hago un corte con la navaja, meto la mano por completo dentro del cuerpo y saco toda la sangre de la que soy capaz. Sé que me quedarán restos de carne putrefacta entre las uñas y los dedos, que posiblemente la peste me atormente más tarde en pesadillas, pero siento curiosidad. Pinto la capa de sangre, la baño con el contenido del cadáver. Luego me toco la cara, los hombros, el cuello.

Es arriesgado y no sé si funcionará, aunque quiero intentarlo. Es el único plan que se me ocurre. Después de todo, si alguien sabe cómo convertirse en sombra y andar entre muertos, esa soy yo.

—Saca otro —le digo a Sapo mientras me vuelvo a colocar la capa.

Los cuatro se giran hacia mí y el espanto se refleja en sus rostros al ver la capa cubierta de la sangre del cadáver.

—¿Qué haces, Alika? —pregunta Libélula. Me mira como si hubiese enloquecido—. ¿Cómo toleras ese olor?

—Saca a otro cadáver de la cueva —le repito a Sapo.

El ogro me mira. Parece que dudara de estar tratando con una persona cuerda. Sin embargo, hace lo que le pido.

Vuelve a hacerle el nudo a la soga y la lanza dentro del pozo. Cae justo alrededor de uno de los cadáveres, que, como los otros, camina ido. Esta vez Luwen se acerca a Sapo para ayudarlo a tirar. El cadáver se eleva y se agita en el aire con la fuerza de la soga tirando de él hacia arriba.

El cambiaformas y el ogro lo suben y, tal como lo ha hecho el anterior, se agita de manera incontrolable a nuestro lado, sujeto todavía por la soga.

Me acerco a Sapo y Luwen. Veo la expresión de desagrado en el rostro de ambos al sentir el hedor a muerte.

—Suéltenlo —ordeno mientras me pongo la caperuza sobre la cabeza.

—No podrás sujetarlo por ti sola —dice Sapo.

—Suéltenlo —repito y sostengo la soga lo más firme que puedo, asegurándome de que el cadáver no vaya a salir despedido hacia ellos apenas lo hagan.

El rostro de Luwen es críptico, pero cuando Sapo lo mira para buscar su aprobación, él asiente y ambos me dejan con la soga en las manos. Se alejan y se ubican junto a Ratón y Libélula.

Entonces el cadáver se calma. Vuelve a comportarse de la misma forma autómata que dentro de la cueva. Respiro profundo y me acerco todavía más a él. Analizo su rostro gris y sus ojos huecos. Me doy cuenta de que la parte de abajo de su cara, justo en su mandíbula, es la parte más descompuesta. Le falta piel allí. Tiene unas cuantas cicatrices. Me pregunto qué lo habrá matado. Me pregunto también cómo se sentirá ser atravesada por sus dientes amarillos. Tal vez algo punzante y luego un tirón cuando intente desprender la carne de mi cuerpo.

—No la ve bajo la capa —escucho que dice Ratón a mis espaldas—. Y su olor ha quedado camuflado bajo la sangre.

—Sombra está camuflada bajo la sangre de los cadáveres —confirma Libélula.

Saco la espada élfica de mi cintura y corto su cabeza. Entonces el cadáver cae también al suelo, igual que el anterior.

Me bajo la caperuza y me doy vuelta y enfrento a mis compañeros. La decisión está clara en mi mirada y la comprensión de lo que planeo hacer en la de ellos.

—No —sentencia Luwen. La indiferencia que mostró en la cabaña y en el camino hacia fuera del bosque ha desaparecido por completo. Ha sido reemplazado por otra cosa. ¿Miedo, tal vez?

—No hay otra forma, Lobo —dice Sapo, pero no aparta la vista de mí. Detecto el respeto en su pose.

—No puedes estar de acuerdo con esto, Sapo. —Libélula revolotea hacia mí mientras se dirige al otro—. ¿Te has vuelto loca, Sombra? No puedes estar pensando en...

—¿Se te ocurre otra cosa?

Todos nos quedamos en silencio. Luwen se acerca a mí. Pese a la sangre que me cubre, él me toma de los hombros. Hubiese preferido que no lo hiciera. Que me sujete así es un recuerdo de cómo se siente que me toque. Hace que cualquier contacto con él se sienta insuficiente.

—Has hecho mucho, Alika —expresa—. No tienes que cumplir nada. Te liberaré de la promesa del viento. Hay formas de hacerlo unilateralmente. No importa que tú no me liberes a mí.

Niego con la cabeza.

Esto no es solo por mi abuela. La corona es más que eso. La corona es volver el bosque a lo que era antes. La corona es cuidar el que será nuestro hogar.

—No quiero hacerlo solo por Elna —respondo.

Luwen aprieta la mandíbula.

—Entonces yo también iré.

—¿Y cómo harás para que no te vean? Yo soy la única a la que no verán. Es menos riesgoso. Además, la profecía que te hizo el duende decía que solo podrías conseguir la corona con ayuda de una bruja. Soy yo quien debe ir. No hay otra forma. Ni siquiera convocando a la oscuridad podría detener a los cadáveres para que entrásemos los dos. Si algo sale mal, hagan todo el ruido que puedan desde aquí arriba. Manténganlos alejados de mí. Si encuentro la corona y la traigo lo suficientemente cerca como para que puedan sacarla de alguna forma...

—La piedra azul —dice Sapo—. Recuerda que la corona está junto a una piedra azul.

—Alika... —murmura Luwen, como un ruego, pero yo no lo escucho.

Deslizo la parte de la soga atada al torso del cadáver y me la ato a la cintura. Le tiro el otro extremo a Sapo, que la toma con seguridad, aunque con pena en su expresión. No deja de alternar su mirada entre Luwen y yo.

Me siento en el borde del agujero que da a la cueva mientras vuelvo a ponerme la caperuza y con los ojos fijos en el suelo le digo al ogro:

—Bájame.

CAPÍTULO 43

La sangre sobre mi cuerpo se siente espesa. Es húmeda y grasienta contra mi piel.

Apenas mis pies tocan el suelo de la cueva comienzo a caminar tan despacio como aquellos muertos sin tumba para que no me toquen y se percaten de que estoy ahí. Es la forma de volverme una sombra entre los muertos. Decido que no debo dejar de hacerlo. Que debo seguir caminando hasta que vea la piedra azul, aquella sobre la que sé que está la corona.

Me lleva tiempo ir de un lado al otro a esa velocidad. Hacerlo es un ejercicio a mi paciencia, pero no tengo alternativa. Así que recorro la cueva con calma, pese a que lo que decía Luwen es verdad: no parece tener fin. Por todos lados se abren túneles subterráneos y pasadizos. La única luz que me alumbra es la que proviene del agujero por el que he entrado. Arriba me esperan los que se han convertido en mis amigos.

Intento afinar mi vista todo lo que puedo, pero temo no poder distinguir el azul de la piedra que estoy buscando entre la oscuridad. Temo que esté dentro de alguno de los pasadizos. Nada me garantiza que vaya a encontrar lo que busco de esta forma, pero ¿qué alternativa tengo? Decido que buscaré todo el tiempo que pueda, mientras la luz del sol se filtre por el agujero del techo.

Los cadáveres también caminan. Sus brazos, tiesos a los costados de sus cuerpos, se agitan con cada movimiento. Deambulan de un lado al otro. Algunos pareciera que me miraran cuando pasan junto a mí, como si sintiesen algo raro o intentaran dilucidar si hay algo más ahí. Sus lamentos guturales están por doquier para atormentarme, para recordarme qué me sucederá si fracaso. Los oigo respirar y me molesta cuando lo hacen más rápido, aferrándose a los olores del ambiente. Me hace desear que las leyendas de los humanos fuesen verdad: que fuese cierto que solo el fuego puede matarnos.

Uno de ellos se detiene a mi lado. Su rostro pútrido está consumido en varias partes por el paso del tiempo. Veo que gusanos blancos se asoman entre la carne putrefacta de su cara. Desde el pecho, le cuelgan algunas vísceras. Sus ojos ausentes parecen posarse sobre mí, aunque sé que no está viendo nada, que no puede verme. Su boca se abre y veo cómo su lengua se mueve para sisear. Hace un ruido distinto a los demás, más hablado, como si quisiese dar aviso de que ha detectado algo extraño. Luego se gira y sigue su rumbo, también lo hago yo.

Un brillo de reflejo contra la escasa luz que fluye desde el agujero del techo me llama la atención, a unos metros de mí.

Un destello azul.

Cambio de dirección. Arrastro mis pies pacientemente hacia el lugar donde he detectado el cambio de luz. Es entonces que la veo: es redonda y las piedras de colores que están aferradas a su superficie destacan entre la oscuridad de la cueva.

La corona del bosque.

Continúo caminando lentamente hasta allí. Lo que más quiero es correr a tomar la corona, pero imito lo más posible el andar pausado y muerto de los cadáveres. La luz no llega bien a ese punto, así que fuerzo la vista y me concentro en el objetivo.

Siento el suelo desnivelado. Siento el agua en mis tobillos, y sé que voy a caerme incluso antes de tropezar. Mi cabeza se sumerge en el agua hasta la mitad al hacerlo, y también mi cuerpo.

Me incorporo enseguida, lo más rápido que puedo. Mi estado de alerta inconsciente me permite hacerlo. Le echo la culpa a la poca luz de la cueva por no haber visto el pequeño arroyo en el que se me ha trabado el pie. Algunos cadáveres se giran, como si el ruido les hubiese llamado la atención. Yo continúo hacia mi destino. La roca azul, la corona. No debo detenerme. No debo detenerme.

Un cadáver se posa junto a mí, igual que lo ha hecho el otro hace un rato. Lo veo inhalar, como si intentara adivinar qué hay en ese espacio.

Pero esta vez las aletas de la nariz se le abren, como si hubiese detectado algo. Echo una mirada a mi cuerpo e, incluso con la luz tan baja, alcanzo a ver que la sangre del cadáver se me ha limpiado un poco por el agua.

Otro cadáver se para a mi lado, igual que el anterior. También a este lo veo inhalar. Se queda quieto en el lugar, como si estuviese aguardando algo. Gime, declara una situación.

Sin dejar de moverme con cuidado, apuro el paso y llego hasta la piedra azul.

Allí está la corona, es pequeña y brillante.

Me agacho como puedo y la tomo. Me la guardo en el bolso, cambio de sentido y apunto al agujero en el techo de la cueva. Avanzo, pero unos cuantos muertos se quedan quietos en el lugar cuando paso, como si hubiesen detectado algo distinto en el aroma del ambiente, como si alguien dentro de la cueva no perteneciera allí.

Siento la ropa mojada y las gotas del agua deslizándose por mi rostro. No me atrevo a detenerme, tampoco a mirarme a mí misma.

Sé que gran parte de la sangre se ha lavado con el agua, que el hedor a muerto se ha limpiado de mí.

Veo más y más cadáveres que se acercan, sospechosos. Intentan dilucidar si hay algo ahí. Uno se para frente a mí y me detengo. Una mitad de su cara está consumida, descompuesta; la otra, gris, como la de los otros muertos. Sus ojos están perdidos. No me huele, me aspira. Acerca su rostro al mío y veo sus dientes amarillos asomándose entre sus labios pegajosos, con un hilo de saliva chorreando entre ellos.

Me quedo estática. No quiero habitar el mundo con presencia, quiero engañarme a mí misma y decirme que todo se trata de un mal sueño. Que esa criatura de pesadillas que tengo delante va a desaparecer en cuanto despierte. Pero el cadáver se queda ahí y sus gemidos de muerte me llenan los oídos.

Se abalanza sobre mí en cuanto parece comprender que estoy ahí y que soy diferente a todos ellos.

Saco la espada y le corto la cabeza, que rueda sobre el suelo. Luego lo hace el resto de su cuerpo. La sangre se derrama por el suelo como vino sobre un mantel.

Entonces los clamores hambrientos rugen por todos lados y los cadáveres se ciernen encima de mí como moscas sobre la fruta. Están famélicos, desesperados, y yo soy la única comida que han visto en quién sabe cuánto tiempo.

Corto unas cuantas cabezas más con la espada, me bajo la caperuza y corro dentro de la cueva. Intentar ser invisible entre ellos ya no tiene sentido. No cuando me han descubierto. No cuando están por doquier y quieren devorarme.

—¡Sombra! —oigo a Sapo desde el agujero del techo.

—¡Alika, date prisa! —grita Libélula. Por el tono urgente de su voz, me doy cuenta de que ellos también saben que fui descubierta, que todos los cadáveres vienen detrás de mí.

—¡Alika! —El peor grito es el de Luwen.

Logro apurar aún más el paso, por la sola idea de que él pudiera bajar a la cueva para sacarme de ahí.

Me acerco al agujero, del que cuelga la soga que me llevará arriba otra vez, pero corro, esquivando muertos, y todos los cadáveres están detrás de mí.

De pronto veo algo volar, algo que distrae justo a tiempo al cadáver que se me había acercado demasiado sin que me percatara de que estaba tan próximo a mí.

No me atrevo a mirar hacia atrás, pero distingo que es algún tipo de pájaro que sobrevuela los cadáveres, que los distrae para darme tiempo a escapar.

Luwen.

El pájaro deja caer una soga atada en forma de círculo que se enrosca justo en mi cintura. Luego vuelve a lanzarse sobre el rostro del cadáver más próximo para captar su atención.

Me doy cuenta de que el otro extremo de la soga va hacia arriba y entiendo lo que Luwen ha hecho.

—¡Luwen! —grito. Quiero que salga, que se aleje de los cadáveres. Si se acerca demasiado a ellos, podrían atraparlo.

Tiro de la soga que está sujeta a mi cintura para poder alejarme y corto varias cabezas más. El pájaro vuela entre los cadáveres, se aleja del hueco que da a la superficie y se adentra en la cueva para que los muertos lo sigan.

—¡Luwen! —grito de nuevo, pero ya no veo al pájaro—. ¡Luwen!

Lucho por mantenerme en el suelo, pero la soga comienza a subir y, pese a que pataleo y forcejeo, me elevo del piso, hacia la salida de la cueva. Dos cadáveres más se acercan; les corto la cabeza y estos caen al piso. No me interesa que me muerdan, solo quiero saber dónde está Luwen.

—¡Luwen!

—¡La tenemos, Lobo! —grita Sapo desde la salida de la cueva cuando yo ya estoy a medio camino de altura y los cadáveres no pueden alcanzarme—. ¡Regresa! ¡La tenemos!

—¡Lobo! —vocifera Libélula.

El hada baja por el hueco. Se ubica a una altura en la que los cadáveres no puedan alcanzarla, como si intentara de esa forma ver a Luwen, pero no parece tener más éxito que yo.

—¡Luwen! —vuelvo a gritar.

Me desplomo junto a Sapo y a Ratón cuando llego arriba. Apoyo mis rodillas y las palmas de mis manos sobre el suelo, rendida.

Pero la sola idea de que Luwen está abajo, de que fue allí para ayudarme y que tal vez lo hayan matado por hacerlo, me despierta. Cualquier tipo de debilidad abandona mi cuerpo, mis sentidos se agudizan como nunca lo han hecho.

—¡Bájame otra vez! —le ordeno a Sapo mientras me siento en el borde del agujero. Él y Ratón se acercan a mí y me sujetan para que no me tire—. ¡Bájame o bajaré yo misma!

—¡Tranquila, Sombra! —me pide Ratón. Puedo notar el esfuerzo que hace para resistir y sostenerme mientras lucho por zafarme de ellos.

—¿Cómo lo ayudarás de esa forma, Alika? —me pregunta Sapo con el pecho contra mi espalda. Sus brazos se ciernen sobre mí de tal forma que no me deja escapatoria—. Te quebrarás algo y solo serás media persona contra todos esos muertos.

—¡Tengo que sacarlo de ahí! —exclamo y, pese a que me repito que tengo que mantener la cabeza fría, la desesperación me amenaza más cerca que nunca. Lo único que puede ayudarme a vencerla es moverme. Salvar a Luwen. Vuelvo a sacudirme para que Ratón y Sapo me liberen——. ¡Bájame ahora!

Entonces el pájaro sale como una flecha de la cueva. Pasa a mi lado y Libélula vuelve a subir, siguiéndolo. Ratón y Sapo me sueltan al instante y los tres caemos al suelo, producto del forcejeo.

Me levanto de un solo movimiento y el pájaro se posa en el piso y se transforma. Luwen está allí, en la misma posición de agotamiento que tuve yo hace unos instantes cuando me subieron con la soga.

No puedo evitarlo, me arrodillo frente a él y le paso los brazos alrededor del cuello.

—¡¿Por qué hiciste eso?! —le grito histérica, contra cualquier tipo de orgullo y voluntad que pudiera haber mostrado frente a las criaturas del bosque——. ¡Eres un idiota, Luwen!

—¡Estás loca, Alika! —replica Luwen a gritos.

Siento que me sujeta la nuca y la cintura. Entonces respiro. Regresa algo que me abandonó en el momento en que pensé que lo había perdido. Algo parecido a la esperanza.

Luwen está vivo. Está bien.

La voz le flaquea y sé que la mía también lo hace, que las lágrimas de desesperación han terminado por escaparse. Las siento calientes contra mis mejillas. Luwen me aparta apenas de él para examinarme el cuerpo buscando heridas, con una mezcla de angustia y emoción.

—¡Podrían haberte matado! —me dice—. ¿Por qué no regresaste antes?

Me sujeta el rostro, obligándome a mirarlo. Tiembla un poco. O tal vez sea yo. Su alivio me abruma. No hay rastro de la indiferencia que me ha mostrado hace un rato. Solo un intento de consolarse, de repetirse a sí mismo que yo estoy ahí, que estoy a salvo.

Me acerco y nos quedamos allí. Aprieto mi frente sobre la suya y, con los ojos cerrados, respiramos. Cuento hasta cinco antes de cada exhalación para tranquilizarme y sé que, posiblemente, él esté habitando el presente también. Es como si nos hubiésemos separado del mundo y creado uno para nosotros solos. Porque solo tengo ojos para él, y él, solo palabras para mí.

Un carraspeo es lo que nos hace tomar conciencia de que no estamos solos. Yo soy la primera en girarme hacia Sapo, Ratón y Libélula, que han estado mirando atónitos todo el rato cómo nos abrazamos y nos gritamos.

Me alejo ligeramente de Luwen y me pongo de pie. Él me imita, pero no parece ni un poco avergonzado de que sus amigos nos hayan visto comportarnos de esa forma. Es como si el alivio se hubiese comido cualquier otra emoción que pudiera haber sentido.

Entonces me muevo para sacar algo de mi bolso y extiendo la corona del bosque hacia él, poniéndola a su disposición.

CAPÍTULO 44

—Eres increíble —sentencia Luwen, aunque no toma la corona. Solo se queda mirándome.

—¡Lo lograste, Sombra! —exclama Libélula mientras revolotea a mi alrededor, extasiada por mi logro—. ¡Lo hiciste, lo hiciste!

—¡Bien hecho, Sombra! —Ratón me da un ligero golpe en el hombro.

Sapo no dice nada, pero no lo necesita, pues su postura y su expresión hablan por él: está impresionado. La breve inclinación de cabeza que me dirige me transmite no solo su gratitud, sino también el reconocimiento. Es todavía mejor que si hablara.

Luwen solo me mira y yo lo observo. Tengo el brazo extendido hacia él y la corona en la mano, pero el príncipe todavía no la ha tomado. No sé qué me da más paz: si verlo sano y salvo o que vuelva a ser el de siempre.

—¡Esto debe festejarse! —anuncia Ratón.

—No sin que antes Sombra se dé un baño —dice Sapo—. Huele fatal.

Luwen finalmente agarra la corona y me lanza una mirada que no puedo descifrar, como si algo pasara por su cabeza. Yo aprovecho para sacar la poción limpiadora de mi bolso y beberla entera de un sorbo. El hedor insoportable que me rodeaba desaparece y, cuando me miro, veo que mi capa ha quedado reluciente.

Los cinco descendemos del techo de la cueva y vamos a encontrar a Katzen. Nos subimos a él una vez más, que nos lleva de regreso hacia el bosque, y luego nosotros caminamos hacia la cabaña.

Todo el camino lo hacemos triunfantes, victoriosos y confiados. La corona ha regresado al bosque.

Dentro de la cabaña, alternamos entre vino y cerveza. Ratón sale en un momento y regresa unos minutos después con una canasta llena de bollos y frutas. No sé de dónde lo ha sacado, pero estoy tan hambrienta que devoro cuanto puedo.

Como es habitual en mí, no hablo demasiado, pero se siente como si fuese el alma de la fiesta pues, tanto Sapo como Ratón, brindan varias veces conmigo, y Libélula, claramente bajo los efectos del vino, pronuncia un discurso sobre los motivos por los cuales siempre seré su mejor amiga.

Luwen esta vez está casi tan callado como yo. Apenas llegamos a la cabaña, coloca la corona sobre la mesa, como para recordarnos a todos la razón por la que festejamos, pero luego toma una botella de cerveza y se sienta en un extremo. Ríe cuando Ratón o Libélula hacen chistes y responde a todos los comentarios, pero pareciera que su mente estuviera en otro lado.

En un momento veo que el príncipe se levanta y sale de la cabaña. Sapo está recogiendo las botellas vacías que hemos dejado en la mesa, en los sillones y en la barra. Ratón va a la cocina a preparar algo más.

Me siento en el sillón y saco mi navaja. Comienzo a afilarla con una piedra que recogí del suelo antes de entrar en la cabaña.

Libélula se posa en el apoyabrazos del sillón en el que me encuentro sentada.

—¿Tú y Luwen están bien? —me pregunta. Lo hace en forma casual, pero también distingo una astucia que atraviesa su tono.

—Bien —respondo, pero lo cierto es que no sé la respuesta.

—¿Ha pasado algo entre ustedes?

—No sé qué pretendes averiguar, pero si esperas que tengamos una conversación analizando lo que dijo él y lo que dije yo, te equivocaste de persona.

—Solo quiero cerciorarme de que estés bien, Sombra. No es necesario que estés a la defensiva con esto...

—No estoy a la defensiva —aclaro mientras levanto la navaja para examinar si el filo ha quedado bien.

—Las brujas, tan valientes y salvajes... Imagino que no le tendrán miedo a querer a alguien.

—No tengo miedo —replico, seca, y muevo la navaja de tal forma que su brillo se refleja en el rostro de Libélula. No lo he hecho a propósito. No pretendo amenazarla. Son solo costumbres difíciles de radicar.

—Alguien que no tiene miedo no estaría aquí hablando conmigo mientras Luwen te espera afuera.

—No me está espera...

La comprensión me golpea de inmediato. Libélula tiene la satisfacción plasmada en la cara.

—Una palabra de esto a Sapo y Ratón... —comienzo.

—Ahórratelo, Sombra. Como si no se hubiesen dado cuenta luego del espectáculo que dieron cuando salieron de la cueva...

Sin molestarme en decirle nada más, me levanto.

—Sombra... —me llama el hada antes de que llegue a la puerta. Me doy vuelta para verla—. Si tienes que decidir sobre algo...

recuerda que el amor no es una decisión de un solo instante. Todos los días podemos decidir si amar o no.

Siento que, pese a que las palabras son claras, me estoy perdiendo algún significado oculto, uno que se supone que agregue yo. Asiento y salgo de la cabaña.

Veo a Luwen de inmediato junto al árbol de los sueños. Está a espaldas de mí, pero doy unos pasos y me ubico a su lado.

—Hemos logrado algo que anhelabas desde que supiste de la existencia de la corona y, aun así, tienes la expresión de alguien que ha sufrido una derrota —comento sin mirarlo.

—¿Te ha pasado alguna vez? —pregunta—. ¿Que alcanzas un sueño y que, al hacerlo, se siente incompleto? Me pregunto si es porque tal vez no era un verdadero sueño…

Sé que se refiere al hecho de que finalmente podrá irse del bosque para siempre, al hecho de poner la corona en manos de su padre.

—Es lo que querías. Paz, vida y tranquilidad para el bosque… para poder irte finalmente.

Se me forma un nudo en la garganta al decir esto último.

«No seas ridícula, Alika. ¿Qué sentido tendría que se quede?», me digo.

—Algo que siempre me pareció que sería tenerlo todo se siente… insuficiente —dice Luwen—. Como si ahora que lo tengo, no fuese a llenarme de verdad. Como si hubiese sido otra cosa la que necesitaba. Tal vez mi verdadero sueño era dejar de sentir dolor. Esperaba que irme lo tapara, que lo hiciera desaparecer.

—Tal vez lo haga…

—¿Y si hay algo mejor que eso? ¿Que no sentir dolor?

—¿Qué podría ser mejor que no sentir dolor?

—Sentirlo... Quedarse a pasarlo junto a las personas que quieran estar a tu lado, junto a las que lo valgan para que duela menos. Que lo que sucede alrededor importe. ¿No es esa otra forma de crear un hogar? ¿No es una forma de volverse más fuerte... un sobreviviente? Tal vez los sueños sean inútiles. Tal vez solo sean engaños de nuestra cabeza para que todo el tiempo anhelemos algo que no podemos tener... Una forma de ver el presente como un camino hacia un fin y nunca como un regalo.

—¿Por qué no ambos? —pregunto como si alguien hablara por mí, como si pensara en voz alta, porque nunca se me había ocurrido esa posibilidad—. ¿Por qué no soñar, pero sin dejar de disfrutar el camino?

»Puedes hacer más que escapar, Luwen —propongo. No sé por qué lo hago ni qué sentido tiene hacerlo, pero que alguien como él piense algo así de sus sueños no se siente bien. Quiero que sepa de lo que es capaz—. Más que buscar eternamente un mundo que tenga las posibilidades que quieres.

—¿Crearlo? —pregunta, repitiendo lo que dijimos la noche anterior en el balcón.

—Puedes volver tu hogar cualquier sitio del mundo. En lugar de solo acumular cosas o experiencias de forma errática y superficial, puedes darle la posibilidad de que importen. Puedes detenerte a escuchar lo que sucede a tu alrededor y abrirle una puerta para que, si lo vale, pueda entrar.

Nos quedamos callados y casi que puedo oír su mente trabajando.

—¿Qué piensas? —indago.

—Estoy recordando. Cuando era niño, el castillo y el bosque eran lo único que conocía. Solía creer que era lo mejor del mundo. Que nunca podría estar en un lugar mejor. En algún momento eso cambió. Estoy intentando pensar cuándo lo hizo.

Quiero compartir algo con él, como él lo está haciendo conmigo. Se merece eso. Merece mi sinceridad.

—Cuando era niña, Elna y yo... Me montaba en sus hombros y recorríamos Ciudad de los Muertos así. Luego me llevaba sobre su espectro y contemplábamos todo desde las alturas. No solo Ciudad de los Muertos, sino también Crepuscilia. Incluso a veces llegábamos a Luminia. Entonces no sabía nada sobre guerra o enemigos. La vida era tan fácil, entonces. Desearía que alguna vez volviera a ser tan fácil.

—La mía se siente mucho más fácil cuando estás cerca. Quiero ser mejor persona cuando estás aquí.

Creo que nunca me han dicho algo como eso. No sé qué responder.

—Lo que hiciste hoy... Sé que fue un trato, que se suponía que debías hacerlo... —agrega Luwen—. Pero sé que lo hubieses hecho de todas formas. También lo hiciste por el bosque. Por tu hogar. Eres increíble, Alika.

Veo el orgullo hinchando su pecho. Nadie es tan buen actor. El brillo de sus ojos no puede fingirse. Lo que acaba de decir me molesta.

—No vuelvas a decir eso.

—¿Qué? ¿Que lo hiciste por el bosque? ¿Que es un trato?

—Que crees que soy increíble. No vuelvas a decirlo jamás.

No sé qué esperaba que respondiera a eso, así que sigo contándole sobre mi pasado. Una parte de mí quiere que lo sepa todo.

—Toda mi vida he intentado sanar a las brujas y su historia. Me he preguntado por qué tuvo que sucedernos lo que nos pasó. He estado dando vueltas en el odio, en el rencor, en la venganza. Y no le veo salida a eso. Por más de que lo pienso, de que me miento a mí misma diciendo que cuando encuentre a Elna el camino será más claro, que sabré qué hacer entonces. Tal vez Sapo, Ratón y Libélula tengan razón. Tal vez la guerra no es la respuesta. Pero si la guerra no lo es, no tengo idea de cuál sea. Mi única opción es la violencia. No tengo más respuestas. No tengo más opciones. O cumplo nuestro sueño mediante la muerte de otros o lo veo morir mientras viven. Así que jamás vuelvas a decir nada como eso sobre alguien como yo. No cuando nadie está tan perdido como lo esto yo. No cuando he vivido perdida toda mi vida.

—No sé cómo lo harás —continúa Luwen—. Yo no tengo la respuesta. Eso solo puedes saberlo tú. Pero vas a encontrar el camino, Alika. Estás en él.

—No puedes saber eso.

—Lo sé —repite.

Algo caliente e inesperado se agita en mi pecho.

—Lo que pasó anoche... no fue solo para que me sacaras las esposas —reconozco—. Si lo hicieras, no me quejaría, pero quería hacerlo.

—¿Por qué lo dijiste entonces?

No quiero decirle que nunca me había sentido así. No quiero decirle que nunca me había vinculado con otra criatura de aquella forma, pero me mira de esa manera y no tengo alternativa.

—Fue... fue mucho. Muy intenso. No estaba preparada. No esperaba sentir tanto.

—Lo sé.

Nos quedamos un rato en silencio. No sé qué pasa por su mente. Ni siquiera estoy segura de qué pasa por la mía.

—Eso de entrar en la cueva para salvar mi vida parece demasiada molestia para tomarte por una tregua —digo unos momentos más tarde.

—Eso de tironear con Ratón y Sapo para volver a entrar a ayudarme también parece demasiada molestia por una tregua.

—Queríamos cumplir la promesa del viento de la mejor forma posible. No sé qué opinas, Luwen, pero creo que lo logramos.

Lo veo sonreír y decido que esa es la versión que más me gusta de él. Cuando se comporta en forma siniestra me resulta escalofriantemente atractivo, pero poder hablar con él de esta manera enciende algo en mí que no logro identificar.

—En algún momento empezó a sentirse más que un trato —explica—. En algún momento tal vez empecé a sentirte mi amiga. Creo que tampoco sé en qué momento pasó eso.

—Si esto es ser tu amiga… No te ofendas, pero no parece ser algo muy seguro.

Se ríe fuerte y yo sonrío, pero mis ojos lo evitan y, en su escape, se cruzan con algo inimaginable. Algo que jamás he visto. Algo que me llena y me enciende la conciencia.

Me desplazo hasta allí como un fantasma, dejando a Luwen solo detrás de mí. Ya no tengo atención para él. Posiblemente, para nadie. Solo estoy yo en el bosque, junto al árbol de los sueños.

La nieve se ha difuminado en algunos sectores del suelo, dejando paso a lo más vivo que he visto jamás. Nunca imaginé la naturaleza tan pura, verde e impetuosa. La vida florece de forma atroz. No siente culpa ni pide permiso. Solo fluye, vibra y nace. Una rueda sin fin, incontrolable, imparable. Una llamada a habitar el presente, a llenarse de energía.

Warmer y Nadela lo dijeron en una oración: «el bosque se está muriendo», pero al comparar lo que veo con lo que fue el bosque hace tan solo unos instantes me hace comprender lo fundamental. Me viene el recuerdo de todos los libros que robé de Crepuscilia, los que leí durante mi vida. De ellos aprendí sobre las distintas criaturas, sobre los distintos territorios. Nunca he visitado otras partes del mundo, pero los libros me permitían viajar. Recuerdo las conversaciones que espié, las representaciones que presencié, los seres con los que peleé. Siempre se habló de amor, de traiciones y de venganza. Las criaturas reían, bailaban, trabajaban y se preocupaban por los impuestos. Mientras todos estábamos tan concentrados en eso, el bosque se moría.

Me pregunto cómo fueron capaces de escribir o de hablar sobre otra cosa que no fuese el bosque en peligro, cómo pude encontrar importancia en otra cosa.

Como si el bosque y el amor no fuesen igualmente fuertes. O importantes. O vitales.

Siempre me han gustado las cosas muertas porque han sido parte de mi experiencia, pero ahora acaba de despertarse en mí un instinto dormido, una parte que admira lo vivo porque es tan fuerte como la muerte. Me conecta con mis sentidos y me hace habitar el presente sin esforzarme. La potencialidad de lo que podría ser si me detuviese a cuidarlo, a volverlo mi hogar, lo completa todo.

La sensación de que la vida es indomable me llena los sentidos. Lo que veo es lo mejor de mí. Es lo más sanador que he vivido. Lo que fue antes que nunca pude ver, lo que puede ser. Abundancia pura y amor. Sueños y vida y libertad. Todo eso es el bosque. Un mundo mejor. Para todos.

«Reina de la muerte y de la vida».

Siento a Luwen a mi espalda. Me contempla mientras yo me extasío de presente.

Me giro a mirarlo y veo lo que siento sobre el bosque reflejado en sus ojos.

—Nunca he tenido motivos para quedarme, Alika —me dice, su mirada es tan intensa que percibo que va a comerme—. Nunca he tenido un motivo para llamar al bosque mi hogar…

Pronuncia la frase de tal forma que entiendo que está agregando un «hasta ahora» silencioso. No sé si al hablar del motivo para quedarse se refiere al bosque, o si se refiere a mí, o tal vez a ambos. Lo que sé es que me arrancaría el alma por ese momento, por ese lugar, ahí con él. Y entiendo a qué se refiere porque tal vez este podría ser un hogar.

Tal vez él vaya a irse. Tal vez yo deba cuidar a las mías. Continuaré mi camino, y él, el suyo, pero en este instante podemos robarle ese momento al destino. Este instante es nuestro, la prueba de que los caminos pueden ser incluso mejores que los finales.

Luwen se detiene y frunce el ceño. Mira hacia los árboles, en alerta. Entonces lo escucho yo también. Mi corazón da un vuelco al verlo.

—¡Alika! —exclama Warmer—. ¿Tienes idea de hace cuánto te busco?

CAPÍTULO 45

El pelo castaño de mi cazador ha pasado casi por completo al gris. Tiene algunas arrugas al costado de sus ojos y su andar es pausado. Casi corro para acercarme a él y Warmer se agacha para poder mirarme de cerca. Le tomo el rostro entre las manos para hacer lo mismo.

—¡Warmer! Te ves terrible.

Saco la navaja de mi bota y me hago un ligero corte en la palma de la mano. Le extiendo el brazo a Warmer, como tantas veces hemos hecho. Él toma mi mano y bebe de mi sangre, como si se le fuera la vida en ello. Literalmente. La sensación familiar de alimentar a mi cazador de aquella forma es agradable, pero algo se siente diferente a otras veces.

Cuando se aparta de mí, se limpia la sangre de la boca con la manga de la camisa y yo corto tela del borde de la mía para envolverme la mano lastimada con ella.

Me doy vuelta y veo a Luwen con una expresión que no le había visto jamás. En parte es el gesto de alguien que ha visto un momento muy íntimo que no deseaba presenciar. En parte es un instinto asesino. Un desprecio profundo.

Algo no le agrada de que Warmer esté ahí.

—Te dejaré con tu cazador, Alika —dice al darse vuelta. Le toma un segundo convertirse en lobo y echa a correr en dirección al castillo.

Tengo algo incómodo en el estómago; sin embargo, no quiero detenerme a analizarlo. Me dirijo a Warmer. Sus arrugas han desaparecido y su cabello se ha vuelto castaño otra vez luego de beber mi sangre. Es mi amigo de siempre. Nada ha cambiado entre nosotros. Y, a su vez, todo lo ha hecho.

Me doy cuenta de que me había olvidado de él por completo.

Apenas termina de limpiarse mi sangre, Warmer mira hacia el lugar en el que Luwen ha estado hace un rato.

—¿Es el príncipe cambiaformas? —Tiene el ceño fruncido cuando hace la pregunta y algo en su voz resuena con incredulidad.

—¿Lo conoces?

—Lo he visto en el bosque varias veces. Nunca hablé con él, salvo una vez. Me costó encontrar ingredientes para tus pociones. Fue quien me dijo que el bosque se moría. ¿Qué haces con él?

—Estoy averiguando qué ha pasado con Elna —le explico—. He hecho un trato con él. Me está ayudando a conseguir información sobre mi abuela.

—¿Qué estás tramando en verdad, Alika? —me pregunta mirándome—. He seguido tu rastro a través del collar. He estado dando vueltas por el bosque para encontrarte. Me llevaba una y otra vez al castillo de los cambiaformas, pero los cazadores no tenemos permitido entrar y tampoco quería preguntarle a ningún cambiaformas por ti, por si estabas escondida buscando a Elna.

—He salido del castillo —le explico—. Anduve por el bosque muchas veces…

—¿Has visto en lo que se ha transformado el bosque, Alika? Hay bestias por todos lados, desplazarse entre la nieve es difícil, y no te he visto en tanto tiempo...

La forma en la que lo dice me da a entender lo que mi ausencia le hizo a Warmer. Debe haber estado tan débil sin mi sangre que la culpa me carcome la conciencia.

—Me encontraste hoy... —señalo.

—No entiendo nada —contesta—. Hacía meses que el bosque parecía estar muriendo. La nieve azotaba imparable, bestias monstruosas rondaban por doquier. Todo eso me atrasaba muchísimo. Era lo que me detenía todo el tiempo cuando quería seguir tus pasos. Pero hoy... —Mira el césped y luego el árbol de los sueños y las pequeñas gotas que caen desde el hielo de las estalactitas de los árboles—. Es como si, de pronto, todo se hubiese calmado...

—Es la corona del bosque. —Warmer me mira extrañado, entonces le relato lo que hemos estado haciendo con las criaturas y con Luwen. Le cuento sobre los elfos, sobre los cadáveres, sobre las conversaciones que he oído en el castillo.

Cuando termino, mi cazador se queda en silencio. Medita lo que le he contado y parece como si hilara cabos entre las distintas partes de la historia.

—¿Te gusta, Alika? —dice de pronto.

—¿De qué estamos hablando?

—El cambiaformas, el lobo.

—Te he contado cómo el bosque ha revivido, las situaciones que he tenido que pasar, lo que he averiguado sobre Elna... ¿y tú solo me preguntas por el príncipe cambiaformas?

—Si es importante para ti, es importante para mí. —Se encoge de hombros al decir esto y por un segundo me recuerda la forma tan ridícula en la que Luwen movió sus hombros pretendiendo que bailaba hace unos días—. El príncipe… no sé, me miró como si fuese a devorarme si permanecía cerca de ti. Tengo que confesar que me asustó un poco.

«Me enseñarás cómo espantas y asustas».

Las palabras de Luwen del día que prometió que iríamos a Crepuscilia a dar algunos sustos me llegan a la mente y, con ello, también lo hace la noche anterior, con sus manos recorriéndome como si se tratara de una araña tejiendo.

Las comisuras de mis labios se levantan involuntariamente. Me lleva menos de medio segundo recuperar el control.

—No seas absurdo, Warmer.

—Sonreíste… —señala.

—Porque es lo que haces cuando finges con gente loca que pretende entender que me gusta un cambiaformas. Les sonríes y les dices que todo está bien…

—Nunca te vi sonreír así, Alika.

—No seas absurdo, Warmer —insisto.

—Ten cuidado.

—Nadie va a hacerme nada. Puedo cuidarme sola.

—Sé que puedes cuidarte de otros. Lo que temo es que no puedas cuidarte de ti misma. —Se queda en silencio y mira hacia el suelo un segundo—. Cuando creí que te había perdido… He estado pensando mucho sobre eso, Alika.

—¿Sobre qué has pensado?

—Sobre nosotros. Sobre ti y sobre mí. Creía que no volvería a verte. Luego de tantos días… comencé a creer que era real. Me pregunté qué hubiese ocurrido si te hubiese dicho que sí, si hubiésemos estado juntos.

Me quedo de una pieza. No acabo de entender hacia dónde va esta conversación.

Tal vez en otro momento hubiese deseado con todas mis fuerzas que aceptara, que me diera la cercanía que había anhelado con él, pero cuando lo menciona me doy cuenta de que jamás podría estar con Warmer de esa forma. No después de la noche anterior con Luwen. No entiendo si quiera cómo pude desearlo alguna vez.

Una parte de mí piensa en lo fácil que hubiese sido todo con Warmer. Él no se iría a ningún lado, él no es hijo de mi enemigo.

—¿Por qué no puedes ser tú? —pregunto, más para mí que para él, pero mi amigo parece entender a qué me refiero.

—Porque yo solo puedo seguirte por donde marques, Alika. Necesitas a alguien que marque el sendero contigo. Puedo caminar detrás de ti, pero nunca seremos pares.

Tiene razón. Yo jamás podría darle a Warmer lo que él necesita ni él a mí. Soy una sombra, que ansía tanto la oscuridad para ser como la luz para existir, y lo que él necesita es el suave calor del sol. Si no me entristeciera tanto, sería casi gracioso que no haya podido darme cuenta de eso antes.

Warmer siempre será mi hermano. Siempre será mi cazador.

Por una vez comprendo que Warmer tuvo razón en negarse a mí porque lo que nos damos el uno al otro es amistad. Algo muy distinto a lo que tengo con Luwen, que tal vez siempre ha sido así y que así se suponía que fuese. Agradezco que haya dicho que no. Algo que antes me frustraba en ese momento se ve como algo tan necesario. Entonces se me ocurre que reconocer y aceptar que nos hubiésemos hecho daño de esa forma, también es un gran acto de amor.

Cuando estás tan conectado a alguien, cuando lo conoces tanto que puedes comprender lo que pasa por su mente y por su corazón sin que tenga que explicarlo, las palabras son tan obvias que se vuelven excesivas.

Warmer no necesita decirme nada porque entiendo que él piensa lo mismo que yo, que tal vez nunca lo hablamos antes porque ninguno de los dos comprendía qué podía haber entre nosotros y temíamos lastimarnos.

Algo de lo que está sucediendo me entristece, como si un ciclo hubiese terminado. En cambio, Warmer no parece apenado ni decepcionado. Así es él. El más fiel cazador hasta en el último instante.

—¿Podemos seguir siendo amigos, Alika?

El pedido sale de sus labios tan suave y tímido que me arden los ojos al pensar que él tal vez temió que lo contrario era una posibilidad. Que su corazón no toleraría no tenerme a su lado, como yo tampoco lo haría si supiese que no podía contar con él.

—Por supuesto que sí, humano ridículo. —Le echo los brazos al cuello.

Él me abraza también.

—Creo que siempre lo supe...

—¿Qué?

—Que siempre querría que fueses mi amiga, que siempre te querría de esa manera. Y que también podrías amar a otro de una forma distinta y que darías todo por él y él por ti porque eso es lo que mereces. Así eres tú. Lo que sea que vivas, lo vives con todo tu corazón. Aunque a veces nos hagas creer que no tienes uno. Aunque a veces hasta tú lo creas.

—No es...

—Nadela quiere hablar contigo —me dice finalmente—. Cuando regresé a Ciudad de los Muertos aquel día, cuando encontré todo quemado... Temí que hubieses muerto. Nadela me contó lo que habías hecho, a dónde habías ido. Yo venía cada día al bosque a buscarte, pero no podía dormir aquí. No con las bestias vagando por todos lados... Regresaba a Ciudad de los Muertos por las noches. Nadela comenzó a impacientarse.

—¿Impacientarse cómo?

—Tú eres su reina, Alika. Siempre lo has sido, pero más aún ahora que Elna se ha ido.

—Elna regresará...

—Para Nadela tú siempre serás su reina, y lo sabes. Eres la que le prometió un hogar, una revolución. Eres la que le dijo que regresaría a las brujas al bosque...

—Lo haré —respondo, pero algo en los ojos de Warmer está mal. Veo su inseguridad, veo su miedo y también veo la determinación. Él me seguirá a donde yo quiera ir, no importa el camino que tenga que tomar para hacerlo.

—Debes ir a hablar con Nadela. Están esperando tu señal. Están esperando la revolución.

—No puedo ir a hablar ahora. Aún debo encontrar a Elna. Tengo las esposas de hierro.

—El bosque está en paz ahora, Alika. No hay laberintos, no hay invierno, no hay bestias. Si sales del bosque hoy y montas a Katzen, llegarás a Ciudad de los Muertos al anochecer. Habla con Nadela, ve a Crepuscilia. Tal vez hayas pasado demasiado tiempo en el bosque. Recuerda lo que significa ser una bruja, solo por un día. Luego puedes regresar a la corte de cambiaformas a buscarla.

—¿No entiendes? ¡No puedo perder un minuto en encontrarla!

—Has pasado casi un mes aquí y todavía no tienes ninguna pista concreta. Solo un día, Alika. —Detecto súplica en la voz de Warmer—. Hay decisiones que deben tomarse. Debes tener la cabeza fría para hacerlo.

Es el ruego de Warmer lo que me convence. Él no quiere influir en mis decisiones. Quiere que sea yo misma quien las tome. Pienso en entrar en la cabaña para decirles a mis amigos lo que pienso hacer, a dónde voy, pero no deseo ver la sospecha en los ojos de Sapo ni tampoco la tristeza o la despedida en la voz de Libélula. Así que solo asiento y sigo a Warmer hacia las afueras del bosque, tal como lo hice esa mañana con las criaturas y Luwen. Ambos montamos a Katzen, que llega tan obediente como en la mañana.

Y juntos volamos a Ciudad de los Muertos.

CAPÍTULO 46

Katzen aterriza junto al lugar en el que solía estar la Casa del Río. No queda nada ahora. Solo tierra y escombros.

Warmer y yo bajamos de su lomo y el espectro lanza un rugido y vuelve a elevarse en el aire.

Miro a nuestro alrededor. El cementerio se siente más gris que nunca, si eso es posible.

A lo lejos veo la figura de una persona de pie y la reconozco enseguida. No sé si Nadela ha presentido que yo iba a regresar hoy y que me detendría en aquel punto, y por eso decidió esperarme allí, o si cada día desde que me marché ha ido allí, con la esperanza de encontrarme. Tal vez ambas.

Le doy una mirada llena de significado a Warmer, que parece entender lo que quiero decir. El cazador camina en dirección a la lápida desde la que siempre hemos mirado el horizonte. Se aleja, dejándome sola con Nadela.

—Nadela —digo, a modo de saludo.

La ahora capitana del ejército de las brujas me mira como si fuese una mezcla de espíritu y diosa, algo divino, pero demasiado bueno para existir. Cuando sus sentidos parecen confirmarle que soy yo en verdad a quien tiene enfrente, se apura y me abraza. Yo le devuelvo el abrazo.

—¡Alika! —exclama—. No sabíamos nada de ti. Hace semanas que te dimos por perdida, a ti y a nuestra revolución, pero yo sabía que estabas viva. Se lo he dicho a las otras…

Nos separamos y, al hacerlo, las mangas de mi blusa quedan enganchadas entre pliegues de ropa y dejan las esposas de mis muñecas a la vista. Los ojos de Nadela primero se abren como platos por la sorpresa, pero se incendian de furia al comprender.

—¿Quién te hizo eso? ¿Qué pasó? —me pregunta—. ¿Dónde has estado?

—Es una larga historia…

—Tengo tiempo.

Sus labios están apretados en una fina línea y se cruza de brazos, expectante.

—Cuando llegué al bosque había bestias por todos lados —explico—. Nunca podría haber buscado a Elna sola. Una de las bestias me atacó y me desmayé. Cuando desperté, me habían encontrado un hada, un ogro, un gnomo… y un cambiaformas. El príncipe heredero.

Una vena se hincha en el cuello de Nadela. Creo que podría estallar de furia, pero también está llena de atención.

—Me ofrecieron un trato. Ellos conocían el bosque. Me acompañarían a buscar a Elna allí y el cambiaformas me haría entrar en el castillo. A cambio yo buscaría para ellos la corona del bosque. Así ahuyentarían a las bestias y el bosque reviviría. Nosotras íbamos a tener que hacerlo cuando regresáramos, de todas formas, y nunca podría recorrer el bosque sin ellos, así que acepté. Hice una promesa del viento con el cambiaformas.

No le cuento sobre la profecía y el regalo del duende. No sé por qué, pero Nadela no es como Warmer. Él siempre ha sido mi confidente. Nadela es mi compañera; sin embargo, no tiene que saberlo todo.

—Dime, Alika. ¿Ha rendido frutos tu búsqueda?

—La corona ya está en el bosque —respondo—. La tiene el cambiaformas.

—Pero Elna...

—La encontraré. Ellos tienen que ayudarme por la promesa del viento, pero de todas formas lo harían. Las criaturas merecen la pena...

—¿Quiere decir que se pondrán de nuestro lado? ¿Pelearán con nosotras? Los ogros y los gnomos pelearon del lado de los cambiaformas durante la guerra.

—Ellos no participarían. No quieren guerra, Nadela, pero no tienen nada contra nosotras. Han perdonado.

—¿Perdonado? ¿Nos han perdonado a nosotras? —La voz de Nadela se vuelve chillona, indignada.

—Ellos también tuvieron pérdidas, igual que nosotras...

—No igual que nosotras. Es fácil no querer guerra cuando has ganado la última.

—No tienen nada que ver con Varnal, Nadela. Cuando hayamos encontrado a Elna, se irán. Ni siquiera estarán ahí una vez que tomemos el bosque. No les interesa estarlo.

—¿Cómo sabes que el príncipe cambiaformas no está engañando al trato de alguna forma?

—Te lo dije, no es como los otros cambiaformas —repito—. Jamás me haría daño.

—Y pese a ello tienes esposas de hierro en tus muñecas, Alika.

Hay un repentino brillo en sus ojos. Nadela ha comprendido algo. Veo su incertidumbre, veo la esperanza desmoronándose, veo la desilusión de alguien que creía en mí más que nada en el mundo, veo el anhelo por un hogar.

—¿Qué pasa con la revolución? ¿Qué pasa con nuestro hogar?

—Habrá todo lo que les prometí —aseguro mientras miro sus ojos vacíos. No puedo tolerar no darle a quienes me siguen lo que sueñan. No quiero que dejen de soñar.

—Haz lo que quieras con el cambiaformas. Si quieres, lo encerraremos para que te diviertas con él todas las noches.

—No quiero encerrarlo.

—¿Entonces?

—Lo dejaremos ir. El bosque es la fuente de nuestros poderes. Ha estado muriendo, pero con la corona allí lo he visto revivir. He sentido que lo hacía y he percibido la conexión con el bosque. Todavía está unido al destino de las brujas.

—Entonces, ¿cuál es el plan? —me pregunta.

—El príncipe cambiaformas y sus amigos ya tienen la corona. Deben cumplir su parte del trato y ayudarme a encontrar a Elna. Cuando tenga a Elna conmigo, se irán. Les daré la señal una vez que lo hagan.

—¿No crees que el príncipe cambiaformas sentirá como una traición nuestro ataque?

—¿Qué hace una pequeña traición para darnos lo que hemos buscado desde hace tanto tiempo? —cuestiono y me doy cuenta de que Warmer tuvo razón en pedirme que me acercara a Ciudad de los Muertos hoy. Tengo que ser fría al momento de tomar decisiones—. Además, es por el bien mayor. El príncipe ya se habrá marchado para cuando ataquemos. Si nunca vuelve atrás, jamás se enterará de lo que ha sucedido.

—¿Cuál es la señal? —pregunta.

—Cuando tenga a Elna conmigo, tocaré el collar que comparto con Warmer. De ahora en más, solo lo tocaré cuando esté con Elna. Él te hará saber que lo hice. Yo se lo ordenaré. Cuando tenga a Elna, esperaré una hora. Luego iré a encontrarlas a la puerta del castillo para mostrarles el camino. Maten a los guardias que encuentren, pero sin llamar la atención. Silenciosas, como sombras.

—Hablaré con los elfos otra vez. Lo haré mañana mismo. Ratificaré nuestro trato. Me aseguraré de que todo vaya conforme lo hemos planeado.

—Primero debemos tomar el castillo de los cambiaformas —digo, recordando la conversación que oí en el estudio de Varnal entre él y Luwen—. Si Liet es el primero en caer, los cambiaformas lo sabrán e irán a ayudarlos a recuperar el fuerte. Una vez que tomemos el castillo, será muy fácil tomar el resto del bosque. Cuando tenga encadenado a Varnal, me quedaré con la corona y el bosque volverá a ser de las brujas.

—Pero por el trato prometiste darle la corona al cambiaformas —señala Nadela.

—Prometí darle la corona al príncipe por el trato, es verdad —respondo—, pero el príncipe ya se habrá ido cuando todo suceda, y yo nunca prometí que no recuperaría la corona de manos de Varnal después de eso.

CAPÍTULO 47

Cuando termino de hablar con Nadela, vamos a buscar a las otras brujas, que están viviendo en tumbas que han encontrado vacías en el norte del cementerio, donde no llegó el fuego. No vivimos en esa parte de Ciudad de los Muertos, pero es lo único que nos queda. Son pocas tumbas y tenemos que pegarnos las unas a las otras para dormir todas juntas ahí.

Al día siguiente, vuelvo a montar a Katzen y voy a Crepuscilia, tal como le prometí a Warmer que haría.

Vuelvo a ver a las personas indigentes. Veo a un niño suplicando por comida fuera de un mercado. Veo que un tendero saca a empujones a un hombre escuálido que no puede pagar una hogaza de pan. Veo cómo golpean a los caballos que tiran de los carros para que se muevan más rápido. Me recuerdo una y otra vez a mí misma qué es lo que traerá una reina bruja, qué es lo que me dispongo a hacer cuando nuestra revolución triunfe: un mundo justo. Un mundo mejor, equitativo.

Ya ha anochecido cuando Katzen me lleva de vuelta a las afueras del bosque. Pese a que está oscuro, no temo caminar entre los árboles. Ya no. Ese sitio no se siente más peligroso. He comenzado a percibir una conexión con él y puedo moverme con comodidad. No hay bestias y el invierno ya no es tan frío. La nieve se ha derretido en pocos días y el verde comienza a asomarse. Pese a ello, me pongo la caperuza para cruzarlo porque, si bien puede no haber más bestias, Luwen debe haber avisado en el castillo que la corona ya está en el bosque y que ahora es seguro. Puede que los cambiaformas hayan decidido salir y estén rondando por allí. Si lo han hecho, no veo a ninguno.

Cuando llego al castillo, me demoro un rato afuera del portón para esperar a que lo abran y poder entrar.

Me deslizo tal como he hecho todos estos días. Vislumbro a la mujer de pestañas largas que habló con Luwen en el baile salir del pasillo que da a la habitación del príncipe y, por un segundo, me recorre un frío y repentino vacío que desconozco. La sensación desaparece cuando otra cambiaformas y un elfo le dan alcance a la mujer de pestañas largas. Comprendo que los tres deben haber estado pasando tiempo juntos en otra de las habitaciones. Ella no ha estado con Luwen otra vez. Al menos no esta noche.

Las voces comienzan como un discreto murmullo, pero se convierten en palabras cuando abro la puerta de la habitación de Luwen.

—¿... y a ti qué más te da?

Samun está acorralado contra la pared y Luwen lo tiene sujeto del pecho.

—No me provoques. —Luwen aprieta los dientes y el tono con el que habla es el más aterrador que le he oído hasta ese momento—. Satzen y tú fueron demasiado lejos.

El príncipe heredero se gira ligeramente al ver que la puerta se ha abierto. Suelta a Samun, que se refriega el pecho como si el agarre de Luwen lo hubiese lastimado.

Luwen da unas zancadas hacia el lugar en el que me encuentro y la vuelve a cerrar con fuerza. Mira alrededor, como si hubiese algo allí. Él intuye que acabo de entrar en la habitación.

—Lárgate. No quiero volver a verte por aquí… —espeta Luwen un poco más calmo, volviéndose a Samun otra vez.

Es como si los dos príncipes hubiesen estado discutiendo antes de mi llegada. Como si, ahora que yo estoy aquí, Luwen intentara disimular su enojo. Lo que no puede disimular es el desprecio hacia su hermano en cada mirada.

—No sé de qué te quejas, Luwen. Un cobarde como tú… Deberías estar agradecido de que haya otros dispuestos a hacer el trabajo que tú no quieres.

Luwen no se convierte, pero su expresión amenazante es la más parecida a un lobo que le he visto. La conversación debió haber tenido tintes más iracundos antes de mi regreso. Ahora se contiene por mi presencia allí.

—Pruébame —dice Luwen, mostrando los dientes.

Samun lo mira con perspicacia y no dice más nada. Da media vuelta y sale por la puerta.

—¿Qué fue todo eso? —pregunto mientras me bajo la caperuza.

—Mi hermano siendo un imbécil, para variar.

—No tenías que detenerte solo porque llegué. Me gusta verte así. Hubiese disfrutado del espectáculo.

—No lo quiero cerca de ti —responde Luwen y, pese a que su voz es calma, todavía tiene dejos del enojo que demostró hace unos instantes—. Lo mataré si intenta tocarte.

—¿Y arrebatarme el placer de ocuparme de él con mis propias manos? Creí que eras mi amigo.

Solo entonces el príncipe relaja su rostro.

—Nunca te arrebataría eso —responde con una ligera sonrisa.

Está vestido con su clásica ropa negra. Va hacia la cama endoselada y se recuesta por fuera de la ropa de cama sin sacarse los zapatos. Cruza los brazos detrás de la cabeza, con una actitud tan masculina que me hierve la sangre y la mirada perdida.

No me saco la capa, pero me recuesto junto a él. Los dos miramos al techo. No necesito observarlo para darme cuenta de que está más enojado de lo que lo he visto jamás.

—Todavía no hay cambiaformas en el bosque —señalo—. No vi a ninguno en mi camino hacia aquí.

—Las bestias han desaparecido. Le he avisado a mi padre y él lo ha informado en la corte, pero todavía muchos desconfían. Le llevará unos días superar el miedo que han tenido todos estos meses a las bestias.

No digo nada más sobre eso, pero mis meditaciones me llevan a pensar que sin cambiaformas ni en el bosque, a las brujas no les costará llegar al castillo.

—¿Sobre qué discutían Samun y tú? —pregunto.

—Quiere dejarme en claro que él es el mejor para ser rey. Le fastidió saber que, aunque la corona esté en el bosque, yo no voy a irme.

—Solo hasta que encontremos a Elna —aclaro—. Luego te irás y él tendrá lo que quiere. ¿Por qué discutir sobre eso?

El silencio es breve pero terminante. Comprendo lo que va a decirme antes de que empiece a hablar.

—Tal vez no quiera irme.

—¿Por qué no querrías? —inquiero, ahora sí lo miro, pese a que Luwen mantiene su vista en el techo—. Es lo que has querido siempre.

—Tal vez lo quería por los motivos equivocados.

—No hay motivos equivocados —respondo—. Ese era tu plan. El plan de Libélula, Ratón y Sapo…

—He hablado con ellos. Desean acompañarme. Dijeron que si quiero quedarme a ser rey, ellos me apoyarán. Se quedarán conmigo.

Pero él no puede quedarse. Ninguno de ellos puede. No ahora que la revolución está planeada. Las brujas atacaremos el castillo. Arrasaremos con todo aquel que nos haga frente, y no quiero a Luwen ni a ninguno de ellos cerca cuando eso suceda.

—No puedes —digo en un hilo de voz y Luwen se gira para mirarme. Los dos permanecemos acostados, él con el cuerpo hacia mí, y yo con el rostro hacia él—. Su plan era irse. Tienen que irse. Libélula quiere ser bailarina.

—Me aseguraré de que Libélula tenga un lugar en la corte como bailarina. Como príncipe tal vez no pueda, pero como rey...

—Eso no tiene sentido. ¿Por qué cambiaste de idea?

—Es mi decisión, Alika.

—¿Es broma, Luwen? Has estado hablando de irte desde que te conozco, ¿por qué ibas a querer...?

—Mi padre nunca aceptó mis sugerencias, nunca me tomó en serio porque yo insistía con que quería viajar. Ahora le he conseguido la corona. Si le demuestro que quiero quedarme a ser rey, si aprendo política, si ve que tengo mi cabeza en esto... será distinto. Estoy seguro. Y, si no lo es, al menos quiero intentarlo. Podría hacer que otras voces se escuchen. Podría cambiar las cosas, Alika. Incluso podría hacer que te escucharan a ti.

Se me escapa un resoplido y una risa sarcástica.

—¿Que Varnal me escuche a mí? ¿Te das cuenta de lo que estás diciendo? ¡Enloqueciste, Luwen! ¿Qué te hace creer que Varnal me escucharía? ¿Qué te hace creer que yo tendría algo que decirle?

—Se te ocurrirá algo que decirle. Si tienes el espacio para hacer los cambios, encontrarás la forma de hacerlo. Cuando te vean, Alika, cuando te conozcan como yo te conozco, tendrás a todos comiendo de tu mano. Verán lo asombrosa que eres.

—No puede ser que seas tan tonto como para creer que vas a poder convencer a los cambiaformas de escuchar a las brujas.

—Al menos quiero intentarlo.

—No es tu problema. Es nuestro, Luwen. Nosotras nos ocuparemos...

—Tal vez quiera volverlo mi problema.

—Sueñas.

—Creí que tú eras la visionaria...

—La visionaria, no la loca —espeto.

Vuelvo a mirar el techo, pero siento sus ojos en mí. Tengo que convencerlo. Él no puede quedarse. Ninguno de ellos puede. Las brujas no dudarán en matarlos si llegaran a hacernos frente. La posibilidad que plantea, de que Varnal nos escuche... No hay forma de que funcione. Aunque el rey cambiaformas nos escuchara, las brujas jamás aceptarán algo cedido por él, como si nos estuviera haciendo un favor.

—Tienes que irte, Luwen —le ordeno—. No puedes quedarte. No quiero nada contigo y tampoco quiero hablar con Varnal.

—No te estoy pidiendo que hagas nada, Alika. No tiene por qué volver a pasar nada entre nosotros. No es por eso. Es porque quiero ayudarte. Es porque creo en ti. ¿Una noche con tu cazador y ni siquiera toleras ser mi amiga?

Giro el cuello tan rápido que me da un breve tirón.

—No fue eso lo que pasó —aclaro—. Anoche no estuve con él.

—Está bien, Alika. —Veo su esfuerzo por sonreír. Es él quien mira el techo ahora—. No tienes que explicarme nada. Me alegra que hayas regresado. Mi padre quiere que vaya hoy a Crepuscilia a buscar información. Si no hubieses vuelto temprano, no nos habríamos cruzado.

Quiero explicarle. Me quedo muy quieta, pero todo dentro de mí está revuelto. Tengo el corazón hundido en el pecho y un nudo en la garganta. No tolero que crea que alguien podría querer a otro que no fuese él.

—Ya… ya no es así con Warmer. Necesitaba volver a Ciudad de los Muertos. Necesitaba recordarme quién soy. Ya lo he hecho, por eso regresé.

—¿Cuántos cazadores se necesitan para encender un candelabro? —dice Luwen y me mira con las cejas alzadas.

Nunca alcanzo a escuchar el remate del chiste porque solo la primera parte alcanza para alivianar el ambiente y hacerme sonreír. Solo él sería capaz de hacer sonreír tantas veces y de tantas formas a una persona oscura como yo.

—No vas a rendirte, ¿verdad?

—Alguien que se rinde en hacerte reír jamás te merecería.

Lo dice con tanta intensidad que sé que lo piensa en serio, que es lo más en serio que me ha dicho desde que nos conocemos.

Sé que se supone que lo convenza de que se vaya, de que abandone el bosque con Sapo, Ratón y Libélula para que no les hagan daño cuando las brujas se levanten. Me recuerdo que debo pretender que nada ha cambiado, que no debo hablar ni pensar en revolución cuando estoy cerca de él, que debo seguir fingiendo para que no sospeche, para que se marche y yo pueda iniciar la guerra con las brujas. Pero no estoy fingiendo ni un poco cuando pienso que me fascina. Porque no me había dado cuenta de lo que hacerme reír se había vuelto para él: una prioridad.

Está más cerca de lo que espero, ambos con la cabeza todavía encima de la almohada y con los ojos sobre el otro. No sé en qué momento decido hacerlo. No sé siquiera si llego a decidir algo, pero la cercanía entre nosotros no es suficiente, y acorto la distancia que nos separa.

Lo beso.

Sus labios son suaves y cautivadores, y en cuanto los toco quiero conocer cada parte de ellos. Me toma un segundo recuperar la razón, ser consciente de lo que hago. Me aparto, horrorizada de mí misma, de lo que acabo de hacer. Porque he robado las cosas más extrañas y valiosas, pero nunca un beso. No ha sido solo para satisfacer deseos, sino que fue íntimo, personal y lleno de un sentimiento que ni siquiera yo entiendo. No puedo mirarlo. No resisto mirarlo. Siento la cara caliente y quiero que la tierra me trague.

—Lo siento —susurro con los ojos clavados en el techo, completamente avergonzada de mi debilidad, de mis sentimientos—. No sé por qué hice...

Vuelve a acercarse a mí y me sujeta el mentón, sin obligarme a mirarlo, pero suplicante. Su roce me quema.

Mirar el techo es más fácil que enfrentar lo que voy a encontrarme si me doy vuelta, pero la curiosidad sobre lo que Luwen piensa, acerca de lo que acabo de hacer, me convence de volver a mirarlo. La expresión sobrepasada de emoción que me encuentro cuando lo hago me enternece. Su dulzura da vuelta todo lo que alguna vez pude haber pensado del mundo, lo destroza todo, me llena el corazón de latidos.

Pienso que es injusto que me mire así, que estar con él se sienta así. Que si hay tan solo una posibilidad de que lo que sentimos sea fuerte y real, odio tener que resignar la magia de estar con él por mis obligaciones, por el mundo que anhelo. Que, por hacer el mundo un poco más luminoso para otros, el mío se vuelva más oscuro por tener que privarme de él. Y también me siento culpable por mis tentaciones de seguir luchando por nuestra revolución, por la violencia que todo eso desatará, la violencia que junto a Luwen he aprendido que no sirve, que solo trae odio y muerte. Me siento impotente ante mi destino y todo lo que siento por él se revuelve en mi pecho cuando me mira. Es demasiado grande y no quiero dejar de sentirlo.

Es él quien me besa ahora y sé que no está fingiendo. Sé que no es un error ni algo impulsivo y que tampoco es solo deseo, sino algo más. Que quiere mi sabor en su lengua, que quiere perderse en mí, que quiere creer en todas mis mentiras y permitir que me meta en su alma.

—Hermosa.

La palabra suena como si se le hubiese escapado, dulce y apremiante, como si lo hubiese estado pensando hace bastante tiempo. No es la primera vez que alguien me llama así, pero la forma en la que lo dice me hace entender que no solo habla de algo físico. Me pregunto cómo algo puede ser tan contradictorio y tener tanto sentido a la vez: una bruja y un cambiaformas.

Dejo de pensar. Mi mente se acalla por primera vez en mi vida. Encajamos perfecto, la chica con el rostro de sombras y el hombre de las mil caras. No es un beso que vaya a sacarme del infierno, pero sí uno capaz de darme la valentía y la fuerza para arder en donde sea que me encuentre y soportarlo, para creer que lo merecemos todo y que podemos tenerlo.

—Alika... —dice Luwen entre jadeos—, tenemos que hablar.

—No ahora.

En algún momento le paso los brazos por el cuello, enredando mis dedos en su pelo, y él me toma de la cintura con una mano y del rostro con la otra. Presiona sus labios contra mi mandíbula y traza un camino de besos hasta mi cuello, arrancándome un gemido.

—Alika... Hay algo que...

Lo silencio con otro beso y decido que ningún tiempo será suficiente con él. Lo deseo desde hace tanto que no me creo capaz de dejarlo ir.

Abro los labios para él y nuestros besos se vuelven salvajes y potentes. Nuestras caricias, intensas y furiosas.

De pronto oigo un ruido metálico y soy consciente de que la presión en mis muñecas, a la que me he acostumbrado después de todos estos días, ha desaparecido. Me siento más enérgica, más liviana. Siento que podría convocar un huracán y a la noche misma. Siento que podría agitar las estrellas.

Las esposas que tenía en mis muñecas han caído sobre la cama y resbalado hasta el piso. Luwen acaba de soltarlas.

Pero por alguna razón siento que mi sensación de poder, de fortalecimiento, tiene que ver más con la idea de soñar a su lado.

Por eso me ubico sobre él, a horcajadas. Su cuerpo es enorme y macizo en comparación con el mío, pero me siento más fuerte que nunca.

Somos todo dientes y lenguas, algo fuera de control. Me doy cuenta de lo mucho que me gusta enroscarme a él como una víbora. Sus manos, que hace tan solo un rato han estado en mi cintura, se deslizan dentro de mi camisa. Sus dedos exploran la curva debajo de mis pechos y sus manos callosas me deslizan sobre mi piel, los aprietan. Yo me arqueo de deseo y me muerdo el labio para no gemir.

—Alika...

Ladra mi nombre antes de volver a capturar mi boca con la suya, la forma en la que lo pronuncia vuelve lo que hacemos algo real. Lo siento todo. Me presiono contra él, exigente, y se vuelve algo furioso, profundo. Ser libre con él se siente tan fácil que me asusta.

En ningún momento dejo de besarlo. Me lleno de su sabor y de sus toques, cada uno más dulce que el anterior. Habito el presente de todas las formas posibles y decido que habitarlo junto a él es mejor que cualquier otra cosa. Esto que tenemos es suficiente para detener guerras, para volvernos todo lo que nunca fuimos y lo que podemos ser.

Pero el golpe en la puerta nos distrae.

—¿Estás ahí, Luwen? —dice una voz que reconozco como la de Talin. Me pongo la caperuza justo un segundo antes de que entre y me agradezco no haberme sacado la capa—. Me pediste que te despertara si te habías quedado dormido. Ya es la hora. Nuestro padre esperará tu informe en la mañana.

La expresión de Luwen por primera vez en la vida es perdida, como si estuviese desorientado, como si mis besos le hubiesen hecho olvidar dónde estaba y qué se suponía que debería estar haciendo.

—¿Estás bien, hermano? —pregunta Talin—. Luces… acalorado. ¿Qué estabas haciendo?

—Nada, hermano —responde Luwen, incorporándose de la cama, pero sin levantarse. Sigo a horcajadas de él, así que tiene movilidad limitada—. Ya voy.

Talin no parece demasiado convencido, pero le hace caso y vuelve a salir. Cierra la puerta.

Me bajo la caperuza y Luwen me mira.

—Deberías agradecerme que no seguí tocándote debajo de la caperuza —señalo maliciosamente antes de pegarme a él para darle otro beso, a lo que responde con una risa.

—Nunca pondré objeción a que me toques, Alika. Me gustaría que lo hicieras usando solo la caperuza.

Luwen vuelve a besarme, pero se ha quedado rígido, como si pensara en otra cosa.

—Debes irte —expreso.

—Por desgracia —susurra a modo de respuesta.

Me muevo de arriba de él y vuelvo a acostarme en la cama. Luwen se para y da la vuelta hacia el lado donde estoy y se agacha para darme un breve beso.

—¿Me esperarás? —pregunta. Yo asiento. Por algún motivo, el hecho de que se marche me provoca un vacío en el pecho. Me digo que solo serán unas horas, que no tardará demasiado en regresar, pero esa sensación permanece en mí—. Tenemos… Hay cosas de las que debemos hablar.

No sé de qué podemos hablar. No tenemos solución para lo que sentimos o lo que pensamos. El tono de su voz es triste. No imagino otra cosa que tenga para decirme más que una despedida. Sé que tiene que irse, así que no quiero entretenerlo.

Sale por la puerta, no sin antes mirarme una vez más. Cuando cierra detrás de él, me quedo inerte, meditando. Me toco las muñecas, ahora libres.

Pienso en cómo voy a convencerlo de que se vaya cuando todo el tiempo le he estado dando otro mensaje. He ayudado a que el heredero de mi enemigo, a quien he vuelto mi amigo, se dé cuenta de su poder, que sepa que si se queda, puede darles a los suyos algo mejor. Algo que es lo opuesto a lo que las brujas queremos. No sé cómo hacerlo, pero tengo que lograr que se marche y que se lleve con él a Libélula, Ratón y Sapo.

Pero algo me molesta, algo no está bien.

«Cuídate del hombre de una y mil caras».

Me levanto, vuelvo a colgarme el bolso en los hombros y pongo la caperuza sobre mi cabeza, una vez más.

Y sigo los pasos de Luwen sin que él lo sepa.

«Alabado sea el Dios del Agua, creador de cambiaformas y mimetistas.

Él los crea, los forma y los adapta. Y ellos se crean a sí mismos.

Se cuentan que no hay pozo que se seque en su presencia, no hay presa que no se devore cuando aparecen.

Ante ellos se abren todas las puertas y se inclinan todos los súbditos.

Son quienes quieren ser y cuando quieren. Todas las vidas en uno.

Reflejan en sí lo que ven afuera, pero ¡ten cuidado! No sea que su imagen se trague su esencia.

Son un peligro para ellos mismos».

Libro de vida, muerte y trascendencia
de las criaturas mágicas del este.

CAPÍTULO 48

Luwen ya ha salido del castillo para cuando lo alcanzo, pero lo encuentro apenas cruza el portón. Atravieso el bosque detrás de él, que lo hace con un paso firme, seguro y en forma de hombre esta vez, como si necesitara caminar sin transformarse en lobo para poder pensar correctamente.

Tengo la caperuza puesta, pero podría haber dado igual porque el bosque está tan oscuro que dudo que fuese a verme. Solo podría descubrirme si me escucha, así que silencio mis pasos todo lo que puedo.

El cambiaformas llega a los límites del bosque y sigue caminando, siempre en dirección a Crepusclia.

Es cuando llega a los límites que cambia de forma. Adopta aquella que le servirá para espiar y reunir la información que necesita, la que le llevará a su padre.

«Cuídate del hombre de una y mil caras». Porque fue el que más me engañó de todos los cambiaformas, porque fue quien tuvo el poder de romper mi corazón y lo hizo, me mintió sin necesidad de pronunciar palabra porque yo fui lo suficientemente tonta como para no pensar en eso.

La ira y el entendimiento de lo que ha ocurrido me enfría tanto la mente que en ese instante sé dónde ha estado Elna todo este tiempo, dónde la ha tenido Varnal y cómo recuperarla.

«Cuando los cambiaformas cerramos candados, los elfos guardan la llave», dijo Varnal cuando conversaba con Luwen en su estudio.

Recuerdo las runas en la pared dorada del estudio, runas que yo ya había visto, pero que no podía recordar dónde.

No entro en Crepuscilia, sino que me quedo afuera. No necesito ver más. No puedo ver más.

Porque hace tan solo un rato, yo habría estado dispuesta a escucharlo, a cambiar mi destino junto a él, pero la mentira lo cambia todo.

Luwen camina dentro de la ciudad, se aleja en la forma que ha tomado. La forma del niño que ayudé la misma noche que Ciudad de los Muertos fue incendiada y Elna, secuestrada. La forma de Bucles.

Regreso al castillo tan rápido como un espectro. Mis pasos son sombras en la oscuridad y mi ira, silenciosa como un tornado, se prepara para estallar.

Me pregunto qué me cegó de esta manera. Cómo pude no haberme dado cuenta antes. Siento como si algo dentro de mí se hubiese desgarrado, como si el dolor no fuese a permitirme respirar si me detuviera a analizar cómo me siento por el engaño de Luwen. Así que solo sigo andando, como una sobreviviente, como siempre lo he hecho pese a todo lo que he sufrido, y convierto mi odio en oscuridad.

Hago el camino que ya hice la noche del baile por uno de los pasillos. Llego a la puerta final y giro el picaporte, rogando que no esté cerrado. La primera vez que pasé por aquí no lo estuvo, pero temo que por algún motivo decidieran cerrarla con llave durante la noche.

Mi temor no se concreta, pues la puerta está tan abierta como en aquella ocasión, y entro sin dificultades en el estudio de Varnal. Voy hacia la pared dorada, la que me llamó la atención la vez anterior que estuve aquí, y extraigo la esfera que saqué de la bóveda de los elfos y que he estado guardando en mi bolso todo este tiempo.

Agradezco no habérsela mostrado a nadie hasta entonces. De lo contrario, Luwen tal vez hubiera comprendido lo que era, tal vez me la hubiera sacado con alguna excusa. La coloco sobre la hendidura de la pared. Sus marcas coinciden perfectamente entre sí. Me siento una idiota porque no se me haya ocurrido antes intentar esto. Permití que él me cegara.

La pared se abre a la mitad, dejando ver un camino detrás. Un camino que sigo. Bajo unas escaleras y me encuentro en un sitio muy diferente al resto del castillo. Parecen catacumbas, las prisiones personales del rey. No van demasiado lejos. Enseguida me topo con dos guardias.

Son cambiaformas y tienen lanzas en sus manos. Debajo de mi capa, no me ven. Tomo una piedra del suelo y golpeo a uno primero y al otro después. Los noqueo. Se desmayan y caen al piso.

Sigo unos pasos más, y es entonces cuando la veo.

No necesitaron colocarle esposas. Tampoco encerrarla en un calabozo entre rejas, pues en ese estado, Elna no es obstáculo para ellos. Dormida de aquella forma no hay nada que pueda hacer para defenderse o para luchar o para intentar salir de ahí. Está desparramada en el suelo de piedra, con el cabello platinado esparcido por el suelo. Sus labios carnosos están semiabiertos y sus ojos, más cerrados de lo que los vi jamás. Está tan flaca que temo que se rompa si la levanto.

Así que me inclino sobre ella. Saco de mi bolso la poción para recuperar la conciencia y la vierto sobre su boca.

La escucho toser. Veo cómo se sacude en el piso, cómo se incorpora débilmente, todavía demasiado frágil para entender qué ha pasado.

Mientras despierta, me toco el collar del cuello. Doy la señal.

CAPÍTULO 49

——¿Alika? —pregunta Elna entre carraspeos. Mira a su alrededor, confundida, y me sacude el alma ver el desconcierto en su mirada, la debilidad. ¿Cuántas veces ha ido mi abuela a rescatarme? Ella hubiese atravesado los confines de la Tierra para ayudarme, hubiese dejado su vida para darme el mundo, hubiese enfrentado a nuestros enemigos para que aprendieran que no pueden meterse con nosotras.

Yo, sin embargo, he estado viviendo entre ellos, dejándome engañar por el príncipe cambiaformas, y recién ahora he podido encontrarla.

—Estás bien —le digo, aunque me lo digo más a mí que a ella—. Vas a estar bien, Elna. Vamos a sacarte de aquí.

Me paso su brazo por los hombros y la levanto con toda la delicadeza de la que soy capaz. Ella camina como puede. Lo hace lento, pausado. Sigue mirando hacia todos lados, confundida. ¿Cuánto tiempo la han tenido inconsciente? ¿La han alimentado siquiera?

Convoco oscuridad a nuestro alrededor para que nadie nos vea mientras avanzamos. Le rezo internamente al Dios de la Oscuridad y la humareda negra brota de mis extremidades, de mi pecho.

—El niño mudo —explica—. Es un cambiaformas.

—Lo sé —le contesto mientras caminamos. Llegamos a las escaleras de las catacumbas antes de que me dé cuenta.

—Vino a buscarme. Se hizo pasar por un huérfano para que lo condujeras a mí. Los cambiaformas no saben moverse dentro de Ciudad de los Muertos.

No quiero que hable. Quiero que guarde energías, pero Elna me lo cuenta mientras hacemos el camino de regreso al estudio del rey.

Imagino que debe haber más de un sendero para salir de las mazmorras o más de una llave, pues los guardias entraron de alguna forma, sin la llave que les robé a los elfos. Pero salgo por la misma puerta por la que entré.

Cuando llegamos, Elna se desploma en uno de los sillones. Me destruye verla tan desorientada, como si no fuera Elna. Nunca he visto a mi abuela tan frágil. Me pregunto cuánto tiempo le llevará recuperarse.

—Me vengaré de ellos, abuela. —Me arrodillo junto a ella en el sillón y le hago la promesa mientras la miro—. La venganza ya no será solo por la guerra o por habernos quitado nuestro hogar, será por ti y por lo que te hicieron. Por el hecho de que se hayan atrevido a meterse con nosotras. Lo haremos juntas. Tú y yo. Guiarás a las brujas hacia la revolución. Tendremos la guerra con la que soñamos. Decoraremos nuestras espadas con sangre de cambiaformas.

Pero Elna, todavía débil, me toma de la muñeca.

—Has cargado con mis errores, Alika. Lo has hecho toda tu vida y eres tan fuerte que ni siquiera te has dado cuenta de que lo has hecho —me dice. Por un segundo creo que alucina, que está diciendo cualquier cosa producto de la confusión, pero me doy cuenta de que, pese a que está débil, entiende todo lo que dice—. Mis errores fueron demasiados y ahora ya soy pasado. Mis errores nos han llevado a una guerra. Han acabado con la vida de tu madre.

En algún momento se me escapan unas lágrimas. Las siento cálidas y húmedas diseminadas por mis mejillas.

—Yo creo en ti. Eres portadora de cambios. Siempre lo he sabido. Las guiarás por el mejor camino. Tomarás la mejor decisión.

—Nos traeré la revolución —le prometo—. Juntas lo haremos, abuela.

—Mi revolución fue criarte a ti, Alika. Criar a un ser lleno de amor y de esperanza en medio de tantas desilusiones e incertidumbre. Después de la guerra, cuando me vi sin nada: sin mi hija, sin el bosque, habiendo reducido a quienes me seguían a vivir entre muertos, solo sentí odio. Tú eras una bebé, pero cuando te pusieron en mis brazos, ese odio desapareció. Tenerte entre mis brazos me llenó de esperanza. Y al mundo que solo me había dado golpes y decepciones, quise devolverle amor y luz…

»Tú has sido mi revolución, Alika —continúa Elna, y las lágrimas brotan de sus ojos también. Nunca la he visto así, tan vulnerable, tan entregada—. La mejor revolución que puedo dar. Ahora estoy demasiado cansada. Ya no puedo luchar, ya no puedo seguir.

—No vas a morirte, Elna. Solo estás débil. Has estado inconsciente varios días…

—Yo te apoyaré con lo que decidas. Estaré a tu lado. Pero mi tiempo ha terminado. Ya no quiero tomar más decisiones. La carga de decidir por todas nosotras ha sido demasiada… Mi ciclo ha llegado a su fin. Les he dado lo mejor que he podido y he dejado mucho que desear. Mi tiempo de guiar terminó. Ahora es el tuyo.

Vuelve a toser. No quiero que se esfuerce más en hablar. La ayudo a acomodarse en el sillón para poder recostarse. Mantengo la oscuridad a nuestro alrededor por miedo a que alguien entre al estudio de Varnal y nos vea.

Elna se queda dormida y yo permanezco a su lado. La oigo respirar.

Esperar se siente tan tonto, pero es lo que debo hacer. Le prometí a Nadela una hora. Solo una hora para hablar con los elfos, para que se transmitan el mensaje de lo que deben hacer, y para atravesar el bosque matando a los guardias que se crucen en el camino. En una hora deberé ir a buscar a las mías a la puerta del castillo para facilitarles el ingreso.

Pero la profecía sigue regresando a mi mente.

«Tú lo creerás el hombre de las mil mentiras, pero él solo te dirá tres mientras su corazón lata o hasta que el tuyo deje de latir, lo que suceda primero. Desde que lo conozcas hasta antes de la luna llena, él te habrá dicho las tres».

«Estoy solo», me dijo Bucles. No Bucles, sino Luwen en forma de niño.

Su primera mentira de todas. Él no solo tiene a su padre y a sus hermanos, sino que también a sus amigos, que son más que familia para él. Y, de alguna forma, también me ha tenido a mí. Él nunca estará solo. Él nunca ha estado solo.

La segunda mentira fue la que me dijo sobre Sapo, que lo único que le habíamos hecho las brujas era existir.

«¿Y la tercera mentira?», me pregunto mientras me siento junto a Elna, en el sillón, y miro por la ventana. La luna ha pasado por lejos el cuarto creciente. Mañana será luna llena. La primera desde que llegué al bosque.

Eso quiere decir que Luwen ya me ha dicho la tercera mentira o que me la dirá antes de mañana.

«La tercera mentira. ¿Cuál es la tercera mentira?».

Los pensamientos rumian en mi cabeza. Son tantos y siento que van a volverme loca, así que me concentro en mi respiración.

Observo cada detalle del lugar en el que me encuentro a través de mis sentidos. Habito el mundo con presencia.

La campanada del reloj del estudio es lo que me distrae. La hora ha transcurrido.

No hay tiempo.

Así que me levanto. Le acomodo el pelo a Elna, aún dormida en el sillón, antes de irme y convoco una nueva nube de oscuridad alrededor del estudio. Ningún cambiaformas podrá entrar hasta que yo la disuelva. Para entonces, todo habrá terminado y el castillo será nuestro.

Me pongo la caperuza roja sobre la cabeza y desando el camino que hice para llegar al estudio de Varnal.

Tal como lo habíamos planeado, Warmer, Nadela y unas cuantas brujas más están en la puerta del castillo cuando llego allí. Me esperan.

Veo los cuerpos en el suelo y entiendo que han matado a los guardias bajo el refugio de la noche.

Mayah está entre las brujas. Reconozco su cabello negro trenzado con rastas y su piel oscura de inmediato. Se acerca a mí con súplica en los ojos.

—Elna está bien —digo—. La he encontrado. Está en el estudio de Varnal. He convocado a la oscuridad a su alrededor para que la proteja. Nadie podrá pasar. Estará a salvo allí mientras hacemos todo.

Echo una mirada a Warmer que, por algún motivo, parece triste. No hay tiempo para estar triste. Hace un rato sentía que la ira de mi corazón no tenía límite, pero ahora tengo preguntas que no dejan de bombardearme. La principal de todas es «¿cuál es la tercera mentira?».

No puedo detenerme a pensar en nada de eso. No con lo que debo hacer.

—Antes de que salga el sol, el castillo será nuestro —expreso—. Y mañana, todo el bosque lo será. En menos de una semana tendremos Crepuscilia y, tal vez en un mes, la tierra entera. Es lo que les he prometido: un hogar.

Todas asienten. Veo la duda y el miedo en los ojos de Mayah y la sed de venganza en los de las demás. Sobre todo, la veo desbordarse en Nadela, más sedienta que nunca de sangre.

Así que todos caminamos hacia el salón del trono, hacia el lugar en el que nos encontraremos con los elfos. Hacia el lugar en el que iniciaremos la guerra.

CAPÍTULO 50

Tal como lo habíamos planeado, los elfos fueron eficientes. Con la corona en el bosque, pudieron llegar desde la fortaleza al castillo. Nadela fue quien dio el aviso a Metza. Les abrimos las puertas de la muralla y entraron en el castillo.

Conocen las habitaciones y pasillos incluso mejor que yo, que los he recorrido durante el último mes. Saben dónde duerme cada noble, dónde encerrarlos para dejarlos fuera de combate. Por eso nos interesaba tanto la alianza con ellos. Metza ha cumplido su parte del trato.

—Mantengan a todos en el castillo con vida —le digo a Mayah—. No sabemos con quién deberemos negociar y la guerra será larga. Pueden llegar a sernos útiles. Llévenlos a las mazmorras, a las catacumbas, a las prisiones.

Nadela parece rogarme con la mirada que los mate. Veo que sentirá placer en verlos morir y creo ver también una especie de desilusión cuando doy la orden de mantenerlos con vida.

—Algunos tal vez sean inocentes —aclaro.

—Son cambiaformas —responde Nadela—. No hay inocentes.

—No sabemos a quiénes podemos llegar a necesitar. Estarán encerrados. Les daremos pociones que inhiban sus transformaciones. Esto recién está empezando. Ya veremos qué hacer con ellos. —Veo su expresión de disconformidad y agrego—: ¿Qué esperas? ¿Que los ate a una hoguera para oírlos morir?

—Es lo que el aquelarre espera. Te pedirán asesinatos, Alika. Incluso la muerte de los inocentes servirá para amedrentar a los que no lo son. Entiendo que por una cuestión estratégica no lo hagamos todavía, pero el momento llegará.

La oigo hablar de estrategia y, por un segundo, solo pienso en que tal vez lo que quiere Nadela no es una revolución, sino solo muerte segura y tortuosa para aquellos que son distintos a nosotras.

Mi mirada se encuentra con la de Mayah y veo que para ella no es así. Ella comparte el criterio de Elna: matar no es un derecho. Solo debe ocurrir cuando no quede alternativa. Pero todas hemos soñado con un hogar. A Mayah le duele tanto como a mí que sea por medio de la fuerza bruta, pero lo hará si con eso cumple su sueño.

Sé que varias de las brujas piensan como ella y como yo. Otras nos siguen, sin estar del todo seguras, y la minoría parece coincidir con Nadela. La capitana luce alborotada de poder mientras me sigue por el castillo cuando tomamos desprevenidos a los cambiaformas, como si sus mejores sueños se estuviesen haciendo realidad. Las brujas respetamos los roles, siempre lo hemos hecho. Pero la tormenta siempre ha sido Elna y ahora está demasiado débil para ponerlas en orden. Me pregunto si Nadela sería capaz de incitarlas a sublevarse contra mí en caso de que yo me negara a actuar contra los cambiaformas.

Los sorprendemos uno a uno en sus propias camas. Algunos suplican, otros solo gritan de desesperación. Entre ellos aprisionan a la chica de largas pestañas de la fiesta, también a Aimara, Satzen, Talin, e incluso a Samun. Los atrapamos dormidos y les damos pociones que inhiben la magia fabricadas con corteza de abedul, raíz de valeriana y bayas de enebro, para que no puedan transformarse y escapar.

Las habitaciones de Varnal se hallan a solo unos metros de su estudio, que todavía está envuelto en mi oscuridad para proteger a Elna.

Los dos guardias que se encuentran en su puerta se adelantan con lanzas en sus manos al vernos llegar, pero es inútil. Dos brujas los enfrentan con espadas y caen casi instantáneamente.

Tengo la satisfacción de ver a Varnal desorientado cuando abrimos la puerta de un solo golpe, todavía recostado en su cama.

La habitación es tan lujosa como el resto del castillo. Tiene cortinas y sillones similares a los del cuarto de Luwen. Sobre una mesa a un costado hay una caja de cristal y, dentro, la corona del bosque.

Convoco a la oscuridad alrededor del rey en forma de burbuja, pero enseguida la hago desaparecer. Nadela le da un golpe que le da vuelta la cara y un fino hilo de sangre se le escapa por la nariz.

Mayah lo sostiene mientras otra de las brujas se inclina sobre él con el frasco de poción en sus manos y la vierte sobre su boca. Lo sujetan del pelo y le tiran la cabeza hacia atrás para obligarlo a tragar. Varnal hace fuerza para zafarse, pero el agarre de las brujas es fuerte y él no tiene escapatoria.

Y así, tan fácil como eso, la magia del rey ha quedado inutilizada. No hay nada en lo que pueda convertirse que le permita huir de nosotras.

—¡Brujas! —grita con desprecio—. ¿Qué han hecho?

Veo su esfuerzo por transformarse, noto su frustración al entender que no lo logra y no comprender por qué.

—Lo que acaban de darte es una poción debilitadora. No podrás convertirte en nada sin el antídoto, mimetista rastrero —le digo—. Tal vez nunca vuelvas a hacerlo.

Me acerco a él y le doy otro golpe que lo hace doblarse de dolor por el impacto.

—Este nunca fue tu estilo, ¿verdad, Varnal? Las peleas y los golpes no son lo tuyo. Traicionero y repugnante. Siempre has atacado por la espalda, te has aprovechado de los descuidos.

Veo el intento de reconocimiento en su rostro al mirarme.

—No eres la reina de las brujas...

Le doy otro golpe.

—Lo soy ahora —respondo terminante. No estoy tan segura de que sea yo quien habla, sino mi odio—. Y eso fue por Elna.

—No la maté —aclara—. Está...

—¿En las mazmorras? La hemos encontrado. Lamento que no tengas nada con qué pactar tu seguridad y la de tu familia. ¿Fue por eso que la mantuviste con vida todo este tiempo? ¿Por si tenías que negociar? ¿Para averiguar sobre la revolución?

—La mantuve viva...

—Estabas dejando que se pudriera ahí, alimaña despreciable. Había dos llaves de tus mazmorras, ¿no? Una la tenían los elfos y la otra, tú.

Doy media vuelta y me acerco a la caja de cristal que está sobre la mesa.

—Esto te encantará, Varnal —digo mientras la abro y sujeto la corona. No puedo evitar pensar en el momento en que se la entregué a Luwen luego de salir de la caverna de los cadáveres, pero silencio todo pensamiento y la coloco sobre mi cabeza.

Me doy media vuelta con la sonrisa más macabra de la que soy capaz plasmada en la cara. Quiero que Varnal me vea con la corona puesta. Quiero que me recuerde victoriosa para siempre.

—Como habrás notado, el castillo y los cambiaformas son nuestros. Lo hemos hecho en unas pocas horas. Nos pondremos cómodas y, cuando terminemos con los tuyos, atacaremos Crepuscilia. ¿Quién sabe? Tal vez hasta lleguemos a Luminia. Llévenselo —indico a las otras brujas, que empujan al rey de los cambiaformas fuera de la cama. Este se cae y su mandíbula golpea contra el piso. Vuelven a empujarlo para que se levante y así lo llevan, encadenado, hacia las mazmorras.

De todas formas, el apresamiento de Varnal no es suficiente. Me doy cuenta de que tenerlo bajo mi poder no me devuelve a mi madre. Tampoco me devuelve los años que crecí entre tumbas.

La noche parece haber transcurrido demasiado rápido. Hacemos lo que tenemos que hacer. Encerramos a todos los cambiaformas. Esposamos a los fieles a Varnal y les permitimos a los elfos llevarse a los que quieran a sus terrenos. Es el acuerdo que hemos hecho: ellos tienen lo que quieren, su independencia; nosotras, lo nuestro, venganza.

Tomar el castillo nunca se presentó como algo complejo mientras hacíamos planes en secreto a espaldas del consejo. El aquelarre que planeaba la revolución siempre planeó tomarlo en la noche. Sabíamos que con la ayuda de los elfos y con los cambiaformas confiados en la seguridad que más de cuarenta años les habían dado, sería algo sencillo una vez que entráramos.

El hecho de que yo estuviese adentro, que hubiese tenido un mes para conocer cada rincón y familiarizarme con el bosque, y que ellos temieran salir de la muralla solo facilitó las cosas.

No queremos llamar la atención todavía sobre el hecho de que ahora es nuestro. Queremos el efecto sorpresa sobre el bosque y sobre Crepuscilia. Tal vez Elna lo hubiera hecho entre bombardeos y batallas, sangrientas y ruidosas, pero yo soy una sombra y lo hago en forma segura y silenciosa.

Sé que quien entre en el castillo y pase por el *hall* hasta el salón del trono no notaría la diferencia. Son nuestros aliados elfos los que quedan custodiando la entrada. Las brujas permanecen conmigo, en el cuarto del trono, y los prisioneros están en sus celdas. Todo está hecho.

Cuando los primeros rayos del sol empiezan a asomarse y ya nos sentimos victoriosas, Mayah se acerca a mí con una bolsa en sus manos.

—Para ti, Alika. —Me la entrega—. Es uno de los vestidos que fabricó Elna.

Tomo la bolsa y, sin sacarlo, miro lo que está dentro. La tela es impactante, preciosa. Da la sensación de que fuese de escamas, como piel de dragón. Más negro que la noche, pero también con toques blanquecinos, como brillantes. Un vestido de sombras. Un vestido de reinas.

—Lo hizo para tu madre —me explica Mayah, y sus ojos oscuros me lo dicen todo. Quiere que lo use. Quiere ver cómo me alzo en todo mi esplendor porque si su reina lo hace, significa que ellas también son supremas.

Uso la habitación de Varnal para vestirme. La creación de Elna bien podría haber sido utilizada por el mismo Dios de la Oscuridad. Es como si mi cuerpo se hubiese cubierto de mil víboras, pero también tiene bordados en plateado en la parte del corpiño y sobre la falda. Me observo en un gran espejo con marco de oro que está en la habitación del rey y me veo como un mar de tinieblas y tormentos. Me veo como si fuese infinita.

Encima me pongo la capa roja. La mirada que me devuelve Mayah, que me espera en la puerta de la habitación, es reverencial. Está orgullosa de que yo sea su reina.

Juntas vamos al salón del trono. Las miradas de respeto de mis compañeras caen sobre mí. Veo la aprobación en sus expresiones. Estoy haciendo lo que debo. Se ven a sí mismas en mí. Soy el símbolo de su revolución. Quieren verme imparable, quieren verme salvaje y atroz porque si así soy yo, ellas lo serán también.

Subo los escalones hacia el trono que hasta hace unas horas era de Varnal. Cuando me siento, las brujas lanzan un aullido de victoria. Empiezan a hacer algo que jamás las oí hacer: cantan, triunfantes, ríen y traen un barril de vino de las cocinas y algunas copas. Beben y gritan, anticipando lo que será nuestro reinado. Solo unas pocas se quedan apartadas, en guardia, junto a la puerta. Mayah, entre ellas.

Solo entonces me permito cuestionarme la forma en la que están recibiendo una declaración de guerra: algunas, con cantos victoriosos; otras, como algo necesario, como la única alternativa para obtener lo que han soñado. Para ellas podría haberse tratado de un funeral y habría sido lo mismo.

Warmer se ubica junto a mí, que todavía estoy sentada en el trono.

—Tarde o temprano deberás darles las muertes y la venganza que ansían —me susurra—. Es la guerra. Ellas quieren la guerra, Alika. Muchas desean un hogar más que nada en el mundo y aceptan todo lo que traerá la guerra por eso, pero otras solo quieren venganza y sangre para pagar las muertes de las suyas.

No sé si me mira cuando lo dice, pues yo me mantengo seria, con la vista al frente, adonde mi mirada debe estar: siempre hacia adelante, como una sobreviviente. Debo abrirme camino, no importa qué derribe para hacerlo.

Sin embargo, algo en mi corazón está tan roto que, pese a que la corona está en mi cabeza, solo puedo dejarlo hablar. No puedo decir una palabra. «Alika, la visionaria», me llaman las brujas en el salón del trono y brindan por mí. No sé si es eso lo que alguna vez he imaginado. Pienso que algo está mal, que así no se siente un hogar. No entre gente anhelando destrucción y muerte.

Tal vez Warmer tenga razón, pero no puedo permitirme escucharlo. No puedo permitirme dudar frente a lo que debo hacer.

—Nadie te preguntó, Warmer —respondo—. No opines. Limítate a obedecer.

—Sí, Alika, debo obedecerte —responde con resignación—. Después de todo, la obediencia guía las acciones de los cazadores. ¿Qué importa si yo creía que a ti te guiaba algo más?

Se mantiene a mi lado, pero no vuelve a hablar y yo tampoco lo hago. Siento que cada tanto me mira, aunque yo no me doy vuelta, sino que mantengo la vista al frente.

Es por eso que veo cuando el príncipe cambiaformas abre la puerta del salón del trono. Es por eso que veo a Luwen entrar. Veo la expresión de desconcierto, que se transforma en una de comprensión. Y, finalmente, su decepción al hallarme a mí sentada en el trono con la corona en mi cabeza. Hermosa, implacable, brutal.

Cuando se recupera de la impresión, lo primero que hace es hablar:

—¿Qué has hecho?

CAPÍTULO 51

—Espósenlo —ordeno. Nadela y Mayah se acercan al príncipe de inmediato.

Creí que Luwen se convertiría en algún tipo de pájaro, que intentaría volar fuera de nuestras garras para escapar. Estábamos preparadas para eso, pero simplemente extiende sus brazos y permite que una de mis compañeras le coloque las esposas y lo encadena. En ningún momento aparta sus ojos de mí ni yo tampoco de él. Apenas parpadeamos.

—¿Qué has hecho? —repite Luwen cuando terminan de esposarlo.

No se resiste. No opone resistencia.

—*¿Qué ha hecho, Su Majestad?*, querrás decir, cambiaformas —le espeta Nadela, que ha quedado ubicada detrás del príncipe junto con Mayah, sujetando las cadenas unidas a sus esposas—. Si fuera tú, sería más amable con la bruja sentada en el trono. Solo sentido común, mil caras asqueroso.

Luwen ni siquiera la mira. Solo a mí, como si estuviese esperando mis explicaciones. Sé que es él quien me ha traicionado primero. Sé que es quien me ha engañado todo este tiempo. Sin embargo, no puedo evitar el desgarro que siento en mi corazón, que gotea algo frío hacia mi estómago.

¿Por qué no pelea? ¿Por qué no se defiende?

—He hecho lo que debía hacer, Luwen —respondo—. ¿O prefieres *Bucles*?

Sus ojos se abren más que nunca y su rostro se pone blanco.

—¡Qué curioso! —comento sarcástica—. Hablamos de apodos varias veces, pero jamás se te ocurrió contarme que tenías uno más.

—No es como crees, Alika...

—¿Y cómo es, Luwen? —replico—. Deleita mis oídos con tus dulces mentiras.

Luwen echa una breve mirada a Nadela y a las brujas que lo rodean. No por miedo. No hay nada de miedo en él. Es tristeza y desconfianza.

—¿Podemos hablar a solas, Alika? —pregunta el príncipe.

Todas las brujas menos Mayah, yo y algunas más, lanzan una carcajada al aire. Tardan un rato en dejar de reírse.

—Entre las brujas las cosas no son como con los cambiaformas, principito —dice Nadela—. Lo que tengas que decirle a nuestra reina se lo dirás delante de todas nosotras.

Nadela le escupe la cara, pero Luwen se mantiene firme. Solo me mira a mí. La palabra de la bruja no significa nada para él, pero hará lo que yo le diga.

—Habla —ordeno.

—Tenía miedo de decírtelo —explica—. Yo quise ir a Ciudad de los Muertos. Quise hacerlo como el niño mudo por el que me hago pasar para buscar información. Mi padre me había dicho hacía unos meses que quería que yo hiciera el trabajo en el bosque, que yo era el único capaz de hacerlo. No entendía por qué. Primero creí que era porque quería que comenzara a hacerme cargo de mis deberes como rey, que quería mantenerme como fuese dentro del reino e impedir que siguiera viajando, pero luego descubrí la verdad. El bosque siempre ha estado unido al destino de las brujas. Mi madre era una. Tengo en mis venas sangre de bruja. Por eso era el único en el reino a quien mi padre confió para el trabajo. Creyó que tal vez la conexión del bosque con mi sangre haría la tarea más fácil.

—Por eso puedes verme debajo de la caperuza...

La expresión de Luwen se tensa, como si acabara de comprender algo también. Él no sabía el motivo por el cual puede verme cuando tengo la caperuza puesta, pero lo hace. Todo este tiempo ha podido verme.

—¿Varnal tuvo relaciones con una bruja? —lo interrogo—. ¿Cómo?

—Fue antes de la guerra —responde—. Las brujas reinaban el bosque y mi madre, Marjáni, servía en los ejércitos de las brujas...

—Marjáni era una cobarde —interviene Nadela—. Era mucho mayor que yo. Huyó cuando comenzó la guerra.

—Mi padre se había enamorado de ella varios años antes, cuando las brujas reinaban en el bosque y los cambiaformas vivían entre mortales. Las brujas y los cambiaformas no estaban tan enemistados entonces. Mi padre no era rey, no había reyes entre cambiaformas. Desconozco si ella lo amaba o si solo estaba con él para buscar descendencia entre brujas y cambiaformas, pero lo cierto es que nos tuvo a Essox y a mí. Cuando vio que jamás tendríamos la magia de las brujas...

—Los abandonó con Varnal —deduzco—. Es lo que hacen las brujas con sus hijos varones. La magia de las brujas se transmite solo entre mujeres.

—Mi padre siguió buscándola —continúa Luwen—. Él quería que tuviéramos una madre, pero Marjáni nos había dejado en su puerta y no quiso volver a hablar con él, a tal punto que terminó huyendo del bosque también.

—Lo último que supe de ella es que cruzó el Gran Mar del Oeste —interviene Nadela—. Le dijo a Elna que buscaría más oportunidades para las brujas allí y nunca más regresó.

—Mi padre jamás se recuperó —continúa el cambiaformas—. Él quería que Essox y yo tuviésemos nuestra herencia por parte de las brujas porque también éramos hijos de una. Seríamos descendientes de brujas y cambiaformas, las dos especies más poderosas del continente. Hijos de los dioses del agua y de la sombra. Imaginó la potencialidad que tendríamos, pero sabía que las brujas jamás reconocerían a dos hijos varones en sus tierras, que nuestra madre nunca pelearía por nuestro derecho a transitar por sus tierras y nosotros éramos solo bebés. Así que comenzó a convencer a los cambiaformas de alzarse contra las brujas, de obtener el bosque y el castillo. Se unió al líder de los elfos, que siempre había querido tener aliados en el bosque para poder tener libre acceso a las minas de Platarroyo. Lo convenció de apoyarlo.

»La guerra comenzó poco tiempo después. El rechazo de mi madre destruyó a mi padre. Lo hizo odiar por siempre a las brujas y él luchó por un reino para nosotros, sus hijos. Por lo que supe, mi madre no amaba a mi padre, pero tampoco quería ver su muerte, y es lo que habría hecho si él seguía buscándola, pidiéndole que nos viera a Essox y a mí. Es lo que he podido averiguar…

—Lo que te ha contado Elna —deduzco.

Luwen me mira y comprende que me he percatado de eso también, que sé que él fue a buscar a Elna a Ciudad de los Muertos antes de que la quemaran.

—Hacía dos trabajos para mi padre como príncipe. Uno era cuidar el bosque. Lo patrullaba con Libélula, Sapo y Ratón siempre que podía. Un día me crucé con un duende. Me hizo una adivinanza y yo gané. Me reveló quién era mi madre y me dijo que una bruja de ojos azules podría ayudarme a encontrar la corona, que me daría libertad y así podría abandonar la corte.

»El otro trabajo era convertirme en el niño de bucles para ir a Crepuscilia. Lo escuchaba todo y luego regresaba a traerle noticias del reino a mi padre. Allí fue la primera vez que te vi, debajo de tu capa roja. Sabía que eras cercana a Elna, aunque no cuánto. Desconocía qué relación tenían. Sabía que estaban tramando algo. Te veía ir y venir, hablar con elfos y con gigantes.

»Sabía que estaban planeando una revolución. Tu abuela estaba detrás de eso, y quise darle la oportunidad de cambiar de idea. La noche que me atraparon en Ciudad de los Muertos, la noche que me liberaste creyendo que era el niño, apenas me dejaste junto al puente, lo crucé y me encontré allí con Satzen y Samun. Ellos sabían qué planeaba yo, que quería entrar en Ciudad de los Muertos. Había tardado en regresar al castillo y se preocuparon por mí. Fueron a buscarme, aunque no sabían cómo entrar. Les pedí su ayuda para ir tras Elna. Me convertí en las dos brujas que me habían apresado para que mis hermanos, a su vez, pudieran imitarlas a ellas y entrar en Ciudad de los Muertos de esa forma. Los guie dentro del cementerio. Me acompañaron como si me estuviesen escoltando a la celda otra vez.

»Llegué a la Casa del Río y entré solo. Hablé con tu abuela. Le dije quién era y accedió a escucharme, a contarme sobre mi madre. Le pedí que me contara sobre ella.

»Pero cuando vi a Elna, pensé que tal vez todavía estaba a tiempo de detener su revolución. Si quería enfrentarla o acorralarla para que me ayudara, allí, en Ciudad de los Muertos, rodeado de brujas, no tenía alternativa. Así que le supliqué que viniera a hablar con mi padre. Le dije que no era demasiado tarde, que convencería a mi padre para que las brujas no necesitaran su revolución, que tenían algo que nosotros necesitábamos y que, tal vez, podríamos trabajar juntos.

—Elna nunca habría caído en esa mentira —aseguro, en el momento en que lo digo, Luwen se estremece. Por un instante parece que algo en su corazón hubiese terminado de romperse.

—Lo hizo —responde.

—Todo está en la actuación, ¿no? Le debes haber dado una impresionante para que te creyera, ¿eh?

Luwen toma una respiración honda, entre resignado y entristecido, y continúa:

—Elna me acompañó hasta el bosque. No le dijo a ninguna bruja a dónde iría porque, si las otras lo supieran, desconfiarían. Solo se lo dijo a la bruja del pelo cortado al ras.

—Johari.

—Elna me dijo que ella sola llegaría al castillo, que conocía el camino y no me necesitaba, pero era de noche y yo temía por las bestias, así que la seguí en forma de lobo. En un momento la perdí. Cuando volví a mirar, ya no estaba. Creí que se habría ido, que habría intentado regresar a Ciudad de los Muertos.

»No sabía siquiera quién la había secuestrado. ¡Piénsalo, Alika! Si lo hubiese sabido, debería habértelo contado por la promesa del viento.

»Mis hermanos no me confesaron lo que habían hecho hasta más tarde. Me contaron que, en forma de brujas, les ordenaron a los cazadores que bañaran Ciudad de los Muertos en combustible y que prendieran el fuego. No necesitaron demasiado tiempo para hacerlo. Yo les había facilitado el camino hasta allí. Mis hermanos les han temido siempre a las brujas, siempre las habían resentido por haber matado a Essox, y hacía tiempo que querían que mi padre arrasara con Ciudad de los Muertos. La obediencia siempre ha guiado a los cazadores. Tenían su apariencia. Solo tuvieron que ordenarlo y los cazadores obedecieron.

»No supe hasta esta noche que habían sido ellos quienes lo hicieron. Samun acababa de confesármelo cuando llegaste a mi habitación. Yo les facilité el camino sin quererlo y me odio por eso, Alika. No sabes cuánto.

»Y Elna no volvió a aparecer. Imaginé que estaba viva porque su cuerpo no se hallaba en el bosque. Pero cuando le pregunté a mi padre si la había visto, él ni siquiera quiso hablarme de las brujas. Nunca me dijo que la había tomado prisionera…

—Pero lo sospechabas —interrumpo. Luwen asiente—. Cuando lo sugerí, lo negaste. La promesa del viento no te obligaba a contármelo todo, solo a ayudarme, así como a mí tampoco a contarte que sabía dónde estaba el espejo. La llevaste con tu padre, con nuestro enemigo. Se la serviste en bandeja.

—Elna estaba armando una revolución, Alika. Tenía que hacer algo. Tenía que detenerla de alguna forma…

—Elna nunca quiso la revolución. —Y ese es el golpe final que termina por acabar con el príncipe cambiaformas y con cualquier sentimiento parecido al afecto que pudo alguna vez sentir por mí. Veo en sus ojos cómo lo hace. Lo ha entendido antes de que yo lo diga—. Era yo quien lo estaba haciendo.

La comprensión lo golpea como una bofetada. Nunca se atrevió a pensar que era yo quien planeaba la guerra.

—Detenlo, Alika —me suplica.

—¿Qué pretendías? ¿Que nunca la encontrara?

—Sabía que la encontrarías. Quería que lo hicieras. No al principio. Hice el trato contigo porque sabía que así podría traer paz al bosque, porque no tenía otra alternativa para obtener la corona. Pensé que si encontrabas a Elna, deberíamos buscar alguna forma de detenerla, pero vi tu fuerza, Alika. Vi tu corazón y sabía que no había forma de que tú quisieses una guerra. No después de lo que has visto. No después del bosque. Sabía que tal vez hablar con mi padre o conmigo no hubiese convencido a Elna de no iniciar ninguna guerra, pero tú seguramente podrías. Y comencé a creer... creí que no importaba en definitiva qué quisiese mi padre o qué planeara Elna. Creí que si tú y yo decidíamos mirar hacia adelante..., en definitiva no importaría, porque podríamos detener cualquier guerra.

Las brujas vuelven a lanzar carcajadas, pero a mí no se me mueve un pelo.

—Di que mientes —exijo.

—Miento —responde Luwen.

Miro instantáneamente mi capa. No brilla.

La mente me arde y el corazón se me estruja en mil pedazos. Todo lo que está diciendo Luwen es verdad.

Él de verdad no sabía nada.

Pero aunque haya sido por ignorancia, él entregó a Elna. El rey cambiaformas la habría tenido encerrada para siempre si yo no la hubiese encontrado.

«¿Cuál es la tercera mentira?», me pregunto.

—¡Quemémoslo como lo han hecho con las brujas todos estos años! —dice una de las brujas y la frase se me atora en el pecho.

—¡Qué mueran quemados! —grita otra.

—¡Átenlos a la hoguera!

—¡Átenlos a la hoguera!

—¡Qué mueran como lo hizo Johari!

—¡Qué mueran como mataron a las nuestras!

Yo solo puedo mirar a Luwen y él simplemente tiene ojos para mí. Ojos llenos de arrepentimiento, ojos de súplica. No por él, sino por el reino. Porque lo que estoy haciendo es lo que siempre ha querido evitar. Es el motivo por el que buscó la corona, el motivo por el que hizo la promesa del viento conmigo, el motivo por el que se quedó.

«Haz algo. Pelea. Defiéndete».

—¿Vas a entregarte tan fácil, Luwen?

—No voy a pelear contigo, Alika.

—Cobarde.

—El aquelarre lo pide, Majestad —interrumpe Nadela—. A menos que alguien tenga un motivo válido para no hacerlo. Lo haremos en la noche, obedeciendo a la oscuridad, como siempre lo hemos hecho las brujas. Ataremos al rey y a los príncipes a la hoguera, los más grandes perpetradores de crímenes contra las brujas. Luego someteremos a todos los que se atrevieron a pensar que podían burlarse de nosotras. ¿Alguien se opone?

Los gritos de las brujas, victoriosos, suenan por toda la habitación.

Luwen y yo intercambiamos miradas, y a mi mente llega el recuerdo de la noche en que me preguntó si yo era una asesina. Creo que intenta decirme algo, aunque no sé qué. ¿Qué más hay por decir? Nos hemos traicionado mutuamente.

Así que veo cómo Nadela y Mayah vuelven a acercarse a Luwen. Veo cómo lo obligan a tomar la poción para debilitar su magia. Veo cómo lo empujan hacia la puerta. Veo cómo se lo llevan para encerrarlo en las mazmorras. Él esperará todo el día encerrado, hasta que el anochecer y el fuego se lleven su vida.

CAPÍTULO 52

Durante todo el día nos acomodamos en el castillo. Nos reunimos con los elfos. Discutimos planes a seguir. Nos traen noticias desde la fortaleza de Estelaria: Liet ha sido asesinado por los elfos que se han aliado a nosotras.

No voy a las mazmorras a ver a los prisioneros. A ninguno de ellos.

Sé que habrá luna llena por la noche y la pregunta se repite una y otra vez en mi cabeza: «¿cuál es la tercera mentira?».

En un momento, cuando me encuentro sentada en el trono, Mayah pide permiso para acercarse. Yo inclino la cabeza en señal de autorización y ella le hace una seña a dos brujas que están afuera del salón. Entran cargando cadenas. Y, esposados a esas cadenas, se encuentran Sapo y Ratón. Libélula tiene una única esposa atada a sus caderas. Sus muñecas son demasiado pequeñas, así que es en el único lugar por donde pudieron aferrarla.

—Les dimos pociones silenciadoras a estos —me dice mi compañera que carga las cadenas—. Se acercaron al frente del castillo. Los descubrimos husmeando por ahí.

Libélula me grita, pero la poción silenciadora no permite que salga sonido alguno de su boca. No puedo evitar recordar lo que me dijo Luwen en el balcón y lo que le contesté sobre usar su poder para darle voz a gente como Libélula. Un humor muy oscuro dentro de mí se burla por lo irónico de la situación. Ahora que soy yo quien está sentada en el trono, el hada ha sido obligada a tomar una poción silenciadora.

Veo el gesto de Ratón y me doy cuenta de que él también quiere suplicarme, pero que se ha cansado de luchar contra la poción silenciadora. Se ha rendido. Observo que tiene una marca en el rostro que se asoma entre su barba blanca, como si lo hubieran golpeado.

Sapo solo me mira decepcionado. Tal vez él había llegado a creerme una de ellos también. Nunca me lo dijo. Lo veo en su expresión. En su pose. Incluso se siente peor que los intentos de grito de Libélula y que las súplicas de Ratón.

No me levanto del trono. Apenas parpadeo al observar los golpes del gnomo.

—No podemos soltarlos —digo—. Lucharán por liberar a los cambiaformas. Quieren irse del bosque. He hablado con ellos. En unos días, cuando terminemos de acomodarnos en el castillo, les daremos un barco y se irán del otro lado del Gran Mar del Este para no regresar jamás. Crearán una nueva vida y vivirán sus tan ansiadas aventuras del otro lado. No volverán. Si lo hacen, los esperará la muerte.

El hada, el gnomo y el ogro me miran. Sapo parece estar diciendo «lo que me espere no evitará que rescate a Lobo».

—Hasta entonces —continúo—, llévenlos a las mazmorras.

Las brujas se inclinan ante mí. Mayah también lo hace y está por guiar a las dos brujas a las mazmorras para cumplir mis órdenes.

—Y, Mayah —agrego antes de que se marchen—, no más golpes. Son nuestros huéspedes aunque sus esposas digan lo contrario.

La bruja asiente y sé que ella repudia lo que estamos haciendo casi tanto como yo. Se asegurará de que las criaturas no reciban un solo golpe más.

Cuando empieza a anochecer, finalmente me levanto del trono y dejo la corona sobre el asiento.

Necesito aire. Necesito pensar. Nadela ha regresado al salón y me excuso con ella.

Soy yo quien ha estado usando la corona todo el día, pero por algún motivo, siento como si Nadela fuese quien tiene el poder y lo viviera a través de mí. Todos han hablado como si fuese mi decisión. Dicen que yo soy la reina, pero al mismo tiempo me hacen entender que no tolerarán que actúe de otra forma, que no soy lo suficientemente fuerte como para imponer mi voluntad.

Es como si tuviera permitidas ciertas indulgencias con seres insignificantes —con Libélula, Sapo y Ratón, por ejemplo—, pero nunca aceptarán que perdone a alguien de quien anhelan sangre y gritos.

Me pregunto cuántas actitudes severas tomarán, a cuántos más se me permitirá perdonar.

Entro en lo que fue hace unas horas el estudio de Varnal y veo que Elna se ha despertado, aunque continúa recostada en el sillón. Tengo conmigo una bandeja con agua y algo de comer. Me acerco a ella y la dejo en la mesita de al lado de los sillones. Le alcanzo la copa y la obligo a beber de ella.

—¿Estás cómoda? —le pregunto cuando termina de tragar—. Hay varias habitaciones libres. Puedo pedir que te preparen una para que te acuestes...

—Ni creas que permitiré que alguien me vea en este estado —responde—. Fabulosa, Alika, nunca menos.

Intento sonreír, pero no me sale. Es como si lo que hubiese vivido en las últimas horas me hubiese borrado la sonrisa. Intento no pensarlo, pero no puedo evitar que las palabras lleguen a mi mente: «la sonrisa que Luwen luchó tanto por construir».

«Luwen te ha traicionado», me digo. «Tal vez lo haya hecho sin intención. Tal vez no haya querido entregar a Elna, pero lo hizo. Y no me lo contó».

¿Qué sentido tiene resistirme al camino que han elegido las brujas? ¿Qué opción tengo? Siempre he sido un peón. La guerra entre cambiaformas y brujas era cuestión de tiempo. La historia de los padres de Luwen lo prueba: entre nuestras especies siempre regirán el odio, la venganza y las traiciones.

—¿Qué tienes, mi pequeña araña? —pregunta Elna. Tiene los ojos cerrados. Algo de su personalidad rebelde está ahí, aunque todavía se encuentra demasiado débil.

—Las brujas han tomado el castillo —le explico—. Los cambiaformas están prisioneros. Los príncipes y el rey cambiaformas morirán al anochecer. Quemados. Como brujas.

—Creí que era lo que querías. La guerra —contesta. Sus ojos siguen cerrados. Noto que retiene mis palabras en su mente con todo el cuidado del que es capaz.

—También yo...

—Ponlas en su lugar, entonces —me dice. Se refiere a las brujas—. Eres su reina. Márcales cuál es el límite.

—No aceptarán límites. Me han seguido porque puedo llevarlas hacia adelante. No tolerarán nada que las conduzca hacia atrás. Además, están los elfos. Ellos también nos han ayudado.

—Los elfos solo querían su independencia de Liet y se la has dado. Si ayudan a las brujas, es por eso. Les da igual qué pase con los cambiaformas, si liberas a los prisioneros...

—No puedo hacerlo. Las mazmorras están llenas de brujas convocando su oscuridad. Controlan a Warmer, me controlan a mí. Y tú estás demasiado débil.

—Encontrarás una manera… —asegura Elna, confiada, pero no sé si me habla a mí o si está soñando. Si se ha quedado dormida.

—Se supone que soy su reina. Nunca hemos tenido roles. Como reina no soy superior a ellas. Tampoco se supone que sea una rehén.

Mi abuela comienza a roncar y yo la miro con cariño. Me agacho en el piso junto a ella y la abrazo y le doy un beso en la frente.

—Gracias por estar aquí —le digo—. Lo siento. Por no haberte escuchado. Lo siento tanto, creo que lo lamentaré para siempre. Tal vez creas que eres el pasado, pero eres mi pasado, mi presente y mi futuro. Siempre busqué un hogar, pero cualquier lugar en el que estés tú se sentirá como un hogar, Elna.

Me levanto, camino hacia la puerta y luego hacia la salida del castillo. Por primera vez en mi vida, siento que tengo tantos años como el mundo.

El camino hacia la cabaña es seguro ahora que las bestias han abandonado el bosque. La vegetación está por todos lados, verde, viva, como se supone que debía ser. Sin embargo, se siente más solitario que nunca al saber que nadie me espera cuando llegue al final.

Me doy cuenta de que me acostumbré a Libélula, a Ratón y a Sapo, a sus chistes, a sus consejos, a sus meditaciones; que tal vez no vuelva a vivir nada como eso jamás y que, mientras estaba sucediendo, no supe valorarlo como debía.

Me mostré indiferente casi todo el tiempo que pasé con ellos y tal vez los convertí en mis amigos, pero nunca se los hice saber. Quizás por miedo a sufrir, quizás por no querer reconocer que me había equivocado. Pero el amor no funciona a medias ni solo de una parte. El amor debe ser completo e invencible. Debe entregarse y recibirse sin dudas.

Pienso que, después de todo, no importa si somos brujas u otras criaturas. Hubo tanta intolerancia en mí hacia ellos, como la que recibimos las brujas de otros. Si hubiésemos aprendido a amar y a respetar antes, el mundo sería un lugar diferente. Lo he entendido tarde, y ahora que el plan que he creado junto a Nadela durante meses ha salido perfecto, me he vuelto prisionera de él.

Las ideas rondan en mi cabeza todo el camino hasta la cabaña y, cuando llego, me resulta imposible entrar. Me doy cuenta de que no resistiré estar allí sin Libélula, Ratón y Sapo. Y, por mucho que me duela admitirlo, tampoco sin Luwen.

Con un ardor en los ojos y un nudo en la garganta, me arrastro hacia al lado del árbol de los suspiros. Me han advertido que no lo toque, pero puedo sentarme junto a él. Tal vez podría tocarlo. Así dormiría mientras todas esas cosas que son mi culpa suceden.

Pienso que necesito tiempo para pensar mientras veo cómo la nieve ha desaparecido por completo del suelo y el césped está por doquier. Incluso hay flores en los arbustos cercanos. Se me ocurre que tal vez eso también fue lo que estuvo pidiendo el bosque desde que entré en él: tiempo. Que nos detuviéramos a escucharlo. ¿No es eso lo que todos buscamos?

En ese momento se me ocurre que tal vez solo vi como aliados a las criaturas del bosque, pero que tal vez también el bosque ha sido mi aliado todo este tiempo. Ha caminado en silencio junto a mí todo el camino.

Igual que yo ahora, el bosque pidió tiempo para ser escuchado.

Habito el mundo con presencia y el bosque susurra la verdad y sus secretos. Me cuenta todo sobre el árbol de los suspiros.

Pienso en todo lo que mis amigos podrían haberme enseñado del bosque y lo que les podría haber enseñado yo, en todas las formas en las que podría haberme vinculado con él. Les habría mostrado cómo habitar el mundo con presencia allí y ellos me habrían enseñado los colores de cada flor, los sonidos de cada criatura. Libélula se habría sentado en mi hombro a cantar, entretanto Ratón nos alimentaría con sus bollos y galletas. Sapo me miraría con expresión desconfiada, pero tal vez lograría que me cuente alguna historia.

Y Luwen habría caminado a mi lado. Habría aprendido conmigo.

Sé muy bien qué puedo hacer yo como sobreviviente. Así que me pongo de pie. Miro una vez más al bosque, al árbol de los sueños y a la cabaña, y regreso al castillo. Justo cuando el sol está comenzando a ponerse y la luna llena a salir.

CAPÍTULO 53

No recuerdo cuándo fue la última vez que dormí. Sin embargo, la adrenalina que suelen generarme las injusticias está ahí, llenándome de energía.

Cuando llego al patio del castillo, la luna brilla entera en el cielo y las brujas ya están reunidas allí, en círculo, iluminadas por las antorchas. Han sacado el trono del salón y lo han ubicado en medio del patio. Veo una luz mortecina asomándose a través de las ventanas del castillo y me pregunto si habrá quedado alguien dentro. Todo fuera de las murallas parece oscuro y silencioso. No hay aullidos de lobos esta noche. También están presentes los elfos, formados y ordenados. Algunos están tocando un ritmo fúnebre en tambores, que resuenan por todo el lugar, como si reclamaran gritos de muerte con impaciencia. Veo a Metza delante de todos ellos.

Nadela se acerca a mí en cuanto me ve llegar, como para recibirme. Creo que nunca vi a nadie usar tanto acero al mismo tiempo. Su cuerpo está cubierto por una armadura y tiene dos espadas en la cintura, una de cada lado. Toda una capitana del único ejército de brujas que quedó después de la guerra, el que ha tomado el castillo de Alcabrava de nuevo. Su porte es orgulloso, libre de miedo. Ella no tiene nada que temer y tal vez jamás vuelva a hacerlo. Soy su reina ahora y ella sabe que soy capaz de todo por darles una vida mejor.

Nadela camina junto a mí mientras nos adentramos en el patio.

—¿Los prisioneros? —pregunto.

—Todos los prisioneros están en las mazmorras —responde—. Hemos convocado nuestra oscuridad. Los hemos encerrado en ella.

—No era necesario que todas estuviesen aquí al mismo tiempo.

—Esto es histórico para nosotras, Majestad. Sabes cuánto lo hemos esperado, cuánto hemos soñado con esto. Ninguna quiere perderse el momento en que Varnal y los príncipes bramen de desesperación por el tacto de las llamas del fuego. Hemos traído vino para brindar por nuestra victoria.

Veo los barriles junto a la puerta que da al castillo con varias copas sobre ellos.

—Los elfos brindarán con nosotras. Ellos también desean festejar. Harán sonar música para que bailemos alrededor del fuego mientras Varnal y sus hijos se asan allí.

Oigo el tono reverencial con el que se dirige a mí y me resulta extraño. Siempre he sido respetada, pero Nadela me trata como si yo fuese su superior, como si ansiase probarse ante mí. Eso no impide que sean ella y las circunstancias las que me hacen sentir una rehén.

Hay un poste frente a mí, junto a una tarima, y leña debajo. Entiendo que es donde atarán a los perpetradores de crímenes contra las brujas.

Vislumbro a Elna del otro lado del patio, en un rincón. Ha regresado un poco de color a su rostro, pero todavía se ve débil. Conociendo a mi abuela y a la tormenta que siempre ha sido, duele verla así.

Ella se levanta con dificultad cuando llego al centro del patio y Nadela se queda detrás mientras voy al encuentro de mi abuela.

Elna me mira. Me hace una breve reverencia, pues ahora soy su reina también, y veo que tiembla un poco, pero sus ojos son inteligentes y perspicaces. La sangre en mis venas se enfría. Sé que me está analizando, que intenta descubrir qué pasa por mi mente. Todas las brujas y también los elfos tienen su atención sobre nosotras, así que hablo en voz muy baja cuando me dirijo a ella.

—Deberías estar descansando.

—Todas han trabajado muy duro por este momento, Alika —responde Elna—. Todas han hablado a mi alrededor de lo importante que es. ¿Me culpas por no querer perdérmelo?

No estoy segura de si bromea o de si habla en serio. Su tono suena tan fuera de lugar que no puedo evitar preguntarme si Elna ha planeado algo más allá de lo que pretendo hacer.

Todo en ella luce calmo, apacible, pero también conozco esa parte de mi abuela. La que es tan espantosamente paciente que disfruta el doble cuando la tormenta se desata desenfrenada.

Esboza una sonrisa enigmática capaz de aterrorizar a cualquiera, pero cómplice para mí.

Pese a los tambores, alcanzo a escuchar los pasos que se acercan a nosotras.

Es Warmer.

Abre la caja de cristal de la corona del bosque. Elna toma la corona y la coloca sobre mi cabeza.

—¡Alika, la visionaria! —brama Elna. Sigue pálida, pero en el instante en el que lo dice suena más poderosa que nunca—. ¡Reina de las brujas!

He usado la corona desde que la tomé de los aposentos de Varnal, pero ahora ha sido Elna quien la ha puesto sobre mi cabeza y eso hace que se sienta distinto, como un legado. Como si me hubiese cedido algo muy preciado.

Oigo los gritos, los vitoreos. Las otras brujas me aclaman. Ovacionan mis títulos y mi reinado.

Pero yo no aparto mi mirada de Elna y las dos nos quedamos ahí unos instantes, una frente a la otra. No hacen falta palabras entre nosotras. Veo en el brillo de sus ojos grises que mi abuela entiende. Ella siempre lo ha entendido. Vuelve a hacer una ligera inclinación y regresa al rincón en el que estuvo antes, pasando junto a la tarima, y es como ver a la lluvia alejarse, preparada para azotar en su próximo destino.

Entonces me giro hacia Warmer, que todavía tiene la caja de la corona abierta. Me acerco a él y susurro en su oído las únicas palabras que quiero decirle. Las únicas que me atrevo a pronunciar con los ojos de todas las brujas y elfos sobre nosotros. Guardo en su bolsillo lo que he traído del bosque.

Warmer asiente y me mira fijamente. Entonces las brujas comienzan a gritar, a aplaudir y a cantar una vez más. Los tambores no se detienen en ningún momento. Yo me dirijo a ellas y Warmer desaparece entre el aquelarre.

Me siento en el trono que han llevado al patio para mí. Mayah es quien trae a los prisioneros encadenados: Varnal a la cabeza, seguido por Luwen, Satzen y Samun. Todos están vestidos con la misma ropa que al momento de ser encarcelados: el rey cambiaformas, Satzen y Samun, pijamas de seda; Luwen, su ropa negra. La expresión de Varnal es de un odio contenido, de un orgullo pinchado. La de Luwen es de aceptación, de tristeza.

CAPÍTULO 54

Oigo cómo las brujas y los elfos abuchean a los cambiaformas.

—¿Eres un rey estúpido y patético, Varnal? —pregunta una de las mías—. No digas nada si lo eres.

Me doy cuenta de que Varnal, Satzen y Samun también han sido forzados a beber la poción silenciadora. Las brujas les hacen preguntas como esa. Les escupen y les arrojan frutas podridas que parecen haber llevado especialmente para la ocasión. Ellos no dicen ni una sola palabra, pese a que los veo abrir la boca y mover los labios en forma de lo que entiendo que son insultos.

No sé si han silenciado a Luwen también porque él no intenta decir nada en ningún momento. Ni siquiera parece ser capaz de mirarme mientras le arrojan cosas. Una parte de mí se rompe al verlo así. Al ver lo que le he hecho. Su porte sigue siendo el del lobo, pero sometido, dominado. Como si con ello le hubieran sacado la belleza que implica su libertad, su espíritu indómito.

«Te traicionó. Te mintió», me digo a mí misma.

Obligan tanto al rey como a los príncipes a subir a la tarima. Mientras lo hacen, una bruja los empuja y tropiezan. Los cuatro mantienen la cabeza erguida. Los atan al poste y veo cómo Nadela se acerca a la leña. Contempla aquella imagen: la de Luwen, sus hermanos y Varnal entregados, finalmente vencidos, a punto de morir en la hoguera.

—¿Te das una idea de hace cuántos años anhelo esto, Varnal? —pregunta Nadela. El rey mueve la boca en forma de lo que parece ser otra grosería—. ¿Alcanzas a imaginarte, principito, cuánto tiempo he soñado con este momento? —Se lo dice a Luwen—. Nuestra reina dio la orden de abandonar el bosque cuando decidió que la guerra terminaría. Yo fui de las últimas en irme. Me negaba a hacerlo, ¿recuerdas, Elna? —pregunta con un grito, avivada por todo el alcohol que ha estado bebiendo desde que tomamos el castillo, para que mi abuela la escuche desde donde está sentada.

—Buenos tiempos —concede Elna, pero esbozando algo que parece una mueca más que una sonrisa.

—No podíamos llevarnos la corona del bosque con nosotras —continúa Nadela—. No habría sido de utilidad en Ciudad de los Muertos y, con el bosque en tu poder, tal vez te habría dado alguna herramienta para acabar con nosotras, Varnal. Así que me deshice de ella. Si nosotras no podíamos tenerla, tampoco la tendrías tú.

No puedo evitar mirar a Luwen cuando la bruja revela esto. El hecho de que él me devuelva la mirada, como si la tregua todavía existiera, no me gusta. Pero entiendo cómo llegó la corona a la cueva de los cadáveres.

—La corona finalmente está donde debe. Nuestra reina nació para llevar la corona del bosque.

—Si debes quemarme, Alika... —dice Luwen. Entonces no le han dado a beber ninguna poción silenciadora a él. Varnal y los otros príncipes no deben haber dejado de gritar en las mazmorras. Luwen debe haber permanecido en silencio allí. Lo odio por pronunciar mi nombre. Odio que siga teniendo poder sobre mí—..., hazlo. Pero, por favor, detén esto. ¿Cuál será el límite?

No digo nada. Mantengo mi expresión seria.

—¡Por supuesto que no tendremos límite! —grita Nadela y varias brujas vociferan palabras de aprobación a la capitana—. ¿Cuándo tuvieron uno ustedes? ¿Cuál fue su límite? ¿Exiliarnos a Ciudad de los Muertos? ¿Vernos morir de hambre y no hacer nada? ¿Condenarnos a vivir entre espectros?

—Alika... —dice Luwen, como un ruego. No tolero oírlo suplicar así.

—¡No es posible! —La carcajada que suelta la capitana es tan fuerte y tan macabra que me hiela la sangre. Nada bueno puede suceder luego de una carcajada como esa. Es un sonido que no puede salir de alguien que esté en sus cabales—. ¿Te enamoraste de ella, principito?

Las brujas a nuestro alrededor ríen desaforadas, más fuerte de lo que lo han hecho hasta ahora. Solo Mayah y unas pocas más mantienen su seriedad.

Nadela es despiadada. Siempre lo ha sido, como todas nosotras. Tal vez ella siempre ha hecho todo con más intensidad que las demás. Con ella es todo o nada, no hay intermedios. Amas u odias, así que es lógico que haya interpretado mal la voz suplicante de Luwen. No está pronunciando mi nombre de esa forma porque esté enamorado de mí. Lo hace porque están por quemarlo vivo.

«Estás —me corrijo—. Tú también eres parte de esto. Estás por quemarlo vivo».

El príncipe no dice nada. Ni siquiera mira a Nadela. Solo a mí. Me doy cuenta de que en ese momento terrible está poniendo su atención en mí. Le está quitando a Nadela el poder de su atención.

—¡Esto es demasiado bueno, Alika! —continúa Nadela—. ¿De verdad lograste que el principito cambiaformas se enamorara de ti? ¡Te has superado a ti misma, Majestad!

Quiero decirle que está equivocada, que los cambiaformas y las brujas solo pueden odiarse. Que, si Luwen sintió algún tipo de simpatía o deseo por mí, eso no evitó que me mintiera o que me ocultara cosas.

—¿Qué tanto te enamoraste de ella, principito? —sigue la capitana. Es un gato jugando con su comida. Quiere humillarlo todo lo posible. Entiendo que luego piensa torturarlo. Eso antes de encender la fogata—. ¿La deseas? ¿Quieres acostarte con nuestra reina? —Luwen no responde—. No te culpo, principito. Nuestra reina es hermosa, en efecto. Siempre lo ha sido. Todos quieren tener relaciones con ella y muchos lo han hecho. Dudo que ella haya osado ensuciarse las manos con una basura como tú. —El cambiaformas sigue callado—. ¿Disfrutas de tus charlas con ella? ¿Crees que eres especial porque te dirige la palabra? ¿O tal vez incluso la amas?

Algo brilla en los ojos de Luwen cuando me mira. Yo me doy cuenta, pero también lo hace Nadela, y eso la enfurece. Desenvaina una de sus espadas y sube a la tarima junto a Luwen, sus hermanos y Varnal. Pone el arma en el cuello del heredero. Pese a ello, él no la mira.

—Reconoce que no la amas —ordena la bruja y pone el filo de la espada tan al ras del cuello de Luwen que si lo aparta le dejará un corte por la presión que ejerce—. Di que no la amas o te haré desangrarte antes de que te quememos, príncipe nefasto.

—No la amo —expresa Luwen. Sé que Nadela lo está amenazando, pero algo dentro de mí se vacía. Sin embargo, hay victoria en los ojos de Luwen—. Nunca podría amarla después de lo que ha hecho.

Lo dice de una forma tan extraña que entiendo que hay algo fuera de lugar, que espera que yo haga algo.

Entonces lo entiendo. No sé en qué momento me levanto del trono y me acerco, pero de pronto estoy a solo unos centímetros de la tarima.

—Di que mientes —le ordeno desde abajo.

—Miento —responde, la sonrisa lobuna está en su rostro.

No necesito siquiera mirarla para saber que mi capa está brillando. La verdad está en el rostro de Luwen como si la gritara en mi cara. Todo cambia en mi interior y hago mi máximo esfuerzo para que no se note en mi expresión. No estoy segura de lograrlo porque siento demasiado al mismo tiempo.

Tal vez Luwen no estuvo bien en esconderme que era el niño que ayudé, pero mi comportamiento ha traído como consecuencia su sentencia de muerte. Han tomado como prisioneros a muchos y, seguramente, matado a otros de los que ni siquiera me han informado. Han golpeado a Ratón y silenciado a Libélula.

Luwen una vez nos llamó «hijos de la guerra». Creo que no podría haberlo dicho mejor. Cuando nacimos, la rueda del odio ya estaba rodando y, en lugar de detenerla, solo nos subimos a ella. Permitimos que siguiera girando.

Me pregunto qué pasaría si alguien la detuviera. Si alguien la destruyera. Me doy cuenta de que quien lo haga nos volverá más libres de lo que lo hemos sido jamás.

No es por el hecho de que Luwen me ame a mí. No tiene que ver con lo que él o yo podamos querer o sentir, sino con las posibilidades que eso abre. Hay otras opciones entre brujas y cambiaformas, no solo matarnos entre nosotros.

Toda la vida he imaginado el perdón como si fuese algo de débiles. Pero no todo el mundo puede liberarse de los deseos de venganza cuando han sido implantados en su vida desde el nacimiento. No cualquiera puede liberarse del rencor. Eso es solo para los fuertes. Solo para sobrevivientes.

Me percato de que el perdón no es para Luwen, o para Varnal, o para cualquier cambiaformas que haya lastimado a las brujas. Es para mí. Para darme paz. Nada me liberará más que el perdón. Nos libera de odio y de energía que se enfoca en lo doloroso. La mayor prisión que habíamos tenido hasta aquel momento ha sido nuestro pasado, nuestra pena. Hemos perdido empatía y consideración hacia los seres diferentes a nosotros.

El perdón es curarnos. Curarnos no es olvidar lo que sufrimos. Curarnos es ser conscientes de lo que hicimos, decidir no perpetuar aquel odio en un ciclo sin fin. Que el verdadero enemigo es la intolerancia y, de esta forma, la intolerancia será vencida.

Tal vez lo que yo hice hasta ahora haya sido seguir a las mías, tal como Luwen ha callado sus opiniones y dejado a otros hablar. Él quería escapar de eso porque no le gustaba en lo que lo convertía. Yo aceptaba mi rol y pretendía interpretarlo lo mejor posible. En ese momento fue lo mejor que pudimos hacer. Culparnos nos convertiría en víctimas.

«Es demasiado —pienso mientras me vuelvo consciente de mi respiración agitada y de todas las imperfecciones a mi alrededor—. Tiempo. Necesito tiempo para pensar».

Nadela se ha dado cuenta de que algo no va bien. Lo veo en la forma que aprieta los dientes, en la arruga de su frente, en cómo saca violentamente la espada del cuello de Luwen.

—Hemos tenido suficiente de esto —dice al bajar de la tarima—. ¿Quién tiene la antorcha?

—Un brindis primero, capitana —comenta alguien. Reconozco la voz de Elna de inmediato. De su tono ha desaparecido la exigencia, la supremacía, la seguridad. Es temblorosa y débil, pero es ella. No tengo dudas—. Por las nuestras. Por los elfos. Por un nuevo futuro.

La bruja que le estaba acercando a Nadela la antorcha se para en el lugar y me concentro en habitar el presente. Más de lo que nunca lo he hecho. Miro a Luwen y la calma que su último momento de sinceridad le ha dado, la súplica en su rostro para que no permita que más gente muera. Saboreo lo espeso de mi saliva. Me toco las manos y siento los callos que las espadas me han dejado a través de los años. Escucho los murmullos de las brujas y los elfos, pero también oigo los pájaros a lo lejos. Huelo los árboles. Me están diciendo que este es mi hogar, y que en mi hogar soy libre. Que en mi hogar puedo perdonar.

Varias brujas se acercan a los barriles y, poco a poco, sirven las copas. Las distribuyen entre los elfos y entre todas nosotras. Una de ellas me alcanza una a mí y, cuando alzo la vista, veo que Elna tiene otra en la mano. Nadela no ha soltado la espada, pero toma la copa que le alcanzan. Su postura es impaciente.

Hago todo lo que puedo por no mirar a Luwen. Fijo los ojos en el vino. Su color es intenso y el aroma delicado a uva me llena las fosas nasales.

—Que sea nuestra reina quien pronuncie el brindis, capitana —pide mi abuela, y las brujas vuelven a lanzar gritos victoriosos—. Las palabras que nos alentarán a lo largo de la guerra. Todas recordaremos sus palabras por el resto de nuestros días. Serán las palabras con las que nazca un nuevo mundo.

Todos se quedan en silencio, aguardando. Me esperan.

—Hemos sufrido tanto, brujas —comienzo—. Desde que puedo recordar nos han llamado sádicas, nos han llamado crueles. Nos han cerrado puertas, nos han excluido, juzgado y quemado. Les prometí a las brujas una revolución. Un cambio en lo que nos viene dado. Eso es lo que les daré. No tomaremos decisiones como hijas de la guerra, no decidiremos como víctimas. Lo haremos como autoras del cambio, de la revolución. No una revolución violenta, sino una revolución de ideas. La más poderosa de las revoluciones. Dejaremos de ser parte de lo que nos quisieron hacer parte y comenzaremos a ser el resultado de nosotras mismas.

Las brujas aúllan y festejan mis palabras con bullicio, pero no dura más que unos instantes.

La primera bruja en desmayarse es la que sostenía la antorcha, que se le cae al piso y se apaga por el contacto con la piedra del suelo.

Metza se desploma y también lo hacen varios de sus soldados.

Luego caen las dos brujas que están a mi lado, Mayah y otra más que está junto a la tarima.

—Es libre quien perdona su pasado, quien confía en su futuro —continúo diciendo—. Queremos hacer el mundo un lugar mejor. Nosotras seremos el primer cambio. Ese será nuestro mensaje.

El terror comienza a aparecer en el rostro de las que quedan despiertas al comprender lo que ha sucedido. Brujas y elfos caen poco a poco, con excepción de Elna, que no ha bebido su vino.

De algún lado vuelve a aparecer Warmer. Deja la caja de la corona sobre la mesa y la bolsa que he guardado en su bolsillo antes dentro de ella, satisfecho.

—¡Alika! —reclama Nadela al comprender lo que he hecho, viendo cómo todas nuestras compañeras y elfos ya se encuentran inconscientes en el piso. Sabe lo que le espera—. ¡Alika!

—Dulces sueños, mi capitana —le digo a Nadela—. Cuando despiertes, te esperaré con un mundo mejor.

Ella es la última en caer al suelo. Dormida. Ratón me dijo que con solo tocar los frutos del árbol de los sueños dormiría una semana entera. He exprimido varios frutos y Warmer los ha puesto en el vino.

Puede que les esperen un par de días de sueño.

Me giro a Warmer y hago una seña con la cabeza hacia Luwen. Y, por primera vez en mucho tiempo, pronuncio una orden a mi cazador:

—El príncipe cambiaformas. Tráelo ante mí.

CAPÍTULO 55

Todavía es de noche, pero no deseo regresar al castillo. No es allí donde quiero tener esta conversación. Así que hago que Warmer desate a Luwen y que lo lleve encadenado, caminando detrás de mí.

Yo los guío a través del bosque, al lugar en el que he estado hace un rato. Al sitio al que no me atreví a entrar antes. Esta vez no lo haré sola.

Ya no hay bestias aquí y casi que tampoco nieve. Caminar por este sitio de noche no es lo mismo que hace unos días.

He dejado a Elna, la única bruja además de mí que no se ha desmayado, en el patio del castillo. Sé que ella tomará lo que quedó de poción resucitadora y se la dará a Mayah y a las brujas que no estaban de acuerdo con Nadela. Sé que aguardarán a que yo regrese con opciones para que todas nos pongamos de acuerdo.

Este es el tiempo que tanto he necesitado.

Apenas llegamos a la cabaña, alumbrados por una antorcha que llevo yo y otra que carga Warmer, le pido que me espere afuera. Entro y enciendo unas cuantas velas.

No me he quitado la corona. No pienso hacerlo hasta haber tomado una decisión. Quiero enfrentarme a mi destino como la reina de las brujas, con los derechos y las responsabilidades que mi cargo ha puesto sobre mis hombros.

Vuelvo a salir y tomo las cadenas de Luwen de manos del cazador.

—Regresa con Elna —le digo a Warmer—. Hay tres prisioneros en las mazmorras: un gnomo, un hada y un ogro. No los liberes aún, pero asegúrate de que estén bien. Llévales almohadas cómodas y algo para que beban y coman. Llévales abrigo si tienen frío. —Él asiente, servicial, y yo necesito agregar tres palabras más—: Por favor, amigo.

Warmer me sonríe y veo el orgullo en sus ojos, como si yo fuera la reina que ha esperado toda su vida.

Tomo las cadenas de Luwen y lo conduzco dentro de la cabaña sin siquiera mirarlo.

Cierro la puerta luego de entrar. Entonces le saco las esposas. No necesito llaves para hacerlo. Las esposas que le han colocado responden a la magia de las brujas. Alcanza solo con que las toque mientras pienso lo que deseo. Luego saco de mi bolsillo la última poción que me queda desde hace unas semanas, de las que preparé con los ingredientes que me trajo Warmer cuando nada había comenzado, cuando creía que tenía todas las respuestas. Se la alcanzo a Luwen.

—Bébela —le digo.

Él no me pregunta qué es. Tampoco duda. Se la bebe de un sorbo. Me entrega el frasco vacío y vuelvo a guardarlo en el bolsillo.

—El fruto del árbol —dice Luwen—. Lo pusiste en el vino antes de mi mentira. ¿Lo sabías?

—No las dormí por tu mentira, lo hice para demostrarles que hay límites. Quiero que tomen decisiones porque estamos creando juntas nuestro futuro, pero también quiero poder tomarlas yo para poder guiarlas. Me deben el mismo respeto que yo a ellas.

—¿Qué pasará cuando despierten? —pregunta Luwen.

—Me escucharán.

—¿Y qué decidirás?

—Eso depende.

Mis ojos están fijos en los suyos y él me devuelve la mirada. Se habría podido oír una aguja caer por el silencio que reina en la cabaña.

—¿Por qué no me dijiste que eras el niño? —Soy la primera en romper el silencio.

—Sabes cómo fue todo al principio. La primera vez que nos vimos en el bosque yo ya te conocía, aunque tú a mí no. El día que me viste convertido en niño te había estado siguiendo para llevarle información a mi padre. Me sorprendió que te hubieses detenido por un niño humano. No era algo que esperara de una bruja. Luego me salvaste cuando me atraparon en Ciudad de los Muertos. No entendía por qué lo habías hecho. Creí que las brujas eran insensibles y malvadas. Cuando te vi en el bosque y comprendí que tal vez era de ti de quien hablaba la profecía del duende. Creo que hubiese odiado trabajar con cualquier bruja. Cuando oí la profecía y supe que la única alternativa era que lo hiciera, hubiese dado lo que fuera para que existiera otra forma de conseguir la corona, pero contigo... Pensé que al menos te debía la ayuda por haberme sacado de esa prisión.

—De todas formas, me odiabas.

—¡Y tú a mí, Alika! ¿No es lo que los nuestros han hecho desde siempre? Pasaban los días y veía cómo resistías tus miedos y pesadillas, cómo luchabas pese a todo, y no me podía sacar de la cabeza que habías decidido ir contra las tuyas para salvar a un niño humano. Me volvía loco intentar descubrir cómo funcionaba tu mente. Luego Libélula nos pidió que intentáramos entendernos. Entonces empecé a bajar mi guardia contigo. Llegar a conocerte...

Conocerte fue el mejor viaje que he hecho, Alika. Cuando quise darme cuenta, no podía dejar de pensar en ti. No paraba de pensar en las cosas asombrosas que podrías lograr y deseaba ser testigo de ellas...

—Sin adulaciones, Luwen —le advierto—. No necesito elogios. Dime qué pasó y nada más.

—Yo no sabía qué había ocurrido en Ciudad de los Muertos. Intuía que Satzen y Samun habían tenido algo que ver, pero no estaba seguro. Tampoco qué había hecho mi padre con Elna. No podía decírtelo sin tener la información completa; de lo contrario, habrías creído que había sido yo el responsable del incendio.

»El día que me encontraste con Samun, él acababa de revelarme la verdad. Estuve por contártelo aquel día. Temía que volvieras a pensar mal de mí, pero no quería ocultártelo por más tiempo. Se sentía... poco honesto luego de todo lo que habíamos vivido.

—¿Poco honesto? —repito—. Me ocultaste durante casi un mes que habías estado allí el día del incendio. Me ocultaste que habías llevado a Elna con tu padre. ¡Necesitaba saber eso, Luwen!

—Fui un cobarde, lo sé. Juro que quería decírtelo...

—Le entregaste a Elna...

—Ni siquiera estaba seguro de que mi padre la hubiese retenido. Yo le había dicho que ella iniciaría una revolución. Lo arruiné, Alika, lo sé. Nunca debería haberla traído aquí, nunca debería haberle pedido a mis hermanos que me acompañaran a Ciudad de los Muertos. Lo único que había oído de las brujas eran cosas malas. Habían matado a Essox, mi madre se había ido... Creí que todas eran iguales.

Mi mente va a lo que sé de Luwen. Pienso en que, en forma de niño, me vio cubierta debajo de la capa roja. También pienso en el instante en que sus ojos se posaron en mí el día que entré en el estudio de Varnal, cuando él y su padre estaban dentro hablando. No solo se posaron en mí, Luwen me vio pasearme por la sala. Él quiso que yo oyera esa conversación.

«Él solo te dirá tres mientras su corazón lata o hasta que el tuyo deje de latir, lo que suceda primero», dijo el duende. Las mentiras ya han sido dichas, lo que significa que Luwen dice la verdad.

Ve algo en mí que lo hace dar un paso más, aunque inseguro.

—Perdóname por juzgarte —dice—. He hecho cosas malas en mi vida. Tantas que he perdido la cuenta. Pero la peor de todas es haber creído que podía haber algo malo en ti.

—¿Y ahora qué? —pregunto.

—Tú quieres cuidar el bosque, Alika. No deseas solo lo mejor para las brujas, anhelas lo mejor para el mundo…

Los ojos me queman, pero no puedo dejar de mirarlo y tampoco puedo quebrarme. Soy líder de las mías y no permitiré que mis emociones influyan en el futuro que voy a negociar para ellas. Luwen habla por los cambiaformas, como un líder. Las decisiones de ambos influirán sobre muchos. Ninguno puede llevarse la felicidad y la vida de los suyos por un capricho, así que debemos ser objetivos.

Me aferro al suelo lo más que puedo porque si me muevo, corro el riesgo de ponerme a temblar y arrojarme a sus brazos.

—Quiero construir algo grande, Luwen —digo, lo hago como reina de las brujas—, pero lo que sea que vayamos a crear, quiero hacerlo sobre terreno sólido. No sobre venganza y traiciones, sino sobre sueños y esperanza.

—Es lo que quiero yo también —afirma Luwen, y es el rey de los cambiaformas quien habla—. Voy a quedarme. Quiero quedarme y ser rey. No solo un rey, un líder. Como tú.

—¿Entonces sigues firme en la idea de quedarte aquí? ¿Por qué quedarte?

—Hay cosas que merecen ser salvadas y cuidadas. El bosque lo merece. Me quedaré por la esperanza, por un hogar. Me quedaré para guiar a los míos por el camino que los lleve a crecer. Me quedaré para que otras voces sean escuchadas. —Da un paso hacia mí y sé que busca esa confianza que aprendimos a tener entre nosotros, aunque todavía no puedo dársela. Entiendo que él está esperando que yo tome mi decisión porque él ya ha tomado la suya. Me ha elegido a mí, ha elegido el bosque—. Me quedaré por ti, Alika. Tú puedes hacer lo que sea que te propongas. No necesitas a Elna ni a nadie para hacerlo.

—No tenemos garantía de un final feliz —continúo—, pero podemos intentar que nuestras decisiones le den a nuestra gente algo bueno: la paz.

—Alika...

—Esto es lo que tengo para ofrecerte, cambiaformas —expreso levantando la cabeza hacia él de pronto—. No como tu amiga o tu enemiga, sino como reina de las brujas al rey de los cambiaformas: un nuevo mundo. Uno construido en base a la paz. No la paz que trae el olvido o la ignorancia. La paz con plena conciencia de que somos diferentes, pero también con memoria de lo que la guerra ha hecho de nosotros, conociendo en qué puede transformarnos y responsabilizándonos sobre eso. La paz a la que llegaremos no con violencia, sino con ilusiones. Que tengamos un hogar entre cada una de las especies. Que tengamos amigos entre cada una de las especies.

»El perdón nos traerá empatía. Ya hemos tenido suficiente del camino del odio y el resentimiento. ¿Quién tuvo más pérdidas? No importa ya. Lo que importa es el futuro. Las brujas ya hemos pasado demasiado tiempo alejadas del bosque. Hemos tenido nuestro tiempo para sanar, y estoy segura de que muchas lo han hecho. Así que, Luwen, dime, ¿vas a seguir mintiéndome?

Entonces parece que él ya no puede soportar la barrera invisible que he puesto entre nosotros dos. Termina de eliminar la distancia que nos separa, sin ninguna duda en sus pasos esta vez. Me toma de las manos y del rostro.

—Sabes que mentirte es lo que menos he querido en mi vida, Alika. —Su tono es suplicante—. Lo que te dije sobre Sapo… no era un secreto que yo pudiera contar. Lo que te dije como niño, sobre que estaba solo, era parte del papel. Y la última mentira…

—Podría haberte matado de todas formas, ¿sabes? —le digo, pero mi voz tiembla y sé que mi intento de mostrarme dura está flaqueando. Porque nunca he necesitado ser dura a su lado. Siempre he podido mostrarme con él tal cual soy, con todas mis partes, oscuras y luminosas—. Aunque yo hubiese sabido que me amas, no habría cambiado nada…

—Sé que me habrían matado de todas formas, pero al menos habría podido decirte que te amo. No podía irme de este mundo sin que lo supieras.

Quiero llorar como una niña, pero necesito un último esfuerzo. Dije que hablaríamos no como amigos o enemigos, sino como representantes de nuestras especies, para ver cómo trabajar juntos. Estoy cumpliendo mi rol y él, el suyo. No soy solo Alika ahora. Ni Alika, la visionaria, ni tampoco Alika, la sombra. Soy Alika, la reina, y el acuerdo que les lleve a las mías nos acompañará por mucho tiempo, tal vez para siempre. Sin embargo, no resisto apartarme de él. Necesito la fuerza que solo Luwen puede darme en ese momento.

—Deseo que las brujas recuperen su hogar, que recuperen su bosque, que recuperen sus tradiciones. Hemos anhelado el bosque desde hace tanto, aunque más por nostalgia que por un deseo propio. Se ha convertido en el sueño de un sueño, una promesa entre el dolor. Y para ustedes se ha convertido en un botín de guerra. Lo han mantenido bajo su dominio sin ser conscientes de su verdadero poder. Todos nos hemos equivocado. El bosque es el inicio y el final y, sin él, no somos nada.

»Puede convertirse en algo más. Puede convertirse en un hogar. Podemos aprender a vincularnos con el bosque otra vez. Podemos aprender a escucharlo. Y los débiles no volverán a ser callados. Buscaremos la forma entre todos de proveer a Crepuscilia.

—Los elfos no aceptarán que mi padre sea rey —aclara Luwen—. Se han independizado de Liet y, si mi padre está en el trono, buscarán una guerra con los cambiaformas. Mi padre se verá obligado a abdicar si no quiere un enfrentamiento con ellos. Y yo soy su heredero. Con el bosque sano que nos provea frutos y alimentos, eso no será un problema. Menos aún si las tenemos a ustedes. Podrán preparar sus pociones. Serán pociones para sanar a los enfermos, para proteger y cuidar.

—¿Es un trato entonces, rey Luwen? —pregunto. Me aparto de su caricia sobre mi rostro y pongo distancia entre nosotros. Extiendo una mano hacia él, tal como hicimos cuando nos conocimos. Al menos cuando yo lo conocí en su forma verdadera. Sin promesas del viento esta vez.

Él también extiende la suya.

—Un trato, Su Majestad Alika.

Cuando nuestras manos se tocan, pese a que no hay ningún hechizo de por medio, la corriente está por todos lados. Todas las palabras no dichas, todos los besos pendientes lo vuelven incluso más fuerte que una promesa de viento. Más verdadera y más sólida.

Luwen baja la mano, pero no me suelta. Se acerca más y la distancia que nos separa es muy poca. Nunca creí que sus ojos pardos fuesen capaces de decir tanto a la vez.

—Te amo, Alika —dice Luwen—. No espero que te sientas así. Pero este soy yo diciendo lo que pienso, alzando mi voz. Si lo único que puedo hacer para volver este mundo un poco mejor es sentir amor por ti, que así sea. Te amo por lo que eres. Te amo por ser fascinante y aterradora. Te amo por tu valor y tu bondad.

Aunque aprieto la mandíbula, aunque presiono mis labios, aunque me pongo firme para contener los temblores, nada es suficiente para retener las lágrimas que empiezan a correr por mis mejillas.

—No sé qué pueda darte, Luwen. ¿Qué sabemos nosotros de amor? —le advierto—. Seremos terribles…

—Tal vez no seamos terribles. Tal vez solo seamos nuevos.

El entendimiento de lo que eso significa, la confianza que él me está dando, la misma que le di yo en el balcón cuando él no creía en sí mismo, llega como un alivio acariciando mi corazón.

El trato está concretado, los acuerdos cerrados y las alianzas hechas.

Ahora, por fin, puedo ser Alika. Solo Alika.

—¿Puedo besarte, Alika?

—Hazlo de una vez.

Luwen acorta la distancia que nos separa y nuestros labios se estampan en el beso más fuerte que nos hemos dado jamás. Rodea mi cintura y me pega a él con una mano. Con la otra me acaricia el rostro en un gesto tan dulce que me rompe el corazón. Mis lágrimas se entremezclan con las suyas y es como si el mismo Dios de la Oscuridad nos hubiese amoldado al otro: compañeros y temibles para iluminar nuestras partes oscuras; gentiles y compasivos para que sanemos juntos.

Allí, en la cabaña, en medio del bosque, terminamos de cerrar nuestra propia alianza.

EPÍLOGO

El césped apenas se hunde bajo mis pies. La brisa de primavera me acaricia las mejillas. Siento el peso de la capa roja sobre mi espalda. El aroma, mezcla de madera y hojas, es el más agradable que sentí en mi vida. Todavía tengo restos del sabor a fresa en mi boca. El sonido de los pájaros y del movimiento de la vegetación me eleva. Y fluyo con la visión del verde absoluto del bosque.

Los pensamientos llegan, pero no los evito. Solo soy consciente de su presencia y no les presto mayor atención. Así como llegan, se van.

—Podría hacer esto todo el día —comenta Luwen a mi lado.

Habitar el mundo con presencia nunca fue más hermoso, más completo. Luwen y yo lo hacemos varias veces por día desde hace más de un año, desde el día en que cerramos nuestro acuerdo. Ahora no solo respiro, también veo pasar mis pensamientos y decido sobre qué enfocar mi atención.

La vida ha regresado al bosque, más abundante que nunca. Incluso más que antes de la guerra, según nos ha dicho Elna.

—Podríamos —respondo—. Hoy no tenemos ninguna reunión importante.

—Eso es lo que tú crees, reina —sugiere Luwen. Se pone de pie y extiende una mano hacia mí para ayudarme a incorporarme.

Nos giramos al oír el rugido y antes de que alcancemos a ver nada, Katzen está junto a nosotros. En el aire, el espectro se pone panza arriba y Luwen se acerca a acariciarlo.

—Patético, Katzen —le digo—. Que a los espectros se les haya habilitado la entrada al bosque no quiere decir que tengas que volverte una mascota de cambiaformas.

—¿Mascota? —pregunta Luwen y finge indignación. Katzen, a su manera, le sigue el juego, pues se incorpora y me mira con expresión inocente, ubicándose junto a él—. Siempre será una bestia.

El espectro ruge en señal de aprobación a las palabras del cambiaformas. Yo pongo los ojos en blanco.

—¿Vamos, entonces, reina? —Luwen me hace una seña con la cabeza hacia el lomo del Katzen.

—¿Adónde?

—Sube y lo verás.

Lo miro con desconfianza, pero que los dioses oscuros no permitan que un cambiaformas le indique a una bruja cuándo montar un espectro, así que no pienso consentir que repita la indicación. Monto sobre el lomo de Katzen. Acomodo mi capa roja cuando me siento y Luwen monta detrás de mí. Posa un suave beso sobre mi nuca mientras me toma de la cintura y por un segundo me debato con la idea de llevarlo a algún rincón oscuro del bosque para hacerlo mío. Lo único que me detiene es la curiosidad por saber qué ha planeado, a dónde quiere que vayamos.

Katzen parece saber exactamente a dónde dirigirse, pues mueve sus alas insistentemente contra el aire. En el camino juego con mi magia. Convoco mi oscuridad y la humareda negra brota de mí. A medida que Katzen avanza entre el viento, dejamos una estela de oscuridad detrás de nosotros..

El último año ha sido intenso en nuestro camino hacia la paz. Cuando las brujas despertaron luego de haber bebido el vino con los frutos del árbol de los sueños, las hice escuchar la alternativa a la guerra. Mi rol entre las brujas es el de reina y mi pequeño truco de hacerlas dormir sin que se hubiesen dado cuenta me ganó en mis primeras horas como reina el mismo respeto que tuvieron siempre con Elna. Eso nos evitó cualquier tipo de motín que podrían haber intentado guiadas por Nadela.

La capitana ni siquiera me hubiese escuchado, pero ya habíamos colocado esposas de hierro en sus muñecas para el momento en que despertó y no le quedó otra alternativa. Al día de hoy las usa. Está aprendiendo poco a poco cómo convivir y compartir con otras criaturas. Le cuesta, pero lo logrará.

Tal como Luwen lo previó, Varnal tuvo que abdicar para que los cambiaformas no entraran en pugna con los elfos. Él lo aceptó. Parecía estar tan cansado de ser rey como Elna y pareció valorar que su hijo estuviese dispuesto a tomar el trono.

La mayoría de los cambiaformas se negaron a una conciliación con las brujas, más aún a abrir su castillo a nosotras y a otras criaturas; sin embargo, todos reconocieron a Luwen como su rey y, considerando que las brujas les habíamos dado la corona del bosque y que la llevaríamos con nosotras si ellos no aceptaban nuestro acuerdo, no les quedó otra alternativa. Entendieron que sin la corona del bosque se quedarían recluidos para siempre dentro del castillo. Perderían completo control sobre el bosque salvaje y sus bestias y se volverían las criaturas más débiles de todas.

Así que esa ha sido nuestra alianza, esa ha sido nuestra lucha desde entonces. El intento de hacer conciliar a las brujas con los cambiaformas y, a su vez, combatir el hambre y las desigualdades en Crepuscilia.

Les hemos enseñado a los humanos la importancia de cuidarse entre sí, de ser sobrevivientes. Después de todo, las brujas sabemos de eso.

Katzen aterriza junto a la cabaña del bosque y Luwen y yo descendemos.

—¿Qué es esto? —pregunto y veo en Luwen la sonrisa lobuna capaz de ponerle los pelos de punta a cualquiera, esa que tanto me gusta a mí.

Luwen abre de un solo movimiento la puerta de la cabaña.

—¡Sorpresa! —La voz chillona de Libélula es lo primero que me llega.

—Esto no es una fiesta, Libélula —dice Ratón.

—Es como si lo fuera. Es nuestro regalo para Sombra.

Me adentro en la cabaña y me quedo sin habla al percatarme de lo que mis amigos han hecho.

La habitación principal está cubierta de telarañas. Han pintado techo y paredes de color gris, como lápidas. También han cambiado los muebles por otros, pero mantenido la distribución que tenían antes. Los nuevos son de color blanco y de un material muy similar a los huesos. Han colocado algunas repisas y estas están llenas de calderos. La cabaña, tal como está, bien podría ser una réplica de la Casa del Río.

—¿Hicieron esto… para mí? —es todo lo que alcanzo a preguntar.

—Que nadie te vea con la boca tan abierta, mi adorada oscuridad —expresa una voz inconfundible que viene desde el pasillo—. Es poco elegante.

Elna entra en la habitación principal; su presencia, puras pesadillas. Magnífica y única, como siempre lo ha sido. Su cabello rubio platinado le cae impoluto y hermoso sobre los hombros y sus ojos grises brillan con una malicia que precede una fiesta de demonios.

—Déjala, Elna.

Sapo llega detrás de mi abuela. En el último tiempo los he visto charlar bastante. Elna y el ogro parecen entenderse más de lo que yo he entendido a cualquiera de los dos desde que los conozco. ¿Quién lo hubiera dicho de Elna? Conquistada finalmente por un ogro.

—¿Te gusta, mi reina de la vida y la muerte? —susurra Luwen en mi oído mientras me abraza desde atrás.

—Es... —comienzo—... totalmente macabro.

Siento su sonrisa en la nuca y me llena los sentidos. Mi mente comienza a divagar hacia todo lo que planeo que hagamos juntos cuando estemos solos en nuestra habitación en el castillo, pero me obligo a concentrarme. Después de todo, no hay mejor oportunidad para habitar el presente que en la cabaña del bosque, rodeada de todos mis amigos.

—También te preparé unos bollos, Sombra —me dice Ratón mientras extiende hacia mí una bandeja colmada de bollos que ha pintado de tal forma que parecen pequeñas calaveras.

De algún lado de la cabaña, Libélula trae la corona del bosque y la coloca sobre mi cabeza.

—¿No crees que es demasiado para una tarde entre amigos? —pregunto.

—Tal vez tú seas demasiado para una corona, Alika, pero una corona nunca será demasiado para ti —expresa Luwen en tono seductor mientras esboza su sonrisa lobuna.

Conversamos y contamos historias. Libélula me muestra el vestido que se ha hecho con el pañuelo que le regalé y nos hace una exhibición de sus pasos de baile entretanto Ratón toca su laúd. Sapo se mantiene serio en un rincón, pero las comisuras de sus labios se elevan apenas cada vez que la risa siniestra de mi abuela llena el ambiente. Por momentos atrapo a Luwen mirándome con sus ojos brillantes de amor. De a ratos yo también lo miro de esa forma.

Poco después llega Warmer. Mi cazador nos ha enseñado a las brujas sobre plantas y hierbas. Nos costó al principio aprender a relacionarnos con el bosque, pero nuestra presencia allí ha despertado nuestros instintos dormidos. Ahora nosotras mismas recogemos los ingredientes que necesitamos.

Finalmente el bosque está unido al destino de las brujas.

Cuando Warmer sirve hidromiel para todos y Libélula se para arriba de la mesa y empieza a cantar, todos bailamos un rato. Lo hago con mucho más estilo que Luwen. Sus movimientos de hombros siguen siendo ridículos. Todos deberían estar agradecidos de que Elna y yo estemos aquí para enseñarles a divertirse de verdad.

Luego de un rato, apoyo la cabeza sobre el hombro de Luwen y él me rodea la cintura con un brazo y me da un beso.

—Te amo, Luwen —musito contra su boca y, la forma en la que sonríe haría creer a cualquiera en un futuro lleno de paz.

—Siempre te amaré, Alika —es todo lo que dice él mientras posa un segundo beso en mi coronilla—. Mi sombra, mi amiga, mi hogar.

Ambos sabemos que llamamos «amor» a lo que tenemos solo porque no hay palabra más fuerte para expresar lo que hemos hecho por el otro, ni para lo que sentimos. No hay palabras que describan la manera en la que nos hemos ayudado a creer en un mundo de paz y esperanza. No hay palabras que digan cómo, juntos, somos más fuertes para volver realidad nuestros sueños.

Pasamos el resto de la tarde en el medio del bosque.

Una tarde digna de llamar nuestro *final feliz*.

AGRADECIMIENTOS:

La primera en mi lista de agradecimientos es mi abuela Celia, mi mayor ejemplo de lucha y autosuperación. A ella le dediqué esta historia, no solo por ser quien me contaba el cuento de Caperucita Roja, sino porque gracias a ella pude entender lo que significa para un inmigrante desarraigarse de su tierra, su gente y sus costumbres, y tener que construir un hogar desde cero sin ayuda de nadie. Pese a todas las situaciones difíciles que afrontó, el amor por su familia, sus sueños, su dulzura y su honestidad nunca flaquearon. Uno de mis mayores ejemplos en esta vida.

Gracias a mis papás. En este mundo a veces puede parecer que el que gana es el que hace más *lobby* o el que más conocidos tiene. Tal vez con esas cosas el camino sea un poco más corto, pero la educación es algo irremplazable y para eso no hay atajos. Gracias por darme raíces firmes que hoy me permiten volar.

A mi hermana Luli, siempre mi primera lectora. Mis historias de amistad siempre están inspiradas en nosotras.

A Ale, mi compañero de aventuras que siempre llega a rescatarme. El día que viniste a rescatar mis archivos a medio terminar, cuando llegaste a la última página, tuve que confesarte que no había escrito aún tus agradecimientos porque quería pensarlos bien. Tengo tanto que agradecer de compartir una vida con vos que siempre me quedo corta. Gracias por hacer que nuestra vida con Kay sea tan hermosa. Amo nuestra familia.

A mis amigas Tati y Ro, por compartir mi felicidad como si fuera la suya; por bancarme en todo lo que hago aunque ese algo sea una historia con magia, brujas y reinos inventados, y por ser las mejores amigas que se puede tener.

A mi queridísima July Vázquez, que fue la primera en leer a Alika y Luwen. Gracias por guiarme en el camino de la publicación desde el primer día y por no permitirme nunca bajar los brazos.

A Agus Marcos y Guille Canga, las primeras en trabajar en esta historia y en fangirlear conmigo con sus personajes.

A mi hada madrina de las letras, Jacquie, por confiar en mí desde *Kamilcara*. Incluso siendo escritora, la emoción a veces me deja sin palabras y que alguien con un corazón como el tuyo crea en mis escritos definitivamente lo hace. ¡Te adoro!

A mi amiga Maggie London, de las mejores personas que conocí en el mundo literario. Esto es un agradecimiento y una súplica, porque definitivamente necesito pronto la historia de los patinadores que me prometiste.

A mi amiga Sofi. Como gran poeta que sos, encontrás siempre las palabras justas para definirlo todo, incluso a vos misma, que efectivamente sos un Sol de Invierno. Acá tenés una fan eterna de tus palabras.

A mi amiga Judi Miguel, por ser amiga y guía en el mundo de la escritura, siempre incentivándome a soñar en grande.

Al gran equipo de Ediciones Fey: Rama, Nacho, Fiore, Flor y Mar. Incluso con la novela a nada de imprimirse, no puedo creer la suerte que tengo de trabajar con personas que dejan tanto amor en sus libros. Gracias por darle a esta historia la mejor oportunidad que podría tener y por volver realidad la novela de mis sueños con tanto cariño y esfuerzo.

A todos los *bookstagrammers* que hacen un gran trabajo todos los días para difundir la literatura nacional. Un trabajo que a veces es casi invisible. Gracias por ser responsables y sinceros con sus reseñas, y respetuosos con los autores.

A vos, lector, por leerme. Los libros son amigos, enseñanzas, ideas, lugares increíbles y también esperanza. Le debo mi vida a los libros, a esos personajes que se metieron en mi alma para hacer que mi mundo interno tuviese un poquito de luz cuando todo afuera era demasiado oscuro. Espero que *Bajo la Capa Roja* te llene de esa luz interna, que sea refugio y amigo, y que te inspire a despertarte todos los días para soñar.

SOBRE LA AUTORA

Flor Núñez Graiño es bonaerense de nacimiento, desde chica se sintió cautivada por el arte de contar historias. Aprovechó el negocio familiar, de distribución librera, para leer y escribir.

Fanática del *fantasy* y del *thriller*, entreteje sus relatos con nociones sobre el cuidado de la Tierra y los animales, temas muy cercanos a su corazón.

COMPAÑERAS

Flor Núñez Graiño
Autora

Marcia Fernández
Ilustradora

Florencia Giralda
Editora

www.ingramcontent.com/pod-product-compliance
Lightning Source LLC
LaVergne TN
LVHW090040080526
838202LV00046B/3905